纳兰词 全鉴

思履 主编

北京联合出版公司

Beijing United Publishing Co.,Ltd.

图书在版编目（CIP）数据

纳兰词全鉴 / 思履主编 . — 北京：北京联合出版公司，2015.1
（2022.3 重印）

ISBN 978-7-5502-4542-6

Ⅰ . ①纳… Ⅱ . ①思… Ⅲ . ①纳兰性德（1654 ~ 1685）– 词（文
学）– 诗歌欣赏 Ⅳ . ① I207.23

中国版本图书馆 CIP 数据核字（2014）第 313270 号

纳兰词全鉴

主　　编：思　履

责任编辑：徐秀琴

封面设计：韩　立

内文排版：吴秀侠

插图绘制：云石插画社等

北京联合出版公司出版

（北京市西城区德外大街 83 号楼 9 层　100088）

三河市万龙印装有限公司印刷　新华书店经销

字数 436 千字　720 毫米 × 1020 毫米　1/16　26 印张

2015 年 1 月第 1 版　2022 年 3 月第 2 次印刷

ISBN 978-7-5502-4542-6

定价：78.00 元

第一次读纳兰词究于何时，已经记不大清楚了。但，第一次被纳兰词深深吸引却是记得颇清楚的。那是在有些遥远的日子里：高考已毕，北上入学报到的前夜。在整理行囊之余，无绪之中，拿来一本词选，信手翻看，无意之中竟看到了纳兰性德的那首《长相思》：

> 山一程，水一程，身向榆关那畔行，夜深千帐灯。
> 风一更，雪一更，聒碎乡心梦不成，故园无此声。

当时的年岁是颇有些"少年不识愁滋味"的，便自忖找到了知音。于是捧着他的词，在初秋的院子里且行且吟，感觉自己仿佛已经受了几多山程水驿，来到了北方，再也听不见故园低低的呼吸了，眼前是一更的风、一更的雪和茫茫的夜。于是一种伤感之情兀自充满了小小的心灵，至于纳兰性德是谁，这首词好处在哪，却无甚心思注意到。

如今想来，这些做法固然有些孩子气。然而"喜欢"，究竟是难以言说的。恰如纳兰《少年游》中所言："称意即相宜。"当然，纳兰这句说的是爱情：深爱一个人的时候，我们常常要问："你喜欢我什么啊？"答案其实真的颇简单，爱就爱"称意"这两个字啊！看着你，眼睛觉得舒服；听到你，耳朵觉得舒服；摸到你，手指觉得舒服；闻着你，鼻子觉得舒服……就是称意。称意了，便即相宜了。然而以此解释我们缘何喜欢某一首诗词，我以为尚不足也。

诗词是有意舍弃了文学和生活的表象的，直指人的心灵和灵魂，与我们的情感最微妙之处相连，与人类的生命节奏相关。我们每个人的内心，其实常常都会有一种朦胧的韵律，如清波之渺渺、荷香之淡淡、杨柳之依依。

当我们读到某一首诗词时，内心的这种韵律便会涌出，与诗词中的节奏、旋律产生共鸣，每逢此时，我们便会被一首诗词打动了，尽管它们有时并不甚高明。然而，对于这两种心灵韵律的契合，我们并不总能详加体察。诗人本人风花雪月的故事，爱恨情愁的演绎反而

前言

悲莫悲兮生别离
乐莫乐兮新相知

更能打动我们。然而，这其实也是一种心灵的共振、情感的牵结、灵魂的交谈。我们喜欢某个人，一定是他或他生命的一部分打动了我们。对于纳兰来说，尤是如此。

严格说来，纳兰的词是"仿"出来的，若依启功先生的说法："唐前的诗是淌出来的，唐朝的诗是嚷出来的，宋朝的诗是想出来的，宋以后的诗是仿出来的。"然而，这并不妨碍三百多年后我们进入纳兰的心灵世界：其"绝域生还吴季子"式的诚，"天上人间情一诺"式的真，"情在不能醒"式的"索性多情"，如斯种种至情至性，拨动了我们内心深处那根"一往情深深几许"的琴音，让我们为卿痴狂，"共君此夜须沉醉"。

正是在这种有些无来由的"喜欢"中，我买来了中华书局出的《饮水词笺校》，开始逐字逐句地阅读。然而有一点辛苦、一点不习惯，大概是文字是竖排的缘故吧。两个多月过去了，稿子也写得差不多了，可是心中的纳兰反而模糊起来：这位公子竟在何处呢？是在淅沥的风雨中，寂寂的金井旁，为伊人葬落花？还是在月明星稀的渌水亭畔，清风徐徐的合欢树下，与朋友赏花观荷？抑或在深秋的黄昏，萧瑟的西风中，怀揣一卷诗词，按剑垂鞭，慢慢地走进那半透明的深深的蓝里……然而不管在何处，就是"喜欢"，诚如一位网友所说：想去为他伤，为他悲，为他痴，为他狂，"爱"上他，是颇容易的情，一如清澈见底的溪水，照出每一个人的灵魂。譬如"人生若只如初见"，譬如"当时只道是寻常"，譬如"记当时垂柳丝，花枝，满庭蝴蝶儿。"

相遇总是太美。至情如纳兰者，倾其一生，苦苦诉说，却不脱离殇二字。《楚辞》中云："悲莫悲兮生别离，乐莫乐兮新相知。"人的生命存在，从未永恒，总也无法超越这个平常的字眼。然而我们还有相知，一如三百年后，我们与纳兰结缘，听他，懂他……

目录

梦江南

　　昏鸦①尽，小立恨因谁？急雪乍翻香阁絮②，轻风吹到胆瓶③梅，心字④已成灰。

赏析

　　又是黄昏。乌鸦的翅膀再也无法安慰你这位千古伤心的书生。一声又一声，四季的风呼喊心上人的名字。你伫立的幽恨，是一泓清泉，流不进千里之外，她的眼眸。

　　你说，柳絮是飘在春夏之交的另一场雪，是春与夏的定情信物。只是宫闱里的伊人，很难对她说，相思相见知何年，此时此夜难为情。

　　于是，你想起李商隐：一寸相思一寸灰。只是不知，他的这句诗，原是写在一堆骨灰上的……

　　想你，你比银河还远。所以，就点燃自己。想你一寸，就燃烧一寸自己，就落下一寸自己的灰。

点评

　　此为《饮水词》开篇之作。"昏鸦尽"一句语简意明，渲染全篇气氛。古人写飞鸟，多是杜宇、金衣、乌鸦。国人谓鸦为不祥之鸟，但以鸦入境者颇多佳句、点睛之笔，如"时见栖鸦，无奈归心，暗随流水到天涯""枯藤老树昏鸦"等。容若气势陡出，开篇即以"鸦"入境。昏鸦已逝，词人临风而立，是等候？是沉思？无言以对。

──────────

①昏鸦：黄昏时分，昏暗不明的乌鸦群。②急雪句：柳絮好像飘飞的急雪，散落到香阁里。香阁，青年女子所居之内室。③胆瓶：长颈大腹，形如悬胆之花瓶。④心字：即心字香。

"小立恨因谁"？因谁？其实词人自己知道，除了表妹谢氏，还有谁曾在他心中播下甜蜜而苦涩的种子？他与表妹青梅竹马，从小就一起玩耍嬉戏，一起吟诗作赋，虽然没有挑明爱情关系，但纳兰心中一直深深地爱着她。可如今，表妹走了，走进了皇宫，当了妃子。一场朦胧的初恋就这样成了泡影，谁人不心痛？

表妹走后，纳兰曾经装扮成僧人进宫去见过表妹一面，可此种举动，何其危险！一被康熙皇帝发现，定然杀头！匆匆一面，而且还隔着宫廷里的帏幔，回来后良久放不下，他思念表妹的心情谁又能了解呢？于是，他便经常一个人在黄昏时小立，望着宫廷的方向出神。

可是这一番守望，究竟徒劳。于是，他悲愤，他痛苦，他怨恨，他心如刀割，他心灰意冷。且看这句"心字已成灰"——"心字成灰"并非仅指心字檀香成灰，还指内心世界的黯然神伤。容若此类小令，不经雕饰，全无绮丽言语，韵味凄苦悲凉，久读伤人心深矣！

整首《梦江南》，读毕，只是一阵心痛，如此之男子，是不属于这个世间的，那么透明，如同水晶一般，让人心生爱慕。如此之男子，在世间太委屈，又发出了太夺目的光彩，以至于那么早就只给世人留下了一个背影，还有那缠绵清婉的词，永远地离去了。

赤枣子

惊晓漏，护春眠①。格外娇慵只自怜。
寄语酿花②风日好，绿窗来与上琴弦。

赏析

窗外漏壶声滴滴答答。这一首新曲，是谁谱就？

每一个少女，都是一本唤不醒的日记。因为春暖花开，因为有些事情，她们喜欢少女闭上眼睛。满脸的睡意，也是芳龄十八岁，无法抗拒。还是起床吧。先打开你的眼睛，她的眼睛，万物已为我备好，少女的眼睛才缓缓打开。趁着明媚春光，和园中的花朵都打声招呼。告诉她们不能贪睡，要早些绽放。推开碧纱窗，让那古琴的琴声再优雅一点，飘得再远一点……

点评

此篇以少女的形象、口吻写春愁春感，写其春晓护眠，娇慵倦怠，又暗生自怜的情态与心理。

春晨，窗外漏壶滴水的声音将她唤醒。一"惊"字分明写出了女主人公些许娇嗔恼怒之意，分明睡得香甜，谁料漏声扰人清梦，合是十分该死。本就恋梦，这一醒来方知春暖花开，正是春眠天气，遂倦意袭来，无法抗拒。且看这句"格外娇慵只自怜"，"娇慵"谓柔弱倦怠的样子，李贺《美人梳头歌》中就有"春风烂漫恼娇慵，十八鬟多无气力"的句子，想必本词的女主人公

---

①惊晓漏二句：意谓清晓，漏声将人惊醒，但却依然贪睡。②酿花：催花开放。

也同这位女子一样，满脸睡意，辗转反侧，别有一番风韵。而"格外"一词，更是把这位慵懒的女子渲染得楚楚动人，似有千般柔情。是也，春天是生命生长、万物复苏的季节，却也是春愁暗滋、风情难抑的时候，少女们面对着春日美景而暗自生怜，也是十分自然的事情。

现在，这位女子醒了。那么醒后干什么去呢？"寄语酿花风日好，绿窗来与上琴弦。"原来，起床的第一件事，就是趁着明媚的阳光，和园中的花朵打招呼，催促它们早点绽放。

的确，"草树知春不久归，百般红紫斗芳菲"，春天是美好的，亦是短暂的。遂要这个晨起的小女子，去催促百花你争我赶竞相开放，免得错过了这春意盎然的季节而后悔不迭。然后推开碧纱窗，好让自己优雅的琴声飘得更远一些。词写到此处，这位少女的春感，已转悠远、朦胧，同时又挟有一分淡淡而莫名的愁思，可谓言尽意不尽，含蓄蕴藉而后留白深广了。

遐方怨

欹角枕①，掩红窗。梦到江南，伊家博山②沉水香③。
浣裙④归晚坐⑤思量。轻烟笼浅黛⑥，月茫茫。

赏析

你是荷花，江南是你心底的一滴清露。而我已远离了江南。在你走过的雨巷，我再也闻不到丁香的芬芳，迷离的彷徨。

我只有梦，只有将梦视为一种藤蔓般的呼唤，听为一种神灵的感召。而你，必是我踏破铁鞋，寻遍大千世界的千年之莲。

我只愿双手合十，醉于你的韵里。且不管，千年之后，水是否还是江南的水，梦是否还是北国的梦……

点评

小词若能婉能深，自是妙品。

此篇前二句为实出之笔，写其疏慵倦怠、相思无绪的情态。白日已经消匿，孤独寂寞的夜晚又来临了。词人斜倚角枕，百无聊赖，而红窗已掩，伊人难归。于是只有睡觉，希冀在梦中与伊人相会。

"梦到江南"一句说明词人想念的人家在江南。而这位"伊人"其实就是指沈宛。沈宛系江南才女，为纳兰好友梁汾觅带入京，纳兰与其一见钟情。可惜这段美好的恋情为时甚短。可能是由于性德是皇帝的贴身侍卫，娶一社会关系复杂的汉族民间女子为侍妾与机要的禁卫工作有碍，也可能是其父明珠认为性德与这样的女子结合会影响性德的仕途，他与沈宛相处了三四个月，就不得不分手了。但是纳兰始终难以割断那份情思，这使得他非常痛苦。纳兰词中有几首思念沈宛的词，这篇《遐方怨》便是其中一首。

---

① 欹角枕：斜靠着枕头。欹（qī），通"倚"，斜靠着。角枕，角制或用角装饰的枕头。②博山：即博山炉，一种香炉。③沉水香：即沉香，一种香料。④浣裙：即浣衣，洗衣。⑤坐，犹"自"。⑥浅黛：用黛螺淡画的眉毛。此处代指美丽的女子。

　　回到这首词里，"梦到江南"以后就全写梦境了，写于梦中见到伊人的情景。"伊家博山沉水香"一句是虚写，只见博山炉一片青烟缭绕，状如愁思，伊人何在？"浣裙归晚坐思量"，原来伊人洗衣晚归，正在思量。那么，她思量什么呢？此一追问，思念的当然是词人自己了。因此，伊人之行止也是情有所思的形象。虽只是几句淡淡的描绘，但婉转入深。

　　尤其是结处二句，含蓄要妙之至。"浅黛"乃为女子，而今这位女子被淡淡的雾气笼罩着，彰显朦胧之色，一如词人对她的思念，行若江水，连绵不绝。而"月茫茫"三字，给全词增添千百韵味。这种"心已神驰到彼，诗从对面飞来"（浦起龙《读杜心解》）的写法，确实将诗人的一往情深表达得极为深致动人。

如梦令

正是辘轳金井①，满砌落花红冷。蓦地一相逢，心事眼波难定。谁省，谁省。从此簟纹灯影②。

赏析

那似是一个梦境。在忧伤的金井旁，一位冰雪般的白衣女子，长发飘飘，在阶前葬花，葬下落红的心事。

蓦然回首，背后凝睇的男子，他的内心发生了一次地震。伊人的笑靥，在每一泓心泉中粲然绽放。从此，曾经沧海难为水。从此，他把短暂的相逢，种在了小园香径中。

只是没有想到，自别后，红窗前，自己孤单的身影瘦过黄花。然而思念如珠，永远都不再断线。

点评

纳兰这首初恋情词极为精巧雅致，细细读来如观仕女图般，字虽简练，情却绵密，可与晏几道的"落花人独立，微雨燕双飞"一比。

小令首句点明了相遇的地点。纳兰生于深庭豪门，辘轳金井本是极常见的事物，但从词句一开始，这一再寻常不过的井台在他心里就不一般了。"正是"二字，托出了分量。

"满砌落花红冷"既渲染了辘轳金井之地

---

①辘轳金井：谓装有辘轳的水井。辘轳，井上汲水的起重装置。金井，指装饰华美的雕栏之井。②簟纹灯影：意思是说，空房独处，寂寞无聊。簟（diàn）纹，指竹席之纹络，这里借指孤眠幽独的景况。

的环境浪漫，又点明了相遇的时节。

金井周围的石阶上层层落红铺砌，使人不忍践踏，而满地的落英又不可遏止地勾起了词人伤感的心绪。

常人往往以落红喻无情物，红色本是暖色调，"落红"便反其意而用，既是他自己寂寞阑珊的心情写照，也是词中所描写的恋爱的最终必然结局的象征吧。最美最动人的事物旋即就如落花飘坠，不可挽留地消逝，余韵袅袅。

在这阑珊的暮春时节，两人突然相逢，"蓦地"是何等的惊奇，是何等的出人意料，故而这种情是突发的、不可预知的，也是不可阻拦的。在古代男女授受不亲的前提下，一见钟情所带来的冲击无法想象。

然而，恋人的心是最不可捉摸的。"心事眼波难定"，惊鸿一瞥的美好情感转而制造了更多的内心纷扰，所以，"谁省，谁省，从此簟纹灯影"这一直转而下的心理变化。正是刹那间的欣喜浸入了绵绵不尽的忧愁和疑惑中——对方的心思无法琢磨，未来的不可测又添上了一分恐慌，于是，深宵的青灯旁、孤枕畔，又多了一个辗转反侧的不眠人儿。

这首词结尾也颇为意味深长，"谁省？谁省？从此簟纹灯影"，问了，却无人来相答，最后自己把一句本想让所思知道的话，"从此簟纹灯影"给了自己，让自己去受那无尽的伤痛怅惘，这是怎样的苦闷啊！

所以，这句话是词本身的戛然而止，更可以说是词人和词所传达的情感的真正开始。盛冬铃《纳兰性德词选》有言："在落花满阶的清晨，作者与他所思的女子蓦然相逢，彼此眉目传情，却无缘交谈。从此，他的心情就再也不能平静了。此作言短意长，结尾颇为含蓄，风格与五代人小令相似。"

如梦令

纤月黄昏庭院，语密翻教醉浅[1]。知否那人心，旧恨新欢相半。谁见。谁见。珊枕泪痕红泫[2]。

赏析

多情自古空余恨，好梦由来最易醒。这句话，是谁说的，他已经忘记。只记得当年，依稀的黄昏，依稀的庭院，依稀的情人，像一朵水莲花不胜凉风的娇羞。月牙、枕头、窗户，这些曾经的美好花朵，已不再盛开。而你们，曾是彼此的美酒，而现在却是彼此的针，思念的时候，就扎入骨髓。

远方的伊人啊，你可知道自你走后，多情公子种下的绿草，蓝天和柳絮已经凋零。只有眼泪，还在肆意生长，开出尘世中最美丽的花。

点评

在《饮水词》中，纳兰容若记录他与恋人相聚一处的情景，每多"黄昏""灯影""深夜"等语。好像只有晚间才能与恋人相见，只有晚间的印象在他记忆里最为鲜明深刻。这大约是富贵人家本有迟眠晏起、俾昼作夜的习惯。

况且容若是个公子，日间要在书房读书，要学习骑射，放学归来时，往往天色已

---

①语密句：意思是对方情意深厚，使自己的醉意顿时消退。翻，反、却，表示转折语气的副词。②珊枕：珊瑚枕。珊瑚多红色，故此指红色枕头。红泫：红泪。

晚，所以所记情景以"夜景"为多。这首《如梦令》即是如此。

小令前两句是回忆旧情。想那时，正值黄昏，一弯新月映照庭院，虽无落霞孤鹜，却有秋水长天。词人大概是心有所萦，便借酒沉醉。

然而恋人翩然而来，悦然相伴，情话绵绵，叙语缠绵，本来浓浓的醉意都被这缱绻慰语驱散了。这回忆的甜美，如饮醇醪。

然而"知否那人心"一句将词人从甜蜜的回忆拉回了残酷的现实。真不知道分别以后，恋人此时内心若何，说不定早就已经把自己忘了，虽言"旧恨新欢相半"，实际上可能迷于新欢，而忘旧恨。

这里的语气似乎是句句埋怨、声声质问了。然而多情自古空余恨，埋怨亦有何用？于是词人只好幽独孤单，相思彷徨，以泪洗面而难以成眠。词人写到此，一定想起了南宋诗人陆游与其妻唐琬的爱情悲剧。陆游初娶唐琬，琴瑟和谐，感情弥笃，但其母不悦，终于两人分离。

几年后一个暮春时节，重游沈园，邂逅相遇，陆游无限惆怅，唐琬为之敬酒，陆游追忆往昔，情不自禁地赋词一阕，题为《钗头凤》。这首《钗头凤》里就有："春如旧，人空瘦，泪痕红鲛绡透"的句子。

这句"泪痕红鲛绡透"，其实就是此处的"珊枕泪痕红泫"，谓因为流泪过多，脸上的红脂粉和着泪把手帕浸透了，足见心怀之悲。至此，词人之悲伤已自不待言，然而亦是空惆怅，徒奈何，所以只能对浩渺苍天发一声：谁见？谁见？以决绝之问收尾全篇。

如梦令

木叶纷纷归路。残月晓风何处①。消息半浮沈②，今夜相思几许。
秋雨，秋雨。一半西风吹去③。

赏析

昨夜的星辰，昨夜的风。昨夜，烂漫的春花和你一个季节的守候，都因那个女子
而憔悴。

"同是天涯沦落人，相逢何必曾相识。"你却没有江州司马的幸运。你们相识，
你们相知，却终生不能相逢。

---

① 残月晓风何处：宋柳永《雨霖铃》词："今宵酒醒何处，杨柳岸晓风残月。"②浮沈：即"浮沉"。意
谓消息隔绝。③秋雨句：用清朱彝尊《转应曲》词句："秋雨，秋雨，一半因风吹去。"

今夜，没有晓风残月，只有曲终人散。只有那凄婉忧伤的夕阳，掩不住残红滴泪，失落地流淌成了黄昏。只有清弦半月，淡夜飞烟，把万般相思尘化成一叶扁舟。一桨一桨，你又沉醉在昨日伊人的风姿摇曳里。那些美丽的落叶，你试图挽留，她们却化作一声叹息，飘走了。

点评

这是一首朦胧含婉的别致小令。开篇呈现的是一幅"无边落木萧萧下"的秋景。值得考究的是这个"木叶"。屈原《九歌》里就有"袅袅兮秋风，洞庭波兮木叶下"，可以说自屈原始，中国古代诗人就开始把它准确地用在一个秋风叶落的季节之中，展现了整个疏朗的清秋气息。

于此词，窸窣飘零透些微黄的叶子，纷纷飘落在词人的归路之中，我们可于此秋景之中，听到离人的叹息，想起游子的漂泊，也可以联想到古代文人"自古逢秋悲寂寥"的悲秋情怀。

然而"残月晓风何处"这句一出，就说明这分明是一首思念之词，思念的对象当是自己的妻子或恋人。想那晓风吹动，西天残月，如此美景，谁人与共？而某一个地方，同样是弯弯的淡月和初秋的寒风，牵挂的人，她还好吗？可是，谁知道呢，因为离别之后，音信早已断绝。

此处虽有"半"，其实是"无"。如斯夜晚，遂只有几许相思加倍滋长。然而，相思苦，苦相思，思到深处人成痴。况且秋雨又落，已倍增其哀愁。唉，那刻骨铭心的恋情，在无奈的现实中，又何时能诉呢？

"一半西风吹去"，明说是秋雨被西风吹散，实际上是说自己的一半心思，被西风吹走了，去跟随远方的人儿。结尾看似平淡，实则意蕴深藏，亦虚亦实，可谓清空绝妙。

天仙子

梦里蘼芜青一剪[①]，玉郎[②]经岁音书远。
暗钟[③]明月不归来，梁上燕，轻罗扇[④]，好风又落桃花片。

赏析

有一种芳草，她有着美丽的名字。想你的时候，就开遍满山。枝枝叶叶，年年岁岁。

有一种岁月，她曾灿烂得动人心弦，又曾零落得一去无迹。曲曲折折，分分秒秒。

而你，究竟是一盒钉子，甜蜜地钉在我肋骨的深处。还是一座雪山，冰冷地立在我相濡以沫的远方？你的远去不归，让月亮等得都有些老了。而那些燕子，仍然不离不弃，重温着那些长出皱纹的海誓山盟。

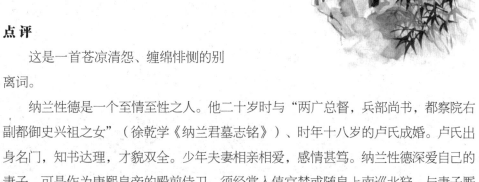

点评

这是一首苍凉清怨、缠绵悱恻的别离词。

纳兰性德是一个至情至性之人。他二十岁时与"两广总督，兵部尚书，都察院右副都御史兴祖之女"（徐乾学《纳兰君墓志铭》）、时年十八岁的卢氏成婚。卢氏出身名门，知书达理，才貌双全。少年夫妻相亲相爱，感情甚笃。纳兰性德深爱自己的妻子，可是作为康熙皇帝的殿前侍卫，须经常入值宫禁或随皇上南巡北狩，与妻子厮

---

①梦里句：蘼芜，一种香草。此句意为梦中所见到的是一片青青齐整的蘼芜。②玉郎：古代对男子之美称，或为女子对丈夫、对情人之爱称。③暗钟：即夜晚的钟声。④轻罗扇：质地极薄的丝织品所制之扇，为女子夏日所用。诗词中常以此隐喻女子之孤寂。

守的时间不多。于是只能让万缕情丝萦绕心头，倾泻在词章里。

纳兰这首《天仙子》就是设想妻子含嗔带恨，埋怨累岁不返的天涯游子。

此词开篇展示的是一幅梦里的图画：一片青青齐整的蘼芜，一位略含忧愁的女子，寂寞的心事，满山的春景。这里的"蘼芜"不仅指一种香草，而且还具有象征意味，因为在古诗词里，"蘼芜"一词多与夫妻分离或闺怨有关。比如《玉台新咏·古诗》中就有"上山采蘼芜，下山逢故夫"这样的诗句。

"玉郎经岁音书远。"果不其然，丈夫走后，音信全无，已有一年。语气似乎很是平静，但是其中的哀怨，自是不可断绝如缕。这比"鸿雁在云鱼在水，惆怅此情难寄"更显沉重，因为"此情"虽然"难寄"，但是毕竟还可以一怨雁鱼，一腔愤愤，终有所泄，而此处音讯全无，何人何物可怨？

写到此，闺人的孤寂哀伤之情怀已经初露。而"暗钟明月不归来，梁上燕，轻罗扇，好风又落桃花片"这几句便将这种落寞心事渲染铺张开来，使其浓醇似酒，沉沉难以慰藉。你看，夜晚的钟声敲响了，明月是那样圆满，梁檐之间，燕子也在呢喃，可远方的丈夫为何不归？尤其是这句"轻罗扇"，扇出一片轻罗小扇的温软之风，于愁怨之中又带着丝丝怀恋与怅惘。整体情调可称"雅隽绝伦"。难怪陈廷焯评价说："不减五代人手笔"。（《词则》卷五）又说："措词遣句，直逼五代人"。（《云韶集》卷十五）总之，整首小词以闺人口吻表达了伤春伤别之情，自然恬淡，明白如话，又意蕴悠长。

天仙子

好在软绡红泪积①，漏痕斜罥菱丝碧②。

古钗封寄玉关秋③，天咫尺，人南北。不信鸳鸯头不白。

赏析

你一直是一根生锈的针，尖锐而犀利，刺在我的心头。

你曾经帮我缝补过去，也能帮我刺穿未来，但是曾经刺绣在心头的思念，已经变成了一朵在午夜悄悄流泪的红玫瑰。

我曾经以为，自己是一个出色的裁缝，能用一根线和一枚小小的针，刺成一句永恒的誓言。誓言，不会流泪。

点评

这小令是纳兰写给爱妻卢氏的，短小精悍，读之味道十足。刘熙载《词概》中说："小令之作'虽小却好，虽好却小'"，这词正如此。

纳兰二十岁时与卢氏成婚。卢氏出身名门，是两广总督卢兴祖之女，才貌双全，许配给纳兰后赐淑人，诰赠一品夫人。在纳兰看来，最重要的恐怕是二人互为知音，因为卢氏也是一位解诗情、识风雅的知性

---

① 好在：犹依旧。软绡：柔软轻薄的丝织物，即轻纱。此处指轻柔精致的衣物。红泪：即伤心之泪。②漏痕：与下句之"古钗"均指草书。斜罥（juàn）：斜挂着。菱丝：菱蔓。③古钗：本指古人用的钗头，后喻指所书字体之笔画挺直如古钗一样。此处借指条条泪痕。玉关：玉门关。古代以玉门关代指遥远的征戍之地。

女子，能与纳兰产生心灵上的共鸣。因此，纳兰与卢氏夫妇琴瑟和谐，甜蜜无限。

但是作为康熙皇帝的殿前侍卫，纳兰身不由己，须经常入值宫禁，或者随皇上南巡北狩，这就导致纳兰常与爱妻分居两地，两人只能以词抒怀，发其幽恨。这首《天仙子》就是词人纳兰在扈从出塞期间写就的。

此词开头两句用典可谓十分恰当，以浑朴古拙之笔写妻子寄来的轻纱，浅叙白描，却不失情真意切，深致动人。且看，你寄来的轻纱上凝聚的泪痕还依稀可见，那斑斑点点的红泪，犹如菱蔓斜挂一般的行行草字。此处用一锦城官妓灼灼之典，《丽情集》中说："灼灼，锦城官妓也，善舞《柘枝》，能歌《水调》，御史裴质与之善。后裴召还，灼灼以软绡聚红泪为寄。"显然，此处软绡，饱含款款相思之情。

"古钗封寄玉关秋"亦用古钗之典，深切委婉地表达了归乡之思，表达了他对爱妻的深情思念。而结句犹显含婉深细，"不信鸳鸯头不白"，是反用李商隐的《代赠》中"鸳鸯可羡头俱白"，也有欧阳修《荷花赋》中句子："已见双鱼能比目，应笑鸳鸯会白头"，亦是"梧桐相待老，鸳鸯会双死"之意。常言咫尺天涯，何况词人已和妻子遥隔千里。

然而不管相隔多远，词人始终坚信，他和他的妻子一定会像鸳鸯一样，一起白头，一起相守终老。

天仙子 渌水亭秋夜①

水浴凉蟾②风入袂，鱼鳞蹙损金波碎③。

好天良夜酒盈樽，心自醉，愁难睡。西风月落城乌④起。

赏析

渌水亭，那是你的家。家中的秋夜，你可是独眠一舟，静听秋雨，陪寂寞看浪花？

此刻，所有的欢乐都消失了，只剩下这些月色，绿波，天风吹来。此刻，你围着它们，像围着与她西窗剪烛的日子。你挥挥手，连月亮都退到云层里失眠。可你哭不出来。你只是忧伤而沉默的多情书生，捻着一根将断的线。而夜的乌鸦，又飞走了。

点评

此篇纤侬而不繁腻，王静安言容若"以自然之眼观物，以自然之舌言情"，可见容若内心感受之敏锐。

词人置身家居环境之中，但见月色映水，荡起金波，天风吹我。"水浴凉蟾风入袂，鱼鳞蹙损金波碎"一句，

---

①渌水亭：渌水，清澈之池水，池在纳兰性德家中。渌水亭，池畔之园亭。②凉蟾：指水中之月。③鱼鳞句：谓水中鱼儿游泳，搅碎了水中的月色。金波，指水中之月光。④城乌：城楼上的乌鸦。

　　　　　　　　　　　　　极生动地写出了由于见到
　　　　　　　　　水波中被风吹碎的月影，词人所
　　　　　　　引发出的一份敏锐纤细的感受。此时此
　　　　刻，面对如此良辰美景，词人手中杯盏自是满斟，
　　　但是酒未入唇，人心已醉，忧愁袭上心头。大概在容若看来，
　　如此天赐美景只醉旁人，与自己倒是无甚关系，正所谓"绿酒朱唇空过眼"。
所以即使面临如此景色，可词人仍不能释怀。

　　词写至此，词人对渌水亭秋夜之景已描摹如画，而面对如此好天良夜，却又"心自醉，愁难睡"，直至通宵不眠。

　　那么，词人究竟为何愁萦身心、无计可消除呢？或许他是想到了亡妻，酒盈樽，却愁煞人。此时的酒想必是越喝越苦涩、越喝越愁，譬如"红酥手，黄縢酒，满城春色宫墙柳"。

　　或许他忧的是壮志难酬。词人在写作此词前不久，曾接受康熙皇帝诏令，奉使出塞。奉使出塞固然实现了他"慷慨欲请缨"的志向，但此行是否能改变他做侍卫的处境，尚有疑问。

　　而后来的事情也证明，他的忧虑果然不是多余的。虽然他万里西行凯旋，即使是"功高高过贰师"，却"归来仍在属车边"。直到去世，仍任侍卫之职。"奉使"不过昙花一现而已。所以他的愁也就如"冰合大河流"一样，茫茫无尽期了。

　　然而不管是何种愁绪，词人终究无能为力。于是"西风月落城乌起"，秋风终起，斜月西沉，词人的希望也像城楼上的乌鸦一样，消逝于无边的黑暗之中了。

长相思

山一程，水一程。身向榆关那畔行①，夜深千帐灯。
风一更②，雪一更。聒碎乡心梦不成③，故园无此声。

赏析

长相思，相思有多长？是"天涯地角有穷时，只有相思无尽处"，还是"长相思兮长相忆，短相思兮无穷极"？

如今行走在关外，你说你知道，一驿复一驿，思亲头易白。只是关外的天，苍凉的蓝。遍地都是橙黄的叶子，三两凄然，三两惆怅。一更，一更。所以明月落下的时候，浮起的是你的悲伤。

家乡还在，只是山高水长，路途残缺。四季还在，只是花开有时，昨日不再。这个异地的夜晚，寒冷温柔着你的骨头。乡关何处是？魂梦依稀时。

点评

清康熙二十一年二月十五日（1682年3月23日），康熙因云南平定，出关东巡，祭告奉天祖陵。纳兰随从康熙帝诣永陵、福陵、昭陵告祭，二十三日出山海关。塞上风雪凄迷，苦寒的天气引发了纳兰对北京什刹海后海家的思念，这首词即在这个背景下写成。

词的开篇，即指出到达塞上山水漫长，路途遥远。"山一程，水一程"描写的是一路上的风景，仿佛是一个赶路的行者骑于马上，回头看看身后走过的路而发出的感叹；又仿佛是亲人送了词人一程又一程，山上水边都有亲人送别的身影。

如果说"山一程，水一程"写的是身后走过的路，那么"身向榆关那畔行"写的就是词人往前瞻望的目的地，也激荡出一种"万里赴戎机，关山度若飞"的萧萧豪迈情怀。而"夜深千帐灯"，写出了皇上远行时候的壮观。且想象一下那幅豪壮的场景，风雪之中，夜空之下，一个个帐篷里透出的暖色调的黄色油灯，在群山里，一路绵延过去。

---

① 身向句：榆关，山海关。那畔，那边。谓此时正向关外行进。②一更：一阵。③聒碎句：吵闹声把思乡的梦搅碎。聒（guō），吵闹声。

多么壮观的景象！难怪王国维会将此与"澄江静如练""落日照大旗""大漠孤烟直"相提并论。

"夜深千帐灯"既是上阕感情酝酿的高潮，也是上、下阕之间的自然转换。夜深人静的时候，正是想家的时候，更何况"风一更，雪一更"。这里的"一更"是指时间，和上面的一程所指的路程，两相映照，又暗示出词人对风雨兼程人生路的深深体验。

风雪夜，作者失眠了，于是数着更数，感慨万千，又开始思乡了。不是故园无此声，而是故园有家有亲人，有天伦之乐，有画眉之趣，让自己没有心思细听这风起雪落，没有机会思忖这温暖家门之外还有侵入骨髓的寒冷。而此时此地，远离家乡，才分外地感觉到了风雪夜异乡旅客的情怀。

"山一程，水一程"与"风一更，雪一更"的两相映照，又暗示出词人对风雨兼程人生路的深深厌倦的心态。首先山长水阔，路途本就漫长而艰辛，再加上塞上恶劣的天气，就算在阳春三月也是风雪交加，凄寒苦楚。这样的天气，这样的境遇，让纳兰生出了悠长的慨叹之意和深沉的倦旅疲惫之心。

纳兰将塞上风景、行军神态，以及自身的怨思之情婉转道来，画面壮美中不乏相思柔情。本词既有韵律优美、民歌风味浓郁的一面，如出水芙蓉纯真清丽；又有含蓄深沉、感情丰富的一面，如夜来风潮回荡激烈，深受后人喜爱。

相见欢

落花如梦凄迷。麝烟①微，又是夕阳潜下小楼西。

愁无限，消瘦尽，有谁知。闲教玉笼鹦鹉念郎诗②。

赏析

落花有意随流水，流水无心恋落花。花儿落了，伊人的心，如小小寂寞的城，上了一把生了红锈的铜锁。

你的梦，早已不是一把锋利无比的剑。无法斩断情网的它，已经老去，静默地躺在剑鞘里。

"夕阳无限好，只是近黄昏。"夕阳多像伊人的脸庞，可它一个微笑也未曾给过你，十几年了。

花落，愁浓。从此，人比黄花瘦。从此，你一心一意，教不知思念为何物的巧嘴鹦哥。念，情人的名字。

点评

这词写的是宫怨。词人以女子的身份入笔，于词中塑造了宫中女子伤春念远的形象。

词之首句"落花如梦凄迷"借用了秦观《浣溪沙》词中的"自在飞花轻似梦，无边丝雨细如愁"，营造出一种春花飘落，如烟似梦一般的迷离氛围。这是室外的景象。而室内，熏炉的香烟袅袅，女子斜倚门廊，静默地看着夕阳又一次慢慢溜下了小楼。

---

① 麝烟：焚烧麝香所散发的香烟。② 闲教句：出自柳永《甘草子》词："却傍金笼共鹦鹉，念粉郎言语。"

此情此景不禁让人想起晏殊的"无可奈何花落去，似曾相识燕归来，小园香径独徘徊"，这其中浸润的愁思怕是与这位女子相同吧。这前三句是对环境氛围的渲染，并没有正面对女主人公进行刻画，但是读者可以想见她日日如此消磨时光，心境如水烟般迷离的落落寡合。

"愁无限，消瘦尽，有谁知？"这三句是正面的心理刻画和情态描摹，鲜明生动，细腻深刻。她日夜思念心上人，可是有一道宫墙横亘，便是隔断了千山万水，终无法将青丝织成同心结，寄给那人。于是只有"为伊消得人憔悴"。可是这一份幽怨又有谁知道呢？

其结处显系柳永"却傍金笼共鹦鹉，念粉郎言语"之句而来，极传神，极细致。因为相思无可排遣，遂只有调弄鹦鹉，教它念意中人的诗，这看似风雅的消遣，其实落寞如空山落花，是她对心上人无可奈何的想念。

总之，这阕小令描写人物外部的细微动作，反衬人物内心的波动，感情细腻婉曲，饱含无限情韵。风格绮丽，凄婉缠绵。语言的锤炼也是容若所注重和擅长的。

昭君怨

深禁①好春谁惜，薄暮瑶阶②伫立。别院管弦声，不分明。

又是梨花欲谢，绣被春寒今夜。寂寂锁朱门，梦承恩③。

赏析

世界上最遥远的距离，不是生与死，而是深宫的高门，阻断了我爱你的视线。

春蚕到死丝方尽。这次你离开了我，是风，是雨，是夜晚，是相思成茧。你笑了笑，我还未摆一摆手，一条寂寞的路便展向两头了。

这个梨花飘零的季节，正是相信爱的年纪。可是我没能唱给你的歌曲，让你一生中常常追忆……

点评

这首词深挚动人，委婉缠绵。作者省略了主语，从宫禁女子的角度，抒写了对已入深宫的表妹的相思苦恋。（参见《梦江南》（昏鸦尽）评析。）

词以宫禁女子口吻疑问语气开篇：在这深深的皇宫里，如此美好的春色又有谁去珍惜？如此一来，词人就把他的想象与表妹的实际处境吻合起来，增添了艺术魅力。

这也是纳兰性德经常使用的艺术手法，明明是作者在想象，而口吻又是所要描写之人的，有时候简直分不清是谁在写。

"薄暮瑶阶伫立"这几句是说，傍晚时分，她伫立在瑶台的台阶上，只听到后宫里管弦音乐声传来，怎么听都不太分明。显然纳兰性德的表妹并未受皇上的宠幸，但是又由于她与纳兰之间的款款深情已经被宫墙隔断，遂内心落寞冷清，在一片丝竹之声的衬托之下，越发凄凉孤寂起来。此几句明里是写她的心怀，暗里表达的却是纳兰对其表妹的深切关怀。

词至下阕，发生了微妙的转折，纳兰由对表妹表示关切转为暗生疑虑。"又是梨花欲谢"。是啊，一年过去了，又是梨花要谢的季节。值得注意的是这个"梨花"，

---

①深禁：即深宫。官宛门户皆设禁卫，故云。②瑶阶：宫殿中台阶的美称。③承恩：受到皇帝的宠幸。

梨花在古诗词里常常是形容女子容貌和美丽的专用词汇，比如白居易的《长恨歌》中就用"梨花一枝春带雨"来形容杨贵妃的美貌。而女子的命运亦如梨花，梨花易谢，女子的青春复有几何？纳兰不禁怀疑表妹能否耐住青春的寂寞，能否守住"梧桐相待老，鸳鸯会双死"的誓言。

"莫非她真会有盼望皇上临幸之心？"纳兰不禁对其表妹心生怨尤。然而从另一方面想，容若的惊恐疑惧，又何曾不是源于他的一片深情？可以说，纳兰把这份对表妹的复杂情感表达得千回百转，凄婉缠绵。

当然，这首《昭君怨》除了以上这种解读外，还有其他的解读。比如有人觉得这首词是容若借嫔妃之怨抒写自己十年青春耗费在"御前侍卫"烦琐而机械的公务中，以致有书难读，有怨难抒，虽蒙皇恩，却内心孤寂、郁郁寡欢的复杂心绪。也有人认为这首词表达了宫女对生活的渴望，因为"好春"无人怜惜，宫女在怅怅伫立中引领"望幸"，等来的却是失望，而年年苦恨又不断重复，在春寒料峭中，无望的宫女只好回到内室去做一个"承恩"的梦了。幻觉中的一点点安慰，无异于镜花水月，既可悲又可叹。

这两种解读，亦是"仁者见仁，智者见智"，因为诗词鉴赏，本无定论，作者所以作之，心也；读者所以鉴之，亦心也。

昭君怨

暮雨丝丝吹湿，倦柳愁荷风急。瘦骨不禁[1]秋，总成愁。
别有心情怎说，未是诉愁时节。谯鼓[2]已三更，梦须[3]成。

赏析

剪不断，理还乱。是什么样的心事，让你在寂寞如水的夜晚里忧愁如许？

窗外，秋雨已在夏天的绳头上打了结。所有的夏花，一夜之间，不再烂漫。清风吹来，一个人的孤独，就是二胡的琴弦低低沉吟，就是伊人的琵琶依依哀怨。

曾几何时，你们的唇间藏尽湖光山色，张开是鸟鸣，合拢是夕阳。而今，飘满的落叶，已有长城万里。琴师不弹《梁祝》，也已有多年。

冬天即将来临，芦花盖满两岸。可你仍然打不开梦的大门。思念的人在远方。而大雁，大雁，又飞过了连绵的群山。

点评

这是一首哀感顽艳的伤秋之作，上景下情，只是轻轻地勾抹，却情致深婉，有余不尽之意令读者去咀嚼、回味。

词从黄昏的秋雨入手，这亦是伤秋词作的常见写法。词人静静伫立在暮雨中，任凭冰冷的秋雨吹湿自己的衣裳，看见曾经郁郁的杨柳被秋风打弯，而亭亭的荷叶也被秋雨淋得悲愁，心中一片忧伤。

---

① 不禁：不能经受。② 谯鼓：古代谯楼城门之上瞭望楼上的更鼓。③ 须：即"应"。

这二句作为景语，写词人眼里的美好景物在秋风秋雨肆虐之下，不能禁受之状。

而秋夜雨滴风急，仍不间断。在如此令人伤感的氛围里，词人很自然地由"倦柳愁荷"联想到自己的境遇。于是词人感觉自己枯瘦的身躯，再也不能经受这寒秋。一句"瘦骨不禁秋"，形象精警地将自己茕茕孑立的情态表现出来，用语十分通俗省净，却让人读后，顿生哀怜。

而词人之所以"人比黄花瘦"，是因为愁绪萦绕心间，正如词中所言"别有心情"，绝非单纯为秋风秋雨而伤怀。

不过这愁又"怎说"？是因为爱不可得，还是亲人亡故，抑或是壮志难酬？词人并没有明说，这反而留下广阔的想象空间。"谯鼓已三更，梦须成。"实在寂寞，唯有去梦中消解，然而夜已三更，梦又不成，此情难诉，更愁上加愁了。

纳兰的大部分词，皆若此阕，篇篇含愁，卷卷成悲，倾其一生，写尽了情深与悲伤，一曲弦歌，弹到最后，依旧是曲高和寡，而纳兰的寂寞，终究无人能懂。

酒泉子

谢却荼蘼①，一片月明如水。篆香消，犹未睡，早鸦啼。

嫩寒无赖②罗衣薄，休傍阑干角。最愁人，灯欲落，雁还飞。

赏析

荼蘼的花期已过。曾经的浪漫，曾经的美好，都在绚丽而孤寂的盛放中，归为片片落花，汩汩流水。

人生是否也如四季？春夏时，百花盛开，带给你满眼的姹紫嫣红，然后又一朵朵地消失，空留寻花人疲倦的踪影？天涯流落思无穷。是这样吗？

想起王菲的歌……最后剩下自己舍不得挑剔，最后对着自己，也不大看得起，谁给我的世界，我都会怀疑。心花怒放，却开到荼蘼。

点评

古语曰："开到荼蘼花事了。"所谓"开到荼蘼"即是言荼蘼开败之日，便是一年的花季结束之时，所有的花也就不会开放了。

---

① 荼蘼：落叶小灌木，攀缘茎，有刺，夏季开白花，清香洁美。② 嫩寒无赖：嫩寒，轻寒、微寒。无赖，犹无情无义。

纳兰此首《酒泉子》一开篇就用了"荼蘼"这一意象，并且还特意把凋零、开败的意味突出一番——用了"谢却"二字。

我想纳兰用这个意象，并不是纯粹描摹自然景物，而是有所象征。因为荼蘼是夏天最后的花，它的开放代表着夏日花季的终结，而一切的事，不管有没有结局，都得在这白色微香中曲终人散。而现在连"唯一"的荼蘼花也凋谢了，可见在纳兰看来，所有的精彩和芬芳也随之消融在渐凉的秋意里，一切归于黯然煞意，走到了尽头。这样，词作一开篇就奠定了凄清哀婉的基调。

"一片月明如水"。现在花季已逝，只有一轮明月，皎皎悬于天宇，播下清冷寂寞的光辉。在这样月明如水的夜晚，李白曾"举杯邀明月，对影成三人"，殊为潇洒，然而终是"月既不解饮，影徒随我身"，月亮难以为伴，影子也徒随自身。

纳兰没有选择像李白一样借酒沉醉，醉后援翰写心，感而抒怀。他没有那样的心境。他只有悄悄燃起心字篆香，一人默默思量自己的重重心事，而越思量就越难以为寐，直至早鸦开始啼叫，还"犹未睡"。总言之，这上阕词，重于写景，而景中含情，明丽清晰。

词至下阕，转以言情为主，情中有景。"嫩寒无赖罗衣薄，休傍阑干角"，气候已经有了些许寒意，词人所穿的衣服已经快遮挡不住这微寒了。其实，身寒仍有衣可御，但是心若寒冷，有甚可御？

所以他对自己说"休傍阑干角"，因为他知道，纵然把阑干拍遍，也无人理解他的登临之意。

最后三句，直抒胸臆而意蕴含婉。君不见，"灯欲落，雁还飞"，这满腔愁绪，怕是又要延续到第二天了。

生查子

东风不解愁，偷展湘裙衩①。独夜背纱笼②，影著纤腰画。
爇尽水沉烟③，露滴鸳鸯瓦。花骨冷宜香④，小立樱桃下。

赏 析

　　是谁，把心事的倒影，描摹成哀愁的形状？是谁，在春风中借着朦胧的星光，含蓄地编织着穿越烟雨的忧伤？有人说，最凄凉、最弄人的不是你知道失去所爱的那一刻，而是你还在徘徊，犹未知道已经失去。所以从此，只有相思无尽处。只有，此恨绵绵无绝期。而那最后深情的一吻，便是：为伊消得人憔悴。

点 评

　　《生查子》词是一首颇有韵味的咏愁佳篇。其笔触之细腻、传神，丝毫不让宋代号称"压倒须眉"的"巾帼"李清照。

　　词的上阕，开篇推出的是一个女子的长裙之特写镜头："东风不解愁，偷展湘裙衩"。这里，词人以"东风"交代季节——春天，并以"不解愁""偷展"等字加以状写，使之人格化，着上了人之感情色彩，从而，在不经意间映衬出了女子的"愁"。继而，由此镜头叠化出一个女子背影纤腰的特写镜头："独夜背纱笼，影著纤腰画。"夜间，一个女子孤零零地背立在纱笼边，熏炉的火光映出她"纤腰"的轮廓。这一特写镜头，显现出春夜一女子之背影，突出其"纤腰"，包孕了这样的潜台词：此女子，

①湘裙衩：指用湘地丝绸制作的裙衩。②纱笼：灯笼。③爇（ruò）尽句：谓沉香已经燃尽。爇，燃烧。水沉，即水沉香、沉香。④花骨句：意谓夜来天寒露冷，而花蕾却发出宜人的香气。花骨，花骨朵，即花蕾。

愁情深长。何以见得？她独自一人，夜而不寐，必有心思。其心思何在？这从首句"东风不解愁"可推知她心中含愁。何愁之有？从其腰肢纤细的身影，读者自可领悟到此乃相思之愁情所致。宋代词人柳永不就有"衣带渐宽终不悔，为伊消得人憔悴"（《凤栖梧》"伫倚危楼风细细"）的名句吗？词的下阕，展现在读者面前的仍是一个个相连接的镜头。首先，推出的是沉香燃尽一刹那的镜头："爇尽水沉烟"。沉香之烟是袅袅升腾的，由此，又引出了另一个镜头："露滴鸳鸯瓦"。镜头之间的切换自然，也让人一目了然。这两个镜头，承接词的上阕，勾勒女子所处的环境，进而衬托其愁情。"爇尽水沉烟"，沉香已燃烧尽了，烟也散失了，照应上文的"纱笼"，暗示此女子夜间独立不寐时间之久。"露滴鸳鸯瓦"，露已生成，滴在成对的瓦上，暗示夜已很深，更见出此女子独立不寐时间之久，从而进一步地渲染其愁情之深、相思之苦。

词至此，已颇有境界，而词人似乎并不满足，又于词的卒章处摇出一个"花骨冷宜香，小立樱桃下"的镜头。宋代诗人苏轼《雨中看牡丹》有"清寒入花骨，肃肃初自持"之诗句。纳兰性德以花骨比喻女子弱骨，此女独立于樱桃花下，与花香颇为相称。在词人的笔下，此女子与花融为一体，其相思之愁情也随着镜头的移动越旋越深。整首小词，轻灵跳荡，率真自然。

生查子

散帙坐凝尘①，吹气幽兰并。茶名龙凤团，香字鸳鸯饼②。
玉局类弹棋，颠倒双栖影③。花月不曾闲，莫放相思醒④。

赏析

被寂寞打开的书卷，经久地合上了。纵然书中有全宇宙的文字，可是没有你的名字。所以，那简陋的爱情，将无法在你那泛黄的日记里驻足停留。

伊人依旧，静若幽兰，美在空空的谷底。可是你寂寞到，要怀念自己了。你为谁流落于此？流落成落寞的音符，奏不成一支思念的曲子。这个花月之夜。你的爱怜，如这么多年的往事。

这个花月之夜。菩提树又开花了，引起你心中无限惆怅……那时，你是何等的温柔，花瓣撒落到她织满月光的鬈发上……

点评

关于这阕词，历来争论甚多。有人认为作为相府的长公子，纳兰性德是生长在温柔富贵之家，这阕《生查子》便是其饫甘餍肥的贵家生活的生动写照。

也有人认为这是一阕抒发对恋人妻子的真情挚爱的忆旧词，因为"幽兰""龙凤团茶""鸳鸯香饼""双栖影"以及不曾闲的"花月"都衬托了词人对心上人的无限相思。

以上两解皆有道理，然而亦是"局部之真理"。此阕词实际上是一首闺怨词，词人是借少女的闺怨来感怀自己

---

①散帙：指打开的书卷。坐：无故，自然而然。凝尘：尘土聚积。②茶名二句：龙凤团，茶名，即龙团凤饼，为宋代著名的贡茶，饼状，上有龙纹，故名。鸳鸯饼，形似鸳鸯的焚香饼。一饼之火，可熏燃一日。③玉局二句：玉局，棋盘之美称。弹棋，古代一种博戏，后至魏改为十六棋，唐为二十四棋。④莫放句：莫引起相思之情。

百无聊赖的境况，而在客观上
又反映了词人身居贵族之家绮
艳优裕的生活。

　　首句"散帙坐凝尘"说
的是散乱的书卷早已蒙上细细
的尘土，显然说明了女主人公
无所事事的心境已经持续很久
了，这一"坐"字，当"无故、
无由"来解，表面是不知道什
么原因，实际上是慵懒无聊、
不想读书。"吹气幽兰并"，
这位美丽女子口中散发的温香
如兰似麝，然而却是幽兰陷于
空谷，无人欣赏。以下四句，
词人用龙凤、鸳鸯、双栖鸟儿
皆成双作对来反衬出女主人公
的孤单寂寞。你看，即使桌上
新沏的龙凤团名茶，燃着鸳鸯
饼的香料，她也无法兴致勃勃，
好不容易下棋解闷，却又看到

双宿鸟儿幸福甜蜜的身影映现在棋盘上。于是，只好发出感叹"花月不曾闲，莫放相
思醒"，告诉自己不要生起相思之情。一个"醒"字，一下子就把上边所描绘的幸福
美满的欢乐之景拉入梦中。"花月"自然是夜晚，相思也是在梦中，想必那时梦中的
自己也流露出微笑了吧。透过最后两句，一种不满闺中生活却又无可奈何的心境，便
流露无遗了。

　　这首词中，纳兰全然不写半点哀愁，但细细读来，全篇句句成哀，句句是悲。词
人写此作时，该是梦醒人无，其凄凉心境下发此艳丽之语，定然是有心布置的。

　　同是写闺怨，纳兰这首小令，遣词用语尽透着华丽之气，诚如夏敬观《蕙风词话
诠评》所言，"寒酸语，不可作，即愁苦之音，亦以华贵出之，饮水词人，所以重光
后身也。"

生查子

短焰剔残花，夜久边声寂^①。倦舞却闻鸡^②，暗觉青绫^③湿。
天水接冥濛^④，一角西南白。欲渡浣花溪^⑤，远梦^⑥轻无力。

赏析

　　惦念是否真只是因为不舍？念念不忘是否只是因为依恋？那一年，你忘了桃花开过没有。那一年，你说，她一袭粉红，美若仙子。即使那时，她总是爱着一身青衣纱袍，落三千青丝。

　　夜凉如水，今夜的你，远在天涯。今夜的她，仍在故园的梦寒湖畔，披下一肩长发，不带任何珠花，步摇。风起时，她的白衣布袍就这样随着风，飘啊，飘。你可曾看见，梦寒湖畔她的身影？你可曾听见，她为你吟诵的一首《竹枝词》——山桃红花满上头，蜀江春水拍山流。花红易衰似郎意，水流无限似侬愁。

点评

　　本阕词为随扈出塞中的思家之作。

　　上阕言词人身在边地，入夜起徘徊，离忧难禁，惆怅难眠。"短焰剔残花"，写

---

①短焰两句：残花，烛花，烛心燃烧后结成的穗状物。边声，指边地特有的声音。②倦舞句：古以闻鸡起舞作为壮士奋发之典故，这里说的是倦于"起舞"却偏偏"闻鸡"的矛盾心情。③青绫：青色的有花纹的丝织物。古代贵族常以之制作被服帷帐等。④冥濛：幽暗不明。⑤浣花溪：在四川省成都市西郊，为锦江支流，溪旁有杜甫故居浣花草堂。这里借指自己的家。⑥远梦：指思念远方的梦。

的是蜡烛燃久，烛花渐高，火焰渐短，故需要把残存的烛花剔去，即剪烛，李商隐《夜雨寄北》里就有"何当共剪西窗烛"的诗句。

当然，离家之后，词人也会像李义山一样，想念千里之外的妻子，也会回想和妻子在一起聚首西窗、共剪烛花的恩爱日子。不过词人此时不是在四川，而是身在边塞，能听见"胡笳互动，牧马悲鸣"的萧索边声，只是由于寒夜已久，这些吟啸之声已经沉寂，暂不能闻。

边声没有听到，荒鸡鸣叫的声音，却听到了。"倦舞却闻鸡"一句，用典出新出奇，深藏了诗人的隐怨。《晋书·祖逖传》中有记："（祖逖）与司空刘琨俱为司州主簿，情好绸缪，共被同寝。中夜闻荒鸡鸣，蹴琨觉曰：'此非恶声也。'因起舞。"本来，闻鸡当起舞，壮士当奋发，有所作为，但是词人闻鸡，却倦于起舞了，不但如此，还"暗觉青绫湿"，清晨的雾气已经把他的衣裳打湿，让他心生寒凉。纳兰反用"闻鸡起舞"的典故，说"倦舞却闻鸡"，表达了他真实而又矛盾的情感。其实纳兰所有词中，他内心矛盾体现得最明显的，就在后期身处边塞所写的作品中。他由于厌倦官场，无心于仕途，细腻的情感无处倾诉，身处边塞，岂能安心入睡？"闻鸡起舞"的积极入世态度本非他所钟爱的，他只能差强人意地生活而不得自由。

纳兰填词就是如此地将情感真实地凸显出来，并不多加掩饰，他也自称"予本多情人，寸心聊自持"。

词至下阕，转以浪漫之笔法出之，写梦里情景，于迷离彷徨中表达了怨尤与离忧交织的心曲。"天水接冥濛，一角西南白"，此二句言处于西南方的家乡已在千里之外，故水也是"天水"，并且由于距离遥远，幽暗不明，在晨光之中泛出一片朦胧之色。既然遥不可及，那就借着梦回去吧，可谁料梦也"轻无力"，不能承托，词人只有任由无边的黑暗把自己吞没了！结句意境凄幽沉婉，尤令人心痛。

点绛唇 咏风兰①

别样②幽芬，更无浓艳③催开处。凌波④欲去，且为东风住。
忒煞萧疏⑤，争奈秋如许。还留取，冷香⑥半缕，第一湘江雨⑦。

赏析

你说，兰花寂寞。你说，你就是一朵幽美的兰花。不是富贵的三春牡丹，不是高洁的盛夏芙蓉，也不是淡雅的金秋菊花。

它始终都是一个淡泊的名字，在你朴素的诗句中：行到水穷处，坐看云起时。行到水穷处，不见穷，不见水——只有一片幽香，冷冷在目，在耳，在衣。回眸一笑便足成千古。

点评

此篇即为题画兼咏物之作。咏物词在古典诗词中是为一大类别。这种词滥觞于唐，宋人继之，渐进佳境。清词中的咏物之作亦多有佳篇美什。但咏物之作极不易工，其上乘者大都借物以寓性情。性德对填写咏物诗词也有自己的看法，他说："唐人诗意不在题中，亦不在诗中者，故高远有味。虽作咏物诗，亦

---

① 风兰：兰花的一种，开白色的花，微香。据张本标题，此词系为张见阳所画兰花的题词。张见阳于康熙十八年曾任湖南江华县县令，故词中特别提到湘江。②别样：特别、不寻常。③浓艳：艳丽、华丽。代指鲜艳的花朵。④凌波：在水上行走。⑤忒煞：太，过于。萧疏：稀疏。⑥冷香：指花之清香气。多喻菊、梅之香气。⑦第一湘江雨：张见阳此时正令湖南江华，故此句意谓见阳所画之风兰堪称画中第一了。

意有寄托，不作死句。"他是这样主张的，也是按照自己的主张去创作的。这首咏风兰的词就是如此。

上阕从香气和姿态两方面对风兰作了精致灵动的描摹。"别样幽芬"言风兰散发出不寻常的香味，这种清幽淡雅的气息，是那些浓艳的花朵无法与之媲美的。风兰不仅在香气上与众不同，而且形态上也如"凌波"，飘飘欲去。此处"凌波"，语出曹植《洛神赋》"凌波微步，罗袜生尘"，本用以形容美好的女子，这里借以描摹风兰轻灵飘逸、柔美无限的样子。东风在这里显然不是春风，可以理解为时光，催花开放和呵护花的力量。整句即言希望风兰这样美好的花不要去得太快，希望美好的事物能够长存。如斯希望，当然美好，然而秋意袭来，风兰只得"忒煞萧疏"。"忒煞"一词写出了词人惜花的惋惜之心。

然而尽管风兰看上去已经太过稀疏，可仍散发出微微香气。显然，这里的"还留取，冷香半缕"用了比喻的修辞手法，因为这风兰终究不是自然界的风兰，只是友人的画罢了。可是，画上的风兰竟然给人一种好似幽香散发的感觉，可见所画之风兰堪称画中第一了。至此，读者方才明白原来这是一阕咏物题画之词。

历来咏物之作，所咏之物，多为菊花、梅花、牡丹、柳树等，至于风兰，吟咏的则少之又少了。风兰本非富贵之花，它只是生长在深山野壑中的小草而已。但纳兰对其情有独钟，大加赞美和称羡。于词中，则字字刻画，又字字天然，不即不离，不粘不脱，即"意有寄托，不作死句。"风兰之形象绰约可见，而又不无诗人性情的处处流露。既咏物又抒怀抱，显然颇含骚雅之旨，寓有诗人深挚的情怀。

王安石曾有一首《北陂杏花》，里面写道："一陂春水绕花身，花影妖娆各占春。"花与水这两个意象的叠加，倒映出美丽的意境。词人固然感叹"忒煞萧疏"，因怕秋风袭来而深锁眉头，却也似乎生出一种"纵被春风吹作雪，绝胜阡陌碾作尘"的宽慰和豁达。所以，"还留取，冷香半缕，第一湘江雨。"这里一个"雨"字又给风兰增添了无限的风致，呈现出凄美的意蕴。苏东坡对王维有过这样中肯的评价："味摩诘之诗，诗中有画。观摩诘之画，画中有诗。"纳兰性德的词也是如此，词里行间透露出悠长无尽的画意来。没有注明，也无须提示，"香""冷""雅"都从纸墨间殷殷透出，随着清澈的流水，随着淅淅沥沥的湘雨，渗着无限凄美的意蕴。就意境而言，画的空间是广阔的，词的空间也是广阔的。两者的交契融合带给我们视觉与神觉上的美好享受。

点绛唇

一种蛾眉①，下弦不似初弦好②。庚郎③未老，何事伤心早？

素壁斜辉，竹影横窗扫。空房悄，乌啼欲晓，又下西楼④了。

赏 析

不只是秋水，伊人。不只是月亮一千年才开一次的微笑。不只是孤独的岸，岸上的路，高天上传来的雁语声声。还有一些事情，一些人，突然消失于一瞬。

不只是寂寞，坐等晨曦的微光。不只是听流水，弃琴，偶尔沉默。也不只是怀念和告别。还有一些云烟，一些往事。

告诉你无凭。

点 评

容若有味道的词好像都与卢氏有关，比如这首《点绛唇》，就是容若在静夜静月之下思人之作，精致深长而又凄凉幽怨。

词从"一种蛾眉"写起，一语双关，既是言月，也是言人。从月解，蛾眉，自然指蛾眉月。"下弦不似初弦好"说的是下弦月不若上弦月出现在满月之前，它出现在

---

① 一种：犹言一样、同是。蛾眉：蚕蛾的触须弯曲细长，故用以比喻女子的眉毛。此借指月亮。②下弦：指农历每月二十三日前后的月亮。初弦：即上弦，指农历每月初八前后的月亮。③庚郎：即庚信，有《伤心赋》。词人二十三岁丧妻，故以庚信自况。④又下西楼：指月落。

满月之后，故而残缺，虽同是蛾眉，却是寄了无限的哀伤；另下弦夜半后现，自是词人伤心难寐，辗转反侧思念旧人的时分。从人解，古人以蛾眉代指女人的眉毛，又以上弦、下弦之月代指女人的眉毛下垂或上弯。故此处是说那下垂的眉毛不如上弯的眉毛好，即愁苦之时的眉毛不如欢乐时的好，意思是说此时的离怀愁绪不如欢聚之快乐。纳兰如此作法，可谓清新而婉曲。"庾郎未老，何事伤心早？"庾郎即庾信，南北朝后周人，骈文写得尤好，著有《伤心赋》，伤其女儿与外孙相继而去时的悲伤，而容若此处以庾信自比，二十三丧妻，故问"何事伤心早？"

　　词至下阕，转以景语出之，化情思为景句，又含蕴要眇之至。"素壁斜辉，竹影横窗扫"这一句，物象并没有任何的感情色彩，却带出了深长而清淡的意境：冷冷清辉，清清素壁，窗前竹影摇曳，似人有无尽心事。纳兰性德似乎一辈子都为心爱之人委婉缱绻，卢氏嫁给他仅三年，但是很快去世。"空房悄"不正是追思么？"乌啼欲晓，又下西楼了。"又是一个不眠之夜，听乌啼，下弦月残独凭吊，哪如上弦月时，共剪窗烛呢？然而房空人去，只有叹息："庾郎未老，何事伤心早？"此句应为通篇词眼。

点绛唇 黄花城①早望

五夜②光寒，照来积雪平于栈③。西风何限④，自起披衣看。
对此茫茫，不觉成长叹。何时旦，晓星欲散，飞起平沙雁⑤。

赏析

大雁飞回了故乡。它们挥动着翅膀，多像挥动一把把剪刀，途中剪碎了什么。是昔去雪如花，今来花如雪？还是昔我往矣，杨柳依依。今我来思，雨雪霏霏？或是，或不是。你只知道，自己在杨柳青青季节依依离去，却无法在雪花飘飘季节踽踽归来。想家，就轻吟一曲淡淡感伤，淡淡愁。而你最大的愿望也就是——在老去的时候，能卸下这一身侍卫的盔甲。在荒芜已久的花园里，种一些树，调一弦素琴，填一首淡泊以明志的小令。

点评

卢氏死后，纳兰随帝王南巡北狩，把自己放逐到万里西风瀚海沙里面去，放逐到斜阳下、断碣残碑里面去。

---

①黄花城：在今北京怀柔区境内。②五夜：即五更。古代将一夜分为甲、乙、丙、丁、戊五段，故称。③栈：栈道。④何限：多少。⑤平沙雁：广漠沙原上之大雁。

此时的词又多了铮铮之音，令人耳目为之一新。而这样的词句，却还是不脱悲凉，即使意境开阔了许多。譬如这首《点绛唇》即是如此。

词的上阕展示的是一幅寒夜阑珊的雪景图。天色将明，已到五更，雪光映照，寒气逼人。在雪光的辉映下，诗人看到积雪已经和栅栏齐平。"照来积雪平于栈"中一"平"字写出了下雪之大，天气之严寒，早已不是"今我来思，雨雪霏霏"中的飘飘花雪了，而是早已"积土成山"的积雪，从而给人一种冷凝冰滞之感。再加上西风大作，惊扰词人清梦，难以成眠，于是只好"自起披衣看"。一"自"写出了孤独寂寞之苦。

下阕为感叹。既是行役，那么离家千里，长途跋涉，饱受颠沛流离之苦自是难免，况且还碰上了这样恶劣的天气！遂对此茫茫一片，"不觉成长叹"。长叹什么？或许是感喟漫漫长夜，风一更雪一更，无人能解难耐清寂孤独之苦，或许是叹息虽是天高地阔，远离那枷锁繁华，却依然自由不得，抑或是感叹身在大漠，边声寒苦，而家乡远在千里之外。但是不管如何百感交集，词人总希望能早一些天亮，见到阳光，似乎这是唯一的解脱。于是词人发出了殷殷的期望：晨星将要散落，城下河边沙滩上大雁正飞起，天什么时候才能亮？

整阕词全用白描，但朴质中饶含韵致，清奇中极见情味。

浣溪沙

泪浥红笺①第几行。唤人娇鸟怕开窗。那能闲过好时光。

屏障厌看金碧画②，罗衣不奈水沉香③。遍翻眉谱④只寻常。

赏析

小院孤独。展开红笺的女孩，心思是一条孤独的鱼，在信笺和心上人之间，安静地游动。荡出去，再回来。一行一行，有鸟鸣，有沉香，还有眉角。她想统统寄过去。这时候的自己，比春天还动人。一行一行。她的眼泪，很温柔地流下来了。不想擦去，你看看，思念我让变得多么落寞，多么美丽。

点评

这首词是从对面写起，写妻子对我之深切怀念。

上阕说她写信寄怀的复杂心绪和由环境触发的感想。"泪浥红笺第几行"写她本想用一纸红笺，遥寄相思，怎奈边写边流泪，以至不知写到第几行便无法写下去了。于是又感到无聊，而窗外的鸟儿娇声啼叫，似乎在告诉人们这是美好的时光，可听此却又牵动了她的愁肠，故而还是将窗子关上，免得添愁增恨。"那能闲过好时光"一句，语出李隆基词《好时光》"彼此当年少，莫负好时光"，原来的意思是劝女及时

---

① 泪浥：沾湿。红笺：红色信纸。② 金碧画：金碧山水画，即以泥金、石青、石绿三色为主的山水画。古人多将此画画于屏风、屏障之上。③ 水沉香：即沉香。落叶乔木，产于亚热带，木材是名贵的熏香料，能沉于水，故又名水沉香。④ 眉谱：古代女子画眉毛的图谱。

嫁夫，"美貌不可持，青春都一响，如遇有情郎，不妨付衷肠"。但是这里，女主人公已经嫁作人妇，应该说并未辜负大好的青春时光。词人化用此语，似有不妥。然而只要对纳兰性德婚后的生活稍加考察，便知此语十分熨帖。纳兰性德是康熙皇帝的殿前侍卫，和妻子结婚以后，须经常入值宫禁或随皇上南巡北狩，因此二人常常分隔两地，离多聚少。所以对妻子而言，虽嫁夫君，然多数时候仍不能与其共享青春，以致她有此虚度年华之感。

下阕转到室内，继续描写她的孤寂无聊。屏风上的金碧山水她厌看，罗衣上的浓郁香气惹她烦恼，眉谱翻了又翻也觉无趣无味。明明是我在思念妻子，却偏从设想中妻子念我写来，如此更显深挚屈曲。此一写法，直叫人想起欧阳修的《踏莎行》。其下阕"寸寸柔肠，盈盈粉泪，楼高莫近危阑倚。平芜尽处是春山，行人更在春山外。"通过设想妻子凭栏远望，思念"行人"的愁苦之象，来写愁思。妻思夫，夫想妻，虚实相生，从而将离愁别绪抒发得淋漓尽致，与纳兰此篇，十分相类。

浣溪沙

谁念西风独自凉①？萧萧黄叶闭疏窗②。沉思往事立残阳。
被酒③莫惊春睡重，赌书消得泼茶香④。当时只道是寻常。

赏析

黄叶飘落成一根潺潺的弦，萧萧地弹拨一阕忆念之曲。雕花的小窗闭了，足不惊尘的你还会来拍打它吗？那年春天，帷幕重重遮蔽了整个季节的花事。你说花雕是花的泪水，豪饮如我，方才半杯就酩酊大醉。那册《花间词》我记得每一页，每一行。我赢得了那个小小的赌约。你衔口亲喂的茉莉香茗，涤荡了我三十年的忧郁。这些寻常的往事，何需我去翻动，一直在我灵魂深处翩翩飞舞。

点评

纳兰性德是中国词史上一位著名的"伤心人"，其词情真意切，清丽凄婉，特别是为悼念其早逝的妻子卢氏而写下的许多词篇，更是泣血之作，哀感顽艳。这首《浣溪沙》就是其中的一篇。

开篇"西风"便奠定了整首词哀伤的基调。词人明知已是"独自凉"，无人念及，却偏要生出"谁念"的诘问。仅此起首一句，便已伤人心髓，后人读来不禁与之同悲。而"凉"字描写的绝不只是天气，更是词人的心境。次句平接，面对萧萧黄叶，又生无限感伤，"伤心人"哪堪重负？纳兰或许只有一闭"疏窗"，设法逃避痛苦以求得内心短时的平静。"西风""黄叶""疏窗""残阳""沉思往事"的词人，到这里，词所列出的意向仿佛推出了一个定格镜头，长久地搌入我们的脑海，让我们为之深深感动。几百年后，我们似乎依然可以看到纳兰孑立的身影，衣袂飘飘，"残阳"下，陷入无限的哀思。

---

① 谁念句：意谓秋天到了，凉意袭人，独自冷落，有谁再念起我呢？"谁"字指亡妻。② 疏窗：刻有花纹的窗户。③ 被酒：中酒、酒醉。④ 赌书句：用李清照故事。李清照《金石录后序》谓自己常与丈夫赵明诚比赛看谁的记性好，能记住某事载于某书某卷某页某行。经查检原书，胜者可饮茶以示庆贺。有时举杯大笑，不觉让茶水泼湿衣裳。此句以此典为喻说明往日与亡妻有着像李清照一样的美满的夫妻生活。

　　下阕很自然地写出了词人对往事的追忆。"被酒莫惊春睡重，赌书消得泼茶香"。春日醉酒，酣甜入眠，满是生活的情趣，而睡意正浓时最紧要的是无人打扰。"莫惊"二字正写出了卢氏不惊扰他的睡眠，对他体贴入微、关爱备至。而这样一位温柔可人的妻子不仅是纳兰生活上的伴侣，更是他文学上的红颜知己。出句写平常生活，对句更进一层。

　　词人在此借用了赵明诚、李清照夫妇"赌书泼茶"的典故。李清照在《〈金石录〉后序》一文中曾追叙她婚后屏居乡里时与丈夫赌书的情景，文中说："余性偶强记，每饭罢，坐归来堂，烹茶，指堆积书史，言某事在某书某卷第几页第几行，以中否角胜负，为饮茶先后。中，即举杯大笑，至茶倾覆怀中，反不得饮而起甘心老是乡矣！"

　　这是文学史上的佳话，意趣盎然。一句"甘心老是乡矣"便写出他们情投意合、安贫乐道的夫妻生活。纳兰以赵明诚、李清照夫妇比自己与卢氏，意在表明自己对卢氏的深深爱恋以及丧失这么一位才情并茂的妻子的无限哀伤。倘若卢氏泉下有知，有如此一位至情至爱的夫君知己，亦能安息了。

　　比起纳兰，李义山算是幸运得多，当他问出"何当共剪西窗烛"时，是自知有"却话巴山夜雨时"的；而我们这位伤心的纳兰明知无法挽回一切，他只有把所有的哀思与无奈化为最后一句"当时只道是寻常"。这七个字我们读来尚且为之心痛，何况词人自己，更是字字皆血泪。当时只是寻常情景，在卢氏逝世后却成了纳兰心中美好的追忆。大凡美好的事物，只有失去它之后我们才懂得珍惜，而美好的事物又往往稍纵即逝，恍若昙花一现。

浣溪沙

消息谁传到拒霜①？两行斜雁碧天长。晚秋风景倍凄凉。

银蒜②押帘人寂寂，玉钗敲竹③信茫茫。黄花开也近重阳。

赏析

怎么还容得下一朵芙蓉花的盛开，在想念与想念之间。盼你归来的心，化作串串音符，在天上飘，在地下流淌。

手指，怎样在银色的帘帷上，弹出芬芳的乐曲？玉钗，怎样在翠绿的竹间，开出烂漫的花朵？

直到大雁南飞，直到黄花开遍重阳，直到一朵云飘进我的小屋，直到阳光开始想念我们相聚的下一个春天。

点评

此为一阕思念之词，写重阳节到来，诗人又深切地怀念起往日的情人来了，他彷徨不安，踌躇难耐，遂赋此以排遣孤寂无聊的幽情。吴世昌《词林新话》云："此必有相知名'菊'者为此词所属意，惜其本事已不可考。"此即言纳兰曾有所恋之人，本词即为她而作。既然本事无考，我们也不必非去计较对方究竟是谁，

---

① 拒霜：木芙蓉花，俗称芙蓉或芙蓉花，仲秋开花，耐寒不落，故名拒霜。②银蒜：银制的蒜形帘押。
③玉钗敲竹：用玉钗轻轻敲竹以排遣愁怀。

只把它当作一首爱情词去欣赏就够了。

纳兰的爱情词深婉哀怨，惯于从思念的对象着笔，以倍增其强烈而深挚的怀念之情。此阕亦是。上阕写室外的景象，点出盼望离人当归而未归的怨离凄凉之情。"消息谁传到拒霜"，是谁传来了消息说，待到秋天木芙蓉花开的时候他便回来？以设问起句，突出了女主人公一腔哀怨的心思。

那究竟是谁告知她漂泊的离人即将归家呢？是那狠心的萧郎寄来的红笺，还是芙蓉花开的秋季，抑或只是女主人公自己空渺的幻想？也许真是她自己，明知良人未有归期，可为了得到心灵上的慰藉，只好拟个归期骗骗自己。若是这样，她的怨倒是自怨自艾了。二、三句转写鸿雁长空，晚秋空寂之景，渲染了凄凉的氛围和心境。

下阕转入室内情景的刻画。"银蒜"两句，写女子在怅然愁苦之际，只好把玩银制的蒜形帘押，用精致的玉钗轻轻敲竹以排遣愁怀，这两个细节描绘，生动绝妙地表达了她孤独寂寞、百无聊赖的意绪。

结句"黄花开也近重阳"以重阳黄花照应开头，进一步烘托出深情思念之幽怀。黄花，即菊花，菊花开时，秋天

已至，这时候芙蓉花也开了吧，但是思念的人，仍然没有归来。不仅没有归来，连那"消息谁传到拒霜"里美好的消息，也是虚假的了。如此结局，堪称残酷，读之亦备感凄凉孤苦，惆怅不欢。

浣溪沙

雨歇梧桐^①泪乍收，遣怀翻^②自忆从头。摘花销恨旧风流^③。帘影碧桃人已去^④，屟痕^⑤苍藓径^⑥空留。两眉^⑦何处月如钩？

赏析

撒几许秋雨在纸上，润湿久藏的情感，掀开心幕的一角，不再对梧桐隐瞒。

多少次在词里描摹，回忆的路，被泪雾遮断。多少次独倚斜栏，无语望天。

曾用相思把桃树瘦弯，曾让涌动的心潮，把缺月盈满。心曲悠悠，穿不过一袭帘影，情话绵绵，只凝成手边的一缕轻烟。

对影举觞，看月缺月圆。参不透从古到今的痴心人，为何没有嫦娥奔月的决然。

——月缺是思，月圆是念。

点评

这首《浣溪沙》，从内容看大概是纳兰写给他早年曾爱恋过的一位女子的。在青梅竹马的表妹、生死患难的卢氏之前，何来这样一位惊鸿照影的美人？

史籍已无从可考，可那份深切的思念却力透纸背，如岁月一般悠长，纵使青丝变

---

①雨歇梧桐：唐温庭筠《更漏子》词："梧桐树，三更雨，不道离情更苦。"②翻：同"反"，表示转折，相当于"反而""却"。③摘花句：意思是当初曾与她有过美好的风流的往事。杜甫《佳人》："摘花不插发，采柏动盈掬。"④碧桃人已去：唐崔护《题都城南庄》："人面不知何处去，桃花依旧笑春风"。⑤屟（xiè）痕：即鞋痕。屟，木板拖鞋。⑥径：小路。⑦两眉：代指所思恋之人。

成白发也无法忘怀。

词上阕从景起，情景交织。"雨歇梧桐泪乍收"，从秋雨写起，说的是秋雨已经消歇，梧桐树叶不再滴雨。

"泪乍收"似是语涉双关，可以说是梧桐停止滴雨，就好像停止了流泪，如此则梧桐已然通了人性，自是脉脉含情；也可以说是词人听见秋雨暂歇而不再泫然流泪，如此则伤情毕现。但不管作何种解释，词人的伤感都是不变的。

这种伤感之情，也由"遣怀"二句点明。原来词人之所以伤感，都是因为他忆起了曾与伊人有过的一段美好的风流往事，即"摘花销恨旧风流"。

"摘花销恨"出自五代王仁裕《开元天宝遗事》卷二"销恨花"条："明皇于禁苑中，初，有千叶桃盛开，帝与贵妃日逐宴于树下，帝曰：'不独萱草忘怀，此花亦能销恨。'"

在这里，词人借以说明自己和昔日的恋人一起度过的那段美好岁月。是啊，那时候，伊人如花、笑盈春园，那时候，闲窗影里，琴曲相映，两人一起看云卷云舒，花开花落，何等浪漫，何等甜蜜！可是这一切都成了"旧风流"！一语"旧风流"，几多惆怅，几多悲伤！

下阕紧承"旧风流"，铺写眼前空寂之景。"帘影碧桃人已去，屧痕苍藓径空留"，化用了唐崔护《题都城南庄》中的"人面不知何处去，桃花依旧笑春风"，表达了好景不长的感慨和无限怅惘的情怀。你看，帘影招招，碧桃依旧，长满苍藓的小径上，她那娇小的鞋痕犹在，可是人却不知何处去了。此情此景，真是叫人无限叹惋。"两眉何处月如钩？"结句遂以遥遥生问表达了深深的怀念之情。

浣溪沙

莲漏①三声烛半条，杏花微雨湿红绡②。那将红豆寄无聊③。
春色已看浓似酒，归期安得信如潮④。离魂入夜倩⑤谁招。

赏析

这是春天的夜晚。一位寂寞的女子，默默地守候着流泪的蜡烛，在水一方。

在水一方。你就是那个古老故事中的伊人，有着杏花一样的小心思，被离别的微雨，一点一点地打湿。

从此，君问归期未有期。遥寄的南国红豆，还保留着他的体温。从此，徐徐的风和满地的小红花，年年撩起你心底的轻愁。从此，许多春天的夜晚，潮水来时，你女孩子的梦，已经梦不见他在春天
归来。

点评

此篇是以女子口吻写离情。

上阕景起，"莲漏三声烛半条"说得是已是深夜，蜡烛已经燃尽了一半。女主人公既听得见"莲漏三声"就说明她还未入睡，或是无法安寝。而此时杏花微雨，雨湿红花。此时落红满地的春景，推窗便可以看见，即使不看，也可以想见。下接以"那将红豆寄无聊"，用一细小情节便把相思

---

①莲漏：即莲花漏，古代一种计时器。②杏花微雨：清明前后杏花盛开时的雨。红绡：代指红色花朵。③红豆：红豆树、海红豆及相思子果实的统称。古诗词中常以之象征爱情或相思等。那：犹奈。白居易《罢杭州领吴郡寄三相公》："那将最剧郡，付与苦慵人。"④信如潮：即如信潮，谓如定期到来的潮水一样准确无误。
⑤倩：请。

无聊的情态勾画得活灵活现。

"红豆"一词，在古诗词中常象征爱情、相思。唐王维就有《相思》一诗："红豆生南国，春来发几枝？愿君多采撷，此物最相思。"是啊，红豆本相思之物，女主人公此刻却怨此红豆——为何要将红豆寄给我，平添一份相思愁苦？真乃无奈之语，心情低沉由此可见一斑。

下阕写失望的心情。"春色已看浓似酒"，用醇酒来比喻浓浓春色，言春已深，大概是取自金元好问《西园》诗："皇州春色浓如酒，醉煞西园歌舞人"，而在意境上有所更易——以纳兰词的愁苦哀怨取代了《西园》诗的暖意融融。并且，这里词人用了"已看"二字，给人一种恋人不在，即使是三春美景也无甚可赏的苦涩愁怨之感。于是，盼离人归来之心十分殷切。但是结果如何？"归期安得信如潮"，他的归期怎能和定期到来的潮水一样准确无误呢？貌似归期不定，其实是"君问归期应无期"。这里"信如潮"用了李益《江南曲》中的典故。《江南曲》云"嫁得瞿塘贾，朝朝误妾期。早知潮有信，嫁与弄潮儿"，写的是一思妇因丈夫是瞿塘商贾，"重利轻别离"，天天不得相聚，而不由得暗中后悔："早知道还不如嫁给弄潮儿呢！毕竟潮水的涨落有确定的时刻。"纳兰用此典，也是表达相同的意思：潮来潮去尚且有期，唯牵挂之人滞留于外，几多埋怨，几多追悔。但追悔并非真悔，而是嗔怪至极的表现，骨子里还是盼望早日相聚，以解相思之苦。"离魂入夜倩谁招"正是言此，此女子思忖恋人归期不详，万般无奈，只好盼望与他梦里相逢。

然而"倩谁招"一语，使这最后的幻想都成了无望之想，遂露出无限失望之情。此之结尾，沉重凄苦至极，令人读之久久不能释怀。

浣溪沙

欲问江梅①瘦几分，只看愁损②翠罗裙。麝篝②衾冷惜余熏③。
可耐④暮寒长倚竹，便教⑤春好不开门。枇杷花底校书人⑥。

赏 析

相思的时节，不期而至。梅花一样消瘦的女子，独伫在江边。

静静地，脉脉地。春风来时，她立在风中，裙也翩翩，发也翩翩。春风来时，她凝睇远方，思念如河，涟漪如歌。

黄昏。她寂寂地弹着琵琶，衣上酒痕诗里字，点点行行，总是凄凉意。月满西楼的时候，她还恋恋地等着，那个说过"曾经沧海难为水"的男子，来敲门。

却不知，在那株枇杷树下，青春原是一本伤感的书，爱情原是一只没有桨的小船。

点 评

这首词是纳兰性德写给沈宛的。卢氏逝世后，纳兰续弦了官氏，但此远未能抚平纳兰性德心灵上对卢氏的深切怀念，以及由此而带来的苦楚和忧伤。文友顾贞观目睹词人的影只形单，片羽

---

①江梅：野梅。此处以江梅喻离去的侍妾沈宛。②愁损：因愁情而使人消瘦。③麝篝：燃烧麝香的熏笼。余熏：麝香燃后的余热。④可耐：可奈，无可奈何。杜甫《佳人》诗："天寒翠袖薄，日暮倚修竹。"⑤便教：即便是，纵然是。⑥校书人：唐王建《寄蜀中薛涛校书》诗："万里桥边女校书，枇杷花里闭门居。"薛涛是唐代名妓，能诗，故后世称能诗文的妓女为女校书。这里借指花下读书人。

告之"峰泖之间，颇饶佳丽"，愿亲自"泛舟一往"，从而带来了江南才女沈宛。沈氏从迢迢江南，不远万里，别亲离戚，就只为了能和仰慕许久、诗才斐然的纳兰性德相见。二人一见如故，并盟誓次年联姻。然而他们的金石之盟却遭到了素来疼爱纳兰的明珠所阻，琴瑟相和不足半年，沈宛就凄然返回江南。而纳兰自是深陷入思念之中，每当江梅盛开时，他便会想起他的那位"万里桥边女校书，枇杷花里闭门居"的宛妹。

词作从江梅写起，大概是"花稍小而疏瘦有韵"的梅花总让词人不由想起他的那位宛妹。否则词人怎么会问，要知江边的梅树瘦削了几分，只要看看她的腰肢如何清瘦便知晓了呢。显然，"欲问"两句用了互喻的手法，以梅喻人，又以人喻梅，看是梅瘦几分，实则是说人比梅瘦。而人为什么会消瘦呢，显然是愁情过度所致。"麝篝衾冷惜余熏"转而写室内环境。麝香的熏笼在独自燃烧，被子因无人拥盖而变得寒冷，而那麝香燃后的余热总让人心生怜惜。此处"惜"字既是写熏香，也是写女主人公追怀往事的心绪，既是惜香，也是惜人，写出了在这美好的春光里愁极无聊，寂寞无绪的情态。

下阕"可耐"二句同上阕"欲问"二句一样用了折进的手法，宛转含蓄地刻画其孤独愁苦的形影情状。"可耐暮寒长倚竹"一句，翻用杜甫《佳人》中诗句"天寒翠袖薄，日暮倚修竹"，写天寒日暮之际，女主人公倚修竹而临风，表现她形容憔悴和内心的寂寞哀怨。"便教春好不开门"，则把这种悒悒无聊之感深化一番，故而又透过一层。结句"枇杷花底校书人"，"校书人"原指唐蜀妓女薛涛，此处当指沈宛。此句写她站在枇杷树下，无限怅惘。"枇杷"音同"琵琶"，而琵琶在古诗词里是哀怨的象征，不禁让人想到白居易的《琵琶行》，如此结句，堪称简洁平易而幽婉杳渺。

浣溪沙

一半残阳下小楼，朱帘斜控①软金钩。倚阑无绪不能愁②。
有个盈盈③骑马过，薄妆浅黛亦风流。见人羞涩却回头。

赏　析

　　黄昏时分，你登上狭窄的小楼。夕阳被你娇小的步子挤下了山，留下栏杆一排，珠帘一条，飞鸟一双。

　　你就这样静静地伫立。左边的鞋印才黄昏，右边的鞋印已深夜。你的愁，很淡，很芳香。它让你又一次数错了，懒惰的分分秒秒。

　　终于，你骑一匹小马出城。怀中的兰佩，温软，如满月的光辉。他看你时，你也想看他。但是，你却莞尔回头。

点　评

　　纳兰词总的来说都过于伤情悲切。当然，也有些明快的篇章，虽然为数极少，却是难得的亮色。比如这阕清新可人的《浣溪沙》。

　　上阕情语出之于景语，写女子意兴阑珊之貌。首句点明时间是黄昏，正是夕阳西下时分，朱帘斜斜地垂挂在软软的金钩上，一副颇无心情的懒散样子。

　　"倚阑无绪不能愁"是说这位女子倚靠着阑杆，心绪无聊，而又不能控制心中

---

①斜控：斜斜地垂挂。控，下垂、弯曲貌。②不能愁：不能控制心中的忧愁。③盈盈：谓仪态美好。此处代指仪态美好之人。严绳孙《虞美人》词："有个盈盈相并说游人。"

的忧愁。此三句以简洁省净之笔墨描摹了一幅傍晚时分的深闺女子倚栏怀远图，为下阕骑马出游做好铺垫。

下阕亦刻画了一个小的场景，但同时描绘了一个细节，活灵活现地勾画出这位闺中女子怀春又羞怯的形象。

"有个盈盈骑马过"一句，清新可喜，与清照"倚门回首，却把青梅嗅"有异曲同工之妙。特别是"盈盈"一词，形容女子，有说不出的熨帖生动，不由叫人想到金庸《笑傲江湖》中那位美貌少女任盈盈，以及《笑傲江湖·后记》中金庸对她的评价："这个姑娘非常怕羞腼腆"。

"薄妆浅黛亦风流"一句则凸现了她的风情万种，"薄""浅"形容她的容貌，"亦"字说她稍加打扮就很漂亮。那这样一个袅娜娉婷的小女子出去游玩会发生什么样的趣事呢？

末句言，"见人羞涩却回头"。好一个"见人羞涩却回头"！这只是少女一个极细微的，几乎叫人难以察觉的动作，词人却捕捉到了，轻轻一笔，就活灵活现地勾画出闺中女子怀春又娇羞的复杂心情。

可以说，骑马少女薄妆浅黛羞涩回头的神态，把原本显得低沉的夕阳、小楼、斜挂的朱帘、软垂的金钩及无聊的心绪衬托为一幅情景交融、极具美感的画卷，令人读来口角生香，有意犹未尽之感。

浣溪沙

睡起惺忪①强自支。绿倾蝉鬓②下帘时。夜来愁损小腰肢。

远信不归③空伫望，幽期细数却参差④。更兼何事耐寻思。

赏析

假如雨后还是雨，忧伤之后还是忧伤，那么这离别之后的离别，幽居的伊人又怎能从容面对？在梦里，她在探测，远方的人用胳臂拥抱自己的距离。清晨醒来，她用三千烦恼丝，织成了一条彩虹的小径，等他归来。

"我再等一分钟，或许下一分钟，看到你闪烁的眼，很想温暖你的脸。"然而，无可奈何的花，已经落去；似曾相识的燕，也已归来。心上人却在何方？

守候不来，失落的女子，唯有"小园香径独徘徊"……

点评

这首《浣溪沙》，在那些并不熟悉纳兰词的读者看来，也许更像是历史上某个女词人的闺怨作品，而非出自一个位居御前侍卫，有着武官身份的满族男性的笔下。因

①惺忪：因刚醒而眼睛模糊不清。②绿倾蝉鬓：形容低垂着头，头发偏堕的样子。绿，指妇女似绿云的头发。蝉鬓，古代妇女的一种发式。因轻薄似蝉翼，故称蝉鬓。③远信不归：指对方没有来信。④幽期：男女间的私约。参差：依约、仿佛，意谓不甚分明。

为这首词在词体上有着很浓的女性化倾向，写一女子思念丈夫的幽独孤凄的苦况，属于伤离之作。

上阕写她的形貌。"睡起惺忪强自支"，说的是因刚醒而眼睛模糊不清，要打起精神，支撑住自己。一"强"字写出了挺起精神以迎清晨的艰难与不愿。看她早晨一副睡眼蒙眬、倦于起床的模样，便知昨夜睡得很晚，大概是夜深灯残，灯火明灭之际，才斜靠枕头，聊作睡去。"绿倾蝉鬓下帘时"一句是对她头发的描绘。

此处，纳兰用"绿"字来形容她的头发好似绿云，真是给人几多悠远的想象。佳人醒后下帘，头发偏堕也懒得梳理，大概是心有所怀吧。柳永《定风波》词就有"暖酥消，腻云軃（duǒ），终日厌厌倦梳裹"的句子，用以表达女子由于思恋自己的丈夫，连梳妆打扮之事也无心去做。果不其然，"夜来愁损小腰肢"，过度的哀愁已经令她身体受损了，可见心怀之深，愁绪之重。

那么究竟是什么让她"愁损小腰肢"呢？词之下阕从她的心理入手，将原因"娓娓道来"。

"远信不归空伫望"言对方远离却没有来信，只有苦苦凝望，寂寂等待。因为不通音信，所以相思难寄，这就必然使她对远方情人的思念更加迫切，相见的欲望更加强烈。遂有下句的"幽期细数"，即暗自数着相会的时日，希望能一解相思之苦。然而结果是"却参差"，即言由于心思太乱，故而数了又数，却仍然数不清相会的日期。

然而不管究于何因，幽期既误，他日再聚已成幻梦。于是发出"更兼何事耐寻思"的喟叹，感觉已经没有什么事情再值得思量了，心境遂臻于绝望。整首词的格调虽平淡幽远，但感情幽婉凄怨，秉持了纳兰词一贯的词风。

浣溪沙

残雪凝辉冷画屏①。落梅②横笛已三更。更无人处月胧明③。

我是人间惆怅客，知君何事泪纵横。断肠声④里忆平生。

赏析

又是黄昏时分，瓣瓣梅花在横笛声中，依依飘落。月色如水。

一个寂寞的男子，眼神忧郁，歌喉忧伤，把岁月翻成发黄的线装书，蜷缩在记忆的角落。更鼓声声。

一个寂寞的男子，就是人世间伤心的过客，在回忆中往事中，潸然泪下。花落也断肠……

点评

本词运用了老套的上阕写景，下阕抒情的手法，但景清情切，颇令人动容。"残

---

①画屏：绘有彩画的屏风。②落梅：古代羌族乐曲名，又名《梅花落》，以横笛吹奏。③月胧明：月色朦胧。
④断肠声：白居易《长恨歌》中"夜雨闻铃肠断声。"

雪凝辉冷画屏"。残雪是指雪停后留在地面、房屋上的雪，此句是说院子里残雪的余晖衬着月光映在画屏上，使得绘有彩画的屏看上去也显得凄冷。而这时候，幽怨的笛声悄然响起。此处"落梅"并不是指梅花一瓣两瓣的随凉风飘落，而是指古笛曲《梅花落》，李白《司马将军歌》里有句："向月楼中吹落梅"。"已三更"说明此时已是夜深，词人无法安寝，静听那笛声呜呜咽咽声地惹断人肠，而屋外阒无一人，越发显得月光清辉如此朦朦胧胧。

上阕通过"残雪""凝辉""落梅""三更""月胧明"等字句，营造出了一种既清且冷，既孤且单的意境，大有屈原"世人皆醉我独醒"的孤独感，而这种感觉大抵只能给人带来痛苦和茫然。

下阕，词人紧接着便抛出"我是人间惆怅客"的感喟。好一句"我是人间惆怅客"！纳兰容若可谓是才华绝代的人物，奈何天妒英才，仅活了三十一岁。他在精神气质上颇似贾宝玉的贵胄公子，身居"华林"而独被"悲凉之雾"，读他的词，挚意深情而凄婉动人，这是因为婚后仅仅三年，妻子便因病早逝，自己的精神家园重新被毁，这对他的感情影响极大，之后写了许多篇哀感顽艳的回忆、悼念他妻子的诗词。知道了这些，就知道词人在写词时是怎样一种心情了，就不用再问为什么他说自己是人间惆怅客了。

接下来一句是"知君何事泪纵横"。这个"君"指的是谁？是朋友？是知己？还是那天上朦胧的月亮？都不是，而恰恰就是纳兰自己。当一个人倦了，累了，苦了，伤了的时候，便不禁会忍不住地自言自语，自怨自艾，自问自答，何况是纳兰这样的至情至性之人呢？词句至此，已令读者唏嘘不已，不料还有下一句，"断肠声里忆平生"更是伤人欲死，短短七字，不禁令人潸然泪下……

浣溪沙

五字诗中目乍成①。尽教残福②折书生。手挼③裙带那时情。
别后心期④和梦杳，年来憔悴与愁并。夕阳依旧小窗明⑤。

赏析

在那首互通情意的五言诗中，你们的目光，平平仄仄，押韵完美。

你说，从你到她，相爱只有一盏月光的距离。她静默着。微笑，成双成对地，开遍她那诱人的嘴角。从此，小径上长出串串的脚印，月光播下长长的身影。

你们钻进两只蝴蝶的故事里，成为主角。那时候，谁也没有想到，夕阳已经备好一把离别的刀。而离别后，你的忧愁，长成了一棵没有年轮的树，永不老去。

点评

这首词写别后相思。

上阕写追忆往日的恋情，写的也是初恋情态。"五字诗中目乍成"。想想你我互赠五言诗文，刚刚通过眉目传情而结为亲好的那时候，该是多么甜蜜！"目乍成"用了一个古老而浪漫的典故。《楚辞·九歌·少司命》曰："满堂兮美人，忽独与余兮目成。"朱熹注为："言美人并会，盈满于堂，而司命独与我眽而相视，以成亲好。"古代男女之间，禁忌甚多，遂有琵琶传幽情，锦字寄相思，不过最令人心旌摇荡的莫过于这眉目传情，秋波暗送了。

---

①五字诗：即五言诗。目成：男女间以目传情。②残福：短暂的幸福。③挼（nuó）：揉搓。④心期：心相期许。⑤小窗明：唐方械《失题》诗："夕阳如有意，长傍小窗明。"

接下来两句就要说心心相印后的幽会了。因为是私订终身，没经媒婆之言，所以两人亲昵的时间很短暂，这心中的幸福感自然也很短暂。所以两人就要加倍珍惜，“尽教”二字即是言此，这是对幽会中男女双方心理的描绘。

“手挼裙带那时情”一句则是对幽会中女子神态的细节描绘。少女默默无语，纤手轻捻裙带，潜藏心底的深情却已一泄无遗。上阕用了两个细节描写，便刻画出当日相恋的幸福情景，其结句尤为鲜活动人。

下阕写今日的相思。“别后心期和梦杳”。一个“别”字将时间从幸福美好的当时，拉到倍添相思的如今。自离别后，心心相印的情话，白头偕老的誓言已经变得和梦一样渺茫遥远了。而一个“杳”字，诠释了离别的黯然销魂。这样，“年来憔悴与愁并”也就在情理之中了。

古代诗人、词人写自己颜色憔悴、形容枯槁，多用宛转之笔，比如《古诗十九首》有“相去日以远，衣带日以缓”，贺铸有“憔悴几秋风”（《小重山》），柳永有“衣带渐宽终不悔”（《蝶恋花》），赵汝茪有“罗裙小。一点相思，满塘春草”（《摘红英》），但是纳兰并没有如此委婉而出，而是直抒其怀，毫不隐曲。这也可以说是纳兰自遣之词的特点之一。结句“夕阳依旧小窗明”出之于景语，余有不尽之意。

从这首词中，词人以女子的身份诉说自己心中的忧苦，盼望自己的意中人能够早日回家。词人与妻子感情笃深，妻子却不幸英年早逝，离他而去。词人的人生是凄苦的，相爱的妻子早早离他而去，自己壮志未酬，他也因“寒疾”过早地离开人世。也正是由于他的凄苦人生才给后人留下诸多优秀的词篇。

或许人生就是如此，总是不完美地留下许多遗憾。像流星一样从天空划过，精彩只是片刻，留下的确是无尽的黑夜，而这黑夜需要一个人独自去承受。

浣溪沙

记绾长条欲别难①。盈盈自此隔银湾②。便无风雪也摧残。

青雀几时裁锦字③，玉虫连夜剪春幡④。不禁辛苦况⑤相关。

赏析

你又想起，长亭送别时的难舍难分。那一枝枝折下的柳条，轻轻垂下的，不是柳叶，而是花前月下的甜蜜，西窗剪烛的温馨。而如今，风再吹时，已是芳草天涯。已是盈盈一水间，脉脉不得语。

有人说，爱过，是世界上最富有的。却不知，缘分原是那薄薄的春幡，经不起离别的一握揉皱。等缕缕的叹息声，在舌尖上舞蹈时，我们已经老了。再彼此相望，才发现那张曾经熟读成诵的脸庞，早已不再相识。

点评

这是一首抒写离情别绪的词作。清丽典雅，又不失深情婉致。

上阕写离恨。"记绾长条欲别难"是写当时分别的情景。"长条"指柳条。在古人那里，柳与离别有密切关系，古人习惯折柳送别，所以见了杨柳就容易引起离愁，比如王昌龄的《闺怨》："闺中少妇不知愁，春日凝妆上翠楼。忽见陌头杨柳色，悔教夫婿觅封侯"，未言折柳，只是"忽见"，就离情殷殷了。"欲别难"道尽分离时难分难舍的景况。虽然别情难禁，十分不舍，但一别之后便音容杳然，天各一方了。

---

①绾（wǎn）：缠绕打结。长条：柳条，古人有折柳赠别的习俗。②盈盈：形容水的清澈。银湾：银河。③青雀：青鸟，传说是西王母的信使，后用为信使的代称。锦字：女子寄给丈夫或情人的书信。④玉虫：灯花。春幡：立春日做的小旗。旧时习俗，在立春之日将其悬挂枝头或戴在头上以示迎春。⑤况：正，适。

这句"盈盈自此隔银湾"袭用《古诗十九首》"迢迢牵牛星，皎皎河汉女。盈盈一水间，脉脉不得语"，将自己和恋人比成牛郎织女，分居银河两边。然而牛郎织女还有七夕，还有鹊桥之会，还有"金风玉露一相逢，胜却人间无数"，可是作者和恋人之间有什么？故而，作者慨然叹曰："便无风雪也摧残"，意谓而今纵是无风雪摧逼的好时光，也依然是惆怅难耐。此言，直中能曲，凄婉动人。

下阕连用典故，写企盼之情。"青雀几时裁锦字"。"青雀"，即青鸟，传说西王母饲养的鸟，能传递信息，后世常以此指传信的使者。"锦字"，织锦上的字。前秦苻坚时，窦滔未带妻室赴襄阳镇守。其妻苏蕙，因思念丈夫，织锦为《回文旋图诗》以寄，后世常以此指妻子寄书丈夫，表达相思之情。此句是说盼望着对方音信的到来。接下是"玉虫连夜剪春幡"。春幡，是指立春日做的小旗。古称"立春"春气始而建立，黄河中下游地区土壤逐渐解冻。《岁时风土记》："立春之日，士大夫之家，剪彩为小幡，谓之春幡。或悬于家人之头，或缀于花枝之下。"辛弃疾《立春日》也有"春已归来，看美人头上，袅袅春幡。"看来这"春幡"当为女子所剪，那么"玉虫连夜剪春幡"所言对象已经不是作者自己了，而是作者想象彼女正在灯下挑灯剪春幡的情景，这不禁让人疑窦顿起：上句分明是言作者自己，而这句怎么猝然言彼呢？其实不难理解。因为上句是盼信，既然锦字不回，作者只好思绪飘然离身，飞入她处，好悉知她的境况如何了。而女子剪幡，好像是盼春，其实是盼望着与情人重聚。此之笔法，堪称迂回曲折，含不尽意。但是这些愿望都成了无望。一句"不禁辛苦况相关"，让人顿从云端跌落，于是失落、忧伤萦怀，难以排遣。

浣溪沙

身向云山那畔①行。北风吹断马嘶声。深秋远塞若为情②。
一抹晚烟荒戍垒③，半竿斜日旧关城。古今幽恨几时平。

你黯然地卸了鞍。你的行囊没有剑。历史的锁，没有钥匙。

赏 析

戍守的人已归了，留下边地的残堡。十七世纪的草原，那些身向云山的身影，留给了吹断马嘶的北风。射中过深秋的箭，挂过边塞的铁钉，被黄昏和望归的靴子磨平的晚烟。一切都老了，一切都抹上夕阳的锈。

只有一座旧城，不能再瞭望，不能再系马。

点 评

康熙二十一年（1682）八月，纳兰受命与副都统郎谈等出使觇梭龙打虎山，十二月还京。此篇大约作于此行中。与此一首写作同时尚有《沁园春》（试望阴山）、《蝶恋花》（尽日惊风吹木叶）等词作。这首词抒发了奉使出塞的凄惘之情。

"身向云山那畔行"。起句点明此行之目的地，很容易让人想起同是纳兰的"山一程，水一程，身向榆关那畔行"。"北风吹断马嘶声"中"北风"言明时节为秋，亦称"秋声"。唐苏颋《汾上惊秋》有："北风吹白云，万里渡河汾。心绪逢摇落，

---

① 那畔：那边。②若为情：何以为情，是怎样的情怀。③荒戍垒：荒凉萧瑟的营垒。戍，保卫。

秋声不可闻。"

边地北风，从来都音声肃杀，听了这肃杀之声，只会使人愁绪纷乱，心情悲伤。而纳兰在此处云"北风吹断马嘶声"。听闻如此强劲，如此凛冽的北风，作者心境若何，可想而知。难怪他会感慨"深秋远塞若为情"。

下阕"一抹晚烟荒戍垒，半竿斜日旧关城"以简古疏淡之笔勾勒了一幅充满萧索之气的战地风光画面。晚烟一抹，袅然升起，飘荡于天际，营垒荒凉而萧瑟；时至黄昏，落日半斜，没于旗杆，而关城依旧。词中的寥廓的意境不禁让人想起王维的"大漠孤烟直，长河落日圆"以及范仲淹的"千嶂里，长烟落日孤城闭"。故而张草纫在《纳兰词笺注》前言中言，纳兰的边塞词"写得精劲深雄，可以说是填补了词作品上的一个空白点"。

然而平心而论，无论是"一抹晚烟荒戍垒，半竿斜日旧关城""万帐穹庐人醉，星影要摇欲坠"，还是"山一程、水一程，身向榆关那畔行，夜深千帐灯"，纳兰都不过是边塞所见所历的白描，作者本身并没有倾注深刻的生命体验，这类作品的张力无法与范仲淹"塞下秋来风景异"同日而语。

不过，纳兰的边塞词当中那种漂泊的诗意的自我放逐感的确是其独擅。比如本篇的结尾"古今幽恨几时平"，极写出塞远行的清苦和古今幽恨，既不同于遣戍关外的流人凄楚哀苦的呻吟，又不是卫边士卒万里怀乡之浩叹，而是纳兰对浩渺的宇宙、纷繁的人生以及无常的世事的独特感悟，虽可能囿于一己，然而其情不胜真诚，其感不胜拳挚。

观之此词，全篇除结句外皆出之以景语，描绘了深秋远寒、荒烟落照的凄凉之景，而景中又无处不含悠悠苍凉的今昔之感，可谓景情交练。最后"古今幽恨几时平"则点明主旨。

浣溪沙

万里阴山①万里沙。谁将绿鬓斗霜华②。年来强半③在天涯。
魂梦不离金屈戍④，画图亲展玉鸦叉⑤。生怜瘦减一分花⑥。

赏析

没有楚天千里清秋，没有执手相看泪眼。只有阴山，胡马难度的阴山。这里，大漠孤烟直，长河落日圆。这里，猎猎的风，将你的寸寸青丝吹成缕缕白发。

岁岁年年，你望见的是连绵千万里的黄沙。黄沙的尽头，闺中的她管你叫，天涯。

魂牵梦绕中，你将她翩翩的画像打开。一遍遍回想，她的温柔她的笑。直到地老天荒，直到那些离别和失望的伤痛，已经发不出声音来了。

点评

纳兰此篇，亦为边塞词，抒发了出使万里荒漠，与妻子分离的痛苦之情。

上阕写塞上荒凉萧索之景、岁月流逝之感。"万里阴山万里沙。""阴山"，不是确指，而是今河套以北、大漠以南诸山的统称。唐宋以后，诗人、词人写出塞似乎必写阴山，仿佛阴山就是出塞的象征。

从王昌龄的"但使龙城飞将在，不教胡马度阴山"，岑参的"四边伐鼓雪海

---

①阴山：今河套以北、大漠以南诸山的统称。②绿鬓：乌黑的头发。斗：斗取，即对着。霜华：指秋霜，谓白发。
③强半：大半、过半。④金屈戍：屈戍，门窗上的环纽。此处代指梦中思念的家园。⑤玉鸦叉：玉制鸦形的叉子。此处借指闺里人之容貌。⑥生怜：犹甚怜、剧怜。此句谓最可怜者是家中的妻子，因思夫而消瘦。

涌，三军大呼阴山动"，到陈亮的"壮气尽消人脆好，冠盖阴山观雪"，无不如此。纳兰亦写阴山，且和"万里沙"并用，虽不如前辈们寄托遥深，但景色写来确实极其广袤。置身于这样一片茫茫沙漠之中，多愁善感的作者自是感慨万端。"谁将绿鬓斗霜华。"这是反问，意谓是谁人使我青丝染成白发？古人常借绿、翠、霜等形容头发的颜色。如张孝祥《转调二郎神》有"绿鬓点霜，玉肌消雪，两处十分憔悴"，李白《秋浦歌》有："不知明镜里，何处得秋霜"。

而将两色相比，以衬人朱颜老去，也是惯常作法，如：叶梦得《念奴娇》"绿鬓人归，如今虽，空有千茎雪"。接下来一句点明白发之缘由。"年来强半在天涯。"纳兰本是满族人，塞外才是他的家乡，然而他现在竟称之以"天涯"，何种心情，可想而知。

昔日清高宗要寻侍郎世臣的错儿，见世臣"一轮明月新秋夜，应照长安尔我家"之句，便大为震怒，说盛京是我们祖宗发祥之地，是我们真的家乡，世臣忘却，以长安为家，大不敬！如果他看见容若这首词，不知要怎么说？

下阕写愁心、离颜。"魂梦不离金屈戌"。出塞半年以来，词人梦魂夜驰，飞越千山万水，去和家里的妻子相会。不是"徘徊不语，今夜梦魂何处去"不是"佳人何处，梦魂俱远"，更不是"梦魂纵有也成虚，那堪和梦无"。作者的梦魂从来就没有离开过故园和伊人。情痴如此，可嗟可叹。若言"魂梦不离金屈戌"说的是魂梦飞渡，静夜之怀，那么"画图亲展玉鸦叉"说的就是对画凝睇，白日相思。你看他亲自展开的妻子的画图，一遍又一遍地想象她的面庞，以至于发出"生怜瘦减一分花"的爱怜体慰之语。是啊，最可怜者，莫过于闺中妻子因思念丈夫而玉容憔悴了。纳兰能写此语，堪称千古之柔情人也。

纳兰词全鉴

浣溪沙

凤髻抛残①秋草生。高梧湿月冷无声。当时七夕记深盟②。
信得羽衣传钿合③，悔教罗袜葬倾城④。人间空唱雨淋铃⑤。

赏析

抚摸不到她的青丝一缕。枯黄的秋草，就是她小小寂寞的坟，就是你遥遥的天涯。梧桐有多高，月亮有多远，你有多么沉默。还记得吗？

当她的长发缀满了春光，你就闻闻上面的花香。当她的脸庞映着夜的芬芳，你就吻吻上面的月光。你说，送给爱一片落叶，不要问为什么。只知道，在七夕的誓言里，它曾经那么鲜绿，那么烂漫过。而今，花自飘零水自流。你用夕阳葬下她的芳魂，用泪流成河的喉，再唱一千遍，那首古老的歌。

点评

这是一首低回缠绵、哀婉凄切的悼亡之作。词中借唐明皇与杨贵妃之典故，深情地表达了对亡妻绵绵无尽的怀念与哀思。

首句"凤髻抛残秋草生"言妻子逝世。"凤髻"指古代女子的一种发型。唐宇文氏《妆台记》载："周文王于髻上加珠翠翘花，傅之铅粉，其髻高名曰凤髻。""凤髻抛残"，是说爱妻已经凄然逝去，掩埋入土，她的坟头，秋草已生，不甚萧瑟。"高梧湿月冷无声"句描绘了一幅无限凄凉的月景。妻子去后，作者神思茕茕，而梧桐依旧，寒月皎皎，湿润欲泪，四处阴冷，一片阒寂。临此寞寞落落之景，作者不禁想起七夕时的深盟。据陈鸿《长恨歌传》云：天宝十载，唐玄宗与杨玉环在骊山避暑，适逢七月七日之夕。玉环独与玄宗"凭肩而立，因仰天感牛女事，密相誓心，愿世世为夫妇。""当时七夕记深盟"句即用玄宗杨妃之事来自比，言自己和妻子也曾像李杨一般发出"梧桐相待老，鸳鸯会双死"的旦旦信誓。

---

①凤髻抛残：指鬓发散乱。凤髻是古代女子的一种发型。②当时句：指唐明皇与杨贵妃曾在七月七盟誓，愿永为夫妇。③羽衣：原指用鸟的羽毛织成的衣服，后代道士或神仙所穿之衣。这里指道士。钿合：首饰盒。④罗袜：丝罗织成之袜。此处代指亡妻的遗物。倾城：绝色美女的代称。这里代指亡妻。⑤雨淋铃：据唐郑处诲《明皇杂录补遗》，唐明皇曾作《雨淋铃》曲以悼念杨贵妃。

下阕尽言悼亡之情。"信得"两句亦用李杨典故以自指。据陈鸿《长恨歌传》，安史之乱后，唐玄宗复归长安，对杨贵妃思怀沉痛不已，遂命道士寻觅，后道士访得玉环，玉环则"指碧衣取金钿合，各析其半，授使者（指道士）。曰：'为谢太上皇，谨献是物，寻旧好也。'"此处作者的意思是说，原来相信道士可以传递亡妻的信物，但后悔的是她的遗物都与她一同埋葬了，因此就不能如玄宗一般，"唯将旧物表深情，钿合金钗寄将去"。此言一出，即谓两人之间已经完全阴阳相隔，不能再幽情相传，一腔心曲，再也无法共叙。于是只能"人间空唱雨淋铃"。"雨淋铃"，即雨霖铃，唐教坊曲名。据唐郑处诲《唐明皇杂录补遗》云："明皇既幸蜀，西南行初入斜谷，属霖雨涉旬，于栈道雨中闻铃，音与山相应。上既悼念贵妃，采其声为《雨霖铃》曲，以寄恨焉。"作者用此语，意谓亡妻已逝，滚滚红尘，茫茫人间，如今唯有自己空自怅痛了。

一句"人间空唱雨淋铃"，悲恻凄绝，哀伤怆恨，唱出了纳兰字字泣血的心声，如寡妇夜哭，缠绵幽咽，不能终听。

纳兰性德作为一个出身显赫的富家公子，虽然身世得到很多人的羡慕，但是自己并不快乐。他是个率性而自然的人，然而不如意的爱情让他饱受折磨。他自幼天资聪颖，读书过目不忘，数岁时即习骑射，后又入太学，举进士，成为皇帝的近臣，但是却十分厌恶官场的生活。加之婚姻悲剧事故的摧残，纳兰在之后所写的大部悼亡诗词中，一再流露出哀婉凄楚的不尽相思之情和怅然若失的怀念心绪。他的悼亡之词婉丽凄清，真挚深切让人不忍卒读。这一首词也同样如此，毫无矫揉造作的成分，只有一份真情融在其中，令人读罢不禁黯然神伤。

义山有诗"劝栽黄竹莫栽桑"，沧海桑田，有几段感情经得起沧海桑田呢？世人最不愿看见的事往往是最常、最易发生的事。他现在为杨妃为之一哭，为亡妻为之一哭，而其情又有谁可以为之一哭呢？

浣溪沙

肠断班骓①去未还，绣屏深锁凤箫②寒。一春幽梦有无间。

逗雨疏花③浓淡改，关心④芳草浅深难。不成风月转摧残⑤。

赏析

一袭白衣的忧伤男子。他不是归人，而是个过客。

他哒哒的马蹄已经远去。只剩下，你庭院深深的心事，被锁在寂寞的黄昏。钥匙已经被他带走。再没有呜咽的洞箫划过江南，没有归棹的桨声轻叩季节。

你有的仅是一春幽梦，倾国倾城。梦中有微微的雨，淡淡的花，萋萋的芳草，缕缕的情丝。你说，我不愿醒来，你不要追问。东风来时，三月的柳絮满天飞舞。

点评

这首词是以闺中女子的口吻写离愁别恨的。

上阕写的是丈夫远行在外，闺中人寂寂无聊，索寞伤怀的心绪。"肠断班骓去未还"一句表达了良人离去后闺中女子的魂销肠断、情思凄苦。"班骓" 指毛色青白相间的骏马，古诗词中常以指称情人所骑之马，这里说的是征人。征人离家以后，迟迟不归，闺人寂寞难耐，索寞无聊，绣屏紧锁，凤箫也闲置起来不再吹奏了。"深""寒"二字分明写出了此女子"欲取鸣琴弹，恨无知音赏"而只好闲弃不奏的怅然情怀。

①班骓：身上有杂色斑纹的马。李商隐《对雪》诗："关河冻合东西路，肠断班骓送陆郎"。②凤箫：排箫。③逗雨疏花：春雨撒在稀疏的花上。④关心：牵惹人的情思。⑤不成：难道。风月：春日的风光，此处喻为男女间情爱之事。转：渐渐。

清醒时的现实，总是惹人怅惘，于是闺中人只好假于梦境，希冀能慰藉现实中的寂寞孤苦。

"一春幽梦有无间。"幽梦固然美好，然而在有无之间，道是有还是没有？或是独处深闺，幽梦难寻，灯尽梦回，更觉寂寞难堪。

下阕笔锋一转，由渲染气氛烘托心情，转为描摹景物。其意虽转，但其情却与上阕接连不断。"逗雨疏花浓淡改，关心芳草浅深难。"迷离的春雨轻撒在稀疏的花上，让花改变了浓淡的颜色，牵惹人的情思的芳草也难辨深浅。明显的三春景色，意味思妇的惜春自怜。

"浓淡改"写娇嫩的花朵在雨水的敲打中颜色由浓转淡，"浅深难"写萋萋的芳草由浅而深，此二句皆寄寓春色易逝之感。

由此二句铺垫，自然引出"不成风月转摧残"，以情语为景语作结：难道这男女之情也会像春天一般渐渐凋残？春色本来美好，但是在她看来，却如女子，青春一逝，则红颜将老，恰如流水年华一去不再。遂触景伤情，益增思念。全词凄婉缠绵，语虽淡而情浓。

浣溪沙

旋拂轻容写洛神①，须知浅笑是深颦②。十分天与可怜春③。
掩抑薄寒施软障④，抱持纤影藉芳茵⑤。未能无意下香尘⑥。

赏析

紫薇茉莉花残，斜阳照却阑干。轻声吟唱的，是你，洛神一样绝美的女子。月光下，一位翩翩多情公子，执笔作画，为你。

画下，你双眼皮的呼吸和袅娜的脚印。画下，你的酒窝，随微笑，一张一合，醉倒十坛美酒，他的忧愁。

你是春天的姐妹。皱皱眉头，就是微风一缕，细雨一丝。你有薄薄的寒冷，他有暖暖的夕阳。你们一起拥抱的时候，芳草开遍天涯。

点评

这首词清新洒脱，写的是为一美若神仙的女子画像，表达了对这位女子由衷的赞美和怜爱。

上阕说为她画像。"旋拂轻容写洛神"，频频地拂拭绢纸为她画像。作者用"轻容"来指代画纸，用"洛神"来指代女子，皆含不胜爱怜之情。因为轻容是纱中最轻者，《类苑》云："轻容，无花薄纱也"；洛神是指传说中的洛水女神，名宓妃，以女神称人，褒爱之心，自是可见。"须知浅笑是深颦"。乍读此句似不

---

①旋：漫，随意。轻容：薄纱。这里指用来画画的素绢。写：画。洛神：洛水女神宓妃，古诗文中常用来代指美女。这句说随意拂拭素绢为她画像。②颦（pín）：皱眉。③天与：天生。可怜：可爱。④掩抑：抵挡。软障：布幔。这句说怕画中人因衣着单薄感到冷，所以画上布幔挡风。⑤藉：践，立。芳茵：华美的地毯。⑥香尘：女子步履扬起的灰尘。这里指人间。

可解者，为何浅浅微笑就是深深蹙眉？联系上句方知，此句是说，她的形象实在太可爱了，连不高兴时皱眉的样子都好像是在微笑。

这句实绝佳语，绝传神语。而后作者说她"十分天与可怜春"也就十分自然，丝毫不显矫揉造作。不仅不造作，反而清新生动：如此可爱，当是天生；如此美丽，好比春天。

下阕说画中的情景，但不是客观的描述，而是语带深情。词人对爱人的怜惜，使得他对画中"她"也照顾得无微不至。画中的"她""罗薄透凝脂"，他怕"她"衣衫单薄会感到寒冷，于是把"她"置身在华美的芳香褥垫上。"掩抑""抱持"即表明其怜爱之情切。

最后的收束又颇为浪漫，将眼前之人与画中人合一，说她是仙女下到了尘界。而"未能无意"又将她情意绵绵的情态勾出。这种情致绵绵的开怀之作，在纳兰词中实不多见，但也同样体现着纳兰词的真纯深婉。

浣溪沙

十二红帘窣地深①，才移划袜②又沉吟。晚晴天气惜轻阴③。
珠衱佩囊三合字④，宝钗拢髻两分心⑤。定缘何事湿兰襟⑥。

赏析

整个早晨，你想编一个花环，把两个人的爱围住。但花儿却滑落了。黄昏的时候，你垂下红帘，把自己深深地藏起来。可是藏不住的夕阳，流淌出来。落霞与孤鹜齐飞时，爱的，不爱的，都已告别。只剩柔情在徘徊不安。相爱的季节。

你虽然有柳树的腰肢，桃花的眼神，芳草的发髻。但春天又要走了，你不知道，花落谁家。夜晚，花瓣合起。你为谁憔悴？不过是缘来缘散，缘如水。

点评

此篇写闺怨。词只就少女的形貌作了几笔的勾勒，犹如两组影像的组接。

上阕描写闺中场景和她犹豫不定的行动。“十二红帘窣地深，才移划袜又沉吟”，绣织有太平鸟的红色帘幕垂挂在地上，刚刚移动了脚步又迟疑起来。

起首这两句，通过描写垂挂的帘幕和犹疑的行为，渲染出女主人公若有所思、怅然若失的情态，把她的生活环境和内心矛盾含蓄而细腻地揭示了出来，为全词营造出迷离

---

①十二红：太平鸟的别称。窣（sū）：下垂。②划（chǎn）袜：只穿袜子而不穿鞋。五代李煜《菩萨蛮》词：“袜划步香阶，手提金缕鞋”。③轻阴：疏淡的树荫。④珠衱（jié）：饰有珠玉的腰带。三合字：在两个香囊上各绣三个半边字，合在一起即成三个字。男女双方各戴一个香囊以示爱情。⑤两分心：女子的发型，从中间分开。⑥定缘：前世注定的姻缘。何事：为什么。兰襟：衣襟。

恍惚的意境。以下一句，"晚晴天气惜轻阴"。"晚"点明时间已值傍晚，"晴"说明天气晴朗。因为时候已经不早了，所以树阴不再浓密，转而疏淡。此句表面上说的是少女对轻阴的怜惜，实际上是借物言己，惜阴以自惜，哀叹青春将逝，故要加倍珍惜。

下阕是其梳妆打扮的特写。"珠祓佩囊三合字，宝钗拢鬓两分心。"缀有珠玉的裙带上佩戴着香囊，正切中了"三合"之吉日字；宝钗将发髻拢起，好像分开的两个心字。如此精妙的刻画，直使女主人公形神毕见了。而"三合字"与"两分心"既是对女主人公装束的如实描绘，也是对其和恋人双方爱情关系的指代。古代阴阳家以十二地支配金、木、水、火，取生、旺、墓三者以合局，谓之"三合"，据以选择吉日良辰。

钗不仅是一种饰物，还是一种寄情的表物。古代恋人或夫妻之间有一种赠别的习俗：女子将头上的钗一分为二，一半赠给对方，一半自留，待到他日重见再合在一起。辛弃疾词《祝英台近·晚春》中的"宝钗分，桃叶渡，烟柳暗南浦"，即在表述这种离情。故此词中"宝钗拢鬓两分心"实际上饱含女主人公与自己所爱分离的痛楚。也正是因此，才有了末句"定缘何事湿兰襟"的疑问：我俩的姻缘是前世注定的，你为什么还要泪湿衣襟呢？看其语气，是在反诘，似乎对前景充满信心，其实隐忧无限。或许女主人公早已清楚，这一美好姻缘在现实中屡遭创伤，几经磨难乃至难以为继，而自己又委实难断情缘，遂以慰语自安，亦求安人。

浣溪沙 寄严荪友

藕荡桥边埋钓筒①，苎萝西去五湖东②。笔床茶灶太从容③。
况有短墙银杏④雨，更兼高阁玉兰风。画眉闲了画芙蓉⑤。

赏析

夏日的藕荡桥边，你住在亭亭的荷叶隔壁，用丝丝的绿萍问候湖水。你的钓竿已经归隐山林。而你，已归隐钓竿。

挥一挥左手，苎萝山从西边归来；挥一挥右手，太湖在东边流淌。

你有一支笔，可以闯入许多唐朝诗人的句子里，没有飞鸟的群山，没有人迹的小径。你有茶灶，可以采撷几片宋词，舀起三江水，煮成清茶一杯。你还有很多从容，

①藕荡桥：严荪友无锡西洋溪宅第附近之桥，荪友以此而自号藕荡渔人。钓筒：插在水里捕鱼的竹器。
②苎萝：苎萝山，在浙江省诸暨市南。五湖：即太湖。③笔床：卧置毛笔的器具。茶灶：烹茶的小炉灶。
④银杏：即白果树，又名公孙树。⑤画眉：指汉张敞为妻子画眉之故实，喻夫妻和美。芙蓉：指严氏故乡无锡的芙蓉湖（在无锡西北，又名射贵湖、无锡湖）。

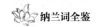
留给妻子，在她眉间画上一对对云朵。你有一生的晴朗天气。

点评

严荪友即严绳孙。严绳孙（1623 — 1702），号藕渔，又号藕荡渔人，江南无锡（今属江苏）人。康熙十八年（1679）以江南名布衣身份被推荐参加"鸿博"考试，临场时，因目疾仅作成《省耕诗》一首即退场，期望能就此脱身。但康熙帝笼络士子之心正切，就援引唐代祖咏以咏雪诗二十字入选的掌故，破格以"久知其名"擢置二等末，授翰林院检讨，让他参与编修《明史》，不久充日讲官，迁右中允，又不久即告别官宦，回归故里，杜门不出，以书画著述终老。著有《秋水集》，小令特佳，清逸幽婉而时见冷峻藏锋。容若与严氏交情颇厚，寄赠不少，本篇大约作于康熙十六年（1677）。

此篇作法别致，即全是想象之语，全从对面写来，是对南归故里的荪友的生活情景的描绘。

开首"藕荡桥边埋钓筒，苎萝西去五湖东"二句，言荪友过着隐逸高致的生活，桥边垂钓，五湖泛舟，自在陶然之极。"埋"字表现出欣于垂钓，陶然忘机的沉醉情形，让人生出无限向往之心。"西""东"二字，分明有着苏东坡"竹杖芒鞋轻胜马"的潇洒飘逸，不禁令人歆羡。接下是"笔床茶灶太从容"，此言或执笔写写画画，或烹茶品茗，从容自乐。这种徜徉山水、从容度日的方式，正是自来遁迹山林者所乐的境界。词里突出地表现了这种闲适、超脱的襟怀。由景物入笔，又以景写人，很好地表达了荪友的山水性情。上阕三句平平叙述，几乎没有任何刻画渲染，但正是在这种随意平淡的语调和舒缓从容的节奏中，透露出作者对荪友一片萧散自得、悠闲自如的情趣的激赏。

"况有短墙银杏雨，更兼高阁玉兰风"。此二句系承上阕意，谓其居处更饶安闲之景，短墙银杏，高阁玉兰，著雨经风更加风流动人。"况有""更兼"二词的运用，更是把这种怡然自得的情怀荡漾得沁溢而出。末句"画眉闲了画芙蓉"。"画眉"用张敞画眉事典，寓指荪友家庭生活和谐，夫妻和美。"画芙蓉"指闲暇之余，可以游逛芙蓉湖，寄情山水，照应前面"藕荡桥边埋钓筒，苎萝西去五湖东"的意境，凸现了严氏清逸高朗、放情山水的品格。

纵览全词，作者满怀深情地描绘了南归故里的荪友的生活情景，不言自己对友人的怀念，而是写对方归隐之放情自乐。此种写法便显得更为深透，更加倍地表达出思念友人的情怀。

浣溪沙

欲寄愁心朔雁边①，西风浊酒惨离颜②。黄花时节碧云天③。
古戍烽烟迷斥堠④，夕阳村落解鞍鞯⑤。不知征战几人还。

赏析

在边塞送客。寒秋苍茫，大地苍茫，你的别情苍茫。

"我寄愁心与明月，随风直到夜郎西。"在离别的筵席上，你始终无法做到红尘一笑，行到水穷处，坐看云起时。

因为，这里的天，是碧云天。这里的地，是黄花地；因为，这里，温一壶离愁，就能将心中的悲伤喝个够。孤帆远影碧空尽。

终于，故人走了。留下一股烽烟，一片夕阳，一座城楼，一件马鞍。有人说，守着它们一生的人，不知道有几个可以生还。

点评

纳兰词多偏婉约一脉，很多词读来忧伤默默，哀婉不尽。然而偏偏他也有几首偏向豪放的词，这首《浣溪沙》就是其中之一。下阕中"古戍烽烟迷斥堠，夕阳村落解鞍鞯"还颇有唐朝边塞诗的味道。然而纳兰毕竟不是岑参那类边塞诗人，唐时的边塞诗是荒凉中透出豪迈，纳兰词却是豪迈转向了凄凉。

---

①"欲寄"句：李白《闻王昌龄左迁龙标遥有此寄》诗："我寄愁心与明月，随风直到夜郎西。"朔雁：边地之雁。②惨离颜：谓离别时忧愁凄苦之形貌。③黄花句：元王实甫《西厢记》："碧云天，黄花地，西风紧，北雁南飞。"④古戍：古时戍守之处。烽烟：古时边防报警的烽火。斥堠：侦察的人。⑤解鞍鞯：谓卸去行装以驻扎安营。

这首词写词人使至塞上，又于客中送客，由此联想到长年戍守边关的将士，遂不胜悲悯和伤怀之感。

上阕写客中送客。首句借用李白《闻王昌龄左迁龙标遥有此寄》诗："我寄愁心与明月，随风直到夜郎西。"李白这首诗是他听说王昌龄被贬谪为龙标尉后所作，其将自己的"愁心"寄托明月，不仅表现出李王二人的心灵都如明月般纯洁、光明，而且也意喻了只要明月还在，他们二人的友谊就会像皓月一样永远长久。词人引用李白诗句，自然道出了他对友人的一片深情：我将对你的一片情思寄托给朔雁，希望它带着我的思念伴你至朔方，聊慰你孤寂的身影。"西风浊酒惨离颜，黄花时节碧云天"两句描述了秋日边地惆怅的离别场景。"西风"句谓秋风中，浊酒一杯，为君饯行，离别的筵宴，不胜忧愁凄苦。"黄花时节碧云天"一句从高低两个角度描绘出寥廓苍茫、萧飒零落的秋景，渲染了离别的苦况，不禁叫人想起范仲淹《苏幕遮》"碧云天，黄叶地，秋色连波，波上寒烟翠"和王实甫《西厢记》"碧云天，黄花地，西风紧，北雁南飞。"

下阕写边关苍茫凄清之景。由于是塞外送客，且友人也是前往边地，所以别筵罢后，词人不禁想到边地戍守情形。"古戍烽烟迷斥堠，夕阳村落解鞍鞯"即是言此。古戍苍苍，烽火已燃，硝烟顿起，戍卒登楼眺望；残阳西落，军卒夕归，卸去行装，驻扎安营。此二句颇能见出纳兰边塞词的雄浑苍凉。结句"不知征战几人还"，袭用王翰《凉州词》"醉卧沙场君莫笑，古来征战几人回？"，表达了对边地士兵的悲悯之情，引人思索。

浣溪沙

败叶填溪水已冰，夕阳犹照短长亭①。何年废寺失题名②。

倚马客临碑上字，斗鸡人③拨佛前灯，净消尘土礼金经。

赏析

萧瑟秋风今又是。这样的季节，你身只影孤，踽踽独行，来到了一座废弃的庙宇。你看见叶子枯黄，在溪水里飘零。你看见长亭依旧，送别的人，却早已不在天涯行路。

你骑上骏马，奔走在无人的荒野。看见那些断壁残垣，那些荣辱浮沉，终是悲欢离合总无情。

人生，天下，江山，伊人，美酒，剑，晓生梦绕。一片落红，一身孤独，一杯浊酒。万物都成空。

点评

这首词大约是作者于旅途中见到了"废寺"，由此生情动感，遂填词以寄今昔之慨。

上阕写废寺之外景，荒凉冷寂，繁华消歇。"败叶填溪水已冰"。秋天的树叶凋零了，遂成"败叶"，而萧瑟的秋风又将这些枯叶吹到了溪水里。"填"字说明败叶之多，给人一种沉重压抑之感。"水已冰"说明时令已值深秋初冬。"夕阳犹照短长亭"说的是荒秋暮景。黄昏时分，夕阳斜照长亭短亭，而行人已经杳无踪影。此句表面上说的是亭，实际上是人，因为长亭也好，短亭也罢，在古代皆含送别之意。此句勾勒的残阳落照、

---

① 短长亭：亭，古时设在路旁供行人休息的亭舍。因各亭之间的距离长短不一，故有"长亭""短亭"之说。②失题名：谓已荒废之古寺，其寺名亦不可知了。③斗鸡人：指贵族子弟。

野亭萧然的暮景与前句"败叶填溪水已冰"的意境十分相合，遂为全词定下凄凉的基调。有了背景的铺垫后，作者开始切入"废寺"主题。"何年废寺失题名。"古人游览庙宇时常题名以资纪念，这些题名经年遭受风吹雨打，最终模糊难辨，以至作者想要追问这究竟是哪一年的寺庙。这一句是正面渲染废庙的冷落苍凉。

下阕写废寺内景，残破不堪，香火断绝。"倚马客临碑上字，斗鸡人拨佛前灯"。此二句谓到此寺中之人已非往日的善男信女，而是前来闲游的过客，或是贵族豪门的公子哥们。其中"斗鸡人拨佛前灯"一句用了唐朝贾昌的典事。唐玄宗好斗鸡，在两宫之间设立斗鸡坊。贾昌七岁，通晓鸟语，驯鸡如神，玄宗任命他为五百小儿长，每天赏赐金帛。贾昌父亲死，玄宗赐他葬器。天下人称其"神鸡童"。贾昌被玄宗恩宠四十年。天宝间，安史之乱爆发，玄宗仓皇奔蜀，贾昌换了姓名，依傍于佛寺。其家被乱兵劫掠，一物无存。大历年间，贾昌依存于寺僧，读佛经，渐通文字，了解经义。日食粥一杯，卧草席。作者用贾昌的故事显然是说寺庙的命运同人的命运一样，在风雨流年中饱经盛衰兴亡、荣辱浮沉，最终繁华不再，一切归于荒凉冷落。结尾"净消尘土礼金经"，更是精警妙出，充分体现了纳兰词"君本春人而多秋思"（梁佩兰评性德语）的凄凉哀婉之风。此句谓，那些临碑者也好，斗鸡人也罢，以及过去来到这里的贵宦雅宾、文人墨客，虽然贤愚有所不同，然而在这劳劳尘世，终同归一梦。这分明是"人生如梦"的感喟了，但是再也没有苏东坡"一樽还酹江月"的豪放与洒脱，有的仅是对"悲欢离合终成空"的无限悲凉的感怀。

霜天晓角

重来对酒，折尽风前柳。若问看花情绪，似当日、怎能彀①。
休为西风瘦，痛饮频搔首②。自古青蝇白璧，天已早、安排就。

赏析

人间四月天，你们又一次举起别离的
酒杯。丝丝杨柳，丝丝话语，不能作别。

想当年，壮志凌云，逸兴遄飞，书生
意气，挥斥方遒。那是少年的梦，那是侠
客的情，令人魂牵梦绕。如今。同样是饮
酒赏花。你却问，当时绽若烟花的菊，为
何此刻却含苞如彼此指尖上沉重的心事？

西风北客两飘零。还是痛饮美酒吧。
毕竟，人生如水泄平地，各自东南西北流。

点评

这首词像是与友人共酌而抒发的感慨。

上阕说重又对酒作别，而此时的心境
与当日大不一样，颇蓄惜别之情。"重来
对酒，折尽风前柳"是说把酒话别。此处"对
酒"与曹操《短歌行》中"对酒当歌，人生几何"以及柳永《蝶恋花》"拟把疏狂图
一醉，对酒当歌，强乐还无味"二者中的"对酒"颇不相同。曹操语出慷慨，"对酒"
表示及时行乐；柳永语出缠绵，"对酒"表示不胜春愁。纳兰对酒，只为送别，"劝
君更尽一杯酒，西出阳关无故人"，是谓也。"折尽风前柳"是用折柳送别的旧典。
汉代都城长安东门外的灞桥柳色如烟，都城人们送别亲友至灞桥而止，折柳枝为赠。
此后折柳赠别成为我国民俗，故南朝范云诗有"春风柳线长，送郎上河桥"之句。而

---

①彀：同"够"。②搔首：以手搔头，是为人之焦急或有所思的情态。

一个"尽"字，写出了词人的深情——似乎只有折完风前细柳才能显示出他对友人的惜别之情。

离别总是黯然销魂，也总能勾起千般感触、万种思量涌上心头。于是就有接下的"若问看花情绪，似当日、怎能彀"。这三句是说别情之外的心绪。饮酒赏花，当为人生快事，只是情绪低落，怎是以前所能相比？想当年少年意气，何等壮志。可如今，只有一声长叹。至此，上阕的情感基调已经由伤别转入对世事人生的感叹，词遂进入下阕。

"休为西风瘦，痛饮频搔首"。这是词人慰己慰友之辞。因为上阕里追忆往事，感慨万千，心潮汹涌而不能自持，所以词人就劝慰到，还是少叹于西风古道这些扫兴之事了，毕竟相聚不易，还是赶紧痛饮美酒吧。

最后三句，"自古青蝇白璧，天已早、安排就。""青绳白璧"，语出陈子昂《宴胡楚真禁所》"人生固有命，天道信无言。青蝇一相点，白璧遂成冤"，词人用此典，意谓自古英雄没有几个可酬壮志，给青蝇一点便成败物，我们又何多愁如此，既然上天早已安排好，就无须多言，且饮酒为乐吧。出句貌似洒脱，实大有不平之鸣，然劝慰之意殷殷，彰显出对友人的一片深情。

菩萨蛮

隔花才歇廉纤雨①，一声弹指②浑无语。梁燕自双归，长条脉脉垂。
小屏山色远③，妆薄铅华④浅。独自立瑶阶⑤，透寒金缕鞋⑥。

赏析

波渺渺，柳依依。双蝶绣罗裙的女子，你与幸福，只有一朵花的距离。但是春天却送来绵绵细雨，让你久坐闺中，辜负了美好的芳春。

天晴的时候，双燕已归，柳枝低垂。娇嗔如你，一春弹泪话凄凉。寒夜到来，你掩上望归的门。默默地，朱粉不深匀，闲花淡淡春。

想他的时候，你独自站在瑶阶上。柔肠已寸寸，粉泪已盈盈。

点评

此词内容当是触眼前之景，怀旧日之情，表现了闺中女子伤春伤离的痛苦和不尽的深思。

上阕第一句"隔花才歇廉纤雨"，绵绵的春雨刚刚停止。"隔花"二字让人想起欧阳修的"隔花啼鸟唤行人"。欧阳修这句是描写春物留人，人亦恋春，明明是游人舍不得归去，却说成是啼鸟出主意挽留。

不过，此篇里的闺中女子是否有此心怀，不得而知。但对春雨，她分明有一种朦胧的娇嗔：蒙蒙的春雨持续了这么长时间，以至于弹指一算，离别已久，竟辜负了美好的春光，遂孤寂无聊，实在无语可述。

---

①廉纤雨：绵绵细雨。②弹指：极短的时间。③小屏句：小屏风上绘有远山的图案。④妆薄：淡妆。铅华：铅粉，化妆品。⑤瑶阶：石阶的美称。⑥金缕鞋：绣有金丝的鞋子。

　　虽然此时"浑无语",但是伤春的意绪已然萌动。于是她看见了梁间的燕子,也要感叹一下它们是"自双归",一个"自",似乎写出了她的艳羡之情。而杨柳枝也通了人性,含着无限情思垂下枝条。"梁燕自双归,长条脉脉垂"这两句笔势灵动,表达了此闺中女子郁积于心的流连惆怅之情。

　　下阕仍是一句一景,只是视点由室外转到室内,大概是因为此女子临景伤春,不胜春愁,以至于退避屋内。

　　首句"小屏山色远",这里的"山"是画屏上的山,如牛峤《菩萨蛮》所说的"画屏山几重"。这一句所写的情境,《花间集》中颇多见,如毛熙震《木兰花》"金带冷,画屏幽,宝帐慵熏兰麝薄",张泌《河传》"锦屏香冷无睡,被头多少泪",都可作为理解此句的参考。

　　此处,值得玩味的是这个"远"字,虽然可以它理解为小屏风上绘有的远山之画图,但是给人的感觉似是另有所指,或者是远方的恋人,或者是一种幽远的情思。"妆薄铅华浅"三句,像是对她的特写,第一句言淡美的妆容,第二局言独伫瑶阶的寂寞,第三句言寒冷的金缕鞋。这三句既写出了她的自怜之情,也写出了她的孤寂之心,还写出了她得不到安慰与温暖的失望心理(不然就不会用"透寒"二字了),真可谓幽微深婉、饶有韵味。

菩萨蛮

新寒中酒①敲窗雨，残香细袅②秋情绪。才道莫伤神，青衫湿一痕③。
无聊成独卧，弹指韶光④过。记得别伊时，桃花柳万丝。

赏析

　　那时，天气也刚好是这时。却醉倒了。心中有事，酒未入唇，人就醉了。

　　此时，冷雨敲窗。屋内，烛光摇曳，残香仍袅袅，伊人已不在。秋情依旧。

　　孤独的你，是那散落的梧桐叶子，经不起时光，风雨，化作黄叶飘去。

　　刚刚还在劝慰自己，不要黯然神伤。可青衫已湿，不知是何时滴落的泪。回想与伊人分别的时候，正是人面桃花相映红的三月。

　　那姹紫嫣红的小园外，杨柳如烟，丝丝弄碧。当寂寞在唱歌的时候，伊人唱着寂寞，执子之手，与你分离……

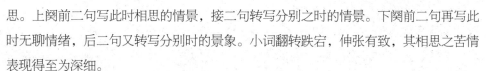

点评

　　此篇写春日与伊人别后的苦苦相思。上阕前二句写此时相思的情景，接二句转写分别之时的情景。下阕前二句再写此时无聊情绪，后二句又转写分别时的景象。小词翻转跌宕，伸张有致，其相思之苦情表现得至为深细。

　　"新寒中酒敲窗雨，残香细袅秋情绪"二句描画情景。初寒天气，敲窗密雨，袅

---

①中酒：醉酒。②袅：烟雾萦绕。③青衫句：谓由于伤心而落泪，致使眼泪沾湿了衣裳。青衫，古代学子或官位卑微者所穿的衣服。④弹指：这里指极短的时间。韶光：美好的时光。

袅残香，向人细诉悲愁的情绪。而人则似醉非醉，寂寞无聊。接下是"才道莫伤神，青衫有泪痕"。词人对自己说：不要黯然神伤，应该放开怀抱，岂料在不知不觉间又泪湿青衫。这两句，把伤心人的心理状态绘写得很细腻，与"为怕情多，不做怜花句"拒避无奈的心态极为相似。

下阕承上阕，续写此际心绪无聊，谓自己坐卧不宁，百无聊赖。而此时韶光转瞬即逝。"弹指"为佛家语，指极短极快的时间。《僧祇》云："十二念为一瞬，二十瞬为一弹指。"但是即使韶光易过，词人的思念却依旧清晰如水波明镜，毫无裂痕。最后二句更进一层，说明不能忘却的旧情：当此拥被独卧之时，仍然记着与伊人分别时的情景，那时桃红柳绿，春色旖旎，更加显出今日的冷落凄凉。

这首词在写法上也别具特色。词人先写以酒消愁，百无聊赖的情绪，描绘了秋风秋雨萧瑟的画面，但当词人将凄凉的色调越涂越浓时，最后两句竟是别样的桃红柳绿。这甜美的回忆，与枯寂惨淡的现状的对比，温馨中夹杂着苍凉，使情更为惨淡。这不仅是事物冷暖色调的矛盾，更是词人心境矛盾的流露，夜晚的孤寂清晰可见。

其实，这样的写法在纳兰的词里数见不鲜。他常以绮丽的庭院，熏香的绣被，舒适的闺房作背景，却又峰回路转的描写西风吹吼，荒村野店，表达自我内心无法排遣的苦闷，构成了强烈的对比反差。如："屏障厌看金壁画，罗衣不奈水沉香"，厌看、无奈的本该是丑恶的事物，词人却将其与温馨联系起来，不协调的情调使愁益愁。

又如"春水鸭头，春衫鹦嘴，烟丝无力风斜倚。百花时节好逢迎，可怜人掩屏山睡。"春光美景，词人却不屑一顾，他怕这等的美丽加深了自己的悲哀。写法与此词如出一辙。

菩萨蛮

朔风①吹散三更雪，倩魂犹恋桃花月②。梦好莫催醒，由他好处行。

无端听画角③，枕畔红冰④薄。塞马一声嘶，残星拂大旗。

赏析

你领略过这里，猎猎作响的风，皑皑的雪，怅寥的十月。但你的梦，是一块三生石。

石上刻着桃花、月光和爱人的名字，情定三生。画角声响时，桃花花瓣，纷纷扬扬地飘落。你以泪水作字，镌刻在思念的脸庞，把寂寞的枕头染红。

推开都门，你听见汉马嘶风，边鸿叫月。浩瀚的星空，忧郁而苍茫。

点评

此阕词情景交融，形神结合，展示出一幅深秋初冬边塞生活的壮美图景，那凄紧的朔风吹不散征人的思家之念，塞外苦寒、风雪之夜与入梦归

家、闺中旖旎形成了鲜明的对比，奈何画角一声、塞马长嘶终于带走梦境，征人又再次面对冰冷的边塞清晨，缠绵中透着悲凉寂寞，格调分外凄清。

上阕由景入情，而荒景映衬凄情，强烈对比中动人神魄。"朔风吹散三更雪，倩魂犹恋桃花月。"词一开篇即以比兴的手法，写极自己对爱人的强烈思念之情。强劲

---

①朔风：北风。②倩魂：倩娘之魂，用唐陈玄韦占《离魂记》之故事。桃花月：即桃月。农历二月桃花盛开，故称。此代指美好的时光。③画角：古代乐器，外加彩绘，故称画角。古时军中多用以警昏晓。④红冰：五代王仁裕《开元天宝遗事》"红冰"条载："杨贵妃初承恩召，与父母相别，泣涕登车。时天寒，泪结为红冰。"

的朔风吹散了三更雪，却吹不散自己对爱人思慕眷恋的缱绻之情。这里比兴手法的运用极大地强化了词作的艺术感染力。"梦好莫催醒"说明词人梦得以圆，他的梦魂回到了春光明媚、其乐融融的温柔之家，因为是极其甜美，所以词人嘱咐不要催他醒来，"由他好处行"。

下阕亦是写梦，但不再是写"好梦留人睡"，而是写征夫在塞上被画角惊醒，梦中因思念而落泪，醒来枕边泪已如冰，这时候又听见帐外塞马长嘶，走出去，只看见军旗在夜风中猎猎作响，而天空星光已寥，留在大旗上的只有一点残辉，展眼望去，塞上天地清空苍茫。与上阕相较，下阕不但视角由小转大，更把读者的视觉、听觉间隔调动，"画角""马嘶"与化冰的情泪、伴旗的残星，交织成一幅声色纷呈的画面，让读者领受到一股悲怆无依的愁绪、一种苍茫阔大的意境，艺术上已臻极高境地。

纳兰性德的这类词，在边塞诗词由南宋的流于粗疏直至湮灭之后，一新世人耳目。更重要的是，这种情怀已渗入他的思想，使他不少词在婉约之中都显出豪放，不但内容敢于涉及生活许多方面，而且常常笔法奇崛，不受拘束，一反传统。如多首《金缕曲》，通篇作情语，让感情充分奔泻。所有这些，都给婉约词注入了新鲜气息，开拓了婉约词的境界。

菩萨蛮

问君何事轻离别，一年能几团圆月。杨柳乍如丝。故园春尽时。

春归归不得，两桨松花①隔。旧事逐寒潮，啼鹃②恨未消。

赏析

再次打开信封里伊人的样子时，你已经到了天涯。剩有伊人，独自在你们暂相逢的花前月下，徘徊，遥遥地向你发问——夫君，你为何不重离别？

伊人话未毕，而泪长流。眼神里的问号，一夜飞度镜湖月，直至绝塞，直至你的身旁。其实，你又何尝不知，家中的她，长向月圆时候望人归？

只是王事，如松花江的寒流，阻你归去。伊人的遗恨，从此，与三百六十五日的残月共鸣。

点评

这首词大约作于康熙二十一年（1682）。作者扈从随行康熙帝由北京到盛京告祭祖陵。时值寒冬，词中可见故园之思。

上阕由问句起。"问君何事轻离别"，这句是故意模拟妻子口吻质问词人自己：

---

① 松花：松花江。② 啼鹃：传说蜀王杜宇失位后魂化为子规鸟（即杜鹃），啼声哀苦。此鸟"规"字与"归"谐音，故后人以此鸟鸣作为思归之声，表达思归之意。

你为何轻视离别？表面上是妻子恼我，骨子里是我谅妻子，笔致深情而委婉。接以"一年能几团圆月"句，其怅叹离多会少之情已见。

那词人真的是"轻离别"吗？《长相思》中言："风一更，雪一更，聒碎乡心梦不成，故园无此声。"词人不是"轻离别"，只是身为康熙皇帝的一等侍卫，他随扈出行，不得不离，不得不别。

"杨柳乍如丝，故园春尽时"二句出之以景语，以美好的春色反衬有家难归的悲凄。"乍如丝"是形容北地的杨柳的柳条已经细而长了，可见季节是在仲春，那么此时"故园"也就春意阑珊了。

下阕明确点出"归不得"之由，即扈驾从巡，身不由己。"春归归不得"一句上承"杨柳乍如丝，故园春尽时"，言春尽而不能归的怅惘心情。"两桨松花隔"，南朝民歌《莫愁乐》："莫愁在何处？莫愁石城西。艇子打两桨，催送莫愁来。"词人反其意而用之，谓被松花江阻隔，不能回去。表面是怨江，实际上是怨侍卫之差事阻其归家与妻子相聚。

结篇二句是此时心态的描写，即追思往事，令人心寒，犹如眼前松花江水的寒潮起伏，不能平静。

这阕词，话说得比较直致，但内容还有曲折，首句的拟言和结句的用典都为本词增加深沉宛转之情，深婉感人。

菩萨蛮 宿滦河①

玉绳②斜转疑清晓，凄凄月白渔阳③道。星影漾寒沙，微茫织浪花。
金笳鸣故垒④，唤起人难睡。无数紫鸳鸯，共嫌今夜凉。

赏析

独在异乡为异客的你，喜欢数北斗星。可数尽寒宵，也找不到，浩渺星空下家的方向。

你只看见，渔阳道上，那凄凄的白月光，照人总断肠。夜色微茫，天地苍凉。你的心，是忧郁的海，寂寞无浪花。呜咽如风，凄楚如雨。山一程，水一程，走得久了，便无家可归。

睡意袭来，你把自己交给梦，梦却把你交给《胡笳十八拍》，这首古老的断肠曲。夜凉如水。无数的鸳鸯，相亲相爱。孤独的男子，默默无语。

点评

此阕是描写作者夜宿滦河的行役词。全词情景交融，先写滦河夜景，后写孤寂之情。词中正面描写与侧面描写并用，景中寄情，情中寄景，选景清丽，情调寂寥，用笔凝练，艺术手法甚为高超。

上阕全用白描写景，写夜宿滦河的月下之景，朦胧而凄迷。首句"玉绳斜转疑清晓"。"玉绳"乃玉衡的北二星，玉衡为纬书中所指北斗七星的第五星，是斗柄的部分。"玉绳斜转"，标志三更早过，已近黎明，与"疑

---

① 滦河：在今河北省东北部，发源于内蒙古，流入渤海。②玉绳：星名，指北斗七星中玉衡之北二星。
③ 渔阳：古县名，在今北京密云区西南。因在渔水之北而得名。滦河、渔阳均为词人自北京前往山海关所经之地。④金笳：古代铜制的管乐器。故垒：古时军营四周所筑的墙壁。

清晓"相合，而此时词人犹然未睡，莫非心有所萦？"凄凄月白渔阳道"。只见寒月凄凄，渔阳道上一片寒白。"凄凄"二字，形容的是月亮，亦是凄凉悲伤心情的映照。接下是，"星影漾寒沙，微茫织浪花"，大概是由韦庄《江城子》"角声鸣咽，星斗渐微茫"幻化而出，将秋夜、寒沙、星光、河水"漾""织"成绝妙的画图。

此二句以苍茫阔远、气势恢宏的境界，与词人悲苦凄凉的思乡情怀、孤单落寞的心情形成巨大的反差，显得深厚壮观，悲凉凄婉。

下阕，"金笳鸣故垒，唤起人难睡"。胡笳是古代北方民族的一种乐器，类似于笛子。唐代诗人李颀专门写过一首听弹胡笳的诗——《听董大弹胡笳弄兼寄语房给事》，尽言胡笳悲切之声："蔡女昔造胡笳声，一弹一十有八拍。胡人泪落沾边草，汉使断肠对归客。"词人此处是用凄恻的金笳声来烘衬自己的孤寂神伤。结处，"无数紫鸳鸯，共嫌今夜凉。"鸳鸯本就成双成对，更有"无数"，这本是多么的缠绵缱绻。想象一幅场景：阳春三月，杨柳丝丝，细雨蒙蒙，闲居家中，有妻子相伴左右，一起吟诗作对，看鸳鸯戏水，何其乐哉！

但是词人此刻是扈从在外，离家千里，无人相伴，自是寂寞无限。因此鸳鸯愈缠绵，视此景，词人之心就越凄凉悲苦。继用金笳之后，词人复以紫鸳鸯之双宿再衬孤独之感，颇含悠然不尽之意。

菩萨蛮

白日惊飙①冬已半，解鞍正值昏鸦乱。冰合大河②流，茫茫一片愁。烧痕③空极望，鼓角高城上。明日近长安④，客心愁未阑。

赏析

十一月的边塞，十一月的古城。人在归途。

长烟落日孤城闭，这样的苍茫，你已经厌倦。浊酒一杯家万里。这样的牵挂，你已经不堪。所以，你要解鞍归去。

思归的马蹄，踏遍连绵的太行山，便成千山万水。再挥一鞭，明日就到家园。然而你却说，日暮乡关何处是，烟波江上使人愁。

点评

这一阕羁愁归思之词当作于康熙二十三年冬（1683）纳兰跟随康熙南巡返程途中。有人会问，离家远行，思家成愁，此举合乎常情，但归程亦愁，似乎有悖常理。如此感发，究竟何时愁才得已？其实，这种愁思并非北行南归所独有。在词《赤枣子》中，他记春愁，"风淅淅，雨纤纤，难怪春愁细细添。"在《相见欢》中，他记夏愁："愁无限，消瘦尽，有谁知？"在《忆王孙》中他记秋愁："西风一夜剪

---

①惊飚：狂风。②冰合：冰冻。大河：黄河。③烧痕：野火烧过的痕迹。④长安：此处借指北京城。

芭蕉，满眼芳菲总寂寥。强把心情付浊醪。"在《忆秦娥》中他记外出漂泊之愁："长飘泊，多愁多病心情恶。"在《渌水亭秋夜》中记家居之愁："好天凉夜酒盈樽，心自醉。愁难睡。"可以说，词人之愁，如茫茫江水，永无尽期，此阕《菩萨蛮》只不过是至情词人的愁心一点罢了。

本篇以景语入词，写冬日归途中所见所感，个人离愁蕴含其中隐而不发。

首二句即以白描技法勾画一幅白日深冬归程图：狂风卷折的冬日，词人行在归途之上，时值黄昏，乌鸦乱飞，他停下来解开马鞍，让马休息饮水。"惊飙"是指暴风，李白曾有诗"八荒驰飙，万物尽凋落"，由此可见冬季寒风之凛冽。接下是"冰合大河流，茫茫一片愁"，此二句以简古之笔将这幅归程图拉伸至无限壮阔之处。就写景的雄廓壮丽而言，"冰合大河流"一句足以和"明月照积雪""长河落日圆"相媲美。

下阕，这幅归程图在横、纵两个方向继续延伸。放眼望去，苍茫的平原上是一片野火的烧痕；极目仰望，远远的城阙鼓楼上，人迹渐丰，让人想起繁华的北京城已经不远，然而旅途的劳苦抑郁之情，并未因此完全消减。末两句"明日近长安，客心愁未阑"，似出自谢朓《暂使下都夜发新林至京邑赠西府同僚》"大江流日夜，客心悲未央"，提起全词筋骨，有画龙点睛之妙。此词一贯的容若式离愁，词中所涉之景无不昏暗衰飒，令人凄然不欢，然结句言浅意深，词风壮阔处隐有太白遗风。

菩萨蛮

黄云紫塞①三千里，女墙②西畔啼乌起。落日万山寒，萧萧③猎马还。
笳声听不得，入夜空城黑。秋梦不归家，残灯落碎花④。

赏析

边塞三千里，何处是尽头？

大漠孤城着甲衣，尽是金戈铁马忆。几缕风声萧瑟，数声枯鸦悲啼。日落西归，群山畏寒而呜咽。北风呼啸，战马巡狩亦回营。

纵然相思起，无人将把胡笳吹。

天已黑，夜已深，空城待人归。欲入梦中寻故乡，却被秋风扰，执笔待把愁思藏。

点评

上阕描绘边塞黄昏苍凉的秋色。首二句，"黄云紫塞三千里，女墙西畔啼乌起"。"黄云紫塞"，指黄河长城一带的西北边塞之地，距京师有数千里之遥。"黄云"出自唐诗人王之涣名句"黄河远上白云间"。"紫塞"，据《古今注》："秦筑长城土色皆紫，汉塞亦然"。一说雁门草皆紫色，故名。"女墙"，城上墙名女儿墙，词中指代城墙。此二句以如椽之笔写景，不胜开阔，直追盛唐边塞诗。单看之，无丝毫狭

---

① 黄云：北方边地多沙尘，故其云称黄云。紫塞：长城。② 女墙：城墙上呈凸凹状的短墙。③ 萧萧：马嘶声。
④ 落碎花：灯花掉落。

小局促、郁郁寡欢之感，谓词人被边塞特有的秋景深深吸引，亦无不可。接下是"落日万山寒，萧萧猎马还"，豪壮大气不改，初添萧索苍茫之感。上阕四句，连而读之，自是一幅流动的画面：近有城墙西边的"啼乌"，远则是落日与群山，在红红的落日与苍莽的群山的衬托中，又有猎马飞驰而来。词中的景，有声、有色、有动、有静，把边塞景色的特点，完全体现出来了。

下阕是描绘入夜之景和抒发思乡之情。"笳声听不得，入夜空城黑"。"笳声"指胡笳声。塞上本来就多悲凉之意，与词人的远戍之苦、思家之心，融合在一起，而胡笳吹起时，那呜呜的声音，使边地的开阔感和词人的惊异感顿然消失，充溢着的是一片悲凉的情调，词人的心情也随之沉重起来。所以词人说"笳声听不得"，因此整阕词的词情在微微的灰白之后，忽然黯淡起来。而"空城黑"三字，又为词境增加了些许荒漠凄凉之意。这两句在肃杀中寓悲凉，展现出词人已经蓄满的感情，直至引出末二句"秋梦不归家，残灯落碎花"。"秋梦不归家"是抒情，是感叹，道出了深蕴的悲怆孤独的思乡之情。"残灯落碎花"是写眼前实景，诗人"归家"而不得，希冀于梦中，又不能入睡，就只能在"残灯"下独坐了。

菩萨蛮 寄梁汾苕中①

知君此际情萧索，黄芦苦竹孤舟泊②。烟白酒旗青，水村鱼市晴。柁楼③今夕梦，脉脉春寒送。直过画眉桥④，钱塘江上潮。

赏析

同是天涯沦落人，相逢何必曾相识。送别的时候，总是能想起白乐天的那首《琵琶行》。

其实，相逢就是再一次的离别。离别就已相识，不必沦落天涯。所以，送别的时候，可以不必烟雨朦胧，不必高楼目断。

海内存知己，天涯若比邻。无为在歧路，儿女共沾巾。这是唐诗里的豁达从容。

才始送春归，又送君归去。若到江南赶上春，千万和春住。这是宋词里的轻松风趣。

如今，又是送别。你尽可以忘记往日的悲切。吟一首小诗，奏一曲古琴。一声声，一缕缕，你便已将故人送过了钱塘江畔……

点评

梁汾是顾贞观的号。顾贞观，明代东林党人顾宪成的曾孙，生于崇祯十年（1637），幼习经史，尤好诗词。他少年时就和太仓吴伟业、宜兴陈维崧、无锡严绳孙、秦松龄等人交往，并加入他们的慎交社。虽然他年纪最小，但"飞觞赋诗，才气横溢"。清

---

① 苕中：浙江湖州有苕溪，故称湖州一带为"苕中"。②黄芦句：唐白居易《琵琶行》诗："住近湓江地低湿，黄芦苦竹绕宅生。"③柁楼：船尾舵工操舵的小楼，此谓船中居宿。④画眉桥：顾贞观《踏莎美人》词"双鱼好托夜来潮，此信拆看，应傍画眉桥"。

廷慕其才学，于康熙三年（1664）任命他担任秘书院中书舍人。康熙五年（1666）中举后改为国史院典籍，官至内阁中书，次年康熙南巡，他作为扈从随侍左右。康熙十年（1671），因受同僚排挤，落职返回故里。之后一直沉沦下僚。康熙十七年（1678）康熙下令开设“博学鸿词科”，他方才和一批文坛精英诸如朱彝尊、陈维崧、严绳孙、姜宸英一起被荐到京。康熙二十年（1681），其母去世，顾贞观回无锡奔丧。清康熙二十一年（1682年），他人在苕中，所以此阕副题为“寄梁汾苕中”。

此篇全从想象落笔，化虚为实，颇有浪漫色彩。上阕，首句是“知君此际情萧索”，设想梁汾此刻正于归途中，心情萧索。“知君”二字，几多感念，几多体味！“黄芦苦竹孤舟泊”一句，化用了白居易《琵琶行》中“黄芦苦竹绕宅生”以形容梁汾的情形颇似当年被贬湓江的江州司马。但途中停泊处却是水村鱼市，烟白旗青，一派平静安详。“水村鱼市晴”句，一改王禹偁《点绛唇》中“水村渔市，一缕孤烟细”的孤独苦闷情怀，而出之于平淡祥和。

下阕进一步想象夜间他在舟中做着孤寂轻梦的情景。夜宿柁楼，今夕一梦，春寒脉脉，为君送行。最后两句由萧索转为慰藉，以“直过画眉桥，钱塘江上潮”的谐语慰之，既温情又佻达。此处“画眉桥”，一是用临近的地名代指梁汾故乡，以烘托出一种温馨的气氛；二来暗用汉张敞为妻画眉的典故，喻祝他合家团聚。容若戏谑梁汾归心似箭，望他家庭和美幸福得享隐居钱塘江畔的安逸生活，亦显出真正的好友之间言谈无忌自如。

这一阕，不同于容若词中别的送别赠友词。虽以萧索起笔，却不再是铺天盖地普天万物同愁，而是有豁达的劝慰和祝福。尤其是最后两句，虽然有同情有隐怨，却又令人宽慰解颐。无怪有评家极口称赞结穴两句：“笔致秀绝而语特凝练。”

菩萨蛮

萧萧几叶风兼雨，离人偏识长更①苦。欹②枕数秋天，蟾蜍下早弦③。

夜寒惊被薄，泪与灯花落。无处不伤心，轻尘在玉琴④。

赏析

在秋雨秋风萧瑟中，听你低吟：此情无计可消除，才下眉头，又上心头。

在离人的眼中，一夜五更，更更孤枕更更愁。寒的夜，薄的被，残的月。

一日不见，如隔三秋。那是诗经说的。见不到你的日子，短暂的瞬间，漫长的永远。那是你说的。

曾经以为，伤心是会流很多眼泪的；原来真正的伤心，是流不出一滴眼泪。

点评

纳兰词颇受李后主的影响，人称"李重光后身也"。其善用白描写纯情便是明显的表现。本首通篇用白描的写法，然而举重若轻，虽无刻画，却能将愁人苦夜长，相思不已，无处不伤心的苦况、氛围描绘得淋漓尽致。

"萧萧几叶风兼雨"，上阕起调句，不仅点出节气，而且兼有渲染气氛，烘托情绪的作用。"萧萧"状风雨声，以声传情，用得自然而巧妙，为写相思怀人布设了特定背景。

---

①长更：指长夜。②欹（qī）：依，倚。③蟾蜍句：谓月亮已过了上弦，渐渐地圆了。蟾蜍，代指月亮。早弦，即上弦。④玉琴：琴之美称。

"离人偏识长更苦"一句，承"风兼雨"而来，由隐而显，直抒离人的相思之苦。"偏识"二字，无理却有情，绘声绘色地写出了词人"屋漏偏逢连阴雨"式的幽怨之情。

"欹枕数秋天，蟾蜍下早弦"二句，从耳闻转写目见。被风雨声搅得无法入睡的离人，此刻斜靠着枕头，静静地数着秋夜的天空，看见月亮已过上弦，渐趋圆满。"蟾蜍下早弦"明写月，暗写人，谓月亮都圆了，可是自己还是不能归家团聚，与苏子"不应有恨，何事长向别时圆"有异曲同工之妙。

下阕承上阕耳闻、目见，转从心理感受方面摹写思家怀人之情。

"夜寒惊被薄，泪与灯花落。"秋风雨夜，寒凉惊心，薄衾难御，独对此景，灯花闪烁，泪光闪烁。用"灯花"来渲染青灯照壁，冷清寂寞的心境，唐人戎昱曾有"孤灯落碎花"，"孤"字既实写诗人环境的冷清，又传达出了他主观感受上的寂寞。纳兰此处"泪与灯花落"，较之戎昱，有过之而无不及，有些李商隐"蜡炬成灰泪始干"的感觉。结尾两句"无处不伤心，轻尘在玉琴"，是全词抒情达意的脉穴，写尽词人愁极而伤、伤情难遣的复杂情态，使其深细凄婉之情见于言外。

有人说，"纳兰多情而不滥情，伤情而不绝情"，他一生有过不少"悼亡之吟""知己之恨"，那些不幸的爱情经历为他的创作植入了影影绰绰的凄凉情怀。这首词就是表达心中寂寞之情、孤苦之意的一首代表作，字里行间，景中意外，都是纳兰性德无限孤寂、忧伤的情思。

菩萨蛮

为春憔悴留春住，那禁半霎催归雨①。深巷卖樱桃，雨余②红更娇。

黄昏清泪阁③，忍便④花飘泊。消得⑤一声莺，东风三月情。

赏析

你留不住将逝的春天，所以你比落花憔悴。

黄昏，雨来催归。在悠长，悠长，又寂寥的雨巷里，你邂逅了一个丁香一样的，结着愁怨的姑娘。她有着，桃子脸樱桃嘴，怀揣着一抹柳色，走过江南小街，环佩叮当。但当你转身凝望时，在雨的哀曲里，消散了她的颜色，消散了她的芬芳，消散了她丁香般的惆怅。

泪水的兰舟，泊在了你远望的眼神里。那封无法寄出的红笺，翩然从指尖滑落……

点评

这是一首伤春伤怀之作。

词首句起势不凡，为全篇定下了留春不住而辗转憔悴的情感基调。春天就要过去了，我为春天的逝去而变得憔悴，能把春天留住的话该有多好啊！以下一句"那禁半霎催归雨"，以稍带夸张的手法，发出了留春无计的感问：可是春天哪里禁得住来催她回去的半霎雨滴呢？

起首二句营造了一种与欧阳修《蝶恋花》"雨横风狂三月暮，门掩黄昏，无计留春住"相类似的氛围和心境：同样的雨横风狂，催送着残春，主人公同样想挽留住春天，但风雨同样无情，留春不住。临此

---

① 催归雨：催春归去的雨。 ②雨余：雨后。 ③阁：含着。 ④忍：岂忍。便：就使，便教。 ⑤消得：经受得。

境，欧词中的女主人公感到无奈："泪眼问花花不语，乱红飞过秋千去"，只好把感情寄托到命运同她一样的花上；而纳兰词中的主人公生出无限怜惜："深巷卖樱桃，雨余红更娇"，于雨后愈显娇嫩的樱桃中暂得慰藉。关于"深巷卖樱桃，雨余红更娇"这二句，顾随《驼庵诗话》认为，其虽然清新鲜丽，但无其回味，不耐咀嚼。但是小词未必语语耐嚼，才能为至境。绘画大师齐白石曾有一"不盈尺之作"，画的是红樱一盏，娇艳欲滴，敢问有何深意？只不过是认为其物趣天然、最是悦人罢了。纳兰此句亦是如此，虽无其微言大义，但是于意境还是颇为相合的。

下阕，词人由怜惜转为伤怀。"黄昏清泪阁，忍便花飘泊"。这其实是个倒装句。词人实在不忍看到春天的花瓣都飘零凋落了，夕阳黄昏之中，他只得泪眼盈盈。而就在这时候，他听见一声黄莺的啼叫顺着东风飘忽而至，唤起了他对三月阳春的深情。末句，"消得一声莺，东风三月情"。"消得"本来是经受得住，这里谓无法经受，因为这一声莺啼，唤出了"东风三月情"。此处"三月情"应指惜春之情。但宋朱淑真有《问春》诗，诗中有"东风负我春三月，我负东风三月春"这样的句子，所以"三月情"或指恋情，亦无不可。

如此观之，此词似含有一段隐情，表面上是欲留春住，其实是想留人，想留而不能留，或才是诗人的心痛处。

结合上阕，可以这样来想象一个意境：春日黄昏后，深巷，伊人在巷中越走越远，诗人想留想追，话未出口，天上已下起了雨，不得已，只能返回，忽而雨停，伊人已不见了踪迹，只有雨后的樱桃红得娇艳，恰如伊人。自己一个人只能对落花流泪，而东风之中一声莺啼，又唤起三月里对她的深情……

菩萨蛮

晶帘①一片伤心白，云鬓香雾②成遥隔。无语问添衣，桐阴月已西。

西风鸣络纬③，不许愁人睡。只是去年秋，如何泪欲流。

赏析

莫问白是谁的白，且记住水晶帘是你的，伤心是我的。蒹葭苍苍，白露为霜。遥隔的伊人，你到底在水的哪一方？

年年秋日，你为我添衣，为我温被。这些，当时只道是寻常。如今，你离我而去。添衣的时节，我的寒凉，从人间铺到天上。可是再也无人，为我披上温暖的衣裳。

夜深了，月儿不说话，路过的风不说话，翻旧的信笺不说话。只有络纬，悲鸣不止，不让去年的秋天，去年的你，进入我的梦。

点评

此词当是康熙十六年（1677）秋之作，亦是纳兰词中的经典之作。至于内容，一说是塞上思情之作，一说是"悼亡"。观词中"只是去年秋，如何泪欲流"，确似悼亡之音。

"晶帘一片伤心白，云鬓香雾成遥隔"。上阕起二句说月夜之下又思念起妻子，不胜伤感。"伤心"，极言之辞。"伤心白"即极白。李白有一首《菩萨蛮》，写思妇盼望远方行人久候而不归的心情，其中就有"平林漠漠烟如织，寒山一带伤心碧"的句子。此句谓在月光的映衬下水晶帘看上去一片白。

---

①晶帘：即水晶帘。②云鬓香雾：谓头发乌黑如云，香气似雾浓。此代指所爱所思的女子。③络纬：即莎鸡，俗称纺织娘。

"云鬟香雾"句，语出杜甫《月夜》："香雾云鬟湿，清辉玉臂寒"，这是杜甫写给妻子的诗，词人用此亦代妻子。"无语问添衣"一句，承上句，谓所思的人不在身边，即使天气寒冷，也无法问她要不要加衣裳，照应了前句的"成遥隔"。"添衣"两字，平淡深情。接下去是"桐阴月已西"。"桐阴"，梧桐树阴，此句谓月已西沉，夜色已深。

下阕承前意脉，先说西风阵阵，络纬声声，不但难以入眠，且更令人添愁增恨。"只是"句，谓秋色和去年秋天相同。去年秋时人尚在，今年秋时，风景不改，人已不在。于是"如何泪欲流"。一个"欲"字用得恰到好处，"欲"是将出未出，想流不能流，将词人那种哀极无泪的情状摹写得极其精准。

这阕词所截取的，不过是生活中"添衣"这么一个细小的事。除却"云鬟香雾"的指代，言语极平实，上下阕折转之间也是从容淡定，然而于小处极见真情，凄婉动人之处，似是眼前梨花飞舞，细碎地散落一地，让人心意黯然。

菩萨蛮

乌丝画作回纹纸^①，香煤暗蚀藏头字^②。筝雁十三双^③，输他作一行^④。

相看仍似客，但道休相忆。索性不还家，落残红杏花。

赏 析

远方的伊人，把信写得长长的，没有最后一行。

每一个字，都像她的皱眉，她的笑，她浅浅的酒窝。展开信笺，古筝脉脉，你也无心去弹。它的十三根弦上，飞起了十三双传递相思的鸿雁。

你知道。你的手，早已只属于她的荷包，她的口唇，她的双手围成的家。然而，杏花落了，你仍未还家。你在边塞，成了她今生最美的客。

点 评

容若妻妾中唯有沈宛擅长作诗，故此词可能是为赠沈宛而作。"乌丝画作回纹纸"，首句言妻子寄来书信。乌丝，即乌丝栏，有墨线格子的纸。唐李肇《唐国史补》："宋毫间，有织成界道绢素，谓之乌丝栏，朱丝栏。"宋袁文《瓮偏闲评》卷六："黄素细密，上下乌丝织成栏。其间用墨朱界行，此正所谓乌丝栏也。"回文，指回文诗，因须用回环的方式书写，所以称为"画"。

前秦窦滔妻子苏若兰曾作《回文璇玑图》一诗赠夫，后来就把妻子的信称之为回

---

① 乌丝：指有墨线格子的笺纸。回文：原指回文诗，此处代指意含相思之句的诗。②香煤：有二解，一指妇女的眉笔，二是指点燃的香火。藏头字：藏头诗，一种游戏诗体，每句的头一字可组成完整的话。这句是说谱中每句的头字被墨涂掉了。③筝雁句：古筝上有十三根弦，每根弦两头各有一柱，斜着排列如雁行，故称。④输他句：指人是孤单的，不如筝柱成双。

文锦书。词人收到妻子的书信后，便拆开来看，发现"香煤暗蚀藏头字"，即来信中，妻子用眉笔或火头蚀去了藏头诗的第一个字，让丈夫猜是什么意思。妻子此举，是要和词人玩诗词游戏，以通心曲，这自然会勾起词人的思念之情。于是就有了下一句的"筝雁十三双，输他作一行"。"筝雁"，即筝柱，柱行斜列如雁阵。《隋书·乐志下》谓筝为十三弦之拨弦乐器，故云。"输他"，犹言让他（它）。

此二句言十三根弦的筝柱前后排列，形成了齐齐整整的一行，意谓就让它静静地排列为一行，无心去弹拨了；而"十三双"中的"双"字似乎道出夫妻分居两地，还不及雁柱成双的郁郁之情，可谓一语双关。

词的上阕，句句用典，层层铺垫，以古奥深雅之笔委婉道出词人收到妻子信后的思家怀人之情。

下阕出之于幽婉含蓄，抒发词人内心怅惘无奈的心情。沈宛于康熙二十三年（1864）归性德后，性德仍是十分忙碌，除平时需要入宫执勤外，还常随康熙出巡，或执行公务，在家中的时间很少。所以词人此处言："相看仍似客，但道休相忆。"末句"索性不还家，落残红杏花"为妻子赌气之语，意谓：索性不要回来了，杏花都落尽了，你还回来干什么。

妻子此语，自是针对词人行踪不定、归期遥遥而发的，所以故意以恼怒的口吻嗔怪他，并非真恨真怨，只不过是要用怨语气气他，以泄心头因相思疑心而产生的郁闷，而这恰恰也是对他深爱的一种曲折心理的表现。

整首词是一幅适宜远观之画，屋内诗句微浸墨，古筝静默，词人青衫独立在外，落花轻扬，枯残杏花枝丫于秋色之中鲜明。词意低回婉曲，结尾处悠然不尽，将纳兰痛失爱妻、恨意难平、相思无解的复杂心绪娓娓道来。

菩萨蛮

阑风伏雨催寒食①，樱桃一夜花狼藉。刚②与病相宜，琐窗③薰绣衣。
画眉烦女伴，央及④流莺唤。半晌试开奁⑤，娇多直自嫌⑥。

赏析

雨下得永远没有最后一滴。待字闺中的女子，看见樱桃花的凋零，像一首安魂曲。

病中，她有时，温柔在一个人巴山夜雨的诗句里，比春天更为生动。有时，又长在相思树，那一圈圈不断扩大的年轮里。

寂寞的时候，她的衣袖空空，藏不住一点北方的风。清晨，她唤来小囡画眉。

梳妆镜前的她，多像娇美的桃花……为了最美丽地开放，想了一千种姿势。

点评

此类描写女子生活之作，纳兰词中屡见，风格颇近于温庭筠和韦庄。此词描绘了

①阑风伏雨：连绵不断的风雨。寒食：寒食节，在农历清明前一或二日，其时禁火三天，食冷食。②刚：恰好。
③琐窗：雕刻有连锁花纹的窗。④央及：请求。⑤奁（lián）：古代女子梳妆用的镜匣。⑥直：只。自嫌：自己对自己不满。

寒食节时候，一女子刚刚病起，乍喜乍悲的情态。

起二句先绘寒食节候之景，风雨不止，一夜之间樱花零落。这是全篇抒情的环境、背景，以下便是描绘她在这景象下的一系列的行动。首先是按节令而薰绣衣，"刚与病相宜，琐窗薰绣衣"。天雨衣潮，置炉薰衣，人在病中亦怯寒，喜欢炉温，故言"刚与"。

琐窗，指雕刻有花纹图案的窗子；绣衣，指华丽精致的衣物，"琐窗薰绣衣"的情景，想来是颇为高贵幽雅的，但似乎又透露出一种孤独无聊的气息。

熏完衣，然后就是打扮自己了，"画眉烦女伴，央及流莺唤"。此女刚刚病愈又逢寒食节将至，遂烦请女伴帮忙梳妆打扮，而此时小黄莺也偏偏在窗外啼啭，想来她的心情还是颇为欢愉的。然而"半饷试开奁，娇多直自嫌"。"半饷"谓许久、好久，"自嫌"是自己对自己不满。那她为何半晌才打开妆奁？无论怎么装扮，皆自嫌不称心意，又是为何？小词并未明说，只是摹其细节去刻画她的心理，淡淡地透露了几许自伤的情怀，寄深于浅，寄厚于轻。

菩萨蛮

梦回酒醒三通鼓，断肠啼鴂①花飞处。新恨隔红窗，罗衫泪几行。

相思何处说，空有当时月。月也异当时，团圞②照鬓丝。

赏析

去年今日此门中，人面桃花相映红。人面不知何处去，桃花依旧笑春风。想起逝去的她，你总是想起这首凄美的唐诗。

那时，吴山青，越山青，罗带结同心。那时，绣帘相依，燕子双飞来又去。可是如今，梦回酒醒的时候，泣血的杜鹃，声声断肠。

这一腔的相思，捂在心间，痛的时候，也不会喊疼。

点评

此阕是月夜怀人之作，凄婉缠绵之至。

上阕首二句，"梦回酒醒三通鼓，断肠啼鴂花飞处"。三更鼓之时酒醒梦回，显然是伤痛彻骨，酒也不能彻底麻痹。古人夜里打更报时，一夜分为五更，三更鼓即半夜时。

"啼鴂"，即鹈鴂的啼鸣。鹈鴂一鸣，春将归去，夏季将至。《离骚》云："恐鹈鴂之先鸣兮，使夫百草为之不芳。"张先《千秋岁》云："数声鹈鴂，又报芳菲歇。"姜夔《琵琶仙》云："春渐远，汀洲自绿，更添了几声啼鴂。"半夜酒醒，情意阑珊，此刻耳边偏又传来鹈鴂的悲啼之声，于是伤情益增，愁心愈重，在美酒的放松抚慰下，人怎么能不清泪涟涟？

---

① 啼鴂（jué）：杜鹃啼鸣。相传此鸟为蜀主望帝魂化，春末夏初时啼叫，其声惹人生悲。②团圞：指明亮的圆月。

三四句，"新恨隔红窗，罗衫泪几行"。这是词人假借女子对男子的爱来寄托自己的情思，借女人的口来表达难以启齿、过于缠绵的情感，写得凄然销魂，沁人心脾。

下阕写借酒浇愁、见花落泪后的对月伤心、新恨旧愁。"相思何处说，空有当时月"。在古代，明月时常成为爱情的见证。玉蟾当空，有情人可以相互偎依看月，在月亮下畅叙幽情，山盟海誓或者临虹款步，即使不在一处，也可以相约同看天涯明月，寄取相思。但是此处，词人说"空有当时月"。一个"空"字表达了爱侣逝后作者无人可与"说相思"的无限恨怆之情。遂想起张若虚《春江花月夜》中的"江畔何人初见月，江月何年初照人？人生代代无穷已，江月年年只相似。不知江月待何人，但见长江送流水"，其关于人生、时光、自然之感慨，不禁使人哑然。末句，"月也异当时，团圞照鬓丝"，当头之明月犹在，但却与别时不同，它现在只是照映着孤独一人了。此情此景，直叫人想起崔护的"人面不知何处去，桃花依旧笑春风"与周邦彦的"当时相候赤阑桥，今日独寻黄叶路"，皆是一种"物是人非事事休"的留恋心情，让人"欲语泪先流"。

容若心肠九曲，总是为了一个情字。如丝如缕，萦回不绝。不过能将相思之苦，婉曲道来，絮而不烦，这亦是天赋情种，有如情花烂漫到难管难收，此等纵情执定亦是纳兰词题材狭窄却出尘高妙之处。

菩萨蛮 为陈其年题照①

乌丝曲倩红儿谱②，萧然③半壁惊秋雨。曲罢鬓鬤④偏，风姿真可怜。须髯浑似戟⑤，时作簪花剧⑥。背立讶卿卿⑦，知卿无那情⑧。

赏析

夕阳，白云，青山，兰舟。冠盖满京华。你的《乌丝词》，你用清贫的唇齿来吟咏。

一曲吟罢，惊得唐诗宋词里的秋雨，落向了天空。玉箫声声，你的歌女，发髻都是平平仄仄的。

她的身影，如风拂杨柳，月照梨花。你的根根胡须，都是江湖豪客。

醉酒后，你喜欢头戴红花，又是妙词一阕。那个秋波盈盈的女子，此刻正背对着你。她一回眸，你的柔情，便永远没有最后一缕。

点评

此篇副题为"为陈其年题照"。陈其年，即陈维崧，字其年，号迦陵，江苏宜兴人，工诗词文赋，为清初阳羡词派之首，与朱彝尊齐名。其年长容若三十岁，为忘年友，但二人交谊至厚。康熙十七年戊午闰三月二十四日（1678年5月14日），其年在扬州，广东著名诗画僧大汕为他画了小像。是年秋，其年入京应博学鸿词科试，其画像亦带到京中，因画像不但画出了陈氏的形貌，而且画出了个性，于是引来了众多诗

朋词友的题咏。在诸多诗赋中，容若这首《菩萨蛮》词写得很别致，很风趣，颇有开玩笑的味道。

"乌丝曲倩红儿谱。"乌丝曲，指其年之作《乌丝词》，顺治十三年（1656）至康熙七年（1668），其年居京华时所填之词，结集为《乌丝词》，誉满天下，为人称赏。红儿，即杜红儿，唐代名妓，后泛指歌妓。此处是借指其年身边的歌女。这句是说其年的《乌丝词》令歌儿舞女谱唱。

那谱唱的效果如何呢？"萧然半壁惊秋雨"，萧然，冷落凄清的样子。晋陶潜《五柳先生传》云："环堵萧然，不蔽风日。"显然是形容家境贫苦，事实也正是如此。徐乾学云：其年"所居在城北，市廛库陋，才容膝，蒲帘土锉，摊柱其中而观之"，"时时匮乏困仆而已"（《陈检讨维崧墓志铭》）家贫之甚，几至"入门依旧四壁空"的境地了。

惊秋雨，出自李贺《李凭箜篌引》"女娲炼石补天处，石破天惊逗秋雨。"李贺这两句诗是描绘李凭箜篌弹奏的乐声给人们的感受的：高亢的乐声直冲云霄，把女娲炼石补天的天幕震颤。好似天被惊震石震破，引出漫天秋雨声湫湫。用在此处，形容歌女谱唱的陈其年的《乌丝词》震惊世人、轰动京城，真是生动诡谲。

"曲罢髻鬟偏，风姿真可怜。"接下两句，写画像上的吹箫女子。严绳孙《金缕曲·序》云："题陈其年小照填词图，有姬人吹玉箫倚曲。"可见画上除了其年的画像外，还有此吹箫女子。——一曲唱罢，她发髻斜偏一旁，风姿妩媚，惹人生怜。

"须髯浑似戟，时作簪花剧。"下阕则一转，道出了其年既富湖海豪气，又不无绮艳，既刚且柔的性格和作风。"须髯"，据《清史稿》本传云："维崧清癯多髯，海内称陈髯。"可见容若言"须髯浑似戟"当是实写。如此带有玩笑意味的话语（你的胡子长得简直跟长矛、钩戟一样），也说明他们二人之间的关系是颇为融洽的。"簪花剧"，簪花，古代遇典礼宴会佳节，男女皆戴花。剧，玩耍。李白《长干行》云"妾发初覆额，折花门前剧。""时作簪花剧"，是说陈其年时常头上戴花戏耍，以诙谐的口吻赞赏其风流倜傥，风采特异。

"背立讶卿卿，知卿无那情。"结尾二句再写画上吹箫女子，用的也是女子口吻——我盈盈背立，是因为我知道如果我站在你（指陈其年）面前，你会控制不住感情的，又有什么大惊小怪的？表面看来似是写陈其年不乏风流旖旎，声华裙屐之好，其实是以戏谑的口吻对这位忘年之友加以赞美。

减字木兰花 新月

晚妆欲罢，更把纤眉临镜画。准待①分明，和雨和烟两不胜②。
莫教星替③，守取④团圆终必遂。此夜红楼⑤，天上人间一样愁。

赏析

　　晚妆梳罢，又手执画笔。镜中，你的纤纤柳眉，是否正如窗外的一弯新月。

　　回首天边，烟雨正朦胧，让人看不分明的，是藏在烟雨后的一弯新月。

　　这样的夜空，不需要有星星，和我一起守着永恒誓言的，是你，是在星海飘摇的一弯新月。

　　寂静的夜，寂寞的小楼，茫茫人间，你我同样的哀愁，想必也如天边的那弯新月。

点评

　　这首词是刻意描写新月，由新月而联想到人间情事，令人、物浑融，不粘不脱，自是上乘。

　　上阕以人拟物入手，摹画出新月的形貌。

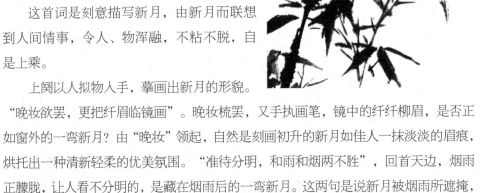

"晚妆欲罢，更把纤眉临镜画"。晚妆梳罢，又手执画笔，镜中的纤纤柳眉，是否正如窗外的一弯新月？由"晚妆"领起，自然是刻画初升的新月如佳人一抹淡淡的眉痕，烘托出一种清新轻柔的优美氛围。"准待分明，和雨和烟两不胜"，回首天边，烟雨正朦胧，让人看不分明的，是藏在烟雨后的一弯新月。这两句是说新月被烟雨所遮掩，

①准待：打算等待。②和雨句：出自宋杜安世《行香子》词："寒食下，半和雨，半和烟。"③莫教句：出自李商隐《李夫人三首》诗："惭愧白茅人，月没教星替。"④守取：等待。⑤红楼：华美的楼阁，指富家小姐的住处。

月和烟雨均不甚分明。

联系前两句，也可以说，正是因为有这样一种氤氲氲氲的朦胧之美的映现，纤纤新月才像极了佳人的弯弯柳眉，其楚楚可怜的独特韵致也得以展现，从而使情与境谐，气氛浓重。

下阕先述待月圆之心愿，又转为描绘新月迷蒙、红楼闺怨，人月同愁。"莫教星替，守取团圆终必遂"，明里是说唯恐繁星灿烂而遮盖了新月，实际上引用李商隐却媒之典故，自剖心迹。

李商隐夫人王氏殁，有人做媒，义山却之，作《李夫人》诗："惭愧白茅人，月没教星替。"词人用义山诗句，将心中情思出之于典，给人一种仅为咏月的错觉，亦是良有以也。词人早年曾和表妹谢氏相爱，不幸的是，未及西窗剪烛，谢氏便进了皇宫，当了妃子，一场缱绻之爱顿成泡影（见《梦江南·昏鸦尽》）。

词人乃至情至性之人，心中伤痛无限，然而宫墙横亘，诸多不便，此种情事又怎可与人道出？于是幽愤遣怀，必出之于隐语。所以，此处"莫教星替，守取团圆终必遂"，是对宫中恋人的嘱咐叮咛，亦是自剖心迹，彼此要坚守承诺，心中不做第二人想，要相信一定可以等到团圆的那天。

接下来是"此夜红楼，天上人间一样愁"，落句绾合，由物入情，新月不明似天上人间一样愁，想象轻灵飘逸，亦凄清含婉，情致全出。

减字木兰花

烛花摇影，冷透疏衾①刚欲醒。待不思量，不许孤眠不断肠。

茫茫碧落②，天上人间情一诺③。银汉④难通，稳耐风波⑤愿始从。

赏析

"如果有一天，我喜欢的女孩不见了，我就是把整个江湖翻过来，上穷碧落下黄泉，也要把她找出来。嗯……那你说，她是会在碧落呢，还是黄泉？自然是碧落，仙女是不会去黄泉的。"多么美好的一段话，可是结局却是灰色的，不像我们年幼时听的美满童话。

上穷碧落下黄泉。寻到了爱人的踪影了吗？——两处茫茫皆不见。其实，见了又怎样，曾经相信在碧落的人，却活在了黄泉。爱如果有那么多回头路好走，世人又怎么会懂得珍惜两个字怎么写？

茫茫碧落，天上人间情一诺。愿望越是美好如花，凋谢起来就越显得残酷伤人。

点评

纳兰悼亡之作很多，本篇虽未标出，但显然又是一首怀念亡妻的作品。

上阕写冷夜孤眠，思量断肠的痛苦。首二句谓词人在凉薄的夜里独自醒来，眼前烛花摇影，寥落而感伤。"疏衾"言空疏冷寂之貌，再加上"冷透"二字，分明是神凄骨寒了，所以此之"冷"不仅是身冷，更是心冷。

---

①疏衾：谓掩被孤眠而感到空疏冷寂。②碧落：青天、天空。③一诺：《史记·季布栾布列传》："楚人谚曰：'得黄金百斤，不如季布一诺'。"此指誓约。④银汉：银河。⑤稳耐：忍受。风波：喻患难。

三四句言心理感受。"待不思量"出自苏轼《江城子》"十年生死两茫茫，不思量，自难忘。"

苏轼这首词，是悼念爱妻王弗的，其将"不思量"与"自难忘"并举，利用这两组看似矛盾的心态之间的张力，真实而深刻地揭示自己内心的情感。容若此处亦是如此，"待不思量"并不是说不想念爱妻，而是说年年月月，朝朝暮暮，虽然不是经常悬念，但也时刻未曾忘却。"不许孤眠不断肠"，亦出之于反语，词人因为深受相思之苦，所以告诫自己不要太过伤心，不要多想。

下阕点明与亡妻已成天上人间，生死异路，又痴情渴盼能够相逢重聚。"茫茫碧落"，用白居易《长恨歌》"上穷碧落下黄泉，两处茫茫皆不见"句意，谓亡妻之魂灵远在茫茫天宇，遥不可及。但是即便如此遥隔，两人的誓约，仍如季布之诺，金石难摧。

结尾二句，"银汉难通，稳耐风波愿始从"。明明爱妻已亡，词人却说她在碧落；明明爱妻已亡，词人却还想飞越迢迢难渡的银河，忍受风波患难与她重逢，与她团聚，与她从头开始。如此挚语，缠绵凄绝；如此深情，痴迷彻骨。

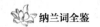

减字木兰花

从教铁石①，每见花开成惜惜②。泪点难消，滴损苍烟玉一条③。
怜伊太冷，添个纸窗疏竹影。记取相思，环佩④归来月上时。

赏析

伊人飘进了一瓣梅花里。在梅树里生长，她可爱的微笑，就是梅花的清香幽幽。
而多情的你，已被诀别，温柔地诅咒成铁石心肠，不会笑，不会哭。

可是当梅花盛开，暗香浮动月黄昏时，你却脉脉含情地站在梅树下，时时凝睇，
时时怜惜。寒冷的夜里，晶莹的露珠是梅的眼泪。你轻轻地呵了一口春天的空气，飘
成暖暖的围巾，给寂寞的她披上。现在，请在心间，刻下那两个字。月亮出来时，你
想念给她听。

点评

有评家说，由"添个"句可知此词乃题画词，所题是梅花，此言大抵不差。不过
容若此阕咏梅词，却不同于其他词人的题咏之作。

古代咏梅的诗词很多，精绝者如姜夔的《暗香》、《疏影》，陆游的《卜算子》。
《暗香》一词，以梅花为线索，通过回忆对比，抒写今昔之变和盛衰之感；《疏影》
则连续铺排五个典故，用五位女性人物来比喻映衬梅花，从而把梅花人格化、性格化，
集中描绘了梅花清幽孤傲的形象，寄托作者对青春、对美好事物的怜爱之情。陆游的
《卜算子》则借梅比喻为人的原则和品德，也堪称高妙。

但不管是姜夔，还是陆游，他们的咏梅手法再高妙，刻画得再精美，终究也是将
梅花当作一件承载他们思想趣志的道具。容若此词则不然。综观全词，他仿佛是在感
慨怜惜自己稚弱清高的爱人，那梅与他，仿佛是对月临影的故知，彼此是平然对坐的
尊重，不存在谁被赏，谁被赞的问题，人与梅已经完全地合而为一了。因此，这首咏
梅词，写得清奇别致，富有浪漫特色。

---

①从教：任凭、听任。铁石：铁肠石心。②惜惜：可惜、怜惜。③玉一条：指梅树。④环佩：代指所思恋之人。
姜夔《疏影》："想佩环月下归来，化作此花幽独。"

　　上阕始二句从心理感受上落笔，虽不正面描绘梅花，但梅花之神韵已出。"从教铁石，每见花开成惜惜"，纵使是铁石心肠之人，每一次见到这晶莹如玉、花开姣姣的梅花也总会流露出依依怜惜之情的。短短两句，三处强调——"从教"强调语气，"每见"强调频率，"惜惜"强调感情，于是梅花之含情脉脉之神韵顿现。继二句则把笔宕开，写梅边之竹。"泪点难消，滴损苍烟玉一条"，谓那朦胧的月色下，斑竹沥沥，就好像是玉条上滴洒了点点泪水。

　　下阕由梅及人，由人及梅，人融梅中，梅又露着人的深情，遂有"怜伊太冷，添个纸窗疏竹影"，谓怕梅花太冷，所以特加了竹林围护。这既是从护梅之竹，从侧面烘托梅之娇贵，又是把梅当人而加以体贴慰藉，尽赋予一腔柔情，此之构想，可谓奇绝。最后二句，"记取相思，环佩归来月上时"，宕笔写去，说梅花也有魂，她特于今夜月上时归来。归来作何？有前几句柔情之语铺垫，梅花归来怕是与词人共赴幽约吧。此阕咏梅词虽无一笔正面去刻画梅之形貌，但却又笔笔不离梅花，此正所谓"不即不离"，因而梅之形神反而历历可见。

减字木兰花

断魂无据①，万水千山何处去？没个音书，尽日东风上绿除②。

故园春好，寄语落花须自扫。莫更伤春，同是恹恹③多病人。

赏 析

又是离歌，一阕长亭暮。万水千山面前，他是个漂泊的左括号，闺中的伊人，可是苦苦等待的右括号？

牵手，两人的爱才能完整。然而，王孙去，萋萋无数，南北东西路。

青鸟不传云外信，已有数月。被思念灼伤的你，挪移天下的高山，用来望归。

你相信，必有菊，开在家园的南山。必有落花，飘若伊人的裙裾。只是，再也不能伤春。

病中，空空的杯盏，装满天涯，装满故乡，装满八月十五奔走相告的月光。

点 评

这是一首缱绻清远的相思之作，写法颇为清奇巧妙，像是夫妇书信往来问答。

上阕以闺中妻子的口吻说相思。"断魂无据，万水千山何处去？"起句化用韦庄《木兰花》"万水千山不曾行，魂梦欲教何处觅"，拓开境界，写梦魂飞渡万水千山，于私情中写出高远苍茫。

那么，妻子为何要梦魂远渡呢？因为整日春风吹来，台阶上的草都绿了，而所思

---

① 断魂：忧伤的梦魂。无据：无所依凭。②绿除：长满绿草的台阶。③恹恹：形容精神萎靡的样子。王实甫《西厢记》："恹恹瘦损，早是伤神，那值残春。"

之人却没有音书寄来。"没个音书",用的是明白如话的口语,像极了妻子埋怨娇嗔的口吻。

而"尽日东风上绿除",明是写景暗写心情,反衬出妻子如萋萋芳草般的愁情:东风吹绿满阶绿草,一片春光照眼,这本是赏心悦目之景,却因为东风无法为她传递书信而显得凄然。

下阕以远行在外的丈夫的口吻嘱对,说他与妻子一样地相思着。"故园春好,寄语落花须自扫",故园春色美好,你就把一腔心思寄给落花吧。"落花"一语双关,寓指的是飘零在外的丈夫,其本身则是指即将消逝的美好春色,所以才有后句的"莫更伤春"。而"莫更伤春"中的"春",既是实指,也是虚指,指眼前春光,亦是指两人的感情牵挂。这三句可谓词约义丰,含蓄蕴藉。末一句"同是恹恹多病人",情意深长,道出两人心有灵犀为情所苦的情状。"恹恹多病人"化用了《西厢记》:"恹恹瘦损,早是伤神,那值残春。"《西厢记》全名《崔莺莺待月西厢记》,是元代著名戏曲作家王实甫的杰作。书中,张生闲观普救寺之时,巧遇了寓居于此的相国小姐崔莺莺。二人相爱,却遭到父母反对,在侍女红娘的帮助下,有情人终成眷属。

原诗句"恹恹瘦损,早是伤神,那值残春。罗衣宽褪,能消几度黄昏?风袅篆烟不卷帘,雨打梨花深闭门;无语凭栏杆,目断行云",是描绘崔莺莺的相思苦状,流淌着忧伤愁闷的情绪,可谓中国古代女子共同的心语诉说。容若化用其语,却不易其景,不改其情,与整首词词境十分相合。

减字木兰花

花丛冷眼，自惜寻春来较晚。知道今生，知道今生那见卿。

天然绝代，不信相思浑不解①。若解相思，定与韩凭②共一枝。

赏析

夜风飒飒，落花如雨，烛影幢幢，洒落惨光如水。

此刻，你是不是又想起了那青梅竹马却成为妃子的表妹？此刻，你是不是想说，连理千花，相思一叶，毕竟随风何处？不然，为何青衫有泪痕？不然，你为何想起那么凄绝的韩凭故事？

明天，希冀许久的明天，便是相会的日子。可你，你却不知，要说什么。

说幽意？说相思？诉衷情？夜深了，梧桐叶上，飘落春雨潇潇。想起古老的诗歌，你欲语泪先流。

一缕香魂未断绝。是耶？非耶？化为蝴蝶。

点评

这首词大概是容若为宫中的恋人而作。上阕言苦恨相逢太晚。首二句连连用典，"花丛冷眼"，化用元稹《离思五首》（其四）"取次花丛懒回顾，半缘修道半缘君"。元稹这句诗的意思是，自己不再寻花觅柳，经过"花丛"且懒于回看，这半是缘于修道，半是缘于你。此处容若用"冷眼"代之"懒回顾"，其"曾经沧海难为水，除却巫山不是云"的忠贞之情，较之元稹，更甚矣。次句"自惜寻春来较

---

① 浑不解：犹言全不解。② 韩凭：又作韩朋、韩冯等。李冗《独异志》："宋康王以韩朋妻美而夺之，使朋筑青陵台，然后杀之。其妻请临丧，遂投身而死。"后人以此故事用于男女相爱，生死不渝之情事。

晚"，用的是杜牧与湖州女有约，因寻芳来迟而未成的典故。据说唐朝著名诗人杜牧游湖州，认识了一位姣美少女，只是尚未成年。杜牧和少女的母亲约定，再过十年，待少女成人时来娶。十四年之后，杜牧出任湖州刺史，而长大成人的姑娘已在三年前嫁人生子。杜牧感叹之余，做了一首《叹花》：自是寻春去较迟，不须惆怅怨芳时。狂风落尽深红色，绿叶成荫子满枝。容若用此典，也谓自己与所恋女子擦身而过，无缘结为夫妻。接下两句是"知道今生，知道今生那见卿"，今生难见，既说明对方未死，又表示容若欲见而不能，此之苦情凄然销魂，令人怅惘彷徨于无地。

　　然而爱恋之心无可化解，总是深深思念她。"天然绝代，不信相思浑不解"，心中所念的绝代佳人一定会理解这样相思的苦楚。"不信"二字，语出决绝，掷地有声。

　　末句，"若解相思，定与韩凭共一枝"，再用韩凭故事，以第二人称"卿"寄希望于对方，口气绝似以词代柬。韩凭的故事发生在战国时代，韩凭为宋大夫，娶妻何氏，是一绝色美女，康王下韩凭于狱，夺其妻，其妻密传书韩凭，表明以死明志的决心，于是韩凭自杀。何氏设法使身上衣服腐化，与康王登高台，趁康王不备，纵身跳下，康王连忙拉住她的衣服，因衣服早经腐化，衣裂人坠而死。她留遗书于衣带上，求与韩凭合葬，康王又恨又恼，故意把他们分葬两处，遥遥相望。不料，一夜之间，两座坟上各长出一棵梓木，根连于下，枝连于上，有二鸟如鸳鸯，栖于枝上，且暮悲鸣。

　　容若和韩凭怅恨无奈相当，韩凭妻被宋康王所夺，身为下僚无能为力，唯有悲泣而已，与妻子也只有死后魂魄化鸟相守。这种遭遇和眼睁睁看着恋人被送入宫的容若何其相似？而只有人入深宫，而非其他去处，才使执着王孙如纳兰者，也感叹绝无再见的希望。此阕最是凄厉，锋芒直指帝王。

卜算子 塞梦

塞草晚才青，日落箫笳^①动。恻恻^②凄凄入夜分，催度星前梦。
小语绿杨烟，怯踏银河冻^③。行尽关山到白狼^④，相见惟珍重。

赏析

塞草萋萋的时候，你是北方帐外吹箫的人，伊人可是南方家中听见的那人？

月破黄昏。你听见凄恻的胡笳声声，哀怨泪沾衣。但是，最苦的仍是梦魂，宵宵不到伊身旁。

凄凉而寥廓的星空下，伊人却来，执子之手。梨花一枝春带雨。道一声珍重。道一声珍重。那一声珍重里有缱绻的忧愁——一丝离情浓如酒。情到深时无怨尤。

点评

词人厌于扈从生涯，时时怀恋妻子，故虽身在塞上而念怀萦绕，遂朝思暮想而至于常常梦回家园，梦见妻子。此篇即记录了他的这种凄惘的情怀。

上阕写催其成梦的塞上情景。起二句勾勒了落寞寂寥的大漠风光。天色欲晚，塞草青青，箫笳在落日映照的黄昏里，悲声阵阵。"箫笳"指的是箫和笳。笳是边地独有，其声悲切寒苦，箫则不独于边地，江南江北皆有，但大漠箫声，

---

① 箫笳：管乐器名。② 恻恻：悲伤貌。③ 银河冻：此处谓河水已结冰。④ 白狼：即白狼河，今辽宁省之大凌河。

更显沉郁苍凉，李白《忆秦娥》中有"箫声咽，秦娥梦断秦楼月"，谓玉箫的声音悲凉呜咽，将秦娥从梦中惊醒。有了凄冷的边塞氛围后，当写特殊氛围下的个人体验了。

"慽慽凄凄入夜分，催度星前梦"。"慽慽凄凄"出自李清照《声声慢》"寻寻觅觅，冷冷清清，凄凄惨惨戚戚"，谓自己入夜后愁惨的心情。既是愁惨，那么也会像李易安一样，"乍暖还寒时候，最难将息"。但是容若没有"三杯两盏淡酒"，他是"催度星前梦"，即催促引度妻子的梦魂来到边塞，与自己相会。"星前梦"一语，大概是借用了汤显祖《牡丹亭·游魂》"生性独行无那，此夜星前一个"的句意而加以发挥。《牡丹亭》又名《还魂记》，是汤显祖的传世之作，小说描写了杜丽娘与柳梦梅生死离合的爱情故事。纳兰在此处用以指代夫妻情深，是以纵使关山阻隔，也愿梦魂相聚。

下阕写梦中温馨情景。"小语绿杨烟，怯踏银河冻"。河水已经结冰，行人不敢踏脚，绿杨也早已被一片寒雾笼罩，但是日夜思念之妻此时却来到了身边，与词人轻声细语地交谈。可天寒路远，她是怎么来到的呢？"行尽关山到白狼"，一定是行遍了关山，才找到了在白浪河的丈夫的，真是路途遥遥，关山难度，十分艰辛。然而好不容易相见了，却只道了一声珍重。"相见惟珍重"，结句语淡而情浓，缠绵委婉之至，颇含悠然不尽之意。

采桑子

彤霞久绝飞琼字^①，人在谁边。人在谁边，今夜玉清^②眠不眠。

香消被冷残灯灭，静数秋天。静数秋天，又误心期到下弦^③。

赏析

我所思兮在桂林，欲往从之湘水深。侧身南望涕沾襟。

《四愁诗》里，那个忧心烦恼的男子，是绝望的。迭唱"人在谁边"的你，却更绝望。

湘水深深，毕竟还有舟楫可渡。宫门幽幽，又有什么可以渡？

所以，你只有等待。残灯明灭枕头欹，谙尽孤眠滋味。而伊人，在"清且浅"的河汉中，行行渐远，行行渐渺。成一种仙音，让人终生留恋。

点评

这首《采桑子》，上阕写仙境，下阕写人间。天上人间，凡人仙女，音书隔绝，唯有心期。

首一句"彤霞久绝飞琼字"，便点出仙家况味。道家传说，仙人居住的地方有彤霞环绕，于是彤霞便作了仙家天府的代称。飞琼是一位名叫许飞琼的仙女，住在瑶台，作西王母的侍女。据说瑶台住着仙女三百多人，许飞琼只是其中之一，她在某个人神相通的梦境中不小心向凡间泄漏了自己的名字，为此而懊恼不已——按照古代的

---

①飞琼：指仙女许飞琼。传说许飞琼是西王母身边的侍女，后泛指仙女。这里代指所思念的人。字：书信。
②玉清：仙女名。这里指所思念的人。③心期：心愿。下弦：下弦月。

传统，女孩家的名字是绝对不可以轻易示人的。最后"飞琼字"的"字"是指书信。如此，整句话即谓：许久没有收到仙女许飞琼从仙家天府寄来的书信了。那么，既无书信可通，不知道仙女现在正在哪里呢？她为何还不寄信给我呢？她心里到底在想什么？——迭唱"人在谁边"，叹息反侧。

"今夜玉清眠不眠"，玉清也是一位仙女的名字，在人间也留下了几多美丽的故事。据唐人笔记，玉清为梁玉清，她是织女星的侍女，在秦始皇的时代里，太白星携着梁玉清偷偷出奔，逃到了一个小仙洞里，一连十六天也没有出来。天帝大怒，便不让梁玉清再作织女星的侍女，把她贬谪到了北斗之下。"今夜玉清眠不眠"，也就是说容若在惦记着那位仙女：今夜你在玉清天上可也和我一般的失眠了吗？——容若自己的无眠是这句词里隐含的意思：正因为我无眠，才惦记着你是否和我一样无眠。容若是在思念着一位仙女吗？这世间哪来的仙女？这，就是文人传统中的仙家意象了。仙女可以指代道观中的女子，也可以作为女性的泛指。写爱情诗，毕竟无法直呼所爱女子的名姓，所以总要有一些指代性的称谓。

词的下阕，由天上回落人间，由想象仙女的情态转入对自我状态的描写。"香消被冷残灯灭"，房间是清冷的，所以房间的主人一定也是清冷的，那么，房间的主人为什么不把灭掉的香继续点燃，为什么不盖上被子去暖暖地睡觉，就算是夜深独坐，又为什么不把灭掉的灯烛重新点起？那是因为，房间的主人想不到这些，他只是静静地坐在漆黑的房间里"静数秋天"，静静地计算着日子。也许仙女该来信了吧？也许该定一下相约的时间了吧？等待的日子总是过分的难挨，等待中的时间总是过分的漫长。待到忽然惊觉的时候，才发现"又误心期到下弦"。就在这一天天的苦挨当中，不知不觉地晃过了多少时光。这末一句，语义朦胧，难于确解，但意思又是再明朗不过的。若"着相"来解，可以认为容若与仙女有约于月圆之日，却一直苦等不来，挨着挨着，便已是下弦月的时光了；若"着空"来解，可以认为容若以满月象征团圆，以下弦月象征缺损，人生总是等不来与爱侣团圆的日子，一天一天便总是在缺损之中苦闷地度过。此正如《诗经·关雎》所言：求之不得，寤寐思服；悠哉悠哉，辗转反侧。

采桑子

谁翻①乐府凄凉曲，风也萧萧。雨也萧萧，瘦尽灯花又一宵②。

不知何事萦怀抱③，醒也无聊。醉也无聊，梦也何曾到谢桥④。

赏析

你听，你听。谁在历史深处轻声哼起了《葬花吟》？

雨声淅淅沥沥，打着李易安眼眸里栽种的那株芭蕉。我悄悄地打开心窗，那些我们曾经一一命名的青鸟，飞向了一把把铜锁。我等你敲门。所有的门，所有的灯都在等。火焰还没有熄灭，我的眼睛始终在点燃着它。

千山万水，天下的风景都在这里。其实我知道自己为何这样伤心，只是无奈。我是一只华丽的酒杯，你是我的酒，我的河流，却已经干涸，不知流向何处。而桃花，依旧笑着春风。而我，再也不是你的良药，再也不能进入你的梦。

点评

究竟是谁在静寂的夜里翻唱着凄切悲凉的乐府旧曲？此时此刻，一灯荧荧如豆，四壁默默昏黄，词人茕茕孑立，落寞清寂的影子投在墙上，如一段段伤心的往事。萧萧的风声随之伴和，那是李煜悲歌的惆怅；雨声亦复萧萧，那是苏东坡悼亡的感伤。如斯风雨之夜，词人唯有孤灯相映，独自听了一夜的雨，眼

---

①翻：本来是指演奏，但"乐府"是指可以歌唱的歌曲，所以此"翻"应该理解为歌唱。②瘦尽句：意思是说眼望着灯花一点一点地烧尽，彻夜不眠。③萦怀抱：缠绕在心中。④谢桥：谢娘桥。相传六朝时即有此桥名。诗词中每以此桥代指冶游之地，或指与情人欢会之地。晏几道《鹧鸪天》："梦魂惯得无拘检，又踏杨花过谢桥。"纳兰反用其意，即在梦中追求的欢乐也完全幻灭了。

见灯芯燃尽、散作灯花。一"瘦"字，仿佛让人寻觅到李易安那比黄花还瘦的身影；一"又"字，表明了夜不成眠已不止一日，这愁情的沉重，怎堪言说？

那么，词人为何连连彻夜难眠呢？是身世遭遇的感慨？是理想失落的悲愁？抑或是触物思人的感伤？

词人的回答是："不知何事萦怀抱"。原来这一怀凄婉，却是情发无端，是一种对社会、人生朦胧而迷惘的体验和追问。因为无法命名，所以词人清醒时百无聊赖，即使借酒沉醉也难遣满怀愁情。

那无论是清醒或是沉醉，都难以逃避的苦闷究竟何为呢？追问到底，倏然笔锋一转，荡出一句"梦也何曾到谢桥"，于是所思之人呼之欲出，跃然纸上，读者便可豁然明白，此词当是一篇思念之词。因为所谓"谢桥"，代指谢娘所在之地。谢娘者，于唐宋诗词通常泛指所恋之美人。在此处，词人重新翻用了北宋晏几道的名句："梦魂惯得无拘检，又踏杨花过谢桥"。于晏几道，虽身陷俗尘，但是灵魂终究是自由的，如同晴空之羽，可以飘然入梦，在梦中与心爱之人相会。然于纳兰更多的是绝望：纵能入梦，果真能如愿到访谢桥，重与离人相聚吗？

尽管思念热烈如火，可是梦境终究不能随心所欲地掌控的。记得在《红楼梦》第一百零九回中，宝玉在黛玉死后日夜悬念，然而黛玉芳魂竟不入梦，于是宝玉慨然叹曰："悠悠生死别经年，魂魄不曾入梦来。"这句诗可视为"梦也何曾到谢桥"的另一注脚。或许所恋之人，今生不复相见，后约无期，而连魂梦也未可重逢，致使词人不由自主地向小晏抗辩，以冰雪般的声音幽幽地质疑：天若有情，又怎会让人欲梦也无缘一见？

采桑子

严霜①拥絮频惊起，扑面霜空。斜汉②朦胧。冷逼毡帷火不红。

香篝③翠被浑闲事，回首西风。何处疏钟④，一穗⑤灯花似梦中。

赏析

塞上的夜，沉沉如水。月落的时候，秋霜满天，罗衾不耐五更寒。

曾几何时，小园香径，人面如桃花。你牵着她的手，闭着眼睛走，也不会迷路。那时的翠被，是多么的温暖。那时回廊下，携手处，花月是多么的圆满。

如今，边塞，在每个星光陨落的晚上，你只能一遍一遍数自己的寂寞。守护一朵小小的灯花。在梦中，已是十年飘零十年心。

点评

此篇苦寒、孤寂。作于何年何地，难以确考，而从词中描写的情景看，可能是作

---

①严霜：严寒的霜气。②斜汉：秋天的天河（银河）斜向西南，故称斜汉。③香篝：熏笼。古代室内焚香所用之器。④疏钟：稀疏的钟声。⑤穗：谷物等结的穗，这里指灯花。

于扈驾巡幸途中，有论者以为是在其妻卢氏病殁之后。

词中是写边塞寒夜的感受。上阕全用景语，写塞上寒夜，而景中已透露出凄苦伤感。首句"严霜拥絮频惊起"，"絮"字似乎可作两解，一指柳絮般的雪花，二是指絮被。作雪花解，整句话谓严寒的霜气卷起雪花如飞絮飘扬；作絮被解，则是说在寒冷的霜夜，半卧着以絮被围裹身体。但观"频惊起"三字，"絮"应该为絮被，因为夜里奇寒，拥被不能取暖，几次三番地被寒冷惊起。屋里的境况如此，那外边如何呢？"扑面霜空。斜汉朦胧。"天空寒雾迷漫，银河斜横长空，但朦胧不清，冷气相逼，使得行军的毡帐里燃起的炉火也红不起来。

下阕，联想、回忆、幻境相结合，写似梦非梦的心理感受。"香篝翠被浑闲事"。回想当初家中，熏笼焚香，其暖融融，怀拥翠被，温暖舒适。当然，这种暖意不仅是身体上的，更是心理上的。因为"香篝"也好，"翠被"也罢，都是隐隐地指向词人的妻子的。这一切在那时都是"浑闲事"，再平常不过了，但在现在，却是殊难想象，遥不可及的。"回首西风"。回头看帐外，只有西风在吹，方知在"冷逼毡帷火不红"的环境中，"香篝翠被"的生活确实似在"梦中"，离自己已经很遥远了。最后两句，"何处疏钟，一穗灯花似梦中"。这时词人听到稀疏的钟声，而帐中只有"一穗灯花"，在灯光朦胧中似在梦中，不知身在何处，孤凄情怀，不免难以忍耐。词中景情俱到，含思要眇，良多蕴致。

采桑子

冷香萦遍红桥梦^①，梦觉城笳。月上桃花，雨歇春寒燕子家。
箜篌^②别后谁能鼓，肠断天涯。暗损韶华^③，一缕茶烟透碧纱。

赏析

那一夜，你宿在红桥。睡中，郁金香的冷香幽幽。醒来，只有孤寂的空城，凄楚的笳声。自从离别后，天也悠悠，地也悠悠。伊人的离去，让你断肠的琵琶，永远地爱上了休止符。

高山流水的琴韵，已无处可寻。而所谓青春，本是一杯浓浓的香茶，只是后来，香气越来越淡。寄词红桥桥下水，扁舟天涯谁是伊？

点评

这首词叙述所爱的女子离去后的苦闷心情。上景下情。景象的描绘由虚到实，虽未言愁而愁自见。抒情之笔又直中见曲，且再以景语绾住。其黯然伤神之情状极见言外了。

上阕描写春夜。红桥指红色栏杆的桥，不是扬州的红桥。作者扈驾南巡到扬州，是在康熙二十三年（1684）十月至十一月间，与这首词描写的时令不符。红桥是夜宿地点，用"冷香"，与下面"雨歇春寒"有关。"萦遍"二字，描写花香之浓郁，梦中也能闻到。"梦觉"句，写梦醒后的情景。雨已停歇，月亮破云而出，城楼上隐隐传来笳声，窗外的桃花在月光下散放清香，帘枕间燕子静静地栖息。作者用白描的手法，写春夜的景色，简练而贴切。正如张继《枫桥夜泊》诗，只用"月落乌啼""江枫渔火"数字，就烘托出秋夜的气氛。

下阕写别后的怀念，一别之后，箜篌空悬，不免睹物思人，黯然神伤。而令人肠断者，岂是无人会弹箜篌，实是怀念伊人远隔天涯。"暗损"二句慨叹美好年华的消逝。一缕茶烟，飘进碧纱窗，使人产生"今日鬓丝禅榻畔，茶烟轻飏落花风"的心情。

---

①冷香：清香之花气。红桥：此指一般的赤栏桥。②箜篌：古代一种类似琵琶的弹拨乐器。③韶华：美好的年华。

采桑子

凉生露气湘弦润①，暗滴花梢。帘影谁摇，燕蹴②风丝上柳条。

舞鹍③镜匣开频掩，檀粉慵调④。朝泪如潮，昨夜香衾⑤觉梦遥。

赏析

长夜微凉。而我只觉寂寞。柳树又绿了，我以为它们不会的。

不是你说的吗，等你回来的时候，柳树才会绿如烟海的。究竟是他们在骗我，还是你。你看到了么，燕子都回来了。回不来的你，在哪儿呢？

手指碰到了琴弦。凝了露水，铮的一声低响，余音宛转。可是我却不想再弹了。

镜匣里面都是你送给我的胭脂，眉黛，发钗。我能做的却只是茫然地看着镜子。

眼前渐渐的就模糊起来，时光在耳边飞快退回，细碎的断裂声。怎么就又哭了呢？我都以为自己已经没有眼泪了。

点评

这首词是从闺中女子的角度写的，描写她清晨醒来的所见所思，空灵别致。

首句"凉生露气湘弦润，暗滴花梢"，此描绘的是静物。晨起凉生，寒冷的露气浸润了琴瑟，露珠滴在了花梢上。湘弦，即湘瑟，屈原《远游》："使湘灵鼓瑟兮，令海若舞冯夷。"因此称琴瑟的弦为湘弦，即湘灵所鼓之瑟弦。此处"湘弦润"颇多玩味。

时值清晨，而湘弦被露气润湿，说明了这弦昨晚曾被人弹拨过，并且弹完之后，

---

① 湘弦：琴瑟之弦，这里代指琴瑟。②蹴（cù）：踏，逐。③舞鹍：镜背镂刻的装饰。④檀粉：浅红色的脂粉。檀粉慵调，懒得匀调香粉。⑤香衾（qīn）：被子。

不知为何没有放回匣中。那她昨晚为何要弹琴？阮籍《咏怀》诗："夜中不能寐，起坐弹鸣琴。"她是女子，自然没有阮籍政治理想不能实现的痛苦，但是弹琴遣怀解忧的心思多少是相通的。这样，容若以貌似平淡的景语在开篇就为全词留下悬念。

"帘影谁摇，燕蹴风丝上柳条"，此是描绘动景，眼光锐利细腻，捕捉瞬间景物情状似在无意间，却使词句于此灿然生色。将此句改作现代诗也许更显其轻灵：

是谁把帘子的影儿摇动，风来如丝。

一只燕子斜飞。

抓住其中一根。

轻轻一荡。

翻身跃上了柳条。

回到词中，"蹴"意为踩或踏，以风为秋千之绳，荡上柳条，其实这只是一种视角的错觉，当时的情形实际是，风吹来丝丝凉意，忽见一只燕子飞上了柳枝，但词人换了一种角度来捕捉了瞬间的错觉，可说是一个美丽的错觉，这样不但表现了燕来之迅捷与轻盈，还产生了无限的诗意。

下阕，"舞鹍镜匣开频掩，檀粉慵调"，这句杂糅数典说她开镜梳妆的情态。根据南朝宋范泰《鸾鸟诗》序：古时有一人，偶获一只鸾鸟，非常喜欢，但是却不能让它鸣叫。于是就用金色的笼子装饰它，用珍贵的食物饲喂它，但是鸾鸟却越来越悲伤，

三年不鸣。其夫人说："曾听闻鸟见其类而后鸣，你为何不悬一面镜子映照它呢？"此人从其言。鸾鸟看见自己孤单的身影后，慨然悲鸣，哀响云天，振动一下翅膀后就死了。

《异苑》里也有这样的故事，有一山鸡，爱其羽毛，映水则舞，魏武时南方献之。公子苍舒命人置一面大镜，鸡鉴形而舞，不知道停止，以至于最后累死了。后人就以鸾或山鸡图案镌刻为镜子背面的装饰。

容若用上面的典故，是说她对镜理妆时，看到别离后自己孤单憔悴的形貌，自怜自伤，镜匣频开频掩，香粉也懒得匀调。那她为何摆出一副慵懒疏倦的样子呢？就是刚刚她不是还看到了"帘影谁摇，燕蹴风丝上柳条"这样令人喜悦的情景吗？究竟为何呢？

且看结尾："朝泪如潮，昨夜香衾觉梦遥。"清晨醒来，她泪如泉涌，昨夜的香衾依旧，但是美好的梦再也没有了。到此，首句"凉生露气湘弦润"的悬念算是解开了。昨夜她有萧郎相伴，一起弹琴吟唱，可谓琴瑟相合。但是恋人夜里就离去了，于是她再无心弹琴，独卧不成眠。清晨起来，想起此事，顿觉分外悲伤，虽有燕子柳枝暖融之景相慰，但仍是忧愁万分，不想理妆，只想流泪，然而无论如何，幽期已成佳梦，遥不可寻。

采桑子

土花曾染湘娥黛①，铅泪②难消。清韵谁敲，不是犀椎是凤翘③。
只应长伴端溪紫④，割取秋潮⑤。鹦鹉偷教，方响前头见玉箫⑥。

赏析

再也没有桂花，开在南山。飞来飞去袭人
裙。伊人已随风而逝。只有泪水，涔然滴落在
湘妃竹上。但你不愿相信。

清晨，踟蹰。黄昏，徘徊。她的倩影，她
的芳魂，明明是盈盈在目。或许，远嫁他乡的
只是蝴蝶，思念远方的只是东流的水。伊人只
应，终生眠在紫色的砚台中，用微笑，为你收
割秋天的书卷香气。再回首，誓言仍在红楼中。
惘然此情，已成追忆。

点评

这首词是写一段深隐的恋情的。"土花曾
染湘娥黛"，这首句就殊难理解。土花，是指
器物因受泥土侵蚀而留下的锈迹斑点。湘娥，
是指舜的妃子女英、娥皇，此处作为女子的代
称。黛，当然是女子的眉黛。此句字面之义是：
器物上被泥土侵蚀后留下的斑点怎么会把她的眉黛染得斑痕累累？

有人曾根据这字面意思，判断这是一首咏物词，所咏之物为金石古物什么的。其

①土花：器物因受泥土侵蚀而留下的锈迹斑点。湘娥：舜的妃子女英、娥皇。黛：女子画眉之物，这里代
指女子的眉毛。②铅泪：泪水。这里也指湘妃竹上的斑渍。③犀椎：用犀牛角制成的小槌，为打击乐器。凤翘：
形状像凤凰的首饰。④端溪紫：用广东德庆县端溪所产石制成的紫色砚台，即端砚。⑤秋潮：秋波，指女
子的眼睛。⑥鹦鹉句：偷教，即偷学。方响，打击乐器，由十六枚厚薄不一的铁片制成，分两排悬在架上，
用小槌击打。

实，这句话是暗指所爱女子已经死去，被泥土掩埋。

接下一句"铅泪难消"，是说虽然所爱女子已经故去，可是湘妃竹上的斑渍始终难以消除，她似乎还在流泪。正因此，才有下一句"清韵谁敲，不是犀椎是凤翘"的错觉。

清韵，即清雅和谐的声响，指竹林晃动发出的声响，白居易有诗曰"风竹散清韵，烟槐凝绿姿。"犀椎，古代打击乐器方响中的犀角制的小槌。凤翘，此处代指所恋之女子。"清韵谁敲，不是犀椎是凤翘"的意思就是说，清韵声声，那不是谁敲击乐器，而是她的凤翘触动了青竹的清雅和谐的响声，令人怀疑彼女或许本来就没有死。

但这毕竟是错觉。他们本应该成为相伴相守的伴侣，但却分离了。"只应长伴端溪紫，割取秋潮"，"只应"二字道出了这种爱人永逝的怅恨：你为什么要舍我而去呢？你应常在书桌前陪我，看我将这秋色秋意写成卷卷诗篇的啊！结尾二句"鹦鹉偷教，方响前头见玉箫"，用了两个典故，表达了回忆过去令人产生睹物思人的悲痛之情。

《青林诗话》载，蔡确被贬新州，有个叫琵琶的侍儿跟随着他。有一鹦鹉，聪明非常，蔡确每次一扣响板，鹦鹉就呼琵琶。后来，侍儿琵琶死了，蔡确有一次误触响板，鹦鹉仍然呼琵琶不止，蔡确遂怏怏不乐。玉箫，人名，也有一段故事。唐朝韦皋少游江夏，寄住于姜氏家。姜氏令小青衣玉箫侍奉他，渐生感情。后来韦归，七年不至，玉箫遂绝食死。后来转世，仍为韦侍妾。将这两个故事连起来，"鹦鹉偷教，方响前头见玉箫"是说鹦鹉之言犹在，但是再也唤不回来那个女子了，她已经永远地逝去了。这个结尾很含蓄，很婉曲，但真情灼人，动人心魄。

采桑子

而今才道①当时错，心绪凄迷。红泪②偷垂，满眼春风百事非③。
情知此后来无计④，强说欢期⑤。一别如斯，落尽梨花月又西。

赏析

也许，我哒哒的马蹄是美丽的错误。也许，我不该在你的门前踟蹰流连，不该去敲爱情那扇肝肠寸断的门。

再度春风，已是物是人非事事休，欲语泪先流。那段苦涩的故事，不过是些山，将没入云海。不过是弹指的瞬间，却留下永恒的疼痛。

我们终于知道，相聚后，那再一次高高举起的，却不再是花，而是天涯。一别如斯。年年如别。

点评

这是阕怀人之作，至于所怀何人，不甚明晰，或是沈宛，或是入宫的表妹谢氏。但不论所怀何人，"心绪凄迷"总为其旨。

首句"而今才道当时错，心绪凄迷"，用的是歧义之语。"当时错"，现在才明白、才后悔，可是当时"错"的究竟是什么呢？是当初不该与你相识？是当初与你相识后而没有相知？还是当时就该牢牢抱住你、不放你离去？"错"，可以是此，可以是彼，词中并未交代清楚，这反倒给读者留下了广阔的想象空间。"红泪偷垂，满

①才道：才知道。宋晏几道《醉落魄》词："心心口口长恨昨，分飞容易当时错。"②红泪：血泪，美人泪。
③满眼句：宋赵彦端《减字木兰花》词："满眼春风，不觉黄梅细雨中。"④无计：无法。⑤欢期：佳期，多指男女情事。

眼春风百事非"。红泪,形容女子的眼泪。当初,魏文帝曹丕迎娶美女薛灵芸,薛姑娘不忍远离父母,伤心欲绝,等到登车启程以后,薛灵芸仍然止不住哭泣,眼泪流在玉唾壶里,染得那晶莹剔透的玉唾壶渐渐变成了红色。待车队到了京城,壶中已经泪凝如血。容若用这个典故,不知道有没有更切合一些的含义呢?

有情人无奈离别,女子踏入禁宫,从此红墙即银汉,天上人间远相隔。这,是否又是表妹的故事?容若没有明言,只说那个女子,她在偷偷垂泪,至于为谁伤心,不得而知。

"满眼春风百事非",这似乎是个错位的修辞。要说"百事非",顺理成章的搭配应是"满眼秋风"而非"满眼春风",但春风满眼、春愁宛转,由生之美丽感受死之凄凉,在繁花似锦的喜景里独会百事皆非的悲怀,尤为痛楚。此刻的春风和多年前的春风没什么两样,但此刻的心绪却早已经步入了秋天。

"情知此后来无计,强说欢期",回想当时的分别,明明知道再也不会有见面的机会了,但还是强自编织着谎言,约定将来的会面。这里的"欢期"是相见、相聚的意思,而"强说"一词让这份期待中的欢期变得难以预见。明知道不能相见,却偏偏想要相见的矛盾心情,令整首词充满凄迷悲伤之感。

"一别如斯,落尽梨花月又西。"那一别真成永诀,此时此刻,欲哭无泪,欲诉无言,唯有"落尽梨花月又西"——情语写到尽处,以景语来作结;以景语的"客观风月"来昭示情语的"主观风月"。这既是词人的修辞,也是情人的无奈。正是:无限愁怀说不得,却道天凉好个秋。

采桑子

明月多情应笑我，笑我如今。辜负春心①，独自闲行独自吟。

近来怕说当时事，结遍兰襟②。月浅灯深③，梦里云归何处寻。

赏析

是谁说过，思念是一种痛，一种无可名状，又难以痊愈的痛。

我想，回忆也是。你曾说过，我像风，放浪不羁，快意人生，时常吹得你的心，无所适从。你也说过，你像水，微风乍起时，荡起的涟漪中止了你宁静的生活；而当风平浪静后，你也只能端坐如云，重新静守那一湖的寂寞……

我笑了，对你说我要做伴你一生的夏夜晚风；你也笑了，水晶般的眸子里潜藏着淡淡的忧伤。现在我有点懂了，时光变幻，四季交替，哪里又有永远的夏夜和不息的晚风呢？因此我们的故事，注定是一场失速的流离，一场彷徨的关注，一场风花的悲哀，一场美丽的悲剧……谢却荼蘼，起身轻叹，一曲《长相思》勾起来伤心，时光苍茫的洪涛中，一曲一调地演绎着那古老的歌谣——"生死挈阔，与子相悦；执子之手，与子偕老"……

点评

容若这阕词，清新隽秀，自然超逸，明白如话，非常自然。但是所写为何，尚有争议。有人说是怀友之作，由"结遍兰襟"佐证。——当然，说容若"结遍兰襟"，也并非夸饰之语，他的确广交游，善交游，有很多志同道合的朋友。

而容若本人也是极重友情，他的座师徐乾学之弟徐元文就曾在《挽诗》中赞美道："子之亲师，服善不倦。子之求友，照古有烂。寒暑则移，金石无变。非俗是循，繁义是恋。"

但是"兰襟"一词，还有别义，晏几道《采桑子》"别来长记西楼事，结遍兰襟"中的兰襟，指的就是美女之衣衫。元好问《泛舟大明湖》"兰襟郁郁散芳泽，罗袜盈盈见微步"中的兰襟，也是此义。除此之外，容若此词里还有"春心""当时事""梦里

---

① 春心：指春日景色引发出的意兴和情怀。② 兰襟：香洁的衣襟，指美女之衣衫。一说喻指良友。结遍兰襟，谓情分深切。③ 晏几道《清平乐》词："犹记那回庭院，依前月浅灯深。"

云归"等婉曲之词。但最让人感觉其不似怀友之作的地方还在于，容若此篇多次化用晏几道词句。凡此种种，都说明此篇合该是写情之作，是追怀过去的一段情事。

首句，"明月多情应笑我"，实为倒装，应理解成："明月应笑我多情"，显然是化用了苏轼的"故国神游，多情应笑我、早生华发。"东坡啸出此句，那是因为他由凭吊周郎而联想到自己徒抱壮志，想为国分忧而不可得，而生命短促，人生无常，自己白发已然。故东坡的笑，苦笑也。那容若的笑，又是什么笑呢？"笑我如今。辜负春心，独自闲行独自吟"。这句极其自然朴素，化用前人词句，了无痕迹，如同己出。晏几道曾作过一首《采桑子》词，和容若此篇无论在用韵还是在词句上都大大相像：前欢几处笙歌地，长负登临。月幌风襟，犹忆西楼着意深。莺花见尽当时事，应笑如今。一寸愁心，日日寒蝉夜夜砧。

容若词"笑我如今"与晏词"应笑如今"相对，"辜负春心"与"一寸愁心"相对，"独自闲行独自吟"与"日日寒蝉夜夜砧"相对。可以说，容若上阕词简直就是晏几道下阕词的翻版。晏词下阕的意思是，那啼叫的黄莺和盛开的花朵曾见尽了当时月光柳影下两情依依、情话绵绵的情景，如今，它们恐怕会笑话我的寸寸愁心、丝丝寂寞。知道了晏词言何，容若此言何义，也就十分明朗了。容若曾经和她（谢娘或沈宛）有过一段"双鸳池沼水溶溶"的美好恋情，那时他与佳人同调宝瑟，同拨金猊，同唱鹧鸪词。可是如今，只有"独自闲行独自吟"的失落和惆怅了，而那些燕舞莺歌的明媚的春光，也只有辜负殆尽了。

所以下阕，词人会说，"近来怕说当时事，结遍兰襟"。所谓"当时事"即是往昔的情事，也就是"结遍兰襟"，情分极深。那他为何怕说当时情事呢？末句，"月浅灯深，梦里云归何处寻"，因为夜静更阑，残月渐落，孤灯将灭，面对此情此景，他知道已然是事随云去，己身难到，"梦逐烟消水自流"了。爱人已经失去，空提往事，只会令人心生无限怅惘，遂只好"怕说"，不说了。

采桑子 咏春雨

嫩烟分染鹅儿柳①，一样风丝②。似整如欹，才着春寒瘦不支。

凉侵晓梦轻蝉腻③，约略红肥④。不惜葳蕤⑤，碾取名香作地衣⑥。

赏 析

　　春天的雨，有着美丽的唇。说出的第一句，是薄薄的雾，轻轻地凝在杨柳眉间，天也朦胧，地也朦胧。春风吹来的时候，她便瘦弱晴丝，托不起一只荡秋千的蝴蝶。

　　春天的雨，又像是闺中的女子，眼角都是三月天气，因此喜欢睡懒觉，不喜欢小花伞。她的小脚，常放在云的怀里，偶尔打江南雨巷走过。

　　然而无情的还是她，推着春雨的小车，轻碾落花无数。

点 评

　　容若有着一种不可言喻的自然情节，他的词"纯任性灵"，给人一种"纤尘不染"的感觉。敏感任情的天性与人生的真切体验化成的词，感觉特别的自然流丽、清新秀隽。比如这首咏春雨的《采桑子》。

　　春雨如何表现？是不是句句皆需有"春"有"雨"？后蜀欧阳炯曾写过一首描写春景的《清平乐》："春来阶砌，春雨如丝细。春地满飘红杏蒂，春燕舞随风势。春

---

①鹅儿柳：浅黄似雏鹅毛色的嫩柳。②风丝：风中细柳枝。③蝉腻：轻盈透明的蝉鬓。腻，滑泽。④红肥：指花朵因雨水滋润而更加鲜艳。⑤葳蕤（wēi ruí）：鲜丽的样子。⑥名香：落花。地衣：指地毯。

幡细缕春缯。春闺一点春灯，自是春心缭乱，非干春梦无凭"，句句不离"春"字，不但颇不达意，反而显得矫揉造作，给人以堆砌之感。容若此阕咏春雨之词，妙在词中无一句春雨，却又句句不离春雨。

首句即从初春之弱柳写起，别是一番心思。"嫩烟分染鹅儿柳，一样风丝"。春雨微细若烟雾，落在泛起鹅黄色的柳枝上，仿佛是空中飘洒着游丝一样。说"嫩烟"，说"鹅儿柳"，说"催"，都使人感到这是春天特有的那种毛毛细雨，也即"沾衣欲湿"的"杏花春雨"。这种细雨，似暖似冷，如烟如梦，情思杳渺难求，正如秦观《浣溪沙》："自在飞花轻似梦，无边丝雨细如愁。""似整如欹，才着春寒瘦不支"，这句是说微风吹来，细雨若直若斜，就好似弱柳刚被春寒，娇瘦不支。容若词，"瘦"字用得实在妙极，这"瘦"一出来，清婉也就有了。

"凉侵晓梦轻蝉腻，约略红肥"。古人言弱柳，总是不自觉地将它与娇弱的美人联系起来，比如张先《满江红》"过雨小桃红未透，舞烟新柳青犹弱。记画桥深处水边亭，曾偷约"中就用新柳隐喻他娇美的恋人。容若此句也是如此，将弱柳拟人，托以闺中女子。也许有人会问，容若此词里并未直言闺中女子啊。的确，直言确实没有，容若用的是"轻蝉"借代。明叶小鸾《艳体连珠发》："如云美焉，是以琼树之轻蝉，终擅魏主之宠。"容若此处，即以轻蝉这一古代妇女发式代指闺中人，谓春雨凉意袭人，晓梦初醒，令人烦恼，但略显安慰的是，她又看到红花已绽，略显鲜丽。然而"天公不作美"，这"约略红肥"喜人的春景，转眼之间就变成了"绿肥红瘦"。末句，"不惜葳蕤，碾取名香作地衣"。春雨真是无情，一点怜花之心也没有，就这样催落名香，化作红红的地衣一片。春雨欺花，所谓风流罪过，明是怨春，实是惜春情怀，由此描摹刻画便将春雨之形神表现得尽致淋漓。

好事近

马首望青山，零落繁华如此。再向断烟衰草，认藓碑题字①。
休寻折戟话当年②，只洒悲秋泪。斜日十三陵③下，过新丰猎骑④。

赏析

总有隐隐青山，总有嶙峋瘦马，也总有匆匆的赶路人。他们今生一遇，就凋零了天涯芳草，几个朝代的繁华。

寒蝉凄切。秋风中冰冷的碑文，像一把多年失修的锤子，凿在历史那泛黄的墙壁上，声声寂寞，声声悲。

孤星映月，你听见猎猎的风衣，卷走尘土，一袭袭罩在，古老的十三陵上，像一阵急促的咳嗽声，碎裂在新王朝的上空。

点评

这是一首描写秋猎的词，词中所描绘的是在北京十三陵地区的行猎。十三陵是明朝国君的墓地，理应有一番繁华雄伟的景象的，然而容若到此，看见的是什么呢？

首句"马首望青山，零落繁华如此"，通过马头向前望去，眼前是一脉青山，都市的繁华早已不见，只有一片萧索冷落的景象。诗人似乎有些不甘心，那昔日的辉煌盛景果真就难以再寻了吗？

"再向断烟衰草，认藓碑题字"。看来，确实如此，如今只有"断烟衰草"中的长满苔藓的石碑，尚且存留着一些"繁华"的记忆。

"认藓碑题字"一句，大约是出自唐可止《哭贾岛》诗："暮雨滴碑字，年年添藓痕"。

面对眼前这份萧索冷清的景象，看着被枯草掩埋的石碑，纳兰心中感慨

---

① 认藓碑句：意即可辨认出长满苔藓的古碑上的题字。藓，苔藓。②折戟：折断的戟。杜牧《赤壁》诗："折戟沉沙铁未销，自将磨洗认前朝。"③十三陵：明代的十三座皇陵，在今北京市昌平区北天寿山一带。④新丰：地名，在今陕西西安市临潼区东北，汉初刘邦建国后，迁家乡父老居此。猎骑（jì）：打猎者的坐骑，代指猎人。

万千。"衰草"就是干枯的草，而所谓的"藓碑"则是指长满了苔藓的石碑。此句是说，被苔藓覆盖了的石碑上，还可以模糊地辨认出之前所刻下的碑文，时光就是这样无情，人们还以为将真实留在石碑上就可以万古长存，其实在时光面前，任何东西都是脆弱、不堪一击的。

想到此，纳兰便心生悲凉。自己的生命也不过是白驹过隙，匆匆几十年犹如流星划过，很快就没了。自己没有去做自己想做的事情，而是整日陪在皇帝身边，做些并不情愿的工作，这样的日子什么时候才能够到头啊？

所以，在下片的时候，纳兰便将遐想止住，他知道无益的多想毫无意义，所以他才会无奈地写道："休寻折戟话当年，只洒悲秋泪。"所谓"折戟"就是断戟被沉没在沙里，指惨败。

"休寻折戟话当年"，此句出自杜牧《赤壁》诗："折戟沉沙铁未销，自将磨洗认前朝"。杜牧于会昌二年（842）出任黄州刺史期间，曾游览黄州赤壁矶，在江边淤沙之中发现一支折断了的铁戟。

这支铁戟，经过了六百多年还没有被时光销蚀掉，经过一番磨洗之后，杜牧鉴定它曾是赤壁之战的遗物，于是抚今追昔，发出了"东风不与周郎便，铜雀春深锁二乔"的兴亡之感。容若此处是"休寻折戟话当年"，显然反用杜诗，意谓不要寻思那古往今来兴亡之事，单是眼前的秋色便已令人生悲添慨了。

结尾二句，"斜日十三陵下，过新丰猎骑"，斜日照耀下的明十三陵已非当年的十三陵，大清王朝的宫廷侍卫们组成的打猎队伍正昂然从这里走过。这两句所绘情景形成了一种强烈的对比，颇含兴亡之感和轮回之叹，令人深思。在《赤壁》诗里，杜牧把赤壁大战成败的关键归结为偶然的"东风"，固然有些牵强，那么大明王朝的灭亡又是有什么原因造成的呢？明代也曾有过兴盛的时期，如今却只剩夕照十三陵；现在清王朝的"新丰猎骑"虽赫赫扬扬，将来会不会也零落殆尽呢？词作就此打住，余悠悠不尽之意，启人联想。

好事近

何路向家园，历历①残山剩水。都把一春冷淡，到麦秋天气②。

料应重发隔年花③，莫问花前事。纵使东风依旧，怕红颜不似。

赏析

歌云：不要问我从哪里来，我的故乡在远方……

生命如风筝，漂泊得再远、再久，那线的一端，系住的始终是故乡。如今，关山的路，阡陌万千。却没有一条可以回乡。

春风，从你的胸膛打马经过，折掉了你一季的快乐之枝。你只有举起千斤的目光，把重重的山峦，眺望成一马平川，让思归的心，恣意驰骋……

家中那株盛开的海棠花，凋谢后尚可重发。可是既逝的红颜，她能再度与自己演绎烂漫的花前事吗？衾凤冷，枕鸳孤，最销魂。

点评

在容若心中，爱情的位置非同一般，他往往把与妻子的别离、相思看得比什么都重要，故他在长年的护从、入值的生涯中，总是为离愁别恨所困扰。本篇所写，则又是一回的分别，并且从"料应重发来年花""怕红颜不似"之语来看，还是写在妻子死后的，因是一篇伤悼之作。

"何路向家园，历历残山剩水"。由于是随扈在外，关山迢递，无路通向家园，所以心头眼底的山山水水都成"残山剩水"了。

"残山剩水"本义是指国土分裂，山河不全，如范成大《万景楼》诗："残山剩水不知数，一一当楼供胜绝。"那容若此句，是说大清朝山河破碎了吗？显然不是，容若作此语，其实是移情作用使之。

按照现代的"移情说"，在创作过程中，物我双方是可以互相影响、互相渗透的。比如，把"我"的情感移注到"物"中，就会出现像杜甫《春望》"感时花溅泪，恨别鸟惊心"之类的诗句；而"物"的形相、精神也同样会影响到诗人的心态、心绪，

---

①历历：分明可数。②麦秋天气：谓农历四五月麦熟时节。③隔年花：去年之花。

如人见松而生高风亮节之感，见梅而生超尘脱俗之思，见菊而生傲霜斗寒之情。

容若公干在外，远离家园，因思家而心生忧伤，这种主观感情投射到路途中的山水之上，遂有"残山剩水"。这与秦观由于心烦意乱，移情于物，将群山说成"乱山"（《南歌子》"乱山何处觅行云？"）的写法是一样的。

"都把一春冷淡，到麦秋天气。"这二句是说，已经一春未归，转眼之间，已是春尽夏初之时。结合前句，麦秋天气的山水当然是青山秀水，旖旎风光，但是词人却说"残山剩水"，可见离愁真能淡褪了一切色彩，别情果然令人触目神伤！

"料应重发来年花，莫问花前事"，下阕承接上阕离愁情绪，道出无限心伤的深层原因。此处，"来年花"之典来自后主李煜事。

根据《南唐书·昭惠周后传》记载，后主曾与周后移植梅花于瑶光殿之西，等到花开之时，周后已经死了，后主睹花忆怀，因之成诗："失却烟花主，东风不自知。清香更何用，犹发去年枝。"意谓当初一起栽花，相约花开共赏，如今，梅花已开，然而蛾眉已残，空留这一树梅香，又有何用？容若用此典，当是自指：今年芳菲消歇的花枝上，来年还会芬芳重发，可是自己的妻子将何在焉？于是他就告诫自己，不要回忆花前月下的往事，因为即使东风还是昔日的东风，可是红颜已非昔日的红颜，玉人已经永远地逝去了……

人生就是这样错过一场又一场美景，有些人对这些错过不以为然，但对于纳兰来说，每一次错过都是一道伤痕。他用伤痕累累的心，吟咏出这些千年，甚至万年之后都不会被忘记的词。他与他那些隐约的心事，统统被记载了下来。

一络索 长城

野火拂云微绿①，西风夜哭。苍茫雁翅列秋空，忆写向、屏山②曲。
山海几经翻覆。女墙③斜矗。看来费尽祖龙④心，毕竟为、谁家筑？

赏析

　　四面的沙粒都安静下来，将方圆万里的夜晚，交给大漠的野火。秋风夜哭，你仿佛长了两千岁，立在秦汉时的边关上，手边的雁翅，无限苍茫。时间如高僧入定，落日在凝固，山河在翻覆。你从秦朝返回，一脸怅惘，一脸感慨。古老的长城上，朔风正在猎猎地吹。不知为谁。

点评

　　纳兰主词要抒写"性灵"，又当有风人之旨，骚雅之意。本篇即可视为一例。其于篇中对秦始皇修筑万里长城不无褒贬，同时也寓含鉴今之深意。

　　"野火拂云微绿，西风夜哭"。首二句写塞上所见所听。词人看见的是大漠荒野之夜，磷火绿光闪闪，好像与天上的云朵连到了一起；听见的是阵阵西风呼啸，俨然如战场冤魂的哀哀夜哭。词作一开头就给读者展现了一幅野火连天、秋风悲咽的凄厉悲壮之图。

　　接下一句，"苍茫雁翅列秋空"，把前两句勾勒的壮阔的景致拉得开阔无际：空旷辽阔的秋日，大雁翅列长空，词人仰望，顿觉一片苍茫。至此，词人已经把秋日边

---

①野火：磷火，即俗称的"鬼火"。②屏山：像山一样曲折的屏风。③女墙：城墙上呈凸凹形的矮墙。此指长城。④祖龙：秦始皇。

地的寥廓之景写到了极致，若再作类似于"大漠孤烟直，长河落日圆"的闳阔之语，就会显得境界单一，缺乏灵动。那该如何应对？

且看容若下句："忆写向、屏山曲"。好一句"忆写向、屏山曲"！忽地将大开大合之景凝入小小的屏山，真不愧才子笔法也！所谓"屏山曲"，就是屏风曲折如山，容若这里是说雁阵列空的景象就如同屏风所绘，从而将时空从空旷的大漠挪移到了温馨的家中，伸缩驰骋可谓极其灵动，呈现一种迷离之美。此之笔法，堪与姜夔的"已入小窗横幅"相比。

姜白石有一首非常著名的咏梅词《疏影》，其最后三句是"等恁时，重觅幽香，已入小窗横幅"，意思是等到那时再重寻梅花的幽香，已经为时已晚，因为那时花已落，香已残，只剩下空秃的疏影，而美丽的梅花则已经变成了小窗上的图画了。一个是雁列长空，倏然飞入曲折屏山；一个是梅花飘落，翩然嵌入小窗横幅，其时空变幻，均是妥帖浑成，不着痕迹。

下阕，词人由写景转为抒情。"山海几经翻覆，女墙斜矗。"想当初，秦始皇费心劲力，终于统一六国，而后又修筑了举世闻名的万里长城，然而几经山河变换，几经兴亡更替，赳赳不可一世的始皇安在？的确，六国破灭，好似一场梦幻；祖龙雄威，已非昔日，曾经的万里长城，也残余为"女墙斜矗"了，那么，曾费尽移山心力的始皇，究竟是为谁修建这绵延万里的巍巍长城呢？"看来费尽祖龙心，毕竟为、谁家筑？"这可以说是即景抒情，但词人的忧患意识和苍凉之悲感亦充溢满纸，深具感发的魅力，启人深长思之。

一络索

过尽遥山如画，短衣①匹马。萧萧落木不胜秋，莫回首、斜阳下。

别是柔肠萦挂，待归才罢。却愁拥髻向灯前②，说不尽、离人话。

赏析

莫问马蹄声。吟鞭一指，过尽青山，便是天涯。无边落木萧萧下，不尽长江滚滚来。征途中的秋，沉郁如杜甫的七律。

所以，那寂寥的秋景，回首顿成悲。一场寂寞凭谁诉。独在家中守候的那人，思念成锁。你打马归来，是唯一的钥匙。

点评

此是一首别有情趣的抒发离愁别恨的小词。

"过尽遥山如画，短衣匹马"。词人身着短衣，乘着骏马，奔驰在征途上，那历历如画的青山，已被自己远远地甩在了身后。一"尽"字说明了行程之远，一"匹"字，彰显了征途之寂寞。

"萧萧落木不胜秋"，承"遥山如画"而来，显得大气磅礴。"萧萧落木"显然出自杜甫《登高》中的名句："无边落木萧萧下，不尽长江滚滚来。"杜甫诗里，落木而说"萧萧"，并以"无边"修饰，如闻秋风萧瑟，如见败叶纷扬，无论是描摹形态，还是形容气势，都极为生动传神。

容若虽去其"无边"，只袭用"萧萧落木"四字，但景物之萧瑟和意境之深远，还是历历如绘的。而"不胜秋"三字，也说明了容若为何要弃老杜"无

---

①短衣：古代北方少数民族尚骑射，故穿窄袖之衣，称为短衣。②拥髻句：汉伶玄《飞燕外传》附《伶玄自叙》："通德（伶玄妾）占袖，顾示烛影，以手拥髻，凄然泣下，不胜其悲。"

边"二字之缘由：仅是无边落叶，就已经让人不能经受秋天的萧寥了，倘再加之以"无边"，此情此景，则何人可堪？所以就有了下一句的"莫回首、斜阳下"，只顾策马而行吧，千万不要回头，那夕阳西下，落木萧萧的景象会让人断肠的。

"别是柔肠萦挂，待归才罢"。此句字面的意思是：我是特别地牵挂你啊，这种柔肠百转的思念之心只有等你回来以后才能停止。

在下阕的开端，纳兰便用如此直白的语气写出了思念之情，这种感情如此浓烈，所以在分离之后，更显得孤寂和落寞。在这首词的最后，纳兰自己也写道："却愁拥髻向灯前，说不尽、离人话。"闲愁越想越多，只有当两人重新见面之后，才能化解，离人话说不尽，说得尽的只有彼此之间对对方的牵挂。

这就出现了一个问题：这个"我"指的是谁？是容若还是别人？若是容若自己，怎还会有"待归才罢"之语呢？显然，这句话说得并不是词人自己，而是与自己遥隔千里的妻子。

这就是此阕小词的别致之处：词的上阕写的是征途之景，其见闻感受皆从自己一方落墨，下阕则是从闺中人一方写来的，是作者假想中的情景。

因此，其高明之处不在于按题中应有之义诉说了柔肠千转的思念之情以及对归家团聚之日的渴望，而在于最后做了一笔反面文章，强调自己怕发付不了他日两人相聚，灯前絮话时她的那种'说不尽、离人话'的无限深情，因而又添新愁。这较之唐代诗人李商隐的名句"何当共剪西窗烛，却话巴山夜雨时"，意思更深了一层。所以此篇极有浪漫特色，极见情味。

雨中花

楼上疏烟楼下路，正招余、绿杨深处。奈卷地西风，惊回残梦，几点打窗雨。

夜深雁掠东檐去，赤憎①是、断魂砧杵。算酌酒忘忧，梦阑酒醒，梦思知何许②。

赏析

突然之间，我已不知自己是谁。那莫可名状的茫然，那没有名字的忧愁。如举杯言散，尽离欢。从此，你在天涯，我在海角。

夜已深，如孤雁的哀鸣。蓦然回首，看见你的笑，千回百转的温柔。我就悲伤，伤到骨里。永远都不会忘记，你站在杨柳深处，向我挥手，微笑的样子。

想起你，我就灿若桃花般。满眼的荒芜过后，我知道，你要远走。

是否，你还是你，我还是我？是否，愁思无痕？是否，寂寞无怨？今夜，我希望能这样无伤大雅地痛彻心扉。

点评

此篇写秋夜愁思，全词用意象烘托，至于愁思为何，却不易言喻。

上阕由梦境起，前二句写梦中情景。楼上是冷落的烟火，楼下是寂寞的小路。迷蒙的杨柳深处，正有绰绰的身影召唤着他。"正招余、绿杨深处"，绿杨是离别的意象，容若曾经写过一阕凄凉的塞上离愁别恨之作《蝶恋花》，开篇一句就是"又到绿杨曾折处"。"正招余"，招他的是谁？是亡妻？是恋人？还是故人？

---

① 赤憎：可恨、可厌之意。② 何许：怎样、如何。

"奈卷地西风，惊回残梦，几点打窗雨。"后三句写西风夜雨惊断了梦魂。

"奈"字承前句的"正"字，写出正好有梦却猝然被扰的无奈之情。"西风""残梦""打窗雨"，皆是凄冷的意象。

下阕写夜深不寐。"夜深雁掠东檐去"，递出了鸿雁的意象。午夜梦回，与词人一样被惊醒的是鸿雁，鸿雁受惊雨中凄飞的苦境暗合了词人苦闷愁怨的心境：他们同是黑夜中寂寞凄苦的"伤心人"。

接下一句又出现了"砧杵"的意象。古人有秋夜捣衣、远寄边人的习俗，因而寒砧上的捣衣之声便成了离愁别恨的象征。词人说砧杵"断魂"，又说"赤憎"，究竟是何事让他愁绝如此呢？"算酌酒忘忧，梦阑酒醒，愁思知何许。"写借酒消忧，但梦尽酒醒，愁思仍不得解。

整首词前面只是一些意象的连缀，只在结尾处提到愁绪，然而对于因何而忧愁却并无点出，或是故园之思，或是怀人之苦，或是悼亡之痛，或是人生家族之忧。抑或词人之愁，从来就不是一端，而是纠结着思乡怀归、相思怨别、恐惧凄惶、寂寞寥落诸种情绪，难以断然分开。

这样的情绪一旦反映到词中，就形成其词缠绵往复、恍惚迷离的特色，让人只觉浑茫茫一片感伤落寞，有一股无法压抑的巨大的悲哀、恐惧、沉痛涌流其中，并与对个体、家族、人生的思索连在一起。或许也正是这种复合性，才使得容若的词常常笼罩着一种不易言喻的氛围，具有言有尽而意无穷的美学效果。

清平乐

烟轻雨小，望里青难了^①。一缕断虹垂树杪^②，又是乱山残照。

凭高目断^③征途，暮云千里平芜^④。日夜河流东下，锦书应托双鱼^⑤。

赏析

"天青色等烟雨，而我在等你。"
这里是塞上。烟雨蒙蒙的时候，总能
想起故乡。想起雨后屋檐下，守望如
虹的你。踏上征程，我已难回鞍辔。

所谓登高，无关望远。不过是看
晚云，一遍遍地错过家园。不过是看
乱山中，夕阳如血，梦魂如烟。

大江流日夜，客心悲未央。你的信，
鸿雁何时传到？

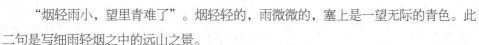

点评

容若的边塞诗词中，总是不时地
流露出一己之愁思。这首征程思乡之
作，写塞上离情，全凭景物化出。

"烟轻雨小，望里青难了"。烟轻轻的，雨微微的，塞上是一望无际的青色。此
二句是写细雨轻烟之中的远山之景。

"青"字是写青翠的山色，"难了"即是杜甫《望岳》"岱宗夫如何？齐鲁青未
了"中的"未了"，是写青翠之色的莽莽苍苍。

"一缕断虹垂树杪，又是乱山残照"，二句言雨后的景象，同样苍苍寂寥，但是
多了些凄惨冷落：一缕断虹垂在树梢，山峦错杂堆叠，又是残阳斜照时候。用"乱"

---

① 望里句：一眼望去，茫茫青色一片，没有尽头。难了，不尽。②杪（miǎo）：树梢。③凭高：登高。目断：望断。④平芜：平远的草地。⑤锦书：书信。双鱼：信使。

形容山，是移情于物，足见心烦意乱；用"又是"修饰"乱山"，可知此广阔荒寒之景已经屡见不鲜。

下阕仍然是实景，苍茫凄凉。"凭高目断征途，暮云千里平芜。"容若此时扈从康熙，正走到一座高岭上，他凭高远望，将要踏上的征途被茫茫的暮云隔断，只有草木丛生的旷野迤逦千里。

自古诗人词客，善感多思，每当登高望远，远目临风，更易引动无穷的思绪：家国之悲，身世之感，古今之情，人天之思，错综交织，纷然而至，例如陈子昂登上幽州古台，便发出了"念天地之悠悠"的感叹。可是，词人"凭高目断"，却不是为了去寻求感慨，而是计算征程，希望能早日结束扈从生活，好回到故园，与日思夜想的妻子团聚。

结尾二句，"日夜河流东下，锦书应托双鱼"就是承此意而来。山下有河，日日夜夜，向东流去，见此情景的容若遂在心底呼唤：妻子啊，快点把书信装在双鱼腹中，托人给我捎来吧！此篇全作景语，但无处不寓征人怀思之苦情。

清平乐

凄凄切切，惨淡黄花节①。梦里砧声②浑未歇，那更乱蛩③悲咽。
尘生燕子空楼，抛残弦索④床头。一样晓风残月，而今触绪⑤添愁。

赏析

思亲重阳佳节，却是惨淡黄花节。

黄昏的余晖里，你坐在孤独的风里，影子
犹如深秋的落叶。想起伊人玉兰花瓣般的面容，
你总是意犹未尽。有时候嘴角略带甜蜜，有时
候哀愁泻于双目间。而她已经走了那么远，那
么远。

梦中，你见过最深情的面孔，最柔软的笑意。
在炎凉的世态之中，灯火一样给予你温暖的方
向。虽然现在，你已经无法再拥抱，路途念念
不忘的失去。

回忆，是一种味道。无法释去，更无法追寻。

点评

这首词是作者在重阳佳节为感爱妻之逝而作，为悼亡词。

"凄凄切切"，首句即极尽伤情之词。这四个字，孤立来看，看不出其凄凉几何。
它实际上是脱自欧阳修《秋声赋》中的"凄凄切切，呼号愤发"，在欧阳修啸出此伤
心句之前，其实是很有一番铺垫的："噫嘻悲哉！此秋声也，胡为而来哉？盖夫秋之
为状也：其色惨淡，烟霏云敛；其容清明，天高日晶；其气慄列，砭人肌骨；其意萧
条，山川寂寥。故其为声也，凄凄切切，呼号愤发。"所以，知此，就会知道当词人
写下这四个字时，其悲心若何。

---

① 黄花节：重阳节。黄花，菊花。② 砧声：捣衣声。③ 那更：更何况，更兼。蛩（qióng）：蟋蟀。④ 弦索：
弦乐器之弦，代指弦乐器，如琵琶、筝等。⑤ 触绪：触动了心绪。

"惨淡黄花节"，这句点明时令是重阳。而重阳佳节，正是登高，遍插茱萸，赏菊饮酒之佳时，词人何以会觉得"惨淡"？作者并未马上说出缘由，而是继续描摹惨愁之景。"梦里砧声浑末歇"，古人有秋夜捣衣、远寄边人的习俗，因而寒砧上的捣衣之声便成了离愁别恨的象征。此处词人不仅听到砧声，而且这催人发愁的砧声还更鼓末歇。这副情景本来已经使人不胜其苦了，偏偏这时候又传来悲咽的蛩声。

"那更乱蛩悲咽"，墙边蟋蟀鸣叫，亦是触发人们秋思的。李贺《秋来》诗云："桐风惊心壮士苦，衰灯络纬啼寒素。"至此，上阕以实写制造了不胜悲伤凄楚的氛围，词人内心的秋潮已经开始暗自汹涌了。

下阕，"尘生燕子空楼，抛残弦索床头"，本于宋周邦彦《解连环》词："燕子楼空，尘锁一床弦索"，点出悼亡之情，让内心潮水汩汩流出。燕子楼，在江苏徐州，唐时张建封的爱妓关盼盼曾居于此，张死后，盼盼仍居此楼十余年不嫁。这里借指亡妻的居室。因为妻子已经亡故，所以言"燕子空楼"。因为亡故已久，所以曰"尘生"，而床头的琴弦也早已束之高阁，任其蒙尘抛残。

末二句，"一样晓风残月，而今触绪添愁"。"一样晓风残月"，此句显然是化用柳永《雨霖铃》里的词句："今宵酒醒何处？杨柳岸，晓风残月。"柳永的"晓风残月"，似工笔小帧，无比清丽，且客情之冷落，风景之清幽，离愁之绵邈，皆凝于其中。然而词人在"晓风残月"前添了"一样"二字，就变"古语为吾语"了，送别之意尽去，而悼亡之音弥浓，颇有崔护"人面不知何处去，桃花依旧笑春风"的物是人非之情。

最后一句，"而今触绪添愁"，点明玉人已殒，睹物思人，触绪添愁的主旨，而词人本就相思无绪的心怀，此时也就愈益伤情彻骨，无法排遣了。

清平乐 忆梁汾①

才听夜雨，便觉秋如许。绕砌蛩螿②人不语，有梦转愁无据③。

乱山千叠横江，忆君游倦④何方。知否小窗红烛。照人此夜凄凉。

赏 析

劝君更尽一杯酒，西出阳关无故人。这世间让人感动的，原本也有友情。也许，昔日伴君今夜须沉醉的友人，早已一马远去，只剩西风古道上的黄尘。也许，曾经少年风流的哒哒马蹄，如今只有一行形影孤寂的不舍嘶鸣。

但只要彼此的心灵是贴近的，就算千山万水也可以交换心意。正如诗云：忆君无所赠，赠子一片竹。竹间生清风，风来君相忆。也许，总有一天，我们也会化为一片竹林，在风中升华彼此的情谊。

点 评

这是一首秋夜念友之作，抒发了作者对顾梁汾深切的怀念和深挚的友情。全篇亦情亦景，交织浑融。

"才听夜雨，便觉秋如许"。容若似乎有一种"雨情结"，而"雨"在容若的词里，又似乎总有一种凄清哀婉的情调，并且常常和"秋"联系起来，比如"萧然半壁兼营秋雨""一朵芙蓉著秋雨""夜雨做成秋""秋雨，秋雨，一半西风吹去"等，简直不胜枚举。此处亦然，一开篇就以"才听夜雨"为全词奠定了秋夜感怀的基调，似乎预示着词人对友人的怀顾也将似这秋雨一般，绵绵不断，细若愁思。

"绕砌蛩螿人不语"，写完了秋雨，词人转写蟋蟀和寒蝉。在古诗词里，蛩吟多是催愁之声，比如程垓《卜算子》"楼下蛩声怨"，用如泣如怨来形容"蛩声"，以显主人公的凄怨情怀。而寒蝉多作凄声，比如柳永《雨霖铃》中的"寒蝉凄切"，用作写临别情景，愈加增其哀戚。此处，词人将蛩螿并举，谓寒蝉之哀嘶与秋蛩之低吟连成一片，如此，则词人之愁绪几何，寂寞几许，读者自可想见。所以在这种不胜寂

---

① 梁汾：即作者挚友顾贞观。见《菩萨蛮·寄梁汾苕中》（知君此际情萧索）②蛩螿（qióng jiāng）：蛩，蟋蟀。螿，蝉。③无据：不可靠、不足凭。④游倦：倦于游宦，谓仕宦不如意而漂泊潦倒。

寥的情形下，只能是"人不语"，窗外的秋声已让他不忍听闻了。于是词人只好寄希望于梦了。但结果如何呢？"有梦转愁无据"，终于因忆念故人而成梦了，但是梦醒成愁，故梦也不可靠，不能慰人相思了。观之上阕，词作从窗外写起，以实笔出之，由"夜雨"和"蛩蛰"有声而"人不语"的秋声秋意中，引来了对故人的怀念。

过片转而虚写。词人于梦中想象，极目远望，只见水天空阔、乱山无数；那么，对方此去之远，其觌面之难早已不言自明了。"乱山千叠横江"，由于江山阻隔而与梁汾不得相见，遂点到"忆君"之题旨。"忆君游倦何方"，"游倦"，即倦游，指仕宦不得意而思归隐，张孝祥《水调歌头·过岳阳楼作》曾有"湖海倦游客，江汉有归舟"，辛弃疾《水调歌头》也有"倦游欲去江上，手种橘千头"。此处，词人遥问友人倦游于何方，包含着其对湖海漂泊、怀才不遇的友人的深切关怀。

"知否小窗红烛。照人此夜凄凉。"在古典诗词中，"灯"或"烛"似乎常与孤独寂寞相连，灯下的情景也是相聚的少，离散的多，因此"灯"就成为表现相思离别之情的最好意象。这在纳兰词中也有所述："夜寒惊被薄，泪与灯花落。""秋梦不归家，残灯落碎花。""月浅灯深，梦里云归何处。""因听紫塞三更雨，却忆红楼半夜灯。"当然还有此处的"知否小窗红烛，照人此夜凄凉"。对友人无形的思念，通过有形的灯烛倾诉着或伤别、或念远、或期盼的感情。这夜不能寐的绵绵思绪，通过夜色中飘摇跳荡的烛火，连接着朋友的天涯路和词人的小轩窗，表现了一种无以名状的凄清冷落之情。

在发出了"忆君游倦何方"的内心思语之后，词人终以"小窗红烛"之眼前景收束，更加突出了"此夜凄凉"的氛围和心境。

清平乐

塞鸿①去矣，锦字②何时寄。记得灯前伴忍泪③，却问明朝行未。
别来几度如珪④，飘零落叶成堆。一种晓寒残梦，凄凉毕竟因谁。

赏析

醉笑陪君三万场，不诉离伤。这豪迈的承诺，你再一次无法做到。

漂泊太久，你的离伤已经累累。家书不来，你累累的伤痕不愈。都说，时间是水，回忆是水波中的容颜。那夜离别，她憔悴的容颜，如莲花的开落。她挽留的唇，如月光的叮咛。可是你，挥一挥衣袖，还是走了。

如今，月亮圆了又缺。你已走到了异地的落叶里。她忧伤，你就飘零成堆。

点评

又是一首塞外怀妻的小令，凄婉哀怨中透露出一丝寂寥难眠的心境。

"塞鸿去矣，锦字何时寄。"塞鸿，即塞雁，秋季南飞，春季北返。古诗文中常以之比喻远离家乡，漂泊在外的人。"锦字"用典，《晋书·列女传》载前秦时，窦滔被流放到边疆地区，其妻苏蕙思念不已，遂织锦为回文旋图诗相寄赠。诗图共八百四十字，文辞凄婉，宛转循环皆可以读。"塞鸿去矣"，望着塞上的鸿雁向南飞去，容若不禁长思：妻子啊，你的书信何时才能寄到？

---

①塞鸿：边塞的雁。②锦字：书信。③记得句：唐韦庄《女冠子》词："别君时，忍泪伴低面，含羞半敛眉。"④如珪（guī）：本为美玉，这里喻缺月。

"记得灯前伴忍泪，却问明朝行未"，由盼望家书到来，转为追忆与她分别时的情景。此二句，化用唐韦庄《女冠子》词："别君时，忍泪伴低面，含羞半敛眉"，融合无间，犹如灭去针线痕迹，有妙手偶得之感，把一幅既温馨又感伤的画面呈现在我们面前：妻子忍着眼泪为丈夫打点行装，依依话别，却总是小心翼翼地问：明天真的就要走了吗？她多么希望能从丈夫嘴里得到不走的消息，哪怕只是推迟一天，再多一天团聚的日子啊。这种情深一往的夫妻感情，从只言片语中便浓重地渲染了出来，让读者感动不已。

"别来几度如珪，飘零落叶成堆"，下阕描绘此时的愁思与寂寞。"如珪"，指月圆而缺，南朝江淹《别赋》："乃至秋露如珠，秋月如珪……与子之别，思心徘徊。""几度如珪"，是说分离时间的长久。"落叶成堆"，点出秋色已深，渲染了离情的凄苦：算算又过了好些日子了，月亮圆了又缺，随风飘落的叶子叠了一层又一层。我每天都在寒冷中醒来，连一个完整的梦都不曾有了，这些还不是因为没有了你在我身边陪伴，嘘寒问暖吗？末二句，"一种晓寒残梦，凄凉毕竟因谁"，以残梦凄凉绾结，突出了孤独难耐，相思怨别的深情。

谒金门

风丝①袅，水浸碧天清晓。一镜湿云青未了②，雨晴春草草③。
梦里轻螺谁扫④，帘外落花红小。独睡起来情悄悄⑤，寄愁何处好。

赏析

整个春天，演绎的不过是一场落花和流水的故事。有情愿，有不情愿，也如花开花落般的简单。但你的心，从未静如止水。

梦里，你忧愁如柳丝，牵来几朵单身的白云。梦里，你那画眉的指头，抚摸着伊人的浅浅沉吟，浅浅笑。可是醒来，依旧是风雨夜水茫茫，依旧是古渡横空船。

一次次，你唯有轻轻地掬起一捧相思水，喝在口里，渴在心里。

点评

此篇写法别致，即以乐景写哀情，形成强烈的反差，从而凸现了伤春意绪，伤离哀怨。

上阕以轻倩妍秀的笔触，描写室外美好的春景。首句，"风丝袅，水浸碧天清晓"，容若喜欢将风中的柳丝说成"风丝"，比如"帘影谁摇，燕蹴风丝上柳条""嫩烟分染鹅儿柳，一样风丝"，还有这句"风丝袅"。

---

①风丝：因风飘荡的柳丝。②一镜湿云：指倒映在水面的云。一镜，谓水平静如镜。未了：不尽。③草草：匆促。宋张炎《采桑子》词："客里看春多草草。"④轻螺：细眉。螺，即螺黛，青黑色颜料，可用来画眉，因作女子眉毛的代称。扫，画。⑤悄悄：忧愁貌。

容若如此称谓风中柳丝，简洁自不必说，更重要的是将这两种轻盈飘柔的意象融合在一起，常常能给人一种逗惹春思的感觉。比如此处"风丝袅，水浸碧天清晓"：微风吹来，袅袅的杨柳，*丝丝弄碧*；清晓时分，碧蓝的天空，澄澄地倒映水中，真是给人几多牵引，几多遐想。

接下来，纳兰便从这景色中看到了愁绪，他写道："一镜湿云青未了，雨晴春草草。"所谓"一镜"就是指像一面明镜的平水。"一镜湿云青未了"，承"水浸碧天"而来，谓水面上映出的云朵，一望无际，青色连绵。"青未了"本来是形容翠绿的山色，譬如杜甫"岱宗夫如何？齐鲁青未了"，用"青未了"是表现山势坐落之广大，青翠之色浩瀚无涯，笔致简劲有力。因为此处容若用"青未了"形容的是"湿云"，所以笔致就由刚劲转为飘杳，尽显青云身姿之轻盈。

"雨晴春草草"。上阕的前三句，写的是清晓雨霁，水天青青，柔风细细。这本应该是一片令人振奋的风光，但词以"春草草"三字陡然折转，露出了心中的苦涩。草草，劳心烦恼之意，如《诗经·小雅·巷伯》："骄人好好，劳人草草"，李白《新林浦阻风诗》："纷纷江上雪，草草客中悲。"

那词人为何会觉得雨过天晴，春色反而令人增添愁怨呢？"梦里轻螺谁扫，帘外落花红小"。过片点明烦恼之由，即梦中还曾与伊人相守，还曾为她描画眉毛，梦醒则唯见帘外落花，故生惆怅，难以排解。于是，"独睡起来情悄悄，寄愁何处好"，独自醒来，但感忧心悄悄，这缭乱的愁思，不知何处能寄？纳兰以反问结束整首词，他自己也不知道，这一腔的幽思该如何化解，提笔像是自问，又好像是寻求答案。这种矛盾的心情让人看后不由得心疼，爱一个人，真的就如此纠结吗？

清平乐

孤花片叶，断送清秋节^①。寂寂绣屏香篆^②灭，暗里朱颜消歇^③。谁怜散髻吹笙^④，天涯芳草关情^⑤。懊恼隔帘幽梦，半床花月纵横。

赏析

又是冷落清秋节。月亮，是柔软又冰凉的花朵，重阳夜，它没有开。守望天涯的女子，寂寂的房间，寂寂的心坎，寂寂的人生。只是无人怜惜。

两个人的爱，原来隔有一帘幽梦。所以，平生不会相思的人，才会相思，便害相思。

点评

此词抒写少妇清秋懊恼、思念丈夫之情怀。但其情婉而隐，词中只用清秋孤花片叶、天涯芳草，以及寂寂绣屏、香篆熄灭，半床花月之景，将深隐的愁情具象化，极迷离惝恍，极空灵含婉。

上阕写愁。"孤花片叶，断送清秋节"，二句点出室外景和时节。"孤花"谓菊花是孤零零的，"片叶"谓叶子似只有一片，此二句显然是移情入景：由于女主人公的内心是寂寞的，所以当其以孤独之眼观物时，万物皆带孤独之情。既如此，这采菊饮酒的重阳节，怎会不被断送呢？

"寂寂绣屏香篆灭，暗里朱颜消歇"，此二句承上句"断送"，自然转入室内景和景中人。在寂寂的闺房，她黯然独处，绣屏也显得孤单冷落，而篆香又熄灭了；终日鸾孤如此，她秀美的容颜已经憔悴得不成样了。"暗里朱颜消歇"，脱自李白《寄

---

① 清秋节：即九月九日重阳节。②香篆：篆香，形似篆文的香。③暗里句：李白《寄远》诗："坐思行叹成楚越，春风玉颜畏消歇。"④散髻：解散发髻。五代皇甫松《梦江南》词："双髻坐吹笙。"⑤关情：动情、牵惹情怀。

远》诗："坐思行叹成楚越，春风玉颜畏消歇"，但比白诗愁情更甚：白诗里是"畏消歇"，即还没有消歇，背景是暖煦的春风；而容若词里是"消歇"，已然成果，背景是寂寂的绣屏和已经熄灭的香篆。

下阕写思。"谁怜散髻吹笙"，承接上阕末句而来，"朱颜消歇"应予惋惜，可是无人怜之。"谁怜"一词，叩心击骨，自身消歇无人怜，却还要去怜别人，这就产生了下句的"天涯芳草关情"。关情者何？当然是那位让她魂牵梦绕、行役在外的玉郎了。于是在自己照影吹笙，饱尝落寞后，又希冀晚上与他梦中相会，谁知好梦却被惊醒。"懊恼隔帘幽梦"一句，写出了"好梦难留人谁"的恼情恨意。既然梦不成，那就只有醒来。"半床花月纵横"，醒来之后，只有半床的月下花影，纵横交错，惹人相思不止。

容若的这首词，轻幽柔婉，缠绵悱恻，致力于追求结构链和情感链的完美统一。全词在结构链的连接上，上阕先点出时令，景物由外而内，由高而低，由大而小，由景而人；下阕承己而写，由己及人，由笙及梦，由梦及醒，由醒及恼，层层写来，针线细密。在情感链的连接上，上阕由花之"孤"而自然点出"断送"之念，以"断送"一词总揽全篇。再接以"寂寞""灭""暗""消歇"等词一路回应"断送"；下阕由"消歇"而生，由"冷"而"照"而"吹"，而"梦"而"懊恼"，环环递接，链条甚紧。其缜密的结构链与柔密的情感链相应相缩，有机地结合在一起，颇具匠心。

清平乐 弹琴峡题壁①

泠泠②彻夜，谁是知音者。如梦前朝何处也，一曲边愁难写。
极天关塞云中③，人随落雁西风。唤取红襟翠袖④，莫教泪洒英雄。

赏析

泠泠彻夜，谁是知音者？如梦前生何处也，一曲心愁难写……曾说，用一弦锦曲，写尽绮丽，写尽温柔。写尽前生的缘，写尽今生的梦……可奈今生，早已忘却锦曲的调子。任泠泠弦音，随风飞去，舞作迷茫的幽叹。

如梦的前朝繁华，如今再无寻处。唯有边塞的西风，若似曾相识的笑颜。锦弦音，再斑斓时，你孤独得都不是自己了。寂寞的心，一半高山，一半流水，只是琴韵早已不再悠扬。

点评

此篇为行役塞上之作。词中抒发了关塞行役中的"边愁"及作者的兴亡之感。

词作由泠泠水声起兴。"泠泠彻夜"，清越的流水声，整夜响动不停。用"泠泠"形容流水的清脆悠扬，自是十分精当。容若既是饱学之士，化用陆机《招隐诗》中的名句"山溜何泠泠，飞泉漱鸣玉"，也就十分自然。然而唐刘长卿曾作过一首《听弹琴》诗，里面也有"泠泠"二字："泠泠七弦上，静听松风寒。古调虽自爱，今人多不弹。"可见这"泠泠"既可以形容流水，亦可以描述琴声。此处容若正是由潺潺的流水声联想到泠泠

---

① 弹琴峡：据《大清一统志·顺天府》："弹琴峡，在昌平州西北居庸关内，水流石罅，声若弹琴。"②泠（líng）泠：形容水流声清脆。③极天句：谓居庸关的形势极其险要。④红襟翠袖：指歌女。

的琴声，从而发出"谁是知音者"的疑问。

那容若为何又会因琴声而发问"谁是知音者"呢？这里面有一个古老而清雅的故事。晋大夫俞伯牙，善乐，曾游泰山，观沧海，感慨寄于琴内，奈何无人能会其意。一日，伯牙焚香抚琴。一樵夫立于旁侧，久不离去。伯牙为之惊异，问曰："知何曲否？"答曰："孔子赞颜回。"伯牙听罢，遂重抚一曲。樵夫曰："巍巍乎若泰山，洋洋乎若流水。有高山流水之音"。伯牙为之叹，此知我人也！遂与钟子期结为挚友。翌年，伯牙闻子期卒。以头抢地，绝琴断弦，誓永不复鼓。人究其因，方知知音无觅也。显然，此处容若由溪声而琴声，由琴声之知音而人之知音，这一连串的联想，都是据此高山流水的故事而来的。

"如梦前朝何处也，一曲边愁难写"，看来，这鸣琴一样的水声勾起的还不仅仅是知音难觅的慨叹，这前朝如梦、边愁难写的无端意绪、种种悲感，皆复杂地交织在一起。至此，整个上阕，都是从听觉上引来的愁情落笔。

下阕转而从视觉、从眼前景上进一步渲染这种愁情。"极天关塞云中"，关塞的形势极其险要，似在极天，似在云中。"极天"言关塞之远，"云中"谓关塞之险，皆出之于夸张之辞。这样险要的边关之地，自然是极其寥廓辽远的。"人随落雁西风"，猎猎西风之中，只有南回的北雁伴随着羁旅边关的漂泊之客。在上阕里，词人说，"一曲边愁难写"，那么此时，在极天云中的关塞，而行军中又伴随着"落雁"和"西风"，这时候"边愁"会如何？更到哪里去找知音者呢？

"唤取红襟翠袖，莫教泪洒英雄"，结尾二句，由辛弃疾《水龙吟·北固亭怀古》中词句"倩何人，唤取红巾翠袖，揾英雄泪"化出，自然浑成，表达了难以名状的孤独寂寞的情怀，深切感人。

忆秦娥

长飘泊，多愁多病心情恶。心情恶。模糊一片，强分哀乐 ①。
拟将欢笑排离索②，镜中无奈颜非昨。颜非昨。才华尚浅，因何福薄。

赏析

一壶漂泊浪迹天涯难入喉，你走之后，酒暖回忆思念瘦。自从搭上了人生这班车，就注定了天涯倦旅，半零落依依。不知道下一站，在春，还是秋？

一程又一程，人笑我笑，人哭我哭。早已经厌倦了漂泊，厌倦了流浪，可却不得不继续走下去，身心皆已疲，镜里朱颜老。

天地是如此广阔，社会却是如此嘈杂，人生竟是如此的无奈。举杯豪饮，纵情高歌，难解心中郁闷。像生一样苦，像死一样苦，像梦一样苦，像醒一样苦……

点评

这是一阕抒发厌恶仕宦生涯的心情的小词。在侍卫生涯的几年中，容若一直都在康熙身边奔忙，几番北征，几度南巡，皆伴其左右。

在许多人看来，能与皇帝一同顾盼江山，合该是怎样的一种荣宠啊。清代名士高士奇出身寒微，初以卖字为生，后经纳兰性德父亲明珠的推荐，做了皇帝的文学侍从，经常跟随侍卫们一起当差，便写出了"身随翡翠从中列，队入鹅黄者里行"的诗句。

但是纳兰性德这位贵胄公子对"侍卫"这一职位并无兴趣，他虽然得到过皇帝无数次赏赐，却不甘心把自己的

---

① 强分：谓不可分而硬是要分。哀乐，偏义复词，偏于乐。②离索：指离群索居之寂寞。

生命消磨在这个尊贵而又碌碌无为的位置上，做皇帝御座前的小摆设。

他苦于仕宦漂泊，厌恶金阶伫立的侍卫生涯，渴望能与爱妻长相厮守，过一种平淡的日子。然而这种渴望，对他而言，却是不能，王权倾轧下的纳兰，永远是御座下的孤独身影。他只能在"山一程，水一程"的羁旅之中，写下"长飘泊，多愁多病心情恶"的凄凉诗句，将自己的满腔哀怨离恨织进像本阕《忆秦娥》一般血泪迸发的词里。

"长飘泊，多愁多病心情恶"，词作开门见山，直吐胸中郁郁之气。因为长年累月，如风抛残絮般地漂泊在大江南北，所以愁生如蒿，身体和心情都每况愈下。"多愁多病心情恶"句，显然借鉴了苏轼的"多情多感仍多病，多景楼中"，连用"多"字言情发端，以其奇兀给人以强烈的印象。因为"心情恶"，所以会"模糊一片，强分哀乐"。

这两句有些难解，表面谓哀与乐，模糊一片，分辨不清；实际上是说心中已经无乐，硬是要分的话，也只有随人强作的乐态而已。这或许就是使命，是宿命的归结。纳兰百般挣扎之后，依然还是一道在王权倾轧下的寂寞背影，他明白自己的处境，自然也就不会心情好起来。

"拟将欢笑排离索，镜中无奈颜非昨"。离群索居的寂寞和心头的烦闷郁结久压心中，词人感觉自己都快经受不住了，于是他希望能用欢笑把它们排遣掉。可是，对镜一看，已非昨日之容，无情的岁月，已使词人脸上失去红润的颜色。

"颜非昨"，此极简短之句，却蕴含着无比深厚的内容：多愁多病之身，长年漂泊之境，朱颜衰败之景，种种不如意事都在其中。遂于结尾爆发一声喝问："才华尚浅，因何福薄。"是啊，我纳兰容若又非李白、杜甫、苏轼那样才华盖世之辈，为何福薄如此呢？

过去词家论词，认为浅露乃词作大忌，对此，容若似乎忘得一干二净。在这首词里，他简直不做任何掩饰，直喷苦水，丝毫含蓄意味也没有。很清楚，当他对宦途厌恶得无法自制之时，便如骨鲠在喉，不吐不快，完全置词作传统的要求于不顾了。

醉桃源

斜风细雨正霏霏①。画帘拖地垂。屏山②几曲篆香微。闲亭柳絮飞。

新绿密，乱红稀。乳莺残日啼。余寒欲透缕金衣③。落花郎未归。

赏析

落花有意随流水，流水无心恋落花。其实落花未曾厚于流水，流水又何曾负于落花？花自飘零水自流。到底是谁的错？

或许他们都没有错，错就错在命运不该如此安排，让他们相遇，相爱，却不能相守。我追逐着你，就如流水追逐着落花，看着前方的你近在咫尺，却如在天涯。

有一种感觉总在失眠时，才承认是怀念。有一种目光总在分手时，才看见是依恋。有一种心情总在离别后，才明白是失落。有一种梦境总在醒来后，才了解是眷念。有一种缘分总在失去后，才相信是永恒。

点评

小词描写女子的闺中情绪，清新雅致，颇有"花间"风味。

首句，"斜

---

① 斜风句：唐张志和《渔歌子》词："斜风细雨不须归。"霏霏：雨雪纷飞的样子。②屏山：绘有山的屏风。篆香：像篆字的香。③缕金衣：饰有金丝的衣服。

风细雨正霏霏"，"斜风细雨"
叫人想起唐张志和作的《渔
父》词里的那句"青箬笠，
绿蓑衣，斜风细雨不须归"，
当然张词描绘的是一幅斜风
细雨垂钓图，表现的也是作
者浸沉在江南春色的自然美
景之中的欣快心情。

　　此处"斜风细雨"与"霏
霏"连用，突出风雨正盛，
已经没有渔翁的浪漫和闲适，
有的似乎只是闺中女子的盼
晴之心。

　　"画帘拖地垂"，这句由室外景转向室内景。房屋是华美的，画帘垂地，此
刻静无人声，曲折的屏风掩住了室内景象，那尚未燃尽的篆香，余烟袅袅。

　　接下来，场景再由室内转回室外，从视觉和听觉两个方面写开。"闲亭柳絮飞"，
闲亭，即寂静的小亭，此为静景；"柳絮飞"，柳絮如浮云，并无根蒂，天地阔远，
随风飞扬，此为动景。这表面的一动一静之景，其实反映了女主人公的心情亦在
动静之间，颇不能平。

　　"新绿密，乱红稀"，下阕首二句仍是室外景。春雨初霁，绿色的叶子由于雨
水的滋润渐转葳蕤；而盛开的花朵在雨水的敲打之下，已是落红阵阵，顿显稀疏。
一"新"一"乱"，一"密"一"稀"，对比鲜明，直追李清照的"绿肥红瘦"。
接下一句"乳莺残日啼"，"残日"说明已是黄昏时分，此时身在闺中女主人公听
见了乳莺的啼叫声。春天莺啼，自能唤得人春心萌动，况且还是乳莺啼呢。"余寒
欲透缕金衣。落花郎未归。"果然，一声莺啼唤起了寂寞几许。因为"余寒"指雨
后的寒冷，而雨后的薄寒又怎能"欲透缕金衣"呢？一个"透"字，隐隐写出了心
中的冷意。"落花郎未归"，结尾如春光乍泄，点醒题旨，表达了伤春伤别的愁情，
有含蓄不尽之致。

画堂春

一生一代一双人①，争教②两处销魂。相思相望不相亲③，天为谁春。

浆向蓝桥④易乞，药成碧海难奔⑤。若容相访饮牛津⑥，相对忘贫。

赏析

她是你心中的最美，你以为你们可以白头偕老，相拥至死。触手可及的幸福，满得似要溢出来。生活好甜，梦里都要笑出来。

一生一代一双人，别无所求。只是那红线，偏生短了那一截。绕来绕去，兜兜转转，终究，还是散了。

将门贵胄又如何，失了她，你一无所有。曾经见过天花乱坠的美，所以那些所谓的绝色，对你而言，太渺小。相思相望不相亲，几多无奈。

点评

这首小词是容若对一段可遇不而可求、"相思相望不相亲"的苦涩恋情的真挚独白。他毫不遮掩，敢于直面这悲剧式的情缘，很有些宝黛之恋的意味。这首描写爱情的《画堂春》与纳兰以往大多数描写爱情的词不同，以往纳兰的爱情词总是缠绵悱恻，动情之深处也仅仅是带着委屈、遗憾、感伤的情绪，是一种呢喃自语的絮语，是内心卑微低沉的声音。

而这一首《画堂春》却是仿佛换了一个人，急促的爱情表白，显得苍白之余，还有些呼天抢地的悲怆，仿佛是痛彻心扉的呐喊。也许，只有一次痛入骨髓的失去，才能够发出如此的悲怆之声。

首句便是"一生一代一双人，争教两处销魂"，明白如话，无丝毫妆点：明明是天造地设的一双人，却偏要分离两处，各自销魂神伤、相思相望。对恋人来说，这样

---

①一生句：语本唐骆宾王《代女道士王灵妃赠道士李荣》诗："相怜相念倍相亲，一生一代一双人。"②争教：怎教。③相思句：语本唐王勃《寒夜怀友》诗："故人故情怀故宴，相望相思不相见。"④蓝桥：在陕西蓝田县东南蓝溪上，传说此处有仙窟，为裴航遇仙女云英处。此处用这一典故是表明自己的"蓝桥之遇"曾经有过，且不难得到。⑤药成句：反用嫦娥偷吃西王母之灵药奔月宫的故事，意思是纵有深情却难以相见。⑥饮牛津：指传说中的天河边，此借指与恋人幽会处。

的遭际真是残酷至极，也难怪容若会追问："天为谁春。"在幽幽凄凄的容若看来，纵使塞北莺飞、江南草长又能怎样，万千锦绣的山川美景，只关乎万千世人，与他，却无半点关系。

下阕转折，接连用典。"浆向蓝桥易乞"，此是裴航的一段故事：裴航在回京途中与樊夫人同舟，赠诗以致情意，樊夫人却答以一首离奇的小诗："一饮琼浆百感生，玄霜捣尽见云英。蓝桥便是神仙窟，何必崎岖上玉清。"

裴航见了此诗，不知何意，后来行到蓝桥驿，因口渴求水，偶遇一位名叫云英的女子，一见倾心。此时此刻，裴航念及樊夫人的小诗，恍惚之间若有所悟，便以重金向云英的母亲求聘云英。

云英的母亲给裴航出了一个难题："想娶我的女儿也可以，但你得给我找来一件叫作玉杵臼的宝贝。我这里有一些神仙灵药，非要玉杵臼才能捣得。"裴航得言而去，终于找来了玉杵臼，又以玉杵臼捣药百日，这才得到云英母亲的应允。——这不仅仅是一个爱情故事，在裴航娶得云英之后还有一个情节：裴航与云英双双仙去，非复人间平凡夫妻。

"浆向蓝桥易乞"，句为倒装，实为"向蓝桥乞浆易"，容若这里分明是说：像裴航那样的际遇于我而言并非什么难事。言下之意，似在暗示自己曾经的一些因缘往事。到底是些什么往事？只有词人冷暖自知。

那么，蓝桥乞浆既属易事，难事又是什么？是为"药成碧海难奔"。这是嫦娥奔月的典故，颇为易解，而容若借用此典，以纵有不死之灵药也难上青天，暗喻纵有海枯石烂之深情也难与情人相见。

这一叹息，油然又让人想起那"相逢不语"的深宫似海、咫尺天涯。"若容相访饮牛津"仍是用典。有一古老传说，谓大海尽处即是天河，海边曾经有人年年八月都会乘槎往返于天河与人间，从不失期。天河世界难免令人好奇，古老的传说也许会是真的？

于是，那一日，槎上搭起了飞阁，阁中储满了粮食，一位海上冒险家踏上了寻奇之路，随大海漂流，远远向东而去。也不知漂了多少天，这一日，豁然见到城郭和屋舍，举目遥望，见女人们都在织布机前忙碌，却有一名男子在水滨饮牛，煞是显眼。问那男子这里是什么地方，男子回答："你回到蜀郡一问严君平便知道了。"

严君平是当时著名的神算，上通天文，下晓地理，可是，难道他的名气竟然远播海外了吗！这位冒险家带着许多的疑惑，调转航向，返回来时路。一路无话，后来，他当真到了蜀郡，也当真找到了严君平。

严君平道："某年某月，有客星犯牵牛宿。"掐指一算，这个"某年某月"正是这位海上冒险家到达天河的日子。那么，那位在水滨饮牛的男子不就是在天河之滨的牛郎么？那城郭、屋舍，不就是牛郎、织女这一对金风玉露一相逢的恋人一年一期一会的地方么？

"若容相访饮牛津，相对忘贫"，容若用典至此，明知心中恋人可遇而不可求、可望而不可亲，只得幻想终有一日宁可抛弃繁华家世，放弃世间名利，纵令贫寒到骨，也要在天河之滨相依相偎、相亲相爱，相濡以沫。

眼儿媚

重见星娥碧海查①，忍笑却盘鸦②。寻常多少，月明风细，今夜偏佳。
休笼③彩笔闲书字，街鼓④已三挝。烟丝欲袅，露光微泆⑤，春在桃花。

赏 析

你很少在你的词中开心地笑过。你笑的时候，也是若有所思，仿佛她已经化作了一只蝴蝶，永远地栖息到了你的心上。一旦稍微展眉，那只蝴蝶就会受惊飞走。但这一晚，你却快乐无比。

你刚刚远行回来，伊人心花开了，却强忍着笑容。她的一切都和平时没有什么不同，但不知为什么，她在你眼里却有一种异乎寻常的美丽。

炉香静静地飘着，外面的街巷里，三更的鼓声刚刚打过。夜已阑珊。你再也不想写什么了。推开了手头的纸和笔，坐在那里，微笑地凝视着她那如桃花般动人的面孔。人生若只如初见，那该多好。

点 评

此篇写归家与爱妻重逢之喜悦，其中表现出的夫妻爱情之快乐、喜悦之情感，在纳兰词中极为少见，实为难得。

"重见星娥碧海查"，首句即说别后重新见到了妻子。容若将妻子称为"星娥"，是有本依。星娥，指神话传说中的织女。神话故事中，织女与牛郎的故事无人不知无

---

①星娥：神话传说中的织女。碧海查：犹碧海槎。查，同"槎"，木筏。②却：再。盘鸦：妇女发髻的名称。③笼：通"拢"，握、拈之意。④街鼓：更鼓。挝（zhuā）：敲打。 ⑤微泆：本指水微微下滴流动之貌。此处是形容爱妻的脸光彩照人。

人不晓，他们真心相爱，却遭到了王母的阻隔，只能在每年七夕时节，于鹊桥上相会片刻，但就这如此艰难的爱情，他们也是坚持了千年。这个爱情故事感动了许多人，这些人里自然也有纳兰，因为他本身也是一个爱而不得的人。

后来有人将"星娥"用作诗词里的典故，用"星娥"代指明眸善睐的美女。

李商隐《圣女祠》诗有"星娥一去后，月姊更来无？"义山名之圣女"星娥""月姊"，那是因为圣女乃天界神仙，颇难得见。此处容若承袭义山，用"星娥"称呼自己的妻子，意谓自己常年扈从在外，不能还家，见妻子一面就如同乘碧海槎去天河见织女一面一般。

那容若归家后重见的"织女"，她在干什么呢？"忍笑却盘鸦"，她忍住欢笑，重新梳绕着她乌黑的发髻，显得妩媚动人。一个"却"字，把妻子内心深处一股难名状的喜悦激动之情恰当地反映出来。

见此"无声胜有声"的情景，作者遂感叹道："寻常多少，月明风细，今夜偏佳"，意即往日虽也曾有过类似的情景，可是今夜，玉蟾皎皎，清风细细，自然胜过了那时的感受。上阕写夫妻相契的欢好，情溢于词，韵传字外。

"休笼彩笔闲书字，街鼓已三挝"，下阕前二句进一步写欣喜之情状：面对姣好美艳的妻子，便不再拈笔作字，纵然是夜已深，还是喜不自持。"休笼彩笔闲书字"一句，化用赵光远《咏手二首》之二："慢笼彩笔闲书字，斜指瑶阶笑打钱。"

原诗表达的是一副怅然无绪的心情，此处，作者用一"休"字告诫自己：不要再援翰以遣闲心啦，好好与佳人共享眼前花辰吧。于是在袅袅沉香之中，他仔细地端详着妻子，看她秋波盈盈，言笑晏晏，好像春天里的桃花一般。"露光微泫"，出自南朝宋谢灵运《从斤竹涧越岭溪行》诗："岩下云方合，花上露犹泫。"谢灵运的这句诗，描摹山水，不陶而净，不绘而工，容若借之形容爱妻光彩照人的容颜，十分精当，给人以无穷的美感和无尽的联想。"烟丝欲袅，露光微泫，春在桃花"，这最后三句亦情亦景，清新委婉，情致深厚。

朝中措

蜀弦秦柱不关情①，尽日掩云屏②。已惜轻翎退粉③，更嫌弱絮为萍。东风多事，余寒吹散，烘暖微醒④。看尽一帘红雨⑤，为谁亲系花铃⑥。

赏析

当寂寞的眼神爱上伤春，聆听花开的声音也是一种销魂的美丽。想念的日子里，你会在心底轻吟一曲。

忧伤，在唇齿间轻轻流动，说与飞絮，诉与蝴蝶。然飞絮尚无语，蝴蝶亦翩翩。玉箫吹到肠断处，你便掩上了红窗。爱如落花飘零的美丽。春风不能解忧，只能断肠。

点评

这是一首描绘暮春之景和抒发伤春怨春之情的小词。

首句即说春日寂寂，百无聊赖，纵是有动听的乐曲也不能引起愉悦之情。"蜀弦秦柱不关情"，蜀弦，即蜀琴，泛指蜀中所制之琴。秦柱，犹秦弦，指秦国所制琴瑟之类的乐器。唐彦谦《汉代》："别随秦柱促，愁为蜀弦幺。"既然琴瑟逸韵都难以使她动情，那么就只有整日地掩上云母屏风，独自忧伤了。"尽日掩云屏"，而掩上屏风，又是因为窗外春景，不忍再睹。那外面是什么样的景致呢？"已惜轻翎退粉，更嫌弱絮为萍"，蝴蝶已经褪粉，柳絮也飘落水中，这预示着春事已消歇。"已惜"

---

①蜀弦秦柱：指筝瑟。相传筝为秦蒙恬所造，故称秦筝、秦柱。关情：动情。②云屏：云母屏风。③轻翎：蝶翅。退粉：宋罗大经《鹤林玉露》载："杨东山言《道藏经》云：蝶交则粉退，蜂交则黄退。"④烘暖微醒：指东风和煦，暖意融融，令人陶醉。微醒：微醉。⑤红雨：落花。⑥花铃：为防鸟雀伤花而系在花上的护花铃。

说明他的惋惜怜爱之情，而"更嫌"分明是一种懊恼的情怀了。此二句景语，已蓄伤春之意。

下阕转写薄情的东风。"东风多事，余寒吹散，烘暖微醒"。表面的意思是，东风真是多事，吹散了春日余寒，送来融融的暖意，令人陶醉。说"东风多事"，可是后两句"余寒吹散，烘暖微醒"，哪里是作怨语，分明是对春风褒奖有嘉嘛。这不是自相矛盾？

且看后面一句，"看尽一帘红雨"，红雨，指落花纷纷如雨，李贺《将进酒》诗"桃花乱落红如雨"，史肃《杂诗》"一帘红雨枕书眠"，似为此句所本。那为何会花瓣散落如雨，满地落花狼藉？此一追问，便知当然是"东风多事"了。结合前三句，方知原来作者是怨东风带走了明媚的春光，尽管它吹散了余寒，送来了温暖，但它又摧残花落，令人心伤。

花是春天的象征，落花飘零满地，意味这万紫千红的春天也将匆匆而去。遂有了结尾句的叹问："为谁亲系花铃？"花铃，指为防鸟雀而置的护花铃铛。据王仁裕《开元天宝遗事花上金铃》载，天宝初年，有一宁王，喜好声乐，风流蕴藉，诸王皆不如他。春天到来，他在后园中系上了很多的红丝为绳，缀满了金铃，系在花梢之上，遇见有鸟雀聚集在花枝，就令园吏敲击铃铛惊吓它们。后来，诸宫都效仿宁王此举，是为惜花。

此处，作者反用"金铃"之典，意思是说东风刮得如此之甚，花瓣落成红雨，飘零殆尽，纵使惜花，在花枝上缀满金铃，可这又是为谁而系呢？"为谁亲系花铃"，结处此语，充满着愁绪无着，愁怀难遣的寂寞感和失落感。小词亦景亦情，其情中景，景中情自然浑融，空灵蕴藉，启人远神。

摊破浣溪沙①

林下荒苔道韫家②，生怜玉骨委尘沙③。愁向风前无处说，数归鸦。
半世浮萍随逝水④，一宵冷雨葬名花。魂似柳绵⑤吹欲碎，绕天涯。

赏析

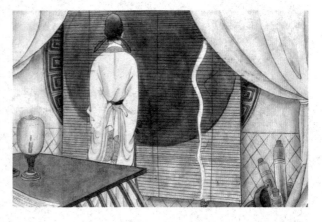

侬今葬花人笑痴，他年葬侬知是谁？

终于明白黛玉为何要葬花了。花有情，草有心，风也流泪，雨也会有伤痕。所有的刻骨并且铭心过的，都将烟消云散。

长安古道的风尘，江南迷茫的烟雨，那些风花雪月的事，那些俗世红尘的恩怨。葬花原是想念。想念一段过往的美丽情愫，想念那走过的路，那牵过的手。

点评

这首词，有人认为是悼亡之作，但至少表面看上去也像一首咏物词，至于所咏何物，或是雪花，或是柳絮，不能道明。

"林下荒苔道韫家"，句子开头的"林下"二字，十分不似用典，极易忽略，其实，这正是谢道韫的一则轶闻：谢遏和张玄各夸各的妹妹好，都是天下第一。当时有一尼姑，与二人皆识，有人就问这位尼姑："你觉得到底谁的妹妹更好呢？"尼姑说："谢妹妹神情散朗，有林下之风；张妹妹清心玉映，是闺房之秀。""林下之风"是说竹林七贤那样的风采，"林下"一词就从此出，那位谢妹妹正是谢道韫。

---

① 摊破浣溪沙：一作"山花子"。②道韫：东晋王凝之的妻子谢道韫。道韫有文才，曾以"未若柳絮因风起"的咏雪名句而为人称赏。此代指亡妻卢氏。 ③生怜：深怜、甚怜。玉骨委尘沙：指亡妻掩埋坟墓中。④半世句：谓半生的命运如同浮萍随水漂流。⑤柳绵：柳絮。

接下来，道韫，即谢道韫。谢道韫在诗词中的意象一重一轻大约共有两个，重的那个与下雪有关：谢家，有一天大家在庭院赏雪，谢安忽然问道："白雪纷纷何所似？"谢安哥哥的儿子谢朗抢先回答道："撒盐空中差可拟"（就像往天上撒盐一样）。众人大笑。

这个时候，侄女谢道韫答道："不如比作'柳絮因风起'更佳。"——仅仅因为这一句"柳絮因风起"，谢道韫便在古今才女榜上雄踞千年。从这层意思上说，容若写"林下荒苔道韫家"，或许和雪花有关，或许和柳絮有关。轻的那个，是从谢道韫的姓氏引申为"谢娘"，而谢娘这个称呼则可以作为一切心爱女子的代称。从这层意思上说，容若写"林下荒苔道韫家"，或许是在怀人。

但是歧义仍在，究竟确指什么呢？下一句"生怜玉骨委尘沙"，不仅没有确认前一句中的歧义，反倒对每一个歧义都可以做出解释。生，这里是"非常"的意思，而"玉骨委尘沙"既可以指女子之死，也可以指柳絮沾泥，或者是雪花落地。前一句里留下来的三种歧义在这里依然并存。

"愁向风前无处说，数归鸦"，点明愁字，而"归鸦"在诗歌里的意象一般是苍凉、萧瑟。乌鸦都在黄昏归巢，归鸦便带出了黄昏暮色的感觉，如唐诗有"斜阳古岸归鸦晚，红蓼低沙宿雁愁"；若是离情对此，再加折柳，那更是愁上加愁了，如宋词有"柳外归鸦，点点是离愁"，有"长亭柳色才黄，远客一枝先折。烟横水际，映带几点归鸦"。归鸦已是愁无尽，前边再加个"数"字，是化用辛弃疾"佳人何处，数尽归鸦"，更显得惆怅无聊。

"半世浮萍随逝水，一宵冷雨葬名花"，下阕开头是一组对句，工整美丽。上句是柳絮入水化为浮萍的传说，而"半世"与"一宵"的对仗，时间上一个极长，一个极短，造成了突兀陡峭的意象；推敲起来，"半世浮萍随逝水"似乎是容若自况，"一宵冷雨葬名花"则是所咏之人或所咏之物。我，半生如浮萍逝水，不值一顾；你，名花国色，却毁于一宵冷雨。

末句"魂似柳绵吹欲碎，绕天涯"，化自顾夐词"教人魂梦逐杨花、绕天涯"，却明显比顾词更高一筹，以柳絮来比拟魂魄，"吹欲碎"双关心碎，"绕天涯"更归结出永恒和漂泊无定的意象，使情绪沉痛到了最低点。

那此篇所言，到底为何？或是伤悼，或不是。总之是：扑朔迷离，含思要眇，情致深婉，耐人寻味。

摊破浣溪沙

风絮飘残已化萍①,泥莲刚倩藕丝萦②。珍重别拈香一瓣③,记前生。
人到情多情转薄,而今真个悔多情。又到断肠回首处,泪偷零。

赏析

君本天上多情种,不是人间富贵花。君是浊世翩翩佳公子,舍得下荣华富贵,却抛不开纠缠错结的万千情丝。

亡妻的一颦一笑,一缕香魂,都让你柔肠寸断,落泪如雨,魂梦相依。手中的一杯淡酒,心头的几度思量,无人懂,无人知。

茕茕白兔,东走西顾。衣不如新,人不如故。再回首,春已去,花又落,用心良苦成蹉跎。

点评

这是一首深透缠绵的悼亡词。

首句,"风絮飘残已化萍",这是杨花入水化为浮萍的传说,所传达的是"飘零无据"的意象,一个"已"字说明了这已是完成时,更是回天乏力了。"泥莲刚倩藕丝萦",泥莲,即是泥中的莲花,唐诗里有"泥莲既没移栽分,今日分离莫恨人"。显然,词人用泥莲和藕丝,是为了表达相思萦怀、依依不舍的情绪。

"珍重别拈香一瓣,记前生",这一句略微费解,从上句之杨花与浮萍、泥莲和藕

---

① 风絮句:旧说柳絮飘落入水为浮萍。②泥莲:荷塘中的莲花。倩:请。③一瓣:犹一炷。

丝来看，这里"别拈香一瓣"似是说，分别之时两人手里各自拈着一片花瓣，以待来生转世之时，凭此花瓣的标识来重续姻缘。但是，更可靠的解释是：此处之香，指的是烧香的香。

香的种类有许多，诸如线香、末香、瓣香等，容若这里所说的"香一瓣"应该就是瓣香。瓣香乃香中极品，是把檀香木劈成小瓣做成的，唯其尊贵，所以后来遂被作为香的泛称。

"珍重别拈香一瓣"，这个"拈"字也表明"香一瓣"应是瓣香而非花瓣，此是因为有一专门称谓——"拈香"。所谓拈香，并不能望文生义地理解为手里拈着一支香，而是"烧香"之义。

容若伤情伤世，心向佛门，焚香读经，甚至自号为楞伽山人，许多词作都带着浓浓的出尘色彩。所以，"珍重别拈香一瓣，记前生"，这是明知今生已矣，但求来生，以心香一瓣为记，但愿前缘可续、并蒂重开。

"人到情多情转薄，而今真个悔多情"，这是容若的一个名句。情，是容若词作中、生命里的一个永恒主题，他似乎永远是为情而生、为情而伤的。这里表面似乎在说：情太多了便物极必反，如今也开始后悔当初的多情，但这果是容若的真心之语吗？当然不是，仅是他的自我开解而已，因为后面马上就是多情得无法自拔的句子："又到断肠回首处，泪偷零"。

多情和无情，有时候乍看上去确实难以区别。唯其多情，恰似无情，这样的感触早在杜牧的时候就已经有了："多情却似总无情，唯觉樽前笑不成。蜡烛有心还惜别，替人垂泪到天明。"人已无情，所以由蜡烛来替人垂泪。明知情深难寿，却依然情无反顾。人和人毕竟不同，只有挚情的人，才能够理解挚情的人。

摊破浣溪沙

欲话心情梦已阑①，镜中依约见春山②。方悔从前真草草③，等闲看。
环佩④只应归月下，钿钗⑤何意寄人间。多少滴残红蜡泪，几时干。

赏析

诗人说：

世界上最远的距离，不是生与死的距离，而是我站在你面前，你却不知道，我爱你。

世界上最远的距离，不是我站在你面前，你不知道我爱你，而是爱到痴迷，却不能说我爱你。

世界上最远的距离，不是我不能说我爱你，而是想你痛彻心脾，却只能深埋心底。

世界上最远的距离，不是我不能说我想你，而是彼此相爱，却不能够在一起。

所以，天下有情人，若你们相爱，却无法在一起，不妨现在就大声告诉他（她），我日夜都在想你；若你们有幸相守相携，求你们彼此好好珍惜，莫待人去楼空时，却那样地一声叹息：方悔从前真草草，当时只道是寻常……

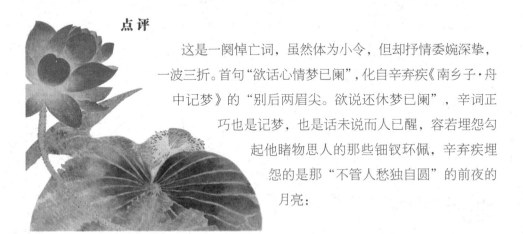

点评

这是一阕悼亡词，虽然体为小令，但却抒情委婉深挚，一波三折。首句"欲话心情梦已阑"，化自辛弃疾《南乡子·舟中记梦》的"别后两眉尖。欲说还休梦已阑"，辛词正巧也是记梦，也是话未说而人已醒，容若埋怨勾起他睹物思人的那些钿钗环佩，辛弃疾埋怨的是那"不管人愁独自圆"的前夜的月亮：

---

①梦已阑：梦醒。阑：残，尽。②依约：隐隐约约。春山：女子眉毛的美称。③方悔句：清彭孙遹《卜算子》词："草草百年身，悔杀从前错。"④环佩：古人衣带所佩之玉器，后专指女子之妆饰物，这里借指所爱之人。
⑤钿钗：女子之妆饰物，代指已逝爱人的遗物。

鼓枕橹声边。贪听咿哑聒醉眠。变作笙歌花底去，依然。翠袖盈盈在眼前。

别后两眉尖。欲说还休梦已阑。只记埋冤前夜月，相看。不管人愁独自圆。

辛词写梦中思念之人，用的是"翠袖"；容若写梦中思念之人，用的是"春山"，虽用词有异，但手法皆同。春山在古诗词里的意象众多，这里是形容女子的眉毛。最早的出处或许是卓文君的一段轶事，她的眉毛被形容为"如望远山"。这个比喻堪称绝妙，比柳叶眉之类的形容好过百倍，让人能参其美却无法具体勾勒，能意会而不可言传。后来，眉和山的关系便被牢固地建立起来了，诗词里常用之语便有"远山""春山""远山长""春山翠"，等等。接下一句，"方悔从前真草草，等闲看"，这一句大约化自彭孙遹"草草百年身，悔杀从前错"，与"当时只道是寻常"意同，谓总要在失去之后才懂得珍惜。

下阕对句益发沉重，"环佩只应归月下，钿钗何意寄人间"，上句用杜甫《咏怀古迹》五首之三的"画图省识春风面，环佩空归夜月魂"，是过昭君村而吟咏昭君之作；下句用白居易《长恨歌》"唯将旧物表深情，钿合金钗寄将去"，是杨贵妃死后，方士为之招魂，"上穷碧落下黄泉"，终于得见，杨贵妃取金钿钗合，合析其半，让方士转交唐明皇以念旧好。容若引用这两个典故时，反用其意，说旧时故物何必再见，徒然惹人伤感，不能自拔。这样的话，自是"人到情多情转薄，而今真个悔多情"，愈见其心情沉痛。

这两个典故同时还点明：伊人已逝，心期难再。词义到此而明朗，自是为卢氏的悼亡之作无疑。

末句"多少滴残红蜡泪，几时干"，明说蜡烛流泪，实指自己泪涟；明问蜡泪几时干，实叹自己伤痛几时能淡。词句暗用义山之名句"蜡炬成灰泪始干"，所以，问蜡泪几时干实属明知故问，容若明明知道蜡烛要等到成灰之时泪才会干，也明明知道自己要等到生命结束之日才会停止对亡妻的思念。

摊破浣溪沙

一霎①灯前醉不醒，恨如春梦畏分明②。淡月淡云窗外雨，一声声③。

人道情多情转薄，而今真个不多情。又听鹧鸪啼遍了，短长亭。

赏析

这是一个至情至性、至温至柔的男子。豪放是外在的风骨，忧伤才是内伤的精魂。人到情多情转薄，而今真个悔多情。

道无情，其实却有情。深爱一个人，又怎舍得，让其成为身边得到又失去的美丽？如果时间能把思念稀释了，那你为什么还在对她的思念里沉沦？

所以，不是人到情多情转薄。而是，情到深处是淡定，变得和呼吸一样自然从容。

情到深处是坦然，变得和生命一样坚定稳固。因为爱着，所以失去。我爱你，是可以到不爱的地步。或许这才是爱的最高境界。

点评

容若的这几首词，词牌都是"摊破浣溪沙"（又叫"山花子"，较为雅致）。"摊破浣溪沙"实际上就是由"浣溪沙"摊破而来。所谓"摊破"，即是把"浣溪沙"前后阕的结尾，七字一句摊破为十字，成为七字一句、三字一句，原来七字句的平脚改为仄韵，把平韵移到三字句末，平仄也相应有所变动。

这首词可与前词《摊破浣溪沙》（风絮飘残已化萍）对比来看，都是写离恨而自怜自伤太甚的哀词。全词以"一霎灯前醉不醒"起句，又以"又听鹧鸪啼遍了，短长亭"做结，上下阕结构相似，皆做前景后情之语，交织浑成。犹如人从梦中惊起，尚

---

① 一霎：一刹那，谓极短的时间。②恨如句：言怕醉中梦境与现实分明起来。③淡月二句：出自温庭筠《更漏子》："梧桐树，三更雨，不道离情正苦。一叶叶，一声声，空阶滴到明。"

带着三分迷惘。

　　首句，"一霎灯前醉不醒"，因为离愁，所以醉得分外快，仿佛刹那间就在灯前沉醉了，又不愿从梦中清醒过来面对伤人的离别，害怕醉中梦境和现实分明起来。"恨如春梦畏分明"一句，容若化用唐人张泌《寄人》诗"倚柱寻思倍惆怅，一场春梦不分明"，以"畏"字更替原诗的惆怅之情为矛盾哀沉。接下来两句，"淡月淡云窗外雨，一声声"，谓偏偏在这似梦非梦，愁恨盈怀的时候，窗外的雨声淅沥不断。这两句，亦属它山之石。前一句是借鉴了宋李冠《蝶恋花》词中的"数点寒声风约住，朦胧淡月云来去"，以淡月、淡云之浅淡轻盈反衬离人长夜心情之沉重凄苦；后一句脱自花间派的鼻祖温庭筠《更漏子》词中"梧桐树，三更雨，不道离情正苦。一叶叶，一声声，空阶滴到明"，以三更雨衬写愁绪冥冥，离心悠悠。

　　下阕，"人道情多情转薄，而今真个不多情"，前一句"人道情多情转薄"在《摊破浣溪沙》（风絮飘残已化萍）也有，且在同一位置，兴许是容若本人对此句感慨良深吧。情感是共通的，却也是渐入的，"而今真个不多情"，"真个"这看似极平常极淡的两字，却是不寻俗之光亮，值得再三玩味，因为少了这两个字，便品不出容若那比秋莲还苦的内心。前番是情深转薄，现在是情深到无。还要加上"真个"两字强调，越读越有"愁多翻自笑，欢极却含啼"反语意味。而反语一旦读穿，比直语更让人心酸。"而今真个不多情"看似比"而今真个悔多情"果决，其实心意更凄绝。

　　结尾二句，"又听鹧鸪啼遍了，短长亭"。古人认为鹧鸪的叫声似是在说"行不得也哥哥"。长亭作别，远行愁苦，鸟犹如此，人何以堪？显然，容若并非"而今真个不多情"，只要一想到短长亭前的离别，听到鹧鸪的悲啼，他就会产生如"湘江日夜潮"一般的无涯愁海。

落花时

夕阳谁唤下楼梯，一握香荑①。回头忍笑阶前立，总②无语，也依依。笺书直恁无凭据③，休说相思。劝伊好向红窗醉，须莫及，落花时。

赏析

抬头，楼上珠帘卷处，窗前美人盈盈的身姿，如水的笑容。沁人的芳香，毫不迟疑地扑到身前。那些缤纷的美好，就如此温柔地拥入襟怀。思君如流水，何有穷已时？

斜阳路过了，招手，轻唤，下楼梯。笑语已闻，芳容相许，执手，偕老。

点评

容若对纯真爱情的执着追求，对恋人妻子的真情挚爱，使他的许多词中描写的爱情生活十分旖旎动人，比如这首极富情趣的《落花时》，写的就是他与恋人之间的那种心心相印的温情和且亲且嗔的缠绵怜爱。

上阕，"夕阳谁唤下楼梯，一握香荑"，夕阳西下时分，伊人从楼上被人唤出，下得楼来与人相亲，她的手指，白嫩如荑。

"一握香荑"并非说她手里握着一

---

①香荑(tí)：荑原为茅草的嫩芽，这里指女子白嫩的手指。②总：纵然，虽然。③直恁：竟然如此。无凭据：不能凭信。

把香草，此句乃是对伊人形貌的刻画，正如《诗经·卫风·硕人》"手如柔荑，肤如凝脂"，用柔嫩的白茅芽比喻美人的手指，描绘庄姜之美。古代男女相约，十分不易，但是伊人下得楼来，却忍笑伫立，一语不发，叫人摸不着头脑。

"回头忍笑阶前立，总无语，也依依"三句，是描绘女子的神情：本该见情郎了，她却回头忍笑，婷婷地在阶前倚立，静默无语；但即使没有言语，在情郎眼里，也还是那样楚楚动人。描写二人相会时，容若从女子落笔，写得精致活泼，数十字之间将伊人的形貌神情，心波暗涌，情人间且亲且嗔的复杂心态写得清透，读来惟妙惟肖。

下阕道破伊人忍笑伫立，一语不发的原因。"笺书直恁无凭据，休说相思"，她嗔怪情人信中相约却失约，故假意娇嗔说，书信中的期约竟如此不足凭信，你误期爽约，请你不必再说对我的相思了。但真是"休说相思"吗？"劝伊好向红窗醉，须莫及，落花时"，大约是看见情人慌乱着急，自己心下又不忍，遂以俏皮的口吻转口来抚慰情人珍重春光好沉醉，不要因为犹豫而耽误了两人相处的好时光，言语间隐有"有花堪折直须折"的雅骚之意，含情女子的曲款心事，不言而喻，而彼此且亲且嗔的复杂心态，亦活灵活现。

精准的用词中，看得出其中缱绻的情意、离愁、离恨、相爱、相守，爱情之中的种种，纳兰尽悉把握词中。生命犹如朝露，虚幻间便很快度过了一生，如果不及时把握，那悔恨的将会是自己。

这阕《落花时》虽写情人幽会，但细致入骨，周身春光亦仿佛流转不定，眉目相照时只见缱绻未露轻薄，其风流蕴藉处颇有北宋小令遗风，言辞殊丽，一似月照清荷。珍重而亲昵，这是容若风骨心境高于一般市井词人的地方。

锦堂春 秋海棠

帘际^①一痕轻绿，墙阴几簇低花。夜来微雨西风软，无力任欹斜^②。
仿佛个人睡起，晕红不著铅华^③。天寒翠袖添凄楚，愁近欲栖鸦^④。

赏析

庭院静静的。寂寞的思妇，凭倚在阶前的石栏杆畔。初秋之夜，如一袭藕荷色的蝉翼一样的纱衫，飘起淡淡的哀愁。秋海棠开花了，如擎出一个古代的凄美的故事。

多情唯有春庭月，犹为离人照落花。秋海棠一样寂寞的思妇，就像凄清又惆怅的丁香姑娘一样，冰冷的气息中氤氲着薄而密的雾气，散发着幽幽馨香。

此时，落红成阵，风飘万缕愁煞人……

点评

据《采兰杂志》载：古代有一妇女怀念自己心上人，但总不能见面，经常在一墙下哭泣，眼泪滴入土中，在洒泪之处长出一植株，花姿妩媚动人，花色像妇人的脸，叶子正面绿、背面红的小草，秋天开花，名曰断肠花，又名八月春，即今秋海棠。容若此篇，就是一首咏秋海棠之词，兼以表达作者淡然惆怅的心情。

上阕写花之色泽形貌，及其风雨凄凉的境遇。首二句点出秋海棠生长之地，"帘际一痕轻绿，墙阴几簇低花"，"帘际"即帘外，"墙阴"即墙角阴处，从门帘远远

①帘际：帘边，即帘幕之外。②欹（qī）斜：歪斜不整。③铅华：指脸上搽的粉。④欲栖鸦：谓乌鸦欲栖息之时，即指黄昏时候。

望去，只见一抹淡淡的绿痕，近而视之，在墙角的背阴处，有几簇海棠花独自微弱盛开。"几簇低花"，一"低"字，画出秋海棠难禁风雨之情状。这就是下二句的"夜来微雨西风软，无力任欹斜"。雨是微微的，风是软软的，但是即使是这样的风雨，秋海棠也难以经受，被吹打得欹斜不整。

下阕以人拟花，进一步刻画花之风采神韵。"仿佛个人睡起，晕红不著铅华"。将海棠与娟娟女子相连，亦属前人笔法。比如苏轼《海棠》诗："东风袅袅泛崇光，香雾空蒙月转廊。只恐夜深花睡去，故烧高烛照红妆。"容若此处将秋海棠喻为美人，自然没有东坡借海棠的圣洁、幽寂抒写自己虽遭贬官，但仍孤特自立的高洁情怀，

而是另有一番情事。据《太真外传》载，明皇有一次登沈香亭，召妃子。妃子那时正好是早晨醉酒未醒，明皇就令高力士叫侍女把她扶掖至沈香亭中来。至亭后，妃子醉颜残妆，钗横鬓乱，只拜了一下就不能再拜了。明皇遂笑曰："这哪里是妃子醉，分明是海棠睡未醒嘛。"显然，容若此句"仿佛个人睡起，晕红不著铅华"就是唐明皇李隆基的那句"是岂妃子醉，直海棠花睡未醒耳"，谓微雨软风后，秋海棠花朵的颜色仿佛是姣美的少女刚刚睡起，脸上还泛着红晕。

结尾二句，"天寒翠袖添凄楚，愁近欲栖鸦"，继续以海棠喻美人，绮丽中增添几许凄凉悲哀。"天寒翠袖"，取自杜甫《佳人》诗中"天寒翠袖薄，日暮倚修竹"，原句是形容"幽居在空谷"的绝代佳人忠贞的节操，容若此用是表现秋海棠女子形象的孤寂凄楚。"愁近欲栖鸦"，化用赵令畤《乌夜啼》词"年年春事关心事，肠断欲栖鸦"，一曰"肠断"，一曰"愁近"，其实都是昏鸦归巢引起的怅惘之情。此结尾二句，如何看也不似写秋海棠，分明是写女子秋日黄昏无情无绪的心思，是写词人自己秋日里苦闷无聊、寂寂难遣的情怀。也许这秋海棠，又是道具一件，虽然华美佳丽，但是演绎的，恐怕仍是容若自己的伤心事吧。

河渎神

凉月转雕阑①，萧萧木叶声乾②。银灯飘落琐窗③闲，枕屏④几叠秋山。
朔风吹透青缣被⑤，药炉火暖初沸。清漏沉沉无寐，为伊判得憔悴⑥。

赏析

月，遥遥悬挂于寥落的天空上，最是冷清，最是孤寂。谁家今夜扁舟子，何处相思明月楼？问天无语，觅人无踪。

无你的日子，我独自用孤单支撑着落寞的风景，寂寥地行走在长长的雨巷，用一季散落的丁香铺满每一个冰凉的夜。

我清澈的思念，虽然美丽如诗，却只能在夜晚穿梭，落入枕边。思念遥相寄，相思比梦长。红尘俗世永远是一个人的漫游，一个人的烦忧，永远是一个人的月朗星稀，一个人的地老天荒。

点评

这首词，绝大篇幅都是景物描绘，只于结尾处点旨，表明秋夜相思之情。

"凉月转雕阑，萧萧木叶声乾。"这两句写室外景色，寒月转过雕栏，落叶萧萧，飘落时发出清脆的响声。时为秋夜，月亦为秋月，所以"凉月"不仅写出作者内心的寒凉之感，也隐约点明时令。"萧萧木叶声乾"一句，化用柳永《倾杯》词中成句"空阶下、木叶飘零，飒飒声乾"颇为得法，似乎招之即来，挥之即去，取以表达自己秋日冷落情怀，而不露明显的斧凿痕迹。接下"银灯"两句，转写室内景象。"银灯飘落"，银灯里点燃的灯芯草会结花，习习晚风吹来，灯花旋而飘落，此说明作者独坐

---

①雕阑：即雕栏，雕花的栏杆。②乾（gān）：形容声音清脆响亮。③琐窗：雕作连锁形花纹的窗。④枕屏：枕前的屏风。⑤青缣（jiān）被：青色细绢缝制成的被子。缣：细绢。⑥为伊句：语本宋柳永《凤栖梧》词："衣带渐宽终不悔，为伊消得人憔悴。"判：同"拼"，甘愿、情愿。

已久。"琐窗闲","琐窗"指镂刻有连锁图案的窗,"闲"字谓无意趣,表明作者无寥的心思。"枕屏",指床头枕边的屏风。寂寂的枕屏在秋夜里静默着,好似几叠秋山连绵到远方,引起作者对远人的无端怀想。上阕之景是从大景写到小景,从室外写到室内,都是肃杀凄凉之景。

下阕前二句仍是景语,是继上阕的结二句写室内之景。"朔风吹透青缣被","朔风"指北风,北风凛冽,似是要把青色细绢缝制成的被子吹透,秋寒如此,可见一斑。接下一句,"药炉火暖初沸",化用王次回《述妇病怀》诗句"无奈药炉初欲沸,梦中已作殷雷声",写恹恹病中情景。——那本来无恙的作者为何会遭疾?结尾二句点明是因为相思而致多愁多病。"清漏沉沉无寐,为伊判得憔悴",清漏声声,悠远隐约,那人再也无法安眠,但即便如此憔悴,为了伊人,我也无怨无悔。"为伊判得憔悴",显然脱自柳永《凤栖梧》中名句"衣带渐宽终不悔,为伊消得人憔悴",这一结绾在一片凄凉景象的烘托之下,更显实密厚重。

这首词妙在紧拓"秋夜相思",却又迟迟不肯说破,只是从字里行间向读者透露出一些消息,显得影影绰绰,扑朔迷离,千回百折,直到最后一句,才使真相大白。词在相思感情达到高潮的时候,戛然而止,激情回荡,感染力更强了。

四和香

麦浪翻晴风飐①柳，已过伤春候②。因甚为他成偢偢③？毕竟是春迤逗④。

红药⑤阑边携素手，暖语浓于酒。盼到花铺似绣，却更比春前瘦。

赏 析

片片红云处，芍药花开放。红色的芍药，开在麦浪翻滚的春天，开在栏杆边，一年一年，为谁红？

那个叫红药的女子，再也不能拥她入怀，似是从未相聚过。自别后，忆相逢，花开如你，你比花还瘦。栏杆边的那一束芍药，花团锦簇地热闹了一个春天。秋天一到，就寂寥了。孱弱，儒雅，却是这等的、这等的痴心。

念桥边红药，年年知为谁生？

点 评

此篇写伤春怀人意趣，温柔旖旎。"麦浪翻晴风飐柳，已过伤春候"，风中绿麦，似是海浪，涟涟无边，清香幽幽；杨柳飐飐，随风飘扬。"麦浪""风飐柳"说明春去夏来，伤春季节已过。起二句，格调清新健朗，似表明作者内心也是自有一番愉悦之情的。但果真如此吗？

①飐（zhǎn）：风吹使摆动。②候：时令，时节。③偢偢（chán zhòu）：憔悴，烦恼。④迤逗：惹起，引逗。⑤红药：芍药。

"因甚为他成僝僽"，"僝僽"
即憔悴，愁苦，周紫芝《宴桃源》词
有"宽尽沈郎衣，方寸不禁僝僽"，
由此可知"僝僽"绝非一般的忧愁、
烦恼，而是因哀愁而颜色憔悴，形容
枯槁，就是柳永所说的"衣带渐宽"。
然而毕竟"已过伤春候"。既然为春
感伤的时候早已过了，那词人为何还
落寞依然？

这一点，词人似乎并不自知，所
以才会有"因甚"的"扪心自问"。
但真的不知吗？"毕竟是春尴尬"，
上阕结句点出伤春意绪仍在。而这"春"
字又不止于自然之春，个中亦含"春
怀""春情"的内蕴。因而就有了下
阕的回忆之语。

"红药阑边携素手，暖语浓于
酒"，此二句承"春尴尬"而来，点明烦恼之由。"红药"，即芍药，"红药阑"
即古诗词中常提及的芍药栏，药栏，亦泛指花栏。最早见于南朝梁庾肩吾《和竹斋》:
"向岭分花径，随阶转药栏"。南宋赵长卿《长相思》中有:"药栏东，药栏西，
记得当时素手时"。《牡丹亭》里也有:"转过那芍药栏前"。

这两句是缅怀当初两人幽会情景:犹记那日，在开满殷红芍药的阑边，他携
起了她的素手，而她也不避闪，温言软语，笑意满眸。这一切如今想来，令人动情，
亦使人伤感。

"盼到花铺似绣，却更比春前瘦"，结二句再转回写此时之情景与感受，盼
到花铺似绣，却仍不能相见，翻转之中更透过一层地表达出斯人独憔悴的情态，
苦恋的悲哀。

添字采桑子

闲愁似与斜阳约，红点苍苔，蛱蝶飞回。又是梧桐新绿影①，上阶来。

天涯望处音尘断②，花谢花开，懊恼离怀。空压钿筐③金缕绣，合欢鞋④。

赏析

等你，在夕阳下，在翩翩的蝶舞中。夕阳沉落，明月升起。

等你，在对影成三人的酒杯中。望断江南山色远，人不见，草连空。

等你不来。相思也成为一种伤害，爱也成了一道讳疾忌医的伤痕。

花谢，飘落一地忧伤。情到深处人孤独。

点评

这首词，写一闺中女子殷切盼望心爱的人由远方归来的情怀。词中对人物面貌举止着墨不多，对其内心活动的刻画和环境景物的描写却极深，极细致。

"闲愁似与斜阳约"，用笔极为精湛优美，一上来就给人以美的享受。写"闲愁"的句子，宋词里多如牛毛，名句就不可胜数，比如贺铸有"试问闲愁都几许？一川烟草，满城风絮，梅子黄时雨"，戴复古有"这一点闲愁，十年不断，恼乱春风"，李清照有"一种相思，两处闲愁"。容若的可贵之处在于，他写"闲愁"，能自铸别辞，尽脱前人窠臼："闲愁似与斜阳约"，不说正当愁绪满怀之时，偏又逢夕阳西下，而说愁情仿佛是与夕阳有约，一个"约"字就把闲愁写活了，一年三百六十五日，日日黄昏

①又是句：出自欧阳修《摸鱼儿》："卷绣帘、梧桐秋院落，一霎雨添新绿。"②天涯句：出自李白《忆秦娥》："咸阳古道音尘绝。"③空压：闲置。钿筐：有金银贝壳等镶嵌物的筐。④合欢鞋：绣有鸳鸯或鸾鸟的鞋子。

都有夕阳，那岂不是说日日黄昏，闺中人都有闲愁吗？容若这句"闲愁似与斜阳约"，可谓一空依傍，角度新颖，构思奇特。

"红点苍苔，蛱蝶飞回。又是梧桐新绿影，上阶来"，这四句是首句闲愁情怀的景物化。前两句谓粉红色的蛱蝶翩然飞来，落在了苍苔之上，远远望去似是红色装点了苍台。后两句是从欧阳修诗句"梧桐秋院落，一霎雨添新绿"（《摸鱼儿》）脱化而来，容若把"新绿"换成"绿影"，且将"梧桐""新绿"叠合成一个新的意象，化用前人诗句，天衣无缝，浑然一体。而"上阶来"一句，又把梧桐绿影活化了，给人以逗引春愁之感。

过片点明离愁。"天涯望处音尘断，花谢花开，懊恼离怀。""音尘断"，似是出自李白《忆秦娥》中"咸阳古道音尘绝"，添以"天涯望处"，更显远人音信杳无，闺中人引颈西望后的失望寂寞。"花谢花开"，化用韩偓《六言三首》诗句"半寒半暖正好，花开花谢相思"，意思是说花谢花开，盼了一年又一年，而远人仍未归来，于是懊恼离怀倍添于心。

"空压钿筐金缕绣，合欢鞋。"结尾二句，化离情为绮景，点明闺人心事。值得注意的是此处的"合欢鞋"。合欢鞋，既指鞋上所绣图案，又指制鞋工艺。图案，是指鞋上常绣有莲、藕、鸳鸯、鸾鸟等物；工艺，是说将两鞋帮并齐，依照图样用针绣透两帮而缝纳，完毕之后，再用刀自两帮间剖开，于是两鞋帮就有了相同的绒状花样，称为合欢绣。除此之外，合欢鞋还有另一说：双行双止，永不分离，并且"鞋"音近于"偕"，所以"凡娶妇之家，先下丝麻鞋一两，取和谐之义"（《中华古今注》卷中）。比如王涣《惆怅诗》："薄幸檀郎断芳信，惊嗟犹梦合欢鞋"。容若这两句说的是，远人不归，闺中人所制合欢鞋无人穿用，只能闲置在筐箧之中。词人并未直接诉陈怀人之语，而是借景于合欢鞋以曲折说之，使词意婉转层深，独具韵致。

荷叶杯

帘卷落花如雪。烟月。谁在小红亭。玉钗敲竹乍闻声，风影[1]略分明。

化作彩云[2]飞去。何处。不隔枕函[3]边。一声将息[4]晓寒天，断肠又今年。

赏析

心爱的女子，她知道，这是你寂寞不安的表示……

你爱月夜访竹，问竹，清洁如许，可有愁心，可愿共人知？

她听出来了，你是在寻觅一位红颜知己。其实，她就是一竿冰清玉洁的翠竹。种在你的屋前，朝夕看着你，守住你。

在落花如雪的月夜里，朦朦胧胧中，你又看到了她立在小红亭边绰绰的身影。又仿佛听到了几声玉钗轻敲翠竹的声音。

是她回来了吗？踏着溶溶烟月而归，不改昔日的风貌？只是一瞬的回眸，伊人已化作彩云飞。从此，心如黄河九曲。往昔的珍重，便成了今日的断肠。

点评

此篇是怀念妻子卢氏之作，浮想联翩，颇有浪漫特色。

上阕写梦中幻景，别饶风致。"帘卷落花如雪。烟月。谁在小红亭。"在落花霏霏如雪的月夜里，朦朦胧胧的烟雨中，仿佛看到了妻子正亭立在小红亭里，身影历历，卓然可爱。

---

①风影：随风晃动之物影，这里指那人的身影。②彩云：心爱女子的代称。③枕函：枕头。④将息：珍重、保重。

"帘卷落花如雪"，将落花喻为雪花，凸显其轻盈、散漫之态，前人已有之，宋之问《寒食还陆浑别业》诗"洛阳城里花如雪，陆浑山中今始发"，王安石《钟山晚步》诗"小雨轻风落栋花，细红如雪点平沙"，似皆为其本。

接下一句，写词人仿佛听到了几声玉钗敲竹般的声响，"玉钗敲竹乍闻声"，此之空寂幽静，与高适《听张立本女吟》中"自把玉钗敲彻竹，清歌一曲月如霜"的意境颇似：一个纤弱女子，在皎皎月下，情不自禁地从发髻上拔下玉钗，敲着阶沿下的修竹，打着拍子，朗声

吟诵起来。以钗击节大约是唐宋以来文人歌吟的习惯，而本词中的那位"小红亭"里的女子，信手击竹，对月而吟，大概是求"知音赏"吧。知音者谁？当然是多情的词人了。

然而这毕竟是梦中情景，词人并非在揣度妻子心事，而是写他梦中的景象。"风影略分明"，正是言梦中妻子的身影不甚分明，影影绰绰，朦朦胧胧。整个上阕写梦中情事，活泼生动，风致嫣然。

下阕则由幻象转为奇想的描绘。"化作彩云飞去。何处"，"彩云"，是对心爱女子的代称，大约出自李白《宫中行乐词》中的"只愁歌舞散，化作彩云飞。"这句是说她的形影化作彩云飞逝了，然而飞往何处呢？词人并未作答，显得含吐不露，更为意蕴深藏。

接下又转而回到现实中来，直叙此时不能忘情的心境。"不隔枕函边"，意谓与她的枕边的情义总是隔不断的。最后二句，"一声将息晓寒天，断肠又今年"，"将息"，即珍重、保重，宋谢逸《柳梢青·离别》词有"香肩轻拍。尊前忍听，一声将息"，容若此处是用当年曾有过的嘱咐珍重的情景，和此际无限伤感之语做对比，凄情苦况尽在其中，令人凄然惘然。

荷叶杯

　　知己一人谁是？已矣。赢得误他生[1]。有情终古似无情，别语悔分明。

　　莫道芳时[2]易度，朝暮。珍重好花天[3]。为伊指点再来缘[4]，疏雨洗遗钿[5]。

赏析

　　终于，你等到了。高山流水遇知音。她是那么冰雪聪明。吹花嚼蕊弄冰弦，赌书消得泼茶香。真真神仙眷侣。然而，那一支高山流水曲，还未来得及演绎，知音便已去。

　　你伤心至极，醒也无聊，醉也无聊。梦好也难留，真个残忍。黄泉碧落，你恨不能随她而去。

　　只是高堂在上，幼子在下，你有你的责任。真爱已矣。只向从前悔薄情。天上人间，从此眉不展。

点评

　　这是一首怀念亡妻的小词，凄婉哀怨，动人心魄。"知己一人谁是？已矣。"词发端显旨，开头径直道出"知己"二字，点明了卢氏对自己无可替代的重要正在于相知相许，琴瑟相得，这一定位在悼亡词中显得格外珍贵动人。然而，这样一位知己竟

①他生：犹来生。②芳时：花开时节，即良辰美景之时。③好花天：指美好的花开季节。④再来缘：来世的姻缘，用韦皋、韩玉箫事。⑤钿：指用金、银、玉、贝等镶饰的器物。这里代亡妇的遗物。

然猝然离世，凄然归天，令人恨然心痛。"已矣"一句，虽只有两字，但是笔力千钧，直抒伤痛之情，已是先声夺人。接下来"赢得误他生"，却笔锋勒马，由刚转柔，用情语铺叙。

"赢得"即落得，"他生"即来生，李商隐《马嵬》诗有"海外徒闻更九州，他生未卜此生休"，"误"即来生被误，属于正话反说，意思是今生遇见你，不可能有别的选择了，其实是指生死不渝。此篇前三句，连连转折，感情却层层升腾：

先说"知己一人"正是爱妻，接着倏然一句"已矣"，再接着一句说爱妻虽亡，但是两人情意至死不渝。

接下两句，"有情终古似无情，别语悔分明，"前一句化用杜牧《赠别》中诗句"多情却似总无情，惟觉樽前笑不成"，表达了对亡妻铭心刻骨的缅怀。"有情"，指双方本来就有真挚感情，此刻死别，更是思绪万端，黯然销魂。也许词人应当表现两人曾经缱绻缠绵的柔情，但实际上，却是默然与妻子亡魂相对，无以为语，所以说"终古似无情"。"终古"字强调，说明这是一种普遍现象。为什么"有情"反而似"无情"呢？这是因为，在死别的情绪高潮中，一般的言语和感情根本不足以充分表达深浓的怀念和追悼，而永别的伤感痛苦又使得词人近乎铁血心肠；也许是最多情的人反而会有这种漠然无情的表情。说"似"，又正道出这"无情"的表象下蕴藏着"有情"的实质。这"有情"与"无情"的矛盾统一绝妙地反衬出情之深刻，刻骨铭心。也正因为如此，才有了后一句的"别语悔分明"。按常理来说，词人思念卢氏，念及她对自己的温柔体贴，病体沉沉时尚不忘嘱咐自己千事万事，这些话事后想起来应该会非常分明，怎会言"悔"呢？其实，"别语悔分明"同"有情终古似无情"一样，都是一种错位的表达：词人后悔将别语记得太分明，是因为妻子千嘱咐、万叮咛之后，就飘然而逝，而一想起对自己的深情别语，他就痛不欲生。假若别语记得不是很分明，自己也就不会这么痛苦了。"别语悔分明"，淡淡一句，却蕴含极深，用情彻骨。

下阕，"莫道"三句，仍是抒发这剪不断的丝丝挂念，缕缕哀思。"莫道芳时易度，朝暮",意谓不要说良辰美景能轻易度过,我朝朝暮暮都忖念着你啊。既是"朝暮"思念,那么这良辰美景,也应是虚设了。那又为何要"珍重好花天",爱惜这美好的花开季节呢?这是因为要"为伊指点再来缘,疏雨洗遗钿",即要收拾好亡妻遗物,使她来生看见此物时,为她指点,让她能记起前生。

"为伊指点再来缘"一句,用的是韦皋、韩玉箫事。韦皋年轻时游历江夏,住于姜使君处教书。姜家有一婢女,名叫玉箫,年仅十岁,常往服侍韦皋,二人久而生情。后来韦皋因事离开,便和玉箫约定:少则五年,多则七年,一定回来接走玉箫。五年过去了,韦皋没有回来,玉箫总是在鹦鹉洲上默默祈祷,就这样又过了两年,到了第八年的春天,玉箫绝望了,悲伤之下,绝食而死。后来,韦皋出任蜀州,当时祖山人有少翁的法术,能使死者魂魄出现在人面前。韦皋见玉箫魂魄,就和她说,明日就托生,十二年后再为侍妾。

后来有一次,适逢韦皋诞日,东川卢尚书献一歌姬祝寿,年十二,名字就叫玉箫。于是韦皋唤她,发现就是以前的婢女玉箫。词人用此典故,是深感从前美满已成绝望,深痛知己的永诀,幻想再续前缘,深切感人。最后"疏雨洗遗钿"一句,清淡凄冷,有景有情,全词情意飞流直下,到这里收刹非但没有不妥,还恰到好处地催人泪下。

寻芳草 萧寺①记梦

客夜怎生②过？梦相伴、倚窗吟和③。薄嗔④伴笑道，若不是恁⑤凄凉，肯来么？

来去苦匆匆，准拟⑥待、晓钟敲破。乍偎人、一闪灯花堕，却对着琉璃火⑦。

赏析

这荒野古寺，鸦啼阵阵，远磬声声。这霜寒时候，西风断雁，萧萧落木。漂泊处谁相慰，谁知你冰霜摧折，壮怀都废？若不是恁凄凉，肯来么？

但她来。密语移灯，闲情枕臂。她来，烧灯时候，酒暖葡萄。她来，并吹红雨，同依斜阳。她来，被酒春睡重，赌书泼茶香。她来，纵不语，也依依。

你拥她在怀里，拥得更紧。在梦里，不愿醒来。

点评

这是一首记梦之作，表达了对所爱之人的深深思念和怨离之情。这首词的副标题为"萧寺纪梦"，所谓的萧寺便是指佛寺，纳兰寄宿佛寺，在佛门圣地，寂静暗思，不由得心生感叹。

首句以"客夜怎生过"提问和起，第二句以后便具体描述征人怎生度过孤眠之夜。客夜无聊，他一早便进入梦乡。在梦中，他回到家里，和妻子窗下联诗。鸾笺分韵，红袖添香，闺房之乐，甚于画眉。

他还见到，妻子对他"薄嗔伴笑"，怨他归来太晚，

---

①萧寺：泛指佛寺。②怎生：怎样。③吟和：吟诗唱和。④薄嗔：假意嗔怪。嗔（chēn），怒，生气。⑤恁：如此。⑥准拟：准备、打算。⑦琉璃火：指寺庙中的琉璃灯。

以为他只一心一意勤于王事，忘记她独守空房。这上阕的几句，把少年夫妻久别重聚的神态，写得跃然欲活。它简直使人感觉到，征人确已回到了妻子身边，共同度过了一个难忘的夜晚。

然而，那一晚回家，相聚的时间很短，天亮时又得匆匆离别。于是这一对会少离多的人，尽量俄延，打算等到"晓钟敲破"，没法再拖延下去时才肯分手。

到最后，分手时间真的到了，夫妻俩紧紧偎依在一起，情意缠绵，难分难舍，谁知道，那时灯花一闪，随即熄灭，他们也掉进了黑暗的深潭里。下阕这几句，感情真切，词人只约略点染了夫妻不肯分离的情景，便表现出他们之间感情的深厚。

词最后一句，"却对着琉璃火"，写得最为精彩。就在灯花一闪的刹那间，征人醒了。原来，在他眼前的灯，并不是那盏照着他们俩在依窗吟和的灯，而是借宿于萧寺里的"琉璃火"。

重聚的欢乐，离别的依恋，这一切，原来都是一场春梦。值得注意的是，琉璃佛火，在寂寞的殿堂里闪烁，分外使人感到虚无空幻。午夜梦回，征人对着它回味着梦里的悲欢离合，此中滋味，真不足为外人道。

这首词，从梦中重逢写到梦中再别。梦里重逢固然喜出望外；梦中分手，也还掺和着柔情蜜意，然而，作者酣畅地描写客夜梦境的缠绵，却在于表现自己在萧寺的荒凉，表现对妻子的无限思念。

南歌子

　　翠袖凝寒薄①，帘衣入夜空②。病容扶起月明中。惹得一丝残篆③，旧薰笼。

　　暗觉欢期过，遥知别恨同。疏花已是不禁风，那更夜深清露，湿愁红④。

赏析

　　因为你不在，以前我们一起时做的事，现在都惹得人伤心。你多么可恨，竟让我一人独自，看那清凉如水的月色。白色的月光下，镜中的我，脸色竟然也是这般苍白。不，我不要你看到我这般憔悴的模样。我一定要面若桃夭，唇如樱桃，巧笑倩兮，眉目流盼，看你归来。

　　夜已深了，你睡了吗？还是与我一样，独望残月呢？是否还记得，我为你点燃的熏笼味道？那时，你曾说，你喜欢这味道，因为这味道可以让你想起我。你若有一天远行，定要带它在身边才好。

　　你这样每晚因思念我而哭泣，生病了如何是好？愿托明月，将我对你的思念，送至你的身边。其实却也是不必的，因为你我的思念，早已穿越千里，到达对方身旁。其实我们一直都在一起，不曾分离。

点评

　　《南歌子》也名《水晶帘》《碧窗梦》等，都是很美的名字。原是唐教坊曲名，后用作词牌名。这阕《南歌子》，全从对方落笔，写她苦苦相思的情态，被人评为容若"哀感顽艳，得南唐二主之遗"的代表之一。

---

①凝寒：严寒。杜甫《佳人》诗："天寒翠袖薄，日暮倚修竹。"②帘衣：帘子。空：空寂。③残篆：将要燃尽的篆字形的香。④愁红：即惨绿愁红，指残花败叶。

　　首二句是说，入夜，帘幕里空空寂寂，他不在身旁，不免单寒凄冷。"翠袖凝寒薄"，系用杜甫诗《佳人》"天寒翠袖薄，日暮倚修竹"句意，杜诗写了一位为丈夫所遗弃的妇人自保贞节的德操品行。这里用以描摹女主人公不胜清寒之貌，同时暗示她离居的忧伤，和对远人一往情深的盼望。"帘衣入夜空"，帘衣，就是帘子，帘是用来隔开屋里屋外，似是人穿的衣裳，故曰。"空"既可以指帘内空寂，也可以指帘外空漠，总之是衬人离怀之语。此句，意境幽夐美妙，直叫人想起陆龟蒙的"画扇红弦相掩映，独看斜月下帘衣"：一位绝色女子，在月光之下，神色黯淡，思念归人。

　　"病容扶起月明中"，清凉如水的夜晚，一人独自，身难暖，心亦寒，更何况"病容扶起"？"病容扶起"，也就是扶病而起。想必是皎洁的月光下，她对镜自视，发现自己倏然憔悴许多，而此僝僽模样，她又不想让远人看到，所以辗转反思，难以成眠，于是只好"病容扶起"，看那如水月色了。

　　"惹得一丝残篆，旧薰笼"。夜已深了，篆香也将要燃尽，她还没有睡，独望残月后，她又凝视着旧时的薰笼，想起往日与他一起点燃熏笼的情景。"惹得"二字，精妙非常，似是说那淡白色的烟丝丝缭绕，分明是她对他的心，万般牵挂，不能割舍。

　　"暗觉欢期过，遥知别恨同"，下阕首二句终于点明离别相思的题旨了。二人的欢期已经过了，但即便分离已久，她仍然知道，恋人和自己一样，都在思念着对方。接下三句，"疏花已是不禁风，那更夜深清露，湿愁红。"表面意思是说，花朵已经稀疏冷落，不能禁受风吹，又怎么经得起夜深露重呢？于是经风著露，只落得个惨绿愁红。实际上，"疏花"是与上阕的"病容"相对应的，古人常有把女子比成花朵，以花朵经受风雨摧残喻女子青春易逝的写法，词人此处亦然。所以表面上谓花朵一片惨淡，实际上是说女子再也不能经受离愁别恨的折磨，否则就会憔悴红颜，身心交瘁，伤心彻骨。这最后三句，写花写人，一语双关，情韵宛然。

南歌子 古戍

古戍①饥乌集，荒城野雉飞。何年劫火②剩残灰，试看英雄碧血③，满龙堆④。

玉帐⑤空分垒，金笳⑥已罢吹。东风回首尽成非，不道兴亡命也，岂人为。

赏析

戍守的人已归了。留下，边地的残堡。一千八百年前的草原，如今，是沙丘一片……

百年前英雄系马的地方，百年前壮士磨剑的地方，这儿你黯然地卸了鞍。一切都老了，一切都抹上风沙的锈。

撩起沉重的黄昏，唤来守更的雁。趁着月色，做一个铿锵的梦。谁自人生来，要回人生去？古今成败，原是过眼云烟，创痛与悲戚最永恒。

---

①古戍：指古代将士守边的地方，一般有营垒、烽火台等设施。②劫火：佛家语，指世界毁灭时所起的大火，后亦借指灾火、兵火等。③碧血：指志士仁人所流的血。④龙堆：汉代西域地名，汉后诗文中代指北方边塞沙漠。④玉帐：军中将帅所居军帐的美称。⑥金笳：笳的美称。笳是古代北方民族的一种乐器，类似笛子。

点评

这首边塞词，不啻是一篇吊古战场文，悲凉慷慨。

首句即吸收李白《战城南》"乌鸢啄人肠，衔飞上挂枯树枝"和沈佺期《被试出塞》"饥乌啼旧垒，疲马恋空城"的诗意，表现了萧萧古戍、饥乌群集的惨切之景。次句，"荒城野雉飞"，是化用刘禹锡"麦秀空城野雉飞"句意，把古战场阴森怖栗的情景写得活灵活现。接下"何年"三句，颇有唐朝边塞诗的味道，但容若毕竟又不是岑参那类边塞诗人，唐时的边塞诗是荒凉中透出豪迈，容若却是豪迈转向了凄凉。"何年劫火剩残灰"，是哪一年的战乱造就了如今一切的皆似残灰？惨淡的历史已遥不可考，如今只有看英雄们当日的碧血，化作了这蛮荒的土色。"试看英雄碧血，满龙堆"，"碧血"，典出《庄子·外物》："人主莫不欲其臣之忠，而忠未必信，故伍员流于江，苌弘死于蜀，藏起血三年，而化为碧。"后来就把忠臣志士所流之血称为"碧血"。容若此处谓，君不见那些忠魂碧血，不管何方埋骨，到头来不都是付与这无边瀚海了吗？上阕，古戍、荒城、劫灰、碧血……组成的是一幅凄惨悲凉的大漠边城之景，奏响的是一曲旧堡败垒的苍凉沉郁悲歌。

下阕前两句承接上阕，继续铺写古战场萧然之景。"玉帐空分垒，金笳已罢吹"，军中将帅的军帐再也不能分开营垒，悲咽的金笳也已永远停吹了。"空分""已罢"，四字写出昔景的黯然难以淹留。既然古战场遗下了残灰，遗下了英雄的战骨，玉帐成空，金笳已罢，那就说明厮杀斗争，恩仇荣辱，一切都成过去，于是，词人不禁废然道："东风回首尽成非，不道兴亡命也，岂人为"。"东风回首"，出自李煜《虞美人》词"小楼昨夜又东风，故国不堪回首月明中"，此处是说如今回首前朝往事，但觉物是人非，事事皆休。所以，词人最终感言，兴亡之理，不在人为，而在乎天命，遂见纳兰词哀伤风骨。——在那片八旗子弟抛头颅、洒热血的战场上，容若既不缅怀"开国英雄"的功烈，更不悲歌慷慨，从中吸取振奋精神的力量，却在那里冷冷清清忧忧戚戚地寻寻觅觅。这种行径，还真颇有点"不肖子孙"的意味。

秋千索

药阑携手销魂侣①，争不记看承人处②。除向东风诉此情，奈竟日春无语。

悠扬③扑尽风前絮，又百五韶光④难住。满地梨花似去年，却多了廉纤雨⑤。

赏析

当年，虹是湿了的小路，月的足迹深深，美人的足迹深深。那个男子柔柔地牵着，心爱之人的纤纤素手，一步一吻地，在那药栏之畔流连，流连。慢慢步远，身旁星群散了。

再回首，男子两袖空空，美人被一朵柳絮带走。东风不起，相思的心花不开。往事如寂寞空城。唯有梨花，忆起雨后的故事。忆起凋零。

点评

这是一首怀人之作，至于写给哪位红颜，难以考证，我们只将其作为一首爱情词看待。

上阕侧重写孤寂之情。"药阑携手销魂侣，争不记看承人处"，当年曾与心爱的人携手款步在园亭中药栏之畔，虽然现在已时过境迁，但又怎能不记起当时特

---

①药阑：芍药花的围栏，也泛指一般花栏。销魂：极度的悲愁或欢乐。②争：怎。看承：特别看待。③悠扬：飘扬。④百五韶光：清明前后的美好春光。百五，寒食节，即清明前二日，因从冬至到寒食日共一百零五，故称。⑤廉纤雨：毛毛细雨。

意相迎相会的情景呢？此二句写对往日欢会的追忆，珠玑情深，字字流连，比如"携手""销魂""争不记""看承"都是浓语。当然浓语蕴浓情，那这一腔如醇酒一般的深情厚谊，伊人不在，都付与谁呢？"除向东风诉此情，奈竟日春无语"，意思是除了向春风诉说以外，真是别无选择。然而令人无可奈何的是东风不起，春天整日不作一语，如此不解人意。显然，此处作者把春天拟人化了，既指自然界之景观，又含社会之人事，颇似于朱淑真的"把酒送春春不语，黄昏欲下潇潇雨"，把主客双方的不同情意和心态共织于一体，显出艺术的涵蕴美。

下阕着重写景，景中含情。"悠扬扑尽风前絮"，词人鹄望的东风终于来了，但却不是倾听他的哀诉，而是吹起柳絮飘扬，四处飞舞。古代，杨柳飞絮是暮春的使者，而此处说"扑尽风前絮"，一"尽"字，道出了柳絮全被春风吹去后春也将尽的隐隐惆怅与怜惜。而这时候，又正是清明寒食时节，此时春色最浓，却是将残之候，所以清明前后的美好春光总是难以驻留。"又百五韶光难住"，一个"又"字，惜春怀人的怅惘之情又叠加层。接下一句，承前句"风前絮""韶光"，谓柳絮、梨花依然如昔，但伊人却踪影难觅，遂不胜悲怆。"满地梨花似去年"，化用刘方平《春怨》"寂寞空庭春欲晚，梨花满地不开门"，将"不开门"三字替换为"似去年"，词句遂由表现失落女子青春已逝的凋零之感转为表现风景依稀，犹似昔年，而人事已非的伤怀情绪。结句用"却多了廉纤雨"收束，谓天公不作美，廉纤的细雨又沾湿了满地的梨花，令人难以为怀，更平添了含婉幽伤的情韵。

忆江南 宿双林禅院有感

　　心灰尽、有发未全僧。风雨消磨生死别，似曾相识只孤檠①，情在不能醒。

　　摇落后，清吹②那堪听。淅沥暗飘金井③叶，乍闻风定又钟声，薄福荐倾城④。

赏析

　　此恨何时已？萦绕于心头的痛，是前生而来的无奈，是生死两茫茫的凄凉。

　　为何依旧不能忘记，夕阳西下后蓦然的回首？为何仍然记起，如梦似梦里，伊人端坐画眉的样子？何不喝了孟婆汤？何不从此萧郎是路人？

　　忘记霓裳舞，忘记琵琶弦，把前尘往事里的久远的感动，尽力地忘记掉。可梦寐思之，琵琶弦上，还在空寂的房间里说着相思。

　　相思的缘，仍在这样的月夜里，引了柔肠千转，惹了灯花同落。衣上泪痕，诗里字，点点行，总是相思意。

　　心记得那久远的微笑，那含泪的别离里是不能忘记的永远。情在不能醒。索性多情，索性多情。

点评

　　这是一篇悲悼卢氏的悼亡词。卢氏于康熙十六年（1677）五月去世后，直到康熙十七年（1678）七月才葬于皂荚屯纳兰祖坟，其间灵柩暂置于双林寺禅院一年有余。

　　容若在这一年多时间里，不时入双林寺守灵，写下了

①孤檠：指孤灯。檠，灯架。②清吹：北方风俗，夜间在亡者灵前奏乐。③金井：井栏上有雕饰之井。④薄福：薄福之人，作者自称。荐：祭献，使僧人念经以超度亡灵。倾城：美女，此处代指亡妻。

多首悼亡词。

除这篇外，还有《忆江南》（挑灯坐）、《寻芳草·萧寺记梦》、《青衫湿·悼亡》和《清平乐》（麝烟深漾）。此阕《忆江南·宿双林禅院有感》，哀感凄绝，词人心灰意冷之情，历历溢于言表。

"心灰尽、有发未全僧"，劈头就表述心曲：如今已是心如死灰，除了蓄发之外，似乎与僧人无异了。

"有发未全僧"，出自陆游《衰病有感》"在家元是客，有发亦如僧"。陆放翁是国仇家恨，郁郁于心，千回百折，遂有万事聚灰之感，所以是"有发亦如僧"；容若纵然槁木死灰，然而仍是不能忘情于卢氏，所以是"未全僧"。但何以如此呢？"风雨消磨生死别"，只缘与所爱者作了"生死别"，而风雨凄厉，无情地消磨着伤心的岁月。如今，昔欢成非，似曾相识的也只有这盏孤灯，相伴在凄苦的夜晚。

"似曾相识只孤檠"，这句不禁让人想到白居易的"同是天涯沦落人，相逢何必曾相识"，然而乐天罹厄贬官，还可以听琵琶曲暗抒幽怀，与琵琶女互相同情，互诉衷肠，然而容若只今唯有独对"只孤檠"，可以从中找寻几许旧日踪迹，却始终不能从痛苦中解脱出来。

"情在不能醒"，一句于执迷中道破天机：不是不想自拔，而是人在情中，"心似千丝网，中有千千结"，不能由己。

卢氏的确是已经不在人世了，可是他不敢相信，不愿相信，然而事实竟又是如此残忍冷酷地摆在他面前。"摇落后，清吹那堪听"，她的逝去像花朵一样凋零，夜间在她灵前的奏乐声，凄清难以听闻。

"淅沥暗飘金井叶，乍闻风定又钟声"，淅沥的风雨中，寂寂的金井旁，梧桐树叶，怅然飘落满地；好不容易风声初定，寺庙凄冷清凉的钟声复又敲响，于是薄福之人叫来僧侣，让他们念经以超度妻子的亡魂……"薄福荐倾城"，凄艳至极，沉痛至极。

浪淘沙

紫玉拨寒灰，心字全非①。疏帘犹是隔年垂，半卷夕阳红雨②入，燕子来时。

回首碧云西，多少心期③。短长亭外短长堤。百尺游丝④千里梦，无限凄迷。

赏析

深夜时分，你径自取来一段红烛，红如牵绊人一生的缱绻缠绵。你伸出纤细白皙的手指，一笔一画地刻上缘字。缘，铭刻在三生石映照的前世今生中，被时光风干成绮丽的传说，嵌在他的灵魂。很美，不是吗？

你刻意地把那缘字对向他，点燃。等它化作一池红泪，等缘，四散成空。即便缘灭，你依旧执拗地，不想放手。可心呢？非要等到死，才是罢休么。

悲欢离合总无情，一任阶前，点滴到天明。天涯路，已望断。他仍未归来。熏香里那一个心字，早已全非。留不住，真的留不住。才发现所有的心愿，全都枉费，已成灰。

点评

本篇采用从对方落笔的手法，写春怨，写闺中少妇寂寞无聊，伤春伤情的情状。

上阕写她在室内百无聊赖的情景。"紫玉拨寒灰，心字全非"，"紫玉"即紫玉钗，"寒灰"即心字香烧完之后的冷灰，亦可喻指心如死灰。"心字"就是心字香烧

---

① 紫玉二句：紫玉，指紫玉钗。心字，即心字香。见《梦江南》（昏鸦尽）注④。②红雨：比喻落花。③心期：心愿、心意。见《浣溪沙》（五字诗中目乍成）注④。④游丝：飘着的蛛丝。

完之后灰烬落在地上构成心字的形状。此句谓只见她拿着紫玉钗拨弄心香的灰烬，把原本那好端端的一个心字模样全都拨弄乱了。

"疏帘犹是隔年垂"，再看那竹帘，自从去年垂下之后就再也没有动过。"隔年"，一般用作"下一年""明年"之义，但也可用作"去年"，比如贺铸《定风波》"露萼鲜浓妆脸靓。相映。隔年情事此门中，粉面不知何处在。无奈，武陵流水卷春空"。联系上下文，便知此处"隔年"当是去年之意。

"半卷夕阳红雨入，燕子来时"，红雨并非红色的雨，而是纷飞的落花，如果用动词来表达，就是"落红如雨"。"半卷夕阳"，"半卷"是承接上一句"疏帘犹是隔年垂"而来，是说这位女子把那垂了很久的帘子半卷了起来，马上便透进了夕阳，也飘进了纷纷的落花。"燕子来时"作为上阕的结语非常巧妙，似乎平淡无奇，但一经思虑，却别有一番滋味，似言燕子来了人却没来，似是在思念着谁。

"回首碧云西，多少心期"，下阕起头，开始转写她所见的室外景象。"心期"即心愿，从上阕看到燕子飞来，转而"回首碧云西"，以"碧云西"来感叹"心期"，自见几分渺茫和惆怅。心期或许在盼着那人能与燕子一同归来，却望断碧云，渺茫无极。

"短长亭外短长堤"，"短长亭外"，为诗词语言，盖为两义：一是送别，二是思归。容若这句是化自宋谭宣子《江城子》"短长亭外短长桥"，只把"桥"字换成了"堤"，大约是押韵之故。

末句"百尺游丝千里梦，无限凄迷"，"游丝"是飘荡的蛛丝，比喻意象就是心思，比如李商隐"几时心绪浑无事，得及游丝百尺长"。游丝长，就是心绪无聊；游丝乱，就是心绪乱。

那么在此，心绪的无聊纷乱，又是何为？答案就在"千里梦"里——思念远人。思而不得，无限凄迷。结句"无限凄迷"与发端之"心字全非"相呼应，通篇情景浑融，凄迷动人。

浪淘沙

夜雨做成秋，恰上心头[①]。教他珍重护风流。端的[②]为谁添病也，更为谁羞？

密意未曾休，密愿难酬。珠帘四卷[③]月当楼。暗忆欢期真似梦，梦也须留。

赏析

与秋雨有约的女子，在这萧瑟时节，你是为了谁害了那相思之病，又是为了谁而红晕满颊？

相爱的时候，满天的星，颗颗都是永远的春花；遍地的花影，簇簇都是永远的秋月。

可厮守一生的心愿，却遥如高楼缥缈的歌声。月光下，参差的往昔情事，暗忆如流水。你的寂寞，你的美。蝶飞如梦，梦飞如蝶。

点评

这首词描写一个思念情人的女子，以该女子的口吻诉说自己的心事。笔势灵动，自然流美。首二句谓夜雨过后，天气乍凉，带来秋意，引起人心中的愁思。

"夜雨做成秋，恰上心头"，脱胎于宋吴文英《唐多令》词"何处合成愁，离人心上秋"。"心"字上面加"秋"字，成为"愁"字，是汉语特有的文字结构手法，又近于字谜游戏。然而在词意的表达上，似乎是信手拈来，涉笔成趣，毫无造作之嫌，

---

① 夜雨二句："秋"上"心"头，为"愁"字。②端的：究竟、到底。③珠帘四卷：谓楼阁四面的珠帘卷起。

且紧扣主题秋思离愁。

"教他珍重护风流","他"指夜雨,意谓希望夜雨能好好地保护人间的美好事物,不要给人带来烦忧。那词人为何会有此语?——因为她已染病憔悴,不能再经风着雨。

"端的为谁添病也,更为谁羞?",二句写自己目前之心情,用"为谁"提问,其实自己心里明白。如果直接道出,就如元稹《会真记》里崔莺莺诗:"不为旁人羞不起,为郎憔悴却羞郎",谓不是为了旁人,就是为了你,我才一身憔悴一身病,羞于相见呀!

下阕,"密意未曾休,密愿难酬",慨叹自己的情意尚未了结,心中的愿望又难以实现,唯有在夜雨过后,皓月当空之时,卷起帘子,对月沉思。"珠帘四卷月当楼",化用杜牧《怀钟陵旧游四首》"一声明月采莲女,四面朱楼卷画帘",插入"珠帘""月""楼"之景语,使词意变得比较舒徐,有顿挫。

最后二句写对往日的回忆。"暗忆欢期真似梦,梦也须留。"此时想起过去的恩爱,恍如南柯一梦。但即使是梦,也值得珍惜。一片痴情,怨而不怒,深得诗教温柔敦厚之旨。

浪淘沙

　　野宿近荒城，砧杵①无声。月低霜重莫闲行，过尽征鸿书未寄，梦又难凭。

　　身世等浮萍，病为愁成。寒宵一片枕前冰②，料得绮窗③孤睡觉，一倍关情④。

赏析

　　十年踪迹十年心。如今，身在荒城。眉间心上，无计相回避的思念，如影随形。

　　寸寸柔肠，盈盈粉泪，你焉能不知生如浮萍，愁多成病？奈何青鸟不传云外信，家乡的断肠花开也未？此刻的她，独自睡去，寂寞吗？

　　想了一生，念了一生，痴了一生的那个女子，仍然是烙在你胸口的最深的伤痕。

点评

　　此为塞上思闺之作，抒发对妻子的相思相念之情。

　　上阕由描述野宿孤寂入手。"野宿近荒城，砧杵无声"，词人在野外过夜，靠近

---

①砧杵（zhēn chǔ）：捣衣石和棒槌。亦指捣衣。②寒宵句：谓寒夜无眠，枕边一片冰冷凄清。③绮窗：饰有彩色雕画之窗，代指闺人、思妇。④一倍关情：更加倍地牵动情怀了。

一座萧然荒凉的古城，因远离故园，所以听不见砧杵声声。"砧杵"，是捣制寒衣用的垫石和棒槌。这里指捣衣时砧杵相击发出的声音。在古诗词中，砧杵常用以代指闺中人为征人制寒衣，故砧杵之声寓有思妇之怨，或寓有征人思妇之意。如乐府诗《子夜四时歌·秋歌》："佳人理寒服，万结砧杵劳。"韦应物《登楼寄王卿》："数家砧杵秋山下，一郡荆榛寒雨中。"此处，词人因寄身塞外，宿于荒城，远离住家，所以言"砧杵无声"。但"此处无声胜有声"，砧声虽无，思家之心却有。所以，词人紧接着说"月低霜重莫闲行"，意谓寒月低沉，霜露渐重，切莫独自悄然缓行。"莫闲行"不是说"不闲行"，而是说因思家难耐出来闲步后发现"月低霜重"，已倍添闺愁，所以就告诫自己不要再"闲行"了。

"过尽征鸿书未寄，梦又难凭。"歇拍前一句化用宋赵闻礼《鱼游春水》"过尽征鸿知几许，不寄萧娘书一纸"，谓好久未有收到家中妻子的来信；后一句翻用唐毛文锡《更漏子》"人不见，梦难凭，红纱一点灯"，谓音讯不见，想索之于梦以求慰藉，但是梦又难以依靠。"梦又难凭"，一"又"字，顿显沉吟至此的无限怅惘之情。

下阕推开去写身世之感。"身世等浮萍，病为愁成"。身世，指人的经历和遭遇。南朝鲍照《游思赋》："抚身事而识苦，念亲爱而知乐。"此句系用与韦庄《东吴生相遇》："十年身事各如萍，白首相逢泪满缨"，用随风漂泊的水上浮萍，刻画了自己多年来趁波逐浪、流离失所的身世和此刻的凄清孤独、愁苦成病。

容若毕竟是至情至性之男子，并非一味地自遣幽怨愁苦，而是想到自己身为一堂堂男子，如今都被别离所伤，"病为愁成"，那家中娇弱的妻子又何以堪？她一定是寒夜无眠，清晨起来，枕边泪水也凝成寒冰，而一想到她独自绮窗孤眠，他的满腔柔情就更加倍地牵惹起来。"寒宵一片枕前冰，料得绮窗孤睡觉，一倍关情"，这后三句转为从对方写来，料想此时闺中的妻子更会伤情动感，这就加倍地表达出相思的恨怨之情。

浪淘沙

　　闷自剔残灯，暗雨空庭。潇潇已是不堪听，那更西风偏著意，做尽秋声①。

　　城柝②已三更，欲睡还醒。薄寒中夜③掩银屏，曾染戒香④消俗念，莫又多情。

赏析

　　一夜，又是一个一夜，无数个一夜。你不管红尘，只管剪掉凋残的灯花。但你剪不掉的是愁，篁纹灯影，青绫湿透。

　　篆香清焚中，你想安放一下自己备受多情磨折的心。曾染戒香消俗念，怎又多情？你如此诘问自己。哪里知道，多情种子，乍一相逢，已是"风波狭路倍怜卿"。

　　一个眼神交接，亦是教你辗转反侧，心事费相猜。自古多情空余恨，好梦最易醒。为何你仍然放不下？是还爱着，还是伤得不够深……

点评

　　本就多情的容若，偏要无情起来，结果仍是陷入多情的烦恼之中。此篇即写这种矛盾的心情，给词人倍添的愁苦。

　　首句，"闷自剔残灯，暗雨空庭"，且不管因为何事而心情愁闷，只顾剔掉残余的灯花，把灯拨亮，听闻幽暗的夜雨打在空寂的庭院。"闷自剔残灯"，这句的落脚点不在"剔"字（剪剔灯芯的动作），而在"自"字。"自"字是体现词人心绪的，

---

①那更二句：那更，犹云况更，兼之。著意，犹专意、用心。秋声，万木零落之声。②柝（tuò）：梆子，巡夜时敲击以报时。③薄寒：逼迫的寒气。薄，迫也。中夜：半夜。④戒香：佛教说戒时所点燃之香。这里以戒香代指超脱尘世烦恼的忘机之意。

谓千般事、万种情，皆都不管，只管自己剔着自己的"残灯"，是一种索寞无绪的心情。

"潇潇已是不堪听"，"潇潇"，承"暗雨"而来，意思是疾风暴雨的声音。如《诗经·郑风·风雨》："风雨潇潇，鸡鸣。"因为心中颇不自聊，所以一听见洪霖疾雨，就愁绪纷纭，不能禁受。而这时，西风又偏偏送来秋声，似是专门增添愁人懊绪。

"那更西风偏著意，做尽秋声"，这两句由初稿"那更西风不解意，又做秋声"锤炼而成的。"不解意"而做"秋声"，秋风原无心欺人，这是客观描写，显得意浅。改为"偏著意"而做"秋声"后，西风是有意作虐，这是主观描写，所以意深，并且又加一"尽"字，更见恣肆至极。

下阕言明时间已至三更，而词人仍是难以安寝。"城柝已三更，欲睡还醒"，"城柝"指城上的打更声。"欲睡"将睡未睡，有睡意，但是睡不着，所以"还醒"。

当然词人难以成眠，除了愁情萦心之由，还因为天气的寒冷，即"薄寒中夜掩银屏"，"薄寒"，指逼迫的寒气，源自宋玉《九辩》"憯悽增欷兮，薄寒之中人"。这句是说半夜寒凉袭人，遂将屏风紧掩。"曾染戒香消俗念，莫又多情"，末二句作告诫之辞。诗人自悔多情，想从中自救，故"曾染戒香"去消解之。但秋夜秋声却偏偏又触动了他的多情。

本来是多情，偏要学无情，结果仍是陷入多情的烦恼中，如此矛盾的心情，又使诗人平添了更多的愁苦。此翻转层进的表达之法，使所要抒发的感情更加深透，更能启人联想。

浪淘沙

　　清镜上朝云①，宿篆犹薰，一春双袂尽啼痕。那更夜来山枕侧②，又梦归人。

　　花底病中身，懒约溅裙③，待寻闲事度佳辰。绣榻重开添几线，寂掩重门。

赏析

　　清晨，夜来香还眠着，他旧时的味道。入梦的伊人，已经醒来。然而，天涯无归客，何以烟雨梦归人？

　　窗外，梨花已经飘零一地。窗内，她泪眼蒙蒙，晚风中对着枝头最后一束，喃喃哀求，留住！留住！可否？可否？

　　日夜思君不见君，共饮长江水。黄昏，看那缥缈的云，仿佛是遥遥无期的音讯。

点评

　　此篇是借女子伤春伤离写作者之离恨。

　　词由景起，"清镜上朝云，宿篆犹薰"，清晨，朝云映到明镜里，夜来焚烧的篆香还未燃尽。说"清镜"，谓"朝云"，都说明主人公应该是一闺中女子。所以，接下一句，"一春双袂尽啼痕。""袂"，指衣袖；"啼痕"，即泪痕。此句似是由韦庄《小重山》"罗衣湿，红袂有啼痕"和顾夐《虞美人》"画罗红袂有啼痕"化出，添一"尽"字，以突出泪水之多，愁怨之炽，心伤之甚。本来啼痕满袖，已经是泪干肠断，够伤心的了，可又兼以夜来孤眠，无人于枕侧相伴的孤苦清寥，该如何消受？而孤眠无梦也罢，偏偏又梦见了归人，此之千愁万怨的郁郁之怀，千回百转，翻转折进，又叫人怎么忍受？

---

①清镜二句：清镜，明镜。宿篆，夜来点燃的篆香。②山枕：枕头。③溅裙：化指情人或某女子，这里指女伴。

　　所以，下阕起首就说："花底病中身"。终于病了，为愁，为离，为伤，为梦而染病了。病中的她，懒散倦怠地站在花底，再也不想与女伴相约了。只有"待寻闲事度佳辰"。纵有良辰美景，无人相伴，愁绪难解，一"闲"字点出她的寂寞难耐。末二句，"绣榻重开添几线，寂掩重门"，"绣榻"句，用的是添线之典。据《岁时记》，魏晋时，宫人用红线量太阳的影子，冬至后，太阳的影子就会添长一线。此处言"添几线"，意谓已经过了好几年了。"寂掩重门"，戴叔伦《春怨》诗中有"金鸭香消欲断魂，梨花春雨掩重门"，用黄昏时雨打梨花的景象，衬托了一位深怀相思之情的女子的孤寂的心态，容若此句似是由此化出。这两句是说，不是不想二人相携，畅叙幽情，而是一别就是几年，实在无法相聚啊！如今唯有寂寞地关上一层又一层的门，空怀相思了。词于平实率直中见真婉深致，且不乏情韵流漾。

鹧鸪天

　　冷露无声夜欲阑①，栖鸦不定朔风寒，生憎画鼓②楼头急，不放征人梦里还。

　　秋淡淡，月弯弯，无人起向月中看。明朝匹马相思处，如隔千山与万山。

赏析

　　一望无际的大草原，那是胡马的故乡。空空无痕的碧云天，那是大雁的旧居。

　　那么，征人的故乡在哪里？当年送别他的人，如今可好？

　　当年事依稀犹记，可当年人却再也无缘重逢……

　　也许，记起了杨柳岸边，和风的细语。以为会天长地久，可杨柳是别离的情绪。

　　也许，记起了花前月下，夜色的柔和。以为时光就此定格，但月总有阴晴圆缺。

　　那些日子都已过去。如今，别君只有相思梦，遮没千山与万山。如今，只有淡淡的秋、弯弯的月。只有以千山万山为脚。思念的时候，就往故乡的方向，一步一步地挪移。

点评

　　这篇亦是写征人对闺中妻子的相思之情，清丽空灵，明白如话。

　　起首两句，"冷露无声夜欲阑，栖鸦不

---

①阑：将尽。②生憎：甚憎。画鼓：饰有彩画之鼓。此处指更鼓。

定朔风寒"，化用唐王建《十五夜望月寄杜郎中》"中庭地白树栖鸦，冷露无声湿桂花"写塞上早寒。寒夜将尽，于夜深时分悄然暗凝的露水，此刻寂然无声；北风凛冽，把已经栖息的乌鸦吹得惊飞不定。这两句，一静一动，与词人颇难平静的心境暗合。

"生憎画鼓楼头急，不放征人梦里还"，这两句顿然打破首二句动静之间的平衡，呈现出一种焦躁不安，令人着恼的气氛。"生憎画鼓楼头急"系用辛弃疾《鹧鸪天》"只愁画角楼头起，急管哀弦次第催"，谓可憎的画鼓偏又楼头急响，声声恼人，令征人无法入梦还乡。"不放征人梦里还"，"征人"显然是词人自指。"不放"，即不让，宋词里有"守定花枝，不放花零落"的诗句。此处用"不放"形容急骤的画鼓声，似是说这鼓声急如行军，能将人的梦魂擒住，不让其归家与妻子团聚。如此寒夜，画鼓扰人，有梦难回，于是懊恼惆怅，个中况味，实在是可想而知。

过片拈出秋，点出月，进一步绘景并烘托氛围。"秋淡淡，月弯弯"，"淡淡"，原作澹澹，谓颜色淡，不浓。比如李煜有"澹澹衫儿薄薄罗"，唐元稹有"款款春风澹澹云"。"澹澹"二字，一个用以形容衫儿，一个用以描绘春风，都是清雅妍美，美不胜收。

容若是"秋淡淡"，但秋乃一抽象词汇，不像衫、云那样具体，怎能以"淡淡"形容呢？实际上，秋"淡淡"，是指秋天那种淡淡的气息、氛围，与后面的"月弯弯"形成相互关照的关系，共同衬托词人内心深重的思念。后面一句"无人起向月中看"，也不是说真的无有一人看月，而是说除了自己一人以外，再也没有谁起身在月光下凝望，从而突出了他的孤独寂寞、凄清伤感。

结尾两句"明朝匹马相思处，如隔千山与万山"，化用岑参《原头送范侍御》诗"别君只有相思梦，莫遮千山与万山"，出之于虚笔，料想明朝更会越行越远，归程阻隔，相思更烈，归思难收了。

于中好

别绪如丝睡不成，那堪孤枕梦边城。因听紫塞[①]三更雨，却忆红楼[②]半夜灯。

书郑重[③]，恨分明，天将愁味酿多情。起来呵手封题处[④]，偏到鸳鸯两字冰。

赏析

人间销魂是离别。冬天的边城，形单影孤的你，没有月夜一帘幽梦，没有春风十里柔情。只有，被离别的刀锋划伤的伤痕。

窗外，塞上的冷雨萧萧。远在家中的她，可是孤灯痴痴地想你？

---

①紫塞：边塞。②红楼：见《减字木兰花·新月》注⑤。③书郑重两句：唐李商隐《无题》诗："锦长书郑重，眉细恨分明。"④呵手：天寒时呵气暖手。封题处：书札的封口签押处。

书已成，却是那么的沉重。你已厌倦漂泊，甚至思念，都已不是一杯对饮的酒。今夜好冷，你的双唇已经冻僵，再也不能以吻封缄。天水一方，相见遥遥，一寸柔肠情几许？

点 评

此篇所写，仍是思念。词人出使塞上而依然魂牵梦绕着闺人，他对妻子的忠爱可谓铭心刻骨了。

首句"别绪如丝睡不成"，化自梅尧臣"别绪如丝乱"，别后情怀最难堪，寤寐思服，辗转反侧，但这还不算最难过。最难过的是"那堪孤枕梦边城"，孤零零地躺着，在"梦边城"。此处"梦边城"，殊为难解，按照常规的句法，这应该是说"梦见边城"，但联系后文，这里却应该是"梦于边城"。容若此刻正在边塞公干，孤枕难眠。

"因听紫塞三更雨，却忆红楼半夜灯。""紫塞"，即边塞，语出鲍照《芜城赋》："北走紫塞雁门。"紫塞原本应该实有其地，就在雁门关附近，但后来便被诗人们用来泛指边塞了。"红楼"，指华美的楼阁，如苏轼《水龙吟》："小舟横截春江，卧看翠壁红楼起。"这里代指家中的楼阁。这两句谓沉沉寒夜里，听着边塞的雨声，不知为何，心却回到了家乡，回到了妻子的红楼，看着楼上白色的窗帘微微透出浅黄的灯光。夜深了，她还没睡，她一定也在想念我吧？

下阕"书郑重，恨分明"，化用李商隐"锦长书郑重，眉细恨分明"。李商隐的原诗是一首《无题》："照梁初有情，出水旧知名。裙衩芙蓉小，钗茸翡翠轻。锦长书郑重，眉细恨分明。

莫近弹棋局，中心最不平。"这首诗的背景是李商隐新婚不久之后，在仕宦旅途上遭遇了不公正的待遇。诗的前四句是描写妻子王氏之美，后四句很传神地写出了妻子对自己的深切关心以及为自己所遭受的不公的愤愤不平。容若截取"书郑重""恨分明"二语，语义有些让人迷惑，大概容若是要把我们引向李商隐的原诗也说不定。至于引到李商隐原诗的哪一步，甚为难说，也许只是引到"妻子对丈夫的关切和命运与共"这一层；也许容若仅仅是断章取义，是说自己正在给她写信，写得郑重其事，相思之恨也甚是分明；也许这个"书"是指自己收到的书，"恨"是指书信里的恨；也许，还有更深的什么含义……但无论如何，这又属于"如鱼饮水，冷暖自知"的事了。

接下来"天将愁味酿多情"，真是无限多情的一笔，把"愁"和"多情"用"天"关联了起来，是说"愁"和"多情"就是天生的一对。我愁绪萦怀，因为我对你多情；我对你多情，所以愁丝如织。一个"酿"字，更显匠心。

"起来呵手封题处，偏到鸳鸯两字冰"，以一个小细节、小动作作为收尾，愈显巧妙。封题，是古代书札封口处的签押。容若辗转反侧，终于还是按捺不住思念，起来写信，写好后，因为天冷，所以呵着手给信笺签押，偏偏签押到鸳鸯两字的时候毛笔的笔尖被冻住了。"偏到鸳鸯两字冰"从字面看，可以存在好几种解释，至于"鸳鸯"，明显比较奇怪：在书信封口上签押，为何要签"鸳鸯"两个字呢？——也许有什么特殊讲究，也许这只是寄信人和收信人的名字吧？那个"冰"字，可以理解为手，可以理解为毛笔，字面上都讲得通，但真正"冰"的那个应该是心才对。

于中好

送梁汾①南还，为题小影

握手西风泪不干，年来多在别离间②。遥知独听灯前雨，转忆同看雪后山。

凭寄语，劝加餐。桂花时节约重还。分明小像沉香缕，一片伤心欲画难③。

赏析

茫茫尘世，谁是知己？离别的伤感都同出一辙。握紧你的手，泪在风中干了又湿。因离别，情更重。朋友间的亲切，朋友间的关心，尽在琐碎的杂事中。无语的浓烈的感情，在彼此心底游动。唯有你最懂。丹青在右，你在左，描得了外在的形体，描不了知己的情感。伤情处，笔无法落下。你走了，我多么思念。

你离我那么远，那么久我们会失去联系。想要说的话太多，以至于已经无法言说。我们是哥们，我们是兄弟，我们是知己。隐隐青衫，泪流满面。

一片伤心画不成，是写给我最爱的红颜；一片伤心欲画难，是写给你的，我最好的朋友。

点评

这是一篇送别之作，送的是顾贞观。当时，顾贞观正在京城，逢母丧欲南归，容若欲留不得，更想到和顾贞观虽然心心相印，却聚少离多，此番又将长别，愈发难舍。

---

① 梁汾：作者的好友顾贞观。②年来句：从康熙十五年到二十年之间，梁汾于十七年初曾南回，词人亦多次扈驾到昌平、霸州、巩华、遵化、雄县等地巡幸。③"一片"句：唐高蟾《金陵晚望》诗："世间无限丹青手，一片伤心画不成。"

"握手西风泪不干"，劈头便是一派伤别景象，这伤别却不是小儿女的临歧泪沾襟，而是男人之间的萧瑟与苍凉。握手、西风、泪不干，这只是几个再平常不过的字眼，组合在一起却以天然之工营造了极强的感染力。"握手西风泪不干，年来多在别离间"，这两句既是因果，也是递进，知心人难得聚首，陌路人天天面对，这样的日子确实难过。

"遥知独听灯前雨，转忆同看雪后山"，这两句转而描述具体场景，前一句是虚拟未来，后一句是回忆过去——我在京城，遥想你独对孤灯，凄凉听雨，忽然回想起当初我们一同雪后看山的快乐日子。这又是诗歌当中的一个套路：拟境出"你"的孤独，来表达"我"的孤独。也即，容若的意思是：在你离去之后，我很孤独。但容若表达这个"我孤独"的意思时却用到"你孤独"的拟境手法。杜甫的"香雾云鬟湿，清辉玉臂寒"就是运用这一手法的名句。

"凭寄语，劝加餐"，下阕转折，从伤感转为关切，这句化自王彦泓"欲寄语，加餐饭。难嘱咐，鱼和雁"，更古老的源头能在汉魏找到，如："长跪读素书，其中意何如：上言加餐饭，下言长相忆"，还有"思君令人老，岁月忽已晚。弃捐勿复道，努力加餐饭。"都是思念、叮嘱、关切的意思。加餐饭是个非常朴素的说法，就是劝人多吃饭，这种词汇真是汉魏风格，未经雕琢，质朴感人。

"桂花时节约重还"，这是容若与顾贞观相约，要顾贞观在桂花开放的时候重回北京。最后两句"分明小像沉香缕，一片伤心欲画难"，小像即人物肖像，切题"送梁汾南还，为题小影"，这句是说梁汾的小像在缕缕沉香的轻烟里历历可见。"一片伤心欲画难"，化自唐代高蟾诗"一片伤心画不成"。高蟾这首诗，题为《金陵晚望》，是在晚上来眺望金陵这座六朝金粉地，兴起沧桑兴废之慨叹："曾伴浮云归晚翠，犹陪落日泛秋声。世间无限丹青手，一片伤心画不成。"是说金陵之地，风景可以画得出，但历史的苍凉兴废任再好的丹青国手也是画不出的。容若借境高蟾诗，也是说梁汾形容固然可画，但那伤情却难画，自己对朋友的深情厚谊难画。"一片伤心欲画难"，此之结句，极尽深情地表达了诚挚的友情和一往情深的伤别之意。

于中好

十月初四夜风雨，其明日是亡妇生辰

尘满疏帘^①素带飘，真成暗度可怜宵。几回偷拭青衫泪，忽傍犀奁见翠翘^②。

惟有恨，转无聊。五更依旧落花朝^③。衰杨叶尽丝难尽，冷雨凄风打画桥^④。

赏析

回来了，从天涯，我回来了。可你在哪儿，在哪儿呀？你说过要等我回来，相约白首，为何失言，为何失言？我回来了，回来了，你听见了吗，听见了吗？

是我来晚了，我日夜兼程，可还是来晚了，你走了，带着一怀的愁绪，走了，带着眷恋与不舍，走了。你走了，留下一缕青丝，一支碧钗，留下思念与我相伴；你走了，留下一叠素稿，半壁残诗，留下寂寞与我相伴。物是人已非，从此，孤灯伴冷衾，箫音独自鸣。

点评

这是一首悼亡之作。词序云："其明日是亡妇生辰"，可知十月初五日是为其亡妻卢氏之生日。自然这又引发了词人对亡妻深深的怀念，遂赋此以寄哀思。

起首句，"尘满疏帘素带飘"，夜已深沉，

①疏帘：编织稀疏的竹帘。②犀奁：犀角制作的镜匣。翠翘：古代女子之首饰，即翡翠翘头。此处代指亡妻生前之遗物。③落花朝：落花的早晨。④画桥：饰有彩绘图案的桥。

窗帘上落满尘土，风儿静静地吹了进来，室内一片死寂，只见素带飘动。此处，值得注意的是一系列冷落寂静意象：窗帘是"疏帘"，带是"素带"，动作是"飘"，"尘满"，则说明疏帘许久没有打扫，所以这句整体给人营造出来的感觉是：物是人非，人去楼空，往事尘封。

"真成暗度可怜宵"，"可怜宵"，通俗言之，即可爱之夜，为诗人钟情之语。比如宋谭宣子《江城子》"可爱风流年纪可怜宵"，苏轼《西江月》"莫教空度可怜宵。月与佳人共僚。" 初四之夜，是个"可怜宵"，本是最当珍重的一个晚上却只有词人一人孤单度过了，所以说"暗度"，自是凄凉孤寂之意。

"几回偷拭青衫泪，忽傍犀奁见翠翘"，词人在这个寂寥的夜晚，好几次想起妻子，总要偷偷地抹上几回眼泪，忽然看见妻子的梳妆盒旁边躺着一支翠翘，更不由得睹物思人。"偷拭青衫泪"，这个"偷"字颇令人费解。既然是一人夜不能寐，独自沉思往事，流泪即流泪，何必"偷偷地抹去眼泪"呢，难道怕谁人看见？问题就在于此处"偷"，不是实指，而是虚笔，作为一个符号意象，它传达的一个意思是：情何以堪。

"惟有恨，转无聊。五更依旧落花朝"，夜不能寐，转眼已是五更天，马上就要天亮了。"落花朝"即落花时节的早晨。十月初五不是落花时节，五月才是。卢氏之死正在五月。词人由妻子的生辰想到忌日，"依旧"二字无限悲伤：无论如何，妻子也不可能死而复生，失去的便永远也回不来了，以后的每一天皆是一落花朝呀。

"衰杨叶尽丝难尽，冷雨凄风打画桥"，最后两句以景语作结，"衰杨"不是杨树，而是柳树，"丝"谐音"思"，此是诗人们颇为常用的一个谐音双关。"衰杨叶尽丝难尽"，用今之白话言即是：卢氏虽然死了，但她永远活在我的心中。

河传

春浅，红怨，掩双环①。微雨花间昼闲，无言暗将红泪弹。阑珊②，香销轻梦还。

斜倚画屏思往事，皆不是③，空作相思字。记当时，垂柳丝，花枝，满庭蝴蝶儿。

赏析

许多的往事，才下眉头，却上心头。那一天，绣榻旁，春雨淅沥，你们，听雨，谈天。那一天，雕栏曲处，杨柳依依，你们，赏花，倚栏。

一切的时光，都如开在衣角的春天，温柔又腼腆。而什么时候，如水的月光，被你们遗失了呢。

想起时，却似十年踪迹十年心，空余叹息，以及无望的回首。当时的样子，天真烂漫。连纯白枕头都留着美梦的余香，像春日里的细风，轻轻地，暖透小小的你。而如今，月似当时，人似当时否？

点评

此词写微雨湿花时节，闺中女子的一段难以诉说的柔情。全词以形象出之，极缠绵婉约之致。

"春浅，红怨，掩双环"，首句即描摹了一幅残败的暮春图景。春色已浅，凋零的春花，也似充满了怨愤的情绪，令人不忍目睹，只得把门关上，独自沉吟。

"掩双环"，主语当然是闺中女子了，于是自然过渡到下两句"微雨花间昼闲，

① 双环：门环。掩双环：关起门来。②阑珊：衰落的样子。③皆不是：都不称心如意。

无言暗将红泪弹"微雨蒙蒙，一人独立花间，白日里，空虚无聊，只有弹泪无言。此处，"昼闲"是因，"泪弹"是果，因为索寞无绪，无人可说，所以只有静默无语，流下悲伤的泪水。

"阑珊，香销轻梦还。""阑珊"，本义是将尽、衰落，既可以指物，亦可以指人。此处，"阑珊"二字并没有主语，所以既可以说春色阑珊（春色将尽），亦可以说意兴阑珊（精神低落）。但不管作何解，传达出来的情感基调皆同，即感伤春逝之情。"香销轻梦还"，化用李清照《念奴娇》"被冷香销新梦觉"，以"轻梦"替掉易安"新梦"，虽是一字之移，含义却大不一样。"新梦"，是梦乡新到；"轻梦"，是指做的很浅的梦，梦乡说不定还没有到。梦乡未到，一下子就醒了，梦中的情景消逝，眼前一片凄凉，那人早已不在身边了，这种表达，就句意而言，比易安更为凄苦哀怨。

"斜倚画屏思往事，皆不是，空作相思字。"上阕说闺中女子怅怅地醒来，这里说她醒来后，斜倚着画屏，开始思念往事。但是左也不是，右也不是，一切都令人伤感，都让人倍感凄清，此时此刻只剩相思二字占据了全部情怀。

"相思字"，即相思语、相思字句，亦为词人最为钟情之词。譬如苏轼有"向彩笺写遍，相思字了，重重封卷，密寄书邮"，辛弃疾有"相思字，空盈幅；相思意，何时足？"，张炎有"薛涛笺上相思字，重开又还重摺。"词人此处，"空作相思字"，意谓她面对一片春景不由伤感，意中人不在身边，对景伤情，将写满了相思字也无计可施。

"记当时，垂柳丝，花枝，满庭蝴蝶儿。"最后四句回忆起当时与意中人相会的情景：柳丝，花枝，蝴蝶，春光旖旎。而如今往事皆非，空作相思意。全篇荡漾着一种淡淡的哀伤，写尽了"思往事"的刻骨铭心的寂寞情怀。

木兰花令 拟古决绝词柬友①

人生若只如初见，何事秋风悲画扇②。等闲变却故人心③，却道故心人易变。

骊山语罢清宵半④，泪雨霖铃终不怨⑤。何如薄悻锦衣郎，比翼连枝当日愿⑥。

赏析

初见惊艳，再见依然。这也许只是一种美好的愿望。蓦然回首，曾经沧海。只怕早已换了人间。所以你说，人生若只如初见？

是的，人生若只如初见，所有往事都化为红尘一笑，只留下初见时的惊艳、倾情。忘却也许有过的背叛、伤怀、无奈和悲痛。这是何等美妙的人生境界。

正如，君子之交淡如水。正如，相濡以沫，不如相忘于江湖。正如，有情不必终

①古决绝词：古诗《白头吟》："闻君有两意，故来相决绝。"唐元稹已有《古决绝词》三首，所以本副题有"拟"字。决绝，断绝交情，永不再见。柬友：即以男女情事的手法告之朋友，与其绝交。②何事句：此用汉班婕妤被弃典故。班婕妤为汉成帝妃，被赵飞燕谗害，退居冷宫，作《怨歌行》诗，以秋扇为喻抒发遭弃的怨情。③等闲：轻易地，平平常常。故人：情人。④骊山句：《太真外传》载，唐明皇与杨玉环曾于七月七日夜，在骊山华清宫长生殿里盟誓，愿世世为夫妻。⑤泪雨句：唐郑处海《明皇杂录》载，唐明皇奔蜀途中夜雨闻铃声，伤悼刚死去的贵妃，遂作《雨霖铃》曲以寄哀思。⑥何如二句：薄悻，薄情。锦衣郎，指唐明皇。此二句谓其当年虽有比翼连枝之誓言，而终于薄情。

老，暗香浮动恰好，无情未必就是决绝，我只要你记着：初见时彼此的微笑……

点评

这首词，看似明白如话，实则用典绵密。

"人生若只如初见，何事秋风悲画扇"，秋风画扇，是诗词当中的一个意象符号——扇子夏用，迨至秋风起了，扇子又该如何呢？汉成帝时，班婕妤受到冷落，凄凉境下以团扇自喻，写下了一首《怨歌行》："新裂齐纨素，皎洁如霜雪。裁成合欢扇，团团似明月。出入君怀袖，动摇微风发。常恐秋节至，凉飙夺炎热。弃捐箧笥中，恩情中道绝。"

扇子材质精良，如霜似雪，形如满月，兼具皎洁与团圆两重意象，"出入君怀袖"自是形影不离，但秋天终会到来，等秋风一起，扇子再好也要被捐弃一边。——这就是秋风画扇的典之所出。"人生若只如初见，何事秋风悲画扇"，人之与人，若始终只如初见时的美好，就如同团扇始终都如初夏时刚刚拿在手里的那一刻，该是多好？

下面两句"等闲变却故人心，却道故心人易变"，看似通俗易懂，如叨家常，其实也是用典，出处就在谢朓的《同王主簿怨情》："掖庭聘绝国，长门失欢宴。相逢咏荼蘼，辞宠悲团扇。花丛乱数蝶，风帘人双燕。徒使春带赊，坐惜红颜变。平生一顾重，宿昔千金贱。故人心尚永，故心人不见。"谢这首诗，也是借闺怨来抒怀的，最后两句"故人心尚永，故心人不见"，正是容若"等闲变却故人心，却道故心人易变"一语之所本。意思大约可解为：你这位故人轻易地就变了心，却反而说我变得太快了。

下阕继续用典，"骊山语罢清宵半，泪雨霖铃终不怨"，这是唐明皇和杨贵妃的故事。"七月七日长生殿，夜半无人私语时"，此长生殿就在骊山华清宫，这便是"骊山语罢清宵半"，后来马嵬坡事过，唐明皇入蜀，正值雨季，唐明皇夜晚于栈道雨中闻铃，百感交集，依此音作《雨霖铃》的曲调以寄托幽思。

"何如薄幸锦衣郎，比翼连枝当日愿"，这里的"薄幸锦衣郎"仍指唐明皇，"比翼连枝当日愿"则是唐明皇和杨贵妃在长生殿约誓时说的"在天愿作比翼鸟，在地愿为连理枝"。此处容若的意思应该是：虽然故人变了心，往日难再，但无论如何，过去也是有过一段交情的。——以过去的山盟海誓对比现在的故人变心，似有痛楚，似有责备。

这首词，若作情事解，则看似写得浅白直露；若依词题解，实则温婉含蓄，怨而不怒，正是"君子绝交，不出恶声"的士人之风。但我们始终无法说清容若的这首词到底是真有本事，还是泛泛而谈。也许这是他一位故友的绝交词，也许只是泛泛而论交友之道，皆很难说。

虞美人

春情只到梨花薄①，片片催零落。夕阳何事近黄昏，不道②人间犹有未招魂。

银笺③别梦当时句。密绾同心苣④。为伊判作⑤梦中人，长向画图清夜唤真真⑥。

赏析

你一伸手就触到故去的我。秀眉微蹙，似笑非笑。多么近。贴紧心、贴紧魂的近。来，把手交给我，并请一遍遍呼唤我……

桃花开后该是梨花了。花香郁郁的夜。本该是谁的青丝枕了翡翠衾，本该是谁的胭脂染了芙蓉帐，本该是谁的红袖添了香。但没有，没有。

我在画里，看画外的你，枕角孤馆，迷离醉影，一穗灯花残。今夜不必独酌独醉，独唱独卧。我带着你，从画中来。

身前是烟尘缭乱的尘世，身后是亘古不变的蛮荒。进一步是三生石，退一步是奈何桥。来，我握紧你的手，该忘记的都忘掉。该记住的，你要记得牢牢。记住这韶光永夜，抵死温存。我与你。来，把你给我。任谁也无法看见。任谁也无法拘管。在梦想与真实的交界，我，与你缠绵。

①梨花薄：谓梨花丛密之处。薄，指草木丛生之处。②不道：犹不管、不顾。③银笺：白色的笺纸。④绾：缠绕。同心苣（jù）：象征爱情的同心结。⑤判作：甘愿作。⑥真真：女子的代称。此处借指所思之情人或妻子。

点评

这首词以春到梨花，又风吹花落之兴象写对亡妻的刻骨相思。

上阕侧重写景。起首两句，"春情只到梨花薄，片片催零落。""薄"，指草木丛生之处。语出《楚辞·九章·思美人》中的"揽大薄之芳茝兮，搴长洲之宿莽。"《淮南子·俶真训》也有"鸟飞千仞之上，兽走丛薄之中"之句。"梨花薄"，即梨花密集之处。

"春情"这两句，并非是说梨花因为春光消退而凋残变薄，而是说春到梨花盛开，来不及欢喜就风吹花落。以春光比喻相处的美好时光，用凋谢梨花来指代心中的爱人，不写悼亡而流露悼亡之伤，感情抒发自然而清丽。

"夕阳何事近黄昏，不道人间犹有未招魂。""夕阳"一句，显然是反用李商隐《乐游原》"夕阳无限好，只是近黄昏"，意谓"无限好"的夕阳为什么偏偏出现在黄昏呢？容若此问，似是无理至极，因为日出日落，乃自然之规律，并不是人能决定的。那容若为何有此怪诞一问呢？且看后一句："不道人间犹有未招魂"。此句一出，则一切皆明。在容若看来，夕阳之景是无边无际、灿烂辉煌的，然而这种硕硕之美却出现在黄昏，很快就会消失，没于无边的黑暗之中。夕阳虽有"无限美"，但又

是如此的无情，此时此刻，我还未来得及给亡妻招魂，它就要落了，真是毫不为人计啊！"夕阳何事近黄昏"，语似无理，然而词中的无理之语，却是至情之语。其相思之痛苦，自是不言而喻了。

下阕写追忆之怀。前二句承上阕意脉勾画当日的浓情蜜意。"银笺别梦当时句，密绾同心苣。"遥想当时，那素白的信纸，纸上那些缠绵的字句，都在我的梦里历历在目，那时我们密结同心，多么恩爱呀！"别梦"，指离别后思念之梦。"同心苣"，指织有同心苣状图案的同心结，古人常以之象征爱情。苣，即衣带。"同心苣"，

同"罗带同心","同心"都是古人表达相思的常用符号。如晏小山的"罗带同心闲结遍，带易成双，人恨成双晚"；温飞卿的"垂翠幕，结同心，待郎熏绣衾"；牛峤的"窗寒天欲曙，犹结同心苣"，俱是此中极品。

"为伊判作梦中人，长向画图清夜唤真真。"结句则化实为虚，写想象中的情景。前一句较好理解，意谓为了她（亡妻），自己甘愿长梦不复醒，在梦中与她一生相会。后一句则用唐代赵颜的典故，表达痴情心愿。

唐朝有一进士，名为赵颜，某日在一个画师那看到一张美女图。赵颜恋上画中女子的美艳，便问画师是何许人，画师告诉他只要每天呼画中美女为真真，不分白天黑夜，连呼百天，真真就会答应，这时让她服下百家彩灰酒便可让其复活。赵颜遵循画师的指点，果然得到了真真。然而几年之后，赵颜听信谗言，给妻子喝了符水。真真遂将以前喝下的百家彩灰酒呕出，流着泪对赵颜说："妾本地仙，感君至诚才与你结为夫妻，今夫君既已对我见疑，再留下也没有意思，我将带着两个孩子回去，不会让他们给你增添烦恼"。说完，拉着两个孩子朝画屏走去，赵颜大惊，拉也拉不住，再看画屏上，真真已换了愁容，双眼泪盈，身边赫然多了一双儿女。赵颜后悔也为时已晚。他再像从前一样声声长唤，真真和一双儿女却是千唤不回头。

"长向画图清夜唤真真"，容若此句究竟何意？是渴望着能美梦成真，幻想着像传奇故事中那样，只要长唤不歇，伊人就会从画图上走下来和自己重聚？还是谓自己也像赵颜那样因辜负了妻子，而后悔不迭，遂日夜呼唤她，希望得到她的谅解？但不管如何，容若宁愿一遍遍沉湎于梦境，这就真实地体现了他的痴情和忠贞，而这种真实正是悼亡之作最珍贵和最感人的地方。

虞美人

曲阑深处重相见，匀泪①偎人颤。凄凉别后两应同，最是不胜清怨②月明中。

半生已分孤眠过③，山枕檀痕浣④。忆来何事最销魂，第一折枝⑤花样画罗裙。

赏 析

湖水色罗裙。一波一波迤逦荡开。水波上亭亭生出长长一茎莲花。淡喜薄嗔。比莲更娟静比莲更洁净的，是她的容颜。他惊起，握她的手：这么单薄，你冷不冷？

灯影憧憧，她浮起一朵莲的微笑，笑着摇头。终又见，这云鬓风鬟。他伸手拉她入怀，一把盈盈瘦骨。依稀何时？而斯时身置何地？她在他怀里，一盏红蜡，一扇疏窗，一片昏罗帐。

点 评

从内容看，此词是容若对一位昔日的恋人而发的，遗憾的是这位意中人早已同词人劳燕分飞了。

这种不可求的爱情使词人的心灵饱受折磨，于是他总是追忆着、怀念着她，总是为他们痛苦的恋情呻吟唱叹。

---

①匀泪：拭泪。②不胜清怨：难以忍受的凄清幽怨。③分（fèn）：料想。④山枕：枕头。因其两头高中间低，形如山，故名。檀痕：带有香粉的泪痕。浣（wò）：浸渍、染上。⑤折枝：中国花卉画法之一，不画整枝，而只画其中一段。

"曲阑深处重相见，匀泪偎人颤"，起首二句，显然是从李后主《菩萨蛮》"画堂南畔见，一向偎人颤"之句化出，活画出当年与伊人相会的情景，是在曲阑深处，她心情激荡，轻轻落泪。二句读来，叫人心旌摇曳。

然而后两句词意陡转，道破这原是记忆中的美妙而已，现在已经是别后凄凉，凄清幽怨到让人不堪承受了。

"凄凉别后两应同，最是不胜清怨月明中"，这两句是说，分别之后，你和我应该同样凄凉吧，最不能忍受的明月照耀时的凄凉哀怨。"两应同"，谓词人先是自己感到凄戚，然后再料想对方也应该和他一样悲伤。此三字的关情点缀，为本来春光凄凉一片的词境，稍稍增添了几丝温暖气息。

"半生已分孤眠过，山枕檀痕涴"，下阕发端二句凄惨悲伤，将"两应同"的暖意尽去，紧承上阕"凄凉别后"，将失意一倾到底，尽管用词精美婉约，可是凄怆词意并未因此而消减，依然辛酸入骨。"半生已分孤眠过"，半生已经孤零零地渡过，思念却未消减，依旧是涔涔红泪，沁湿了枕头。想来与她别离不过数年，容若却觉得半生已过，心态一老如斯。到底是怎样一种难以排遣的离愁别绪，让容若说出了如此的伤感话语？

"忆来何事最销魂，第一折技花样画罗裙。"这两句是说最令人销魂者，首推你那绘有折枝图样的彩色罗裙。

此之结句，并未托出究竟是何种离情萦怀，而是专摹其罗裙，借物映人，将追忆情怀推向极致，遂显含婉隽美。

虞美人

彩云易向秋空散①，燕子怜长叹。几番离合总无因，赢得一回偰
愀②一回亲。

归鸿旧约霜前至，可寄香笺③字。不如前事不思量，且枕红蕤敧
侧④看斜阳。

赏析

霁月难逢，彩云易散。美好的事情，总是匆匆地逝去，决绝地远离。握手西风泪不干，年来多在别离间。友人走了，燕子怜你。

太不舍，你才会写下那么多的词句来祭典，来纪念。静夜里，有幽香来袭，是不变的珍贵。烟雨黄昏后，珍珠满枝头。念君秋风里，瑟瑟使人愁。

点评

以恋人口吻作寄友诗，亦是诗家常用技法。同前篇一样，此篇也是寄好友顾贞观之词。全词似是从闺中人的角度写的，借她相思的愁情难耐，痛苦矛盾的心理来写自己对友人的思念之情。

起首句"彩云易向秋空散"，"彩云"，古诗词里以借指美丽而薄命的女子，盖由《高唐赋》"且为朝云"而来，最先使用此词的似是李白，其《宫中行乐词》中有"只愁歌舞散，化作彩云飞"，宋晏几道《临江仙》中也"当时明月在，曾照彩云归"。但最先用"彩云易散"四字的，却是白居易《简简吟》"大都好物不坚牢，彩云易散琉

---

①彩云易散：美丽的彩云容易消散。比喻美满的姻缘被轻易拆散。②偰愀（chán zhòu）：埋怨、嗔怪。③香笺：书信之美称。④红蕤（ruí）：即红蕤枕，一种红色的玉石枕，这里代指枕头。敧侧：侧卧。

璃脆"。容若此句"彩云易向秋空散"便是由乐天诗句化出，由于是赠友，所以当解为：彩云容易消散，美好的事情多磨，终于与相知有素的朋友分手了。

"燕子怜长叹"，亦非自铸之辞，而是由李商隐《无题》四首之四："东家老女嫁不售，百日当天三月半……归来辗转到五更，梁间燕子闻长叹"演化而来。义山这两句描写的是无媒难嫁，自伤迟暮的东家老女归来后的痛苦心情：在寂寥的夜里，她辗转难眠，直到五更，连不解人情的梁燕都听到了她的喟然长叹。容若此处，改"闻"为"怜"，虽是一字之移，但含义赫然有别。"燕子怜长叹"，包含了两个心理过程，首先是即"闻长叹"，燕子听到了他们离别时的声声叹息；其次，才是"怜长叹"，即怜惜这一对好朋友的怅然分襟。由此可见，容若眼中梁燕更为多情，这也反映出词人的惜友之情，更为深挚，更为殷厚。"几番离合总无因，赢得一回偞偒一回亲"，二句是说和顾贞观的几次相聚与分别，使得词人一会欢喜，一会忧愁。

"归鸿旧约霜前至，可寄香笺字"，下阕首二句从字面上可作两解：一为归来的鸿雁和往年一样在霜落前到达，我可以托付它捎去信笺；二为虽然先前已经约好，于秋间相会，虽然如此，但也应该寄封书信以慰相思啊！然而玩味词意，似是后解更切合本义，也与结尾二句相合。"不如前事不思量，且枕红蒊欹侧看斜阳"，"前事"未有确指，不过从词意看，盖言此前"几番离合总无因"以及香笺不寄之事。唉！那些不愉快之前事，不如不想，我还是枕着我的红蒊仙枕，侧卧观赏斜阳吧！这最后二句的自宽自慰之语，很有"愁多翻自笑"的妙趣，使词情更显深婉。

虞美人

　　银床淅沥青梧老①，屧粉秋蛩扫②。采香行处蹙连钱③。拾得翠翘④何恨不能言。

　　回廊一寸相思地⑤，落月成孤倚。背灯和月就花阴。已是十年踪迹十年心。

赏析

　　流光飞转，物是人非之后，曾经依偎相随的佳人，早已远去而不可再寻。伤痛如何不多？还有什么可以重新拥有？

　　也许只有这相同的旧日回廊，相似的月灯花影。在相恋的人之中，最痛苦的是谁呢？是烟消云散的那个？还是碧海青天夜夜心的这个呢？

　　已是十年踪迹十年心。十年之后，我们是朋友还可以问候，只是那种温柔再也找不到拥抱的理由。

点评

　　这首缅怀昔日恋人的《虞美人》，又是表面明白如话、水波不兴，实则用典绵密、潜流滚滚的一篇。

　　"银床淅沥青梧老"，"银床"，一般有两种解释，一为井栏，一为辘轳架。此处，银床是指井栏，因为容若这句是依本于前人《河中石刻诗》中的"井梧花落尽，一半

---

① 银床：井栏的美称，也指辘轳架。淅沥：象声词，形容风雨声、落叶声等。②屧粉：借指所恋女子的踪迹。秋蛩：蟋蟀。③连钱：草名，叶呈圆形，大如钱，故称。④翠翘：女子的头饰，指翡翠翘头。⑤回廊：用春秋吴王"响屧廊"之典。此处借指与所爱之人曾有过恋情的地方。

在银床"。"屧粉秋蛩扫"，"屧"，鞋之木底，与粉字连缀即代指女子，此处借指所恋女子的踪迹。此二句是说秋风秋雨摧残了井边的梧桐，蟋蟀不再鸣叫，她那美丽的身影踪迹难寻。

"采香行处蹙连钱"，采香行处，传说吴王在山间种植香草，待到采摘季节，便使美人泛舟沿一条小溪前往，这条小溪便被称为采香径。如此浪漫的名称自然成为诗人们常用的意象，比如姜夔有"采香径里春寒"，翁元龙有"香深径抛春扇"。容若此处是用"采香行处"来比喻当初那心爱的女子曾经流连的地方。"连钱"，草名，叶呈圆形，大小如钱，故称。但文徵明曾作《三宿巖》诗，里面有"春苔蚀雨翠连钱"，谓青苔被雨水侵蚀，好像连钱的斑纹。所以，"连钱"又可以代指苔痕。如此，则这句应解为：所爱之人旧日的行经之处已经长满青苔，久无人迹，这就与前一句"银床淅沥青梧老"在意境上契合无间了。

接下来"拾得翠翘何恨不能言"，化用温庭筠《经旧游》成句："坏墙经雨苍苔遍，拾得当年旧翠翘。"温庭筠的这一句庶几是容若上阕词的缩影："坏墙经雨苍苔遍"

就等于"银床淅沥青梧老，屟粉秋蛩扫"，"拾得当年旧翠翘"就等于"采香行处蹙连钱，拾得翠翘何恨不能言"。因此容若这句"拾得翠翘何恨不能言"，未必是说在爱侣昔日行经之地拾到了她当初遗落的一只翠玉首饰，伤感而不能言，或许只是要把我们引到温庭筠的"拾得当年旧翠翘"而已，表达的仅仅是一种情感，而未必真是写实。

下阕开始，"回廊一寸相思地，落月成孤倚"，"回廊"，用春秋吴王"响屧廊"之典。据宋范成大《吴郡志》，响屧廊，在灵岩山寺，相传吴王令西施等美女穿着木鞋履步其上，咔嗒作响，回音缭绕。"一寸相思地"，是化用李商隐的名句"一寸相思一寸灰"，容若说出"一寸相思"，给人即刻联想就是"一寸灰"，更显出怀念与伤逝。

末句"背灯和月就花阴，已是十年踪迹十年心"，本自高观国《玉楼春》词中的"十年春事十年心，怕说湔裙当日事"，乃点题之句，是说距离当初欢会已经过了十年，而此十年之中，不管她在何方，我都魂牵梦绕，心怀系之。十年，对于容若而言，就是他全部生命的三分之一，就是他成年生活的几乎全部时光，而缅怀故地，依然不能忘情，其挚情挚性，由此可见一斑。

虞美人 为梁汾赋

凭君料理花间课[①]，莫负当初我。眼看鸡犬上天梯[②]，黄九自招秦七共泥犁[③]。

瘦狂那似痴肥好[④]，判任[⑤]痴肥笑。笑他多病与长贫，不及诸公衮衮向风尘[⑥]。

赏析

顾子，你曾言：人人争唱饮水词，纳兰心事有谁知。君言此，表君知。初相识，你玉树临风立于我面前，我知道，我生命中的知己来到了。

只有在你面前，我才完全是我自己，我的人前尊耀，背后落魄，我所有的心不甘情不愿在你面前可以尽情展现。细细想来，那些江南俊杰们，严绳孙、朱彝尊、陈维崧、吴汉槎等不肯为朝廷折腰，却愿意和我这奸相之子、皇帝近侍亲近，皆因有你。一生诗文交与你，知君不负当初我，终结成为《饮水词》。

真的是这样：霸业等闲休，跃马横戈总白头。莫把韶华轻换了，封侯。多少英雄只废丘。来、来、来，顾子，牵你手共走江湖。金裘花马换美酒，与君同销万古愁。

点评

词题"为梁汾赋"，梁汾即顾贞观，为容若的第一知音。这首词当写于容若与顾贞观结交的初期，事由是：容若委托顾贞观把自己的词作结集出版。对于古代文人而言，为人辑集庶几等同于托妻寄子，是把自己的全部心血托付出去。这等事情容若若要托付出去，舍顾贞观之外再无旁的人选。而此篇也正可以看作是二人同怀同道的率真写照。

"凭君料理花间课，莫负当初我"，容若这是叮嘱顾贞观：我的词集选编出版之

---

①料理：本为指点、指教。此处为辑集。课，指词作。花间，词人以后蜀赵崇祚编的《花间集》比喻自己的词作。②天梯：道教中所说的登天的云梯。鸡犬上天梯，即一人得道，鸡犬升天之意。③黄九：北宋诗人黄庭坚，因排行第九，故云。秦七：北宋词人秦观，因排行第七，故云。此借指词人与顾贞观。④瘦狂、痴肥：比喻官场失意者与得意者。作者以瘦狂自喻，而以痴肥比喻那些脑满肠肥的人。⑤判任：一任、任凭。⑥诸公：此指仕进得意、占据险要地位者。衮衮：谓络绎不绝。风尘：指仕途、官场。

事全权委托你了，切莫辜负当初我将你引为知己的本意啊。此处容若用"花间课"，并非说他的词风效法《花间集》，只不过是以之代指自己的词作罢了。事实上，容若的词风和词学主张都是远远超出花间的。花间一脉是词的源头，属于"艳科"，花间之美在于"情趣"，而非"情怀"。而容若的词学主张，虽是从花间传统而来的，仍然提倡"情趣"，但同时主张性灵，主张填词要独出机杼、抒写性情。也就是说，这是处在情趣和情怀之间的一个点，是为性情。所以，为容若所推崇的前辈词人，既非温、韦，也非苏、辛，而是秦七、黄九。这便是下一句里的"眼看鸡犬上天梯，黄九自招秦七共泥犁"。

"鸡犬上天梯"，此是淮南王刘安"鸡犬升天"的典故，谓刘安修仙炼药，终有所成，一家人全都升天而去，就连家里的鸡犬也因沾了一点药粉而跟着一起升天了。这句是说眼看小人入仕朝廷，登上高位。"黄九自招秦七共泥犁"。秦七，即秦观；黄九，即黄庭坚。秦七婉约，黄九绮艳，故而并称。泥犁，本指地狱，此处用黄庭坚事典：黄庭坚年轻时喜好填词，格调绮艳温婉，人争而传之。当时，有一关西和尚，名叫法云，斥责黄庭坚，说他作的黄色小调，撩拨世人淫念，罪过太大，将来要堕入地狱的。此处，秦七和黄九显然就是容若和顾贞观的自况，而容若用这个典故，也是说：我们不求富贵显达，只耽于填自己的艳丽小词，你们那些鸡犬尽管升天好了，我们即使下地狱也不后悔！

下阕，"瘦狂那似痴肥好，判任痴肥笑"，瘦狂和痴肥是南朝沈昭略的典故。沈昭略为人旷达不羁，好饮酒使气，有一次遇到王约，张目视之："你就是王约吗，为何又痴又肥？"王约当下反唇相讥道："你就是沈昭略吗，为何又瘦又狂？"沈昭略哈哈大笑道："瘦比肥好，狂比痴好！"容若用这个典故，是断章取义式的用法，与顾贞观自况瘦狂，把对立面比作痴肥，表面是说你们痴肥尽管笑话我们瘦狂，我们既然不如你们，那就随便你们怎么笑吧！但是实际上却是说：你们这些痴肥满脑肥肠，无所用心，也配笑话我们？此时的容若，哪里是一个多情种子，分明是一位狂放豪侠么！

末句"笑他多病与长贫，不及诸公衮衮向风尘"，"笑"字上承"判任痴肥笑"——痴肥们所笑为何？笑的是我们的多病与长贫。这里，多病与长贫实有所指，多病的是容若，长贫的是顾贞观，两个人放在一起，遂为贫病交加。容若最后语带反讽，谓我和顾贞观一病一贫、一狂一瘦，实在比不上你们各位痴肥风风光光地衮衮向风尘呀。"举世皆誉而不加劝，举世皆非而不加沮。"我走我路，任人评说。这是一个"德也狂生耳"的旷达形象，也是一个绝世才子的风流自赏。

虞美人

　　风灭炉烟残炖①冷，相伴惟孤影。判教狼籍醉清樽②，为问世间醒眼是何人？

　　难逢易散花间酒，饮罢空搔首。闲愁总付醉来眠，只恐醒时依旧到樽前。

赏 析

　　举世皆浊我独清，众人皆醉我独醒。那是屈原沉重的感喟。判教狼籍醉清樽，为问世间醒眼是何人？那是你悲苦的叹息。

　　世上人皆浑浑噩噩，却活得简单快乐，若独清独醒，便活得悲凉寂寥。你的时代并不需要你。所以没有红袖为你添香，没有英雄为你温泪。

　　你始终是一个孤独者，在人生戏剧惨白的舞台上演出苍凉的悲剧。你是一尊华丽的雕塑，是情为你安上了那颗会滴泪的心。你永远是心的所有，唇是远离。

点 评

　　本词有"为问世间醒眼是何人"一句，有人据此推测是容若为好友顾贞观作的。与否如此，无法考证。但从本篇秉承骚踪，蕴含骚人之旨来看，此说还有颇有道理的。

　　首二句即以冷风、残烟、烛灰、孤影交织而成一幅孤寂凄凉的室内独居图景。"风灭炉烟残炖冷，相伴惟孤影"，冷风吹灭了香炉中的残烟，燃尽的烛灰早已不再温热；陪伴他的，只有自己孤单的影子。他既是自感忧愁如此，漫漫长夜该如何打发呢？

――――――――

① 残炖（xiè）：烧残的烛灰。②判：甘愿，不惜。樽：古代盛酒的器具。此处借指醇酒。

借酒消愁吧。"判教狼藉醉清樽"，即是说我情愿喝得酩酊大醉，借着醇酒来麻醉自己。"判教""狼藉"，都是决绝之语，这就说明词人之愁并非一般愁楚，其中定然包孕许多痛切和无奈，否则他也不会大声质问苍天，谁是这世间清醒不醉之人呢？

"为问世间醒眼是何人？"这句质问，似也点明了词人为何会有满腔郁郁之怀。《楚辞·渔父》说，"屈原既放，游于江潭，行吟泽畔，颜色憔悴，形容枯槁。渔父见而问之曰：'子非三闾大夫与？何故至于斯！'屈原曰：'举世皆浊我独清，众人皆醉我独醒，是以见放！'"显然，容若这句"为问世间醒眼是何人"正是由此化出。历史上，屈原因为独醒，所以悲愤太深，以致憔悴可怜。如今，容若因为清醒阅世，所以"闲愁"萦怀，以致孤清之感难以排遣。"为问世间醒眼是何人"，"是何人"？还不是容若自己？

"难逢易散花间酒，饮罢空搔首"，花间饮酒，李白《月下独酌》有"花间一壶酒，独酌无相亲。举杯邀明月，对影成三人。"由于此句中有"难逢易散"，所以这里的"花间酒"应指美景良辰时与知己（即顾贞观）畅饮的酒宴：为何能与知己畅饮的盛宴总是相逢难，离别易，而人去宴散后，只能对着满桌的空杯搔首长叹。"饮罢空搔首"，辛弃疾《虞美人》有"一尊搔首东窗里，想渊明《停云》诗就，此时风味"，也是抒发知音稀有，一人独居的寂寞与苦闷，词境与容若此句很像。

"闲愁总付醉来眠，只恐醒时依旧到樽前"，既然闲愁萦怀，难以排遣，我还是用美酒和梦乡来逃避它吧。但只怕醒来之后，满腔的愁思就会让我又一次来到酒杯的面前。全词迂回曲折，结尾二句又绕到"酒"字，但此时已非"判教狼藉醉清樽"了，而是对酒产生了怀疑，心中隐忧赫然可见，这大概又是李白的"抽刀断水水更流，举杯销愁愁更愁"了吧。

鹊桥仙

　　倦收缃帙①，悄垂罗幕，盼煞一灯红小。便容生受博山香②，销折得、狂名多少。

　　是伊缘薄，是侬情浅，难道多磨③更好。不成④寒漏也相催，索性尽、荒鸡唱了。

赏 析

　　那月，缘起。洁白的月光，轻轻洒落在散开的书卷。你和她交斝对饮，手把金樽，珠光流转。那一夜，你拥着那玉样的美人，一棹春风，烟水含香。那一夜，金风玉露一相逢，便胜却人间无数。然而佳期，却如梦。

　　月落，缘尽。卷帘青空，枯比黄花。如花美眷，终也却是，人走茶凉。只是你，仍不知道叶子的离开，是因为风的追求还是树的不挽留。爱情随风而逝。你拥着，那

---

①缃帙：书的浅黄色封套，代指书卷、书籍。②生受：享受。博山香：放在博山炉中烧的香。③多磨：好事多磨。④不成：语助词，表示反诘。

些湿凉的、破裂的露珠，静静地哭了。

点评

  是阕描绘了与恋人如胶似漆的蜜意浓情和这段恩爱情缘失去后的痛苦失落的心情。上阕忆旧，清丽欢快。下阕抚今，忧伤抑郁。

  "倦收缃帙，悄垂罗幕"，起首两句写二人在书房里甜蜜相聚的情景。他们相对读书，读着读着，就把那一帙帙翻动过的书，丢弃一边，只顾沉醉在爱情的温馨中，谁都懒得把书收起。书房里的帷幕，悄然而垂，环境几多安谧宁静，似乎偌大的世界，此刻只有他们两人。此处，"倦""悄"两字，委婉曲折地表达出了书房里的脉脉情思。

  "盼煞一灯红小"，第三句写相聚时的心情。他们多希望灯火暗淡下去，好让他们在朦胧之中感受梦一般的幸福。在以上的描写中，"倦收""悄垂"和"盼煞"，一款一紧，恰好表现出相爱者外表和内心的冲突，他们抛弃书卷，默默无言，但是内

心却翻滚着感情的波涛。这样的情态，不涉轻狂，却显得旖旎甜蜜。

"便容生受博山香"。博山，即博山炉，旧时妇女在博山炉里燃起檀香，用以熏衣。"生受博山香"，即是说耳鬓厮磨，彼此得以亲近。而"便容"二字则说明他想不到她会爱他，竟让他获得爱情的温暖。幸福来得如此之快，这使他充满喜悦，自然引出了"销折得、狂名多少"的想法。主人公觉得，为了她，为了幸福，即使受到指责嘲讽，也颇为值得。然而激动也罢，欢愉也罢，此一切皆成过去。下阕，"是伊缘薄，是侬情浅"两句一落，情绪尽变，也表明了上阕所写，不过记忆中的愉悦。如今，再难相聚。为何零落如此，谁也不知。紧接着，词人还追问一句：难道多磨更好？人常言，"好事多磨""祸兮福所倚"，现在失去了爱情，难道反是将来获得幸福的先兆？以上三句，词人诘问，如发连珠，感情强烈，道出了失恋者极度苦恼的心情。他似乎在怨她，又似乎在怨己，绝望之余，又觉得仍有一线希望残存。此之微妙的心理，于三个问号中和盘托出。

一首小词，连发三问，此种表达已属罕见。更使人吃惊的是，词人还要再问一次："不成寒漏也相催？"难道更漏也要催人起来，存心不让人安睡吗？此一问，无理至极，失眠之人与漏声更有何干？然而，此句一下，又清楚地表明失恋者从苦恼转为愤懑，觉得谁也不同情他，甚至连寒漏也来作践。如此愤懑之情，到了极限，遂迸发出最后一句，"索性尽、荒鸡唱了"。他再也不准备睡了，索性眼睁睁地迎接黎明，此心一横，便不计较扰人清梦的荒鸡之鸣了。

这首词，上阕轻倩的旋律和下阕忧郁的调子形成了鲜明的对比，当读完全词，读者就会于一片嫣红的词采中，觉察到失恋者心情的阴冷。此也是容若爱情词所表现的特有色调。

鹊桥仙

　　梦来双倚，醒时独拥，窗外一眉新月。寻思常自悔分明①，无奈却、照人清切②。

　　一宵灯下，连朝镜里，瘦尽十年花骨③。前期④总约上元时，怕难认、飘零人物⑤。

赏析

　　"白月光，心里某个地方。那么亮，却那么冰凉。每个人都有一段悲伤，想隐藏，却欲盖弥彰。白月光，照天涯的两端。在心上，却不在身旁……"

　　一个人的离开，两个人的孤单，莫言别后苦。有心无人疼，有缘没有份。情的深浅，究竟是敌不过，缘的深浅。

　　春花秋叶，冷雨凄风，如果可以，再相见，也只是"梦来双倚，醒时独拥，窗外一眉新月。"沉思往事，西风又凉，他，独自走向寂寞的长路。

点评

　　本篇像是悼亡之作，又像是写给分别十年之久的某一恋人的。风格恍惚隐晦，思绪跌宕跳跃，颇有李商隐无题诗的幽眇朦胧。

　　"梦来双倚，醒时独拥，窗外一眉新月。"起首三句写从梦中醒来，唯见一弯新月，空寂素寞，而梦中双倚的情景不见了。此处，"梦"与"醒"相对，"双倚"与"独拥"相对，梦中与情人并倚阑干，醒来却独自拥衾而卧，虽不言愁，但愁思已跃然纸上。"窗外"句写醒后的情景，见新月如眉而引起回忆。描摹新月，最为熨帖者，莫过于用"钩"字形容，比如李煜有"无言独上西楼，月如钩"，秦观有"又是一钩新月照黄昏"，谢逸有"一钩新月天如水"。但是此处，词人却偏偏不用"一钩"，而是别用"一眉"，这是因为此刻他眼中的新月，已不是新月，而是恋人的弯弯月眉。

　　"寻思常自悔分明，无奈却、照人清切。"这三句转而痛悔当时、怨恨此际，心

---

①悔分明：后悔将往事记得太清楚。②清切：清晰真切。③花骨：形容女子骨弱如花，此指憔悴。④前期：指以前的约定。⑤飘零人物：作者自称，谓失意之人。

绪颇为矛盾——我亦曾寻思，对于往昔情事，自己原本不应该记得这么清楚，若能模糊一些，淡忘一些，也许就不会像今天一样痛苦不堪了。然而月光照得如此清澈，纵欲淡忘也不能啊。"无奈却、照人清切"，此句与前句"一眉新月"暗合，因为他眼中的新月就是伊人的秀眉，

所以月光如许，往事亦如许，怎么能反而淡忘呢？

下阕，"一宵灯下，连朝镜里，瘦尽十年花骨"三句是遥想情人的景况。"一宵"并非言只有一宵，而是言每一宵，与"连朝"同义，是说情人年年灯下愁思，对镜含悲。"花骨"，花本无骨，此是虚拟，是以花骨比喻女子弱骨珊珊，容颜消瘦衰老。如宋史达祖《鹧鸪天》："十年花骨东风泪，几点螺香素壁尘。"十年里，她灯下镜中，郁郁寡欢，鸟啼花怨，能不玉肌瘦损，憔悴消骨么？

最后二句归结到自身。十年来漂泊风尘，形容憔悴，过去与情人常约定在元宵夜相会，将来假如能重见，恐怕她已不认识我这个"飘零人物"了。"前期总约上元时"，若变将来时为现在时，就是欧阳修《生查子》"去年元夜时，花市灯如昼，月上柳梢头，人约黄昏后"的意境，这当然是无限温馨甜蜜，然而"怕难认、飘零人物"一句又道出了如今自己大不如意的怅惘和忧伤，其中既有哀婉的怀思，也有身世之感的隐怨。所谓"飘零人物"，显然是有感慨的，至于感慨为何，读者自可以根据容若身世来揣想了。

南乡子

飞絮晚悠飏，斜日波纹映画梁①。刺绣女儿楼上立，柔肠。爱看晴丝②百尺长。

风定却闻香。吹落残红③在绣床。休堕玉钗惊比翼④，双双。共唼⑤苹花绿满塘。

赏析

黄昏，夕阳揉进了水中。湖水泛起柔柔的波。刺绣女儿默默地站在小楼上，轻轻地抬头，看着惊鸿掠过后渐远的影子。痴痴地，傻傻地，许久，许久，低头时已是，一寸柔肠情几许。

徐徐的风停了。她的眼眸明净清亮，略带忧伤。轻拈一瓣落花，翦翦双眸，对花频语，多少愁，多少怨，多少思，多少盼……

轻叹，花可解人多情？在那个百鸟啼啭垂柳倒映的湖边，是否会相逢偶然？又是哪一个男子的唇音，在她心底里长久地奏着和弦？

点评

此篇小词专意刻画了"刺绣女儿"伤春的形象，在他那大量的伤感词之外，倒显得清新可爱。

"飞絮晚悠飏，斜日波纹映画梁。"起首二句勾勒了一幅清新明亮的水墨画卷：傍晚时候，柳絮飘飞，落日余晖斜射，将天地染成一片暖融融的橘红色；湖水泛起幽波，缓缓将倒影打散了，又合拢，波光眼影中掩映着那饰有彩画的屋梁画梁。

在这样一幅春日融融的画卷中，女主人公翩然出场。"刺绣女儿楼上立"，这句以特写镜头将"刺绣女儿"推出：小楼也映在橘色的水中，波纹摇荡，点点闪烁落日的金色光芒，整座楼都好像微微晃动起来，衬得那默立在小楼上的女子，更是身姿摇曳，飘飘宛若水中的凌波仙子。有了画面之后，当点染女主人公的心

①"飞絮"二句：悠飏，飘飞。画梁，饰有彩画的屋梁。②晴丝：指虫类所吐的丝，或指空中的游丝。游丝参见《浪淘沙》（紫玉拨寒灰）注。③残红：败落的花瓣。④比翼：鸳鸯。⑤唼（shà）：水鸟或鱼吃食。

理了。那她是何种心思呢？——"柔肠"，以极为简短的两字，形象地道出了她情意的缠绵。

有了画面，有了心思，接下来就是摹画她的动作了。"爱看晴丝百尺长"。"晴丝"，也即"游丝"，指飘荡的蛛丝。飘荡的蛛丝能有多长？最多不过三五尺吧，但容若却说"晴丝百尺长"——这并非词人违反常识，因为在诗词里，"晴丝"和"百尺"基本是一个固定搭配，比如唐李商隐《日日》诗："几时心绪浑无事，得及游丝百尺长"。宋黄机《夜行船》词："百尺游丝，冒莺留燕，判与南园一醉"。晴丝即是蛛丝，那为何"刺绣女儿"爱看蛛丝呢？难道它有何含义吗？——当然有，晴丝的比喻意象即是心思，比如汤显祖《牡丹亭》中有"袅晴丝，吹来闲庭院，摇漾春如线"。那么此处，女主人公心思是什么呢？——显然是少女怀春，但是词人并没有说破，而是继续写景。

下阕，"风定却闻香，吹落残红在绣床。"风渐渐止了，阵阵淡淡香味却传了过来，少女目光轻转，绣床已铺满一层细细的花瓣，香气袭人。"残红"即落花，也是古诗词里常用的一个意象，诗人们大都将其与明媚春光、美好韶华、爱情相思等相联系。这在宋词里俯拾皆是，比如张先的"惜春更把残红折"，苏轼的"携手佳人，和泪折残红"，周邦彦的"雨过残红湿未飞，疏篱一带透斜晖"，陆游的"鸠雨催成新绿，燕泥收尽残红"，简直不胜枚举。此处，"吹落残红在绣床"一句，隐隐地写出了少女孤寂的春怀。这可从下句的"休堕""比翼""双双""共喋"等语涉相思之词看出。"休堕玉钗惊比翼，双双。共喋苹花绿满塘。"结尾三句是说少女的娇媚的自言自语、自我告诫，意思是说你不要把玉钗丢在地上，那样会吓走比翼双栖的鸳鸯，你再看看碧绿的池塘，成双成对的水鸟、鱼儿正吞食着、吮吸着满塘绿色的浮萍……显然，词人是用小心"休堕玉钗"的细节、怕"惊比翼"和观"共喋苹花"的心理，反衬出她的略显寂寂的怀春之情，从而使少女思春的形象鲜活灵动，美妙传神。

南乡子 捣衣①

鸳瓦已新霜②，欲寄寒衣转自伤。见说③征夫容易瘦，端相④。梦里回时仔细量。

支枕⑤怯空房，且拭清砧⑥就月光。已是深秋兼独夜，凄凉。月到西南更断肠。

赏析

长安一片月，万户捣衣声。秋风吹不尽，总是玉关情。又到秋风乍起，又是寒叶萧瑟。

空房自伤的闺中女子，又开始月下捣衣，为夫君重新浣洗和裁剪过冬的寒衣。一砧一杵，一思一念。梦中爱人消损的容颜，一直栖息在她心头最柔软的地方。

寒衣兼明月，千里寄相思。相思也难寄，夜夜成断肠。

点评

"捣衣"是古诗词中常见的题目，所写都不离征夫怨妇的内容。本词也是如此，词人以一个丈夫戍边在外自己留在家中的年轻妇人口吻，一气呵成，哀而成篇，将其思、其苦、其怨的心理活动细腻地表现出来。

"鸳瓦已新霜"，因为古时捣衣，多于秋夜进行，所以词作首句即点明时令。"鸳瓦"，即

①捣衣：古代服饰民俗。即妇女把织好的布帛，铺在平滑的砧板上，用木棒敲平，以求柔软熨帖，好裁制衣服，称为"捣衣"。又，妇女洗衣时以杵击衣，使其洁净，也称"捣衣"。②鸳瓦：即鸳鸯瓦。③见说：听说、闻说。④端相：仔细看。⑤支枕：将枕头竖起、倚靠。⑥砧（zhēn）：即捣衣石。

鸳鸯瓦，只是称物，无甚特殊含义。"新霜"是初霜，前几日还未下霜，近几日突然落霜了，是为"新"。屋外，鸳鸯瓦上已结了一层薄薄的清霜，那屋内呢？

"欲寄寒衣转自伤"，屋内孤灯下，她对着准备为他寄去的寒衣暗自心伤。此处，"欲""转"二字颇值得留意。"欲"是做好衣服，将寄未寄；而"转"说明先前心情并非"自伤"，但是一想到寄给丈夫寒衣就感到伤心。

那她为何如此呢？元朝姚燧曾作过一首清新别婉的元曲《寄征衣》："欲寄君衣君不还，不寄君衣君又寒。寄与不寄间，妾身千万难"，惟妙惟肖地道出了思妇内心的苦楚。那么此处，这位女子是否也同《寄征衣》中的女主人公一样，有着"妾身千万难"一般的心思？

且看下句"见说征夫容易瘦，端相"。看来，不是"千万难"的心思，而是牵挂丈夫，唯恐玉郎憔悴：都说戍边在外的人受尽苦寒，相貌容易消瘦，真想再好好地看他一眼啊。然而细细端详还不够，"梦里回时仔细量"，还想在夜梦中与他相遇，执手相望。

"支枕怯空房，且拭清砧就月光。"然而她并没有入梦，因为寒衾孤单，空房寂寞。既然夜不能寐，而牵挂之心又盈盈于怀，所以只有趁着月光再为他缝制一件秋衣。而此时"已是深秋兼独夜"，秋寒意重，孤单夜长，所以月下捣衣，一砧一杵，一思一念，无不透着牵挂，无不透着哀怨，无不透着凄凉。至此，一个让人怜惜不已的怨妇形象跃然纸上。然而词作并未结束，词人继续渲染她哀怨的心情。

末句，"月到西南更断肠"。蓦然回首，发现斜月沉沉，挂在西南方向，想着天下多少有情人早已相拥而眠，不由得更加让我欲断肠！

此之结句情景并茂，其幽怨之情，自是承接前面的"自伤""怯空房""凄凉"层层写来的，所以情致幽婉，情调凄绝。全词犹如一曲秋夜箫声，呜咽婉转，的确是一篇"断肠"之作。

南乡子 柳沟①晓发

　　灯影伴鸣梭，织女依然怨隔河②。曙色远连山色起，青螺③。回首微茫忆翠蛾④。

　　凄切客中过，料抵秋闺一半多。一世疏狂应为著，横波⑤。作个鸳鸯消得么⑥。

赏析

　　又一次，你离开了她。你离开了她，成为天涯孤旅，成为人间惆怅客。

　　金风玉露一相逢，便胜却人间无数。那是天河里，牛郎织女的美好传说。而你们，你们的别离滋味，浓于酒，使人瘦。但你总是这样安慰自己，两情若是久长时，又岂在朝朝暮暮。

---

①柳沟：柳沟城，在今北京延庆区八达岭北。古时为关隘。②灯影二句：鸣梭，用梭子织布。织女，织女星。河，天河，银河。③青螺：以青色的螺髻喻山。④翠蛾：本指女人之眉毛，后代指美丽的女子。古代女子以青黛描画修长的眉毛，故称。⑤横波：女子的眼波。这里代指所爱之女子。⑥消得：值得。

可惜，没有朝，更没有暮。一相逢，离别无数。因此，你厌倦了。

侍卫的无聊，鞍马的漂泊，辗转的人生，你都厌倦了。你只希望一世疏狂，作个鸳鸯，醉生梦死又何妨……

点 评

此篇是词人为妻子而作，描绘的是柳沟清晨晓发时的情景，抒发了与爱人被迫分离的痛苦和幽怨。清晨于柳沟晓发，词人却出之于想象之笔，从家中的妻子写起："灯影伴鸣梭"，天色未明，依然是灯影憧憧，摇曳着她娇弱的身影，伴着她在静寂的寒夜里拿着梭子，织着布。当然这只是虚景，只是词人的臆想，一旦从美好的想象世界里抽身而出，词人就会发现自己并不在温馨的家里，而是在客地清晨的柳沟，早已与妻子分别。

"织女依然怨隔河"，这句用牛郎织女的民间传说表明词人已同萧娘分袂。古代民间把织女星与牛郎星被阻隔在银河两岸的传说衍生成故事，谓牛郎、织女遥遥相望却不能厮守，唯有每年七月七日相会一次。后人以此作为夫妻或恋人分离，难以相见的典故。此处，词人是说早晨准备出发时天未透亮，银河清浅，天际的织女星仍隐隐亮着，仰首瞭望青灰色的天空，银河的对岸，今夜却不见牵牛星在。

"曙色远连山色起，青螺。回首微茫忆翠蛾。"接下三句写清晨晓发，行军路中对妻子的记想。晨光初露，绵绵曙色掩映之中，青翠山色，若隐若现。那青色螺形的

山形，真是像极她的螺髻。渐行渐远，再回首时，看到微茫中的远山，遂再一次地由那翠蛾似的山形想到了闺中的她。这上阕，虽然写的是清晨柳沟晓发的情景，但是或展开想象（鸣梭），或借用传说（织女），或使用比喻（青螺），或直接回忆（忆翠蛾），句句围绕闺中人写相思，写眷恋，写忆想，无限多情。

下阕则言情抒慨，表达与所恋之人被迫分离的隐恨和幽怨。"凄切客中过，料抵秋闺一半多"，因为长久寄身客地，行在他乡，宦从别处，所以感觉在客中度过的凄切日子，比在闺中陪伴爱人日子的一半还要多。"料抵秋闺一半多"，"料抵"说明此是假想之语，所以用到"秋闺"，不一定是实指，却形象地说明了自己在外奔波时间之长。

"一世疏狂应为著，横波。作个鸳鸯消得么。"这三句写出了渴望消闲的痛苦心情。"疏狂"即放荡不羁，容若写此语，是效仿魏晋时的竹林七贤。他曾在寄张见阳的信中牢骚道："弟比来从事鞍马间，益觉疲顿；发已种种，而执犊如昔；从前壮志，都已销尽。昔人言身后名，不如生前一杯酒，此言大是。弟是以甚慕魏公子之饮醇酒近妇人也。"

此处"魏公子之饮醇酒近妇人"说的就是作为竹林七贤之一的阮籍的一桩轶事：阮公邻家，住的是一美貌少妇，在酒肆卖酒。阮籍时常去那饮酒，酒醉，便睡在少妇的近旁。一开始，其夫颇为怀疑阮籍心怀不轨，观察几日后，发现阮公终无他意。容若说自己"甚慕魏公子之饮醇酒近妇人也"，其实就是本词中的"一世疏狂应为著"：他曾有过"逸四海"之"猛志"，奈何美好青春皆消磨于鞍马之间，越发感觉疲顿劳苦，心生厌倦之情，而从前壮志，都已销尽，遂只愿像魏公子阮籍一样任诞放达，不拘于人间礼法。而那在别人眼中可以赢得皇帝器重的金贵差事，在他看来，也终抵不过所爱女子的一双横波目，他只愿"作个鸳鸯"，管他"消得"不"消得"。

"一世疏狂应为著"，"一世疏狂"四字展露容若心曲，然而他始终也没疏狂起来，只是高贵的御座下那孤独的影子，只是一只被囚禁在金笼里的婉转高歌的鸟。

红窗月

　　燕归花谢，早因循①、又过清明。是一般风景，两样心情。犹记碧桃影里、誓三生②。

　　乌丝阑纸娇红篆③，历历④春星。道休孤⑤密约，鉴取⑥深盟。语罢一丝香露、湿银屏⑦。

赏析

　　誓言是开在舌上的莲花，它的存在是教人领悟，爱已入轮回。三生的誓言，滴水穿石。似此星辰非昨夜。我以为那些事已经被遗忘很久，结果想起来，还以为就是昨夜发生。

　　遇见，你已不在身边。一别如斯呵。常常别了一次，就错了今生。遇见，只想你明白。誓三生，与迷信无关，与信仰无关，我只是需要一个理由，许自己一个期限，可以在等待时更坚定。遇见，只要你记得。心仪一个人，是我一个人的事，从一开始，我的付出就只是付出，你的回应也只是让它有归属，仅仅，乐于此时。

　　然后，紫陌红尘，碧落黄泉。或许有一天，连这归属也不需要了，我仍是我，你仍是你，而我们，已不再是我们。

点评

　　这首词写离情，大约是写给昔日一恋人的。

　　上阕摹写景物，念及回忆，交代背景。"燕归花谢"，娟娟春花已经凋谢，双双

---

① 因循：指顺应自然。②三生：佛家语，指人的前生、今生和来生。③乌丝阑纸：有黑色线格的纸。篆：印章。④历历：清晰的样子。⑤孤：辜负。⑥鉴取：察知了解。取，助词，表示动作之进行。⑦银屏：镶有银饰的屏风。

燕子归来。这首句不仅点明了时序为暮春，而且以"燕归"暗衬伊人不归，"花谢"遥寄韶光易逝之感。"早因循、又过清明"，以"早"字领起，表达春去匆匆的扼腕心绪。"因循"，随意、轻易之意。你看，花已谢，燕已归，明媚的春光如此轻易滑过，转眼之间，又过了清明，春光将尽也！一个"又"字，急促相承，进一步表现出一种无可奈何的叹惋。

接下二句点出本题，即风景如旧而人却分飞，不无伤离之哀叹。"是一般风景，两样心情"，伊人去后，风景明丽如昨，人却是两地相隔，思念恋人之心，在美好春景的映衬下，欲显难耐。于是就回想起当初，在碧桃影深处，幽香初动时，他与佳人，脉脉相对，彼此心中情意涌动，萌生出情定三生的铮铮誓言。此即是"犹记碧桃影里、誓三生。"所谓"三生"，即前生、今生、来生。此处，词人说自己当初曾与恋人"誓三生"，乃是极言两人爱情之深厚。

下阕忆旧，追忆当时相亲相恋的往事。"乌丝阑纸娇红篆，历历春星。"执起伊的手，看着伊的眼，那乌丝纸上写下的鲜红篆文，如今想来，仍犹如夜空的星斗一样清晰。谓"乌丝阑纸"，谓"娇红篆"，都说明这所书写之字，必非二人"吟诗作赋北窗里"式的寻常翰墨，而是别有寄托，别有深意之辞。

那寄托为何？深意为何？"道休孤密约，鉴取深盟"，原来这贵重丝绢上，记取的是二人的海誓山盟，它作为凭证，见证着互不辜负的密约。而深盟誓毕，已是深夜，一丝清淡的露珠湿了银色的屏风。"语罢一丝香露、湿银屏"，这既是昔日之景，又是今日之景。

那时，"一丝香露"和"银屏"见证了两人的爱情秘誓，但是如今"香露"依旧，"银屏"依旧，伊人却再也不见了。此之情境，当又是晏几道《临江仙》"琵琶弦上说相思。当时明月在，曾照彩云归"和欧阳修《生查子》"今年元夜时，月与灯依旧。不见去年人，泪满春衫袖"的情境了。

踏莎行

　　春水鸭头①，春衫鹦嘴②，烟丝无力风斜倚。百花时节好逢迎，可怜人掩屏山睡。

　　密语移灯，闲情枕臂。从教③酝酿孤眠味。春鸿不解讳相思，映窗书破人人字④。

赏析

　　春水朵朵涟漪，悄悄爬上了鸭子的头。鹦鹉薄薄的嘴唇，轻声一唤，山上的春花都红了。烟丝靠着风的肩膀，把百花时节，荡得左边一朵，右边一簇。可是你却睡得可爱，眼睑的屏风虚掩着，给多情的往事留着一道缝儿。

　　那时候，我们说了，四只耳朵都装不满的话，以手臂为枕，为梦。可是就在大雁飞过时，你醒了。讨厌，队也不能成个"人"字。

点评

　　这又是容若很可爱别致的一阕词。写春景如画，摹春怨如见，清丽凄婉。

　　"春水鸭头，春衫鹦嘴。"这两句用比喻。写春天的河水，涟涟碧绿，翠如鸭头一般颜色。"烟丝无力风斜倚"，春天的风，也是轻缓，而略带温暖的，连淡白的烟丝都吹不散，摇摇曳曳，仿佛是在依靠着风似的。

　　前三句，分别以轻妍倩美的笔触描摹了春水、春花和春风，而这三般景致，正是

---

① 鸭头：指绿色。也叫鸭头绿。② 鹦嘴：鹦鹉红嘴，因以鹦嘴指红色。③ 从教：任凭、听凭。④ 书破：本指书写错乱，此处喻指雁行不成"人"字形。人人：即人，重言表示亲昵。

春天丰韵之所在。所以接下来，用"百花时节"轻点带过，为三春之景作结，为女子春思牵出线头。春天到了，水绿衫红，柳絮斜倚，百花盛开，如此的百花时节，正是情人幽会的好时节，可她却偏偏掩起了屏风，独自沉睡。这上阕既描绘了春景宜人，又于结处点出"可怜人"无聊无绪的情态。春景与她形成了极大的反差，这就透露了"可怜人"的独自忧伤。

下阕二句承上阕结句，追忆往日良宵共度的情景。"密语移灯，闲情枕臂。"那时，天色渐渐暗了，你将灯移过来，火焰跳跃，只映得亮我脸上的朵朵红晕。我们说着那些秘密的话语，头枕着手臂，互相端详着，永远也不疲惫。然而，当年的亲密无间，如胶似漆，却酿成了今日孤眠的痛苦。"从教酝酿孤眠味"，这句诗，分明有着范仲淹"残灯明灭枕头敧，谙尽孤眠滋味"的凄然感人力量。

"春鸿不解讳相思，映窗书破人人字。"结尾二句，自"孤眠味"外，取来雁字，真是愁上加愁。自然界的大雁，飞行时总成人字，所以睹雁字而思及远人就成了古诗词里的传统。比如晏几道的"天边金掌露成霜，云随雁字长"。李清照的"雁字回时，月满西楼"。周密的"雁字无多，写得相思几许"。而此处，词人说"春鸿不解讳相思，映窗书破人人字"。谓大雁不知避讳此时的相思，偏偏从窗外飞过，却不成"人"字的阵形，真是一支生花妙笔，旁逸斜出，从烦怨的心理上再加深加细地铺写相思的苦情，构思之巧妙，令人观止。

踏莎行 寄见阳

倚柳题笺①，当花侧帽②，赏心应比驱驰好。错教双鬓受东风，看吹绿影③成丝早。

金殿寒鸦，玉阶春草，就中冷暖和谁道。小楼明月镇长闲④，人生何事缁尘⑤老。

赏析

出门七步是红尘，多少人在熙熙攘攘、尔虞我诈中迷失了方向，迷失了自我，从心底渴求回归自然，回归宁静悠闲的生活。然而从古至今，又有几个人能真正遂了心愿？

晋陶潜，葛巾漉酒，是何等的放荡不羁。宋林逋，梅妻鹤子，是何等的潇然洒脱。明唐寅，闲卖青山，又是何等的风流倜傥。更有诗云：车尘马足富者趣，酒盏花枝贫者缘。若将富贵比贫贱，一在平地一在天；若将贫贱比车马，他得驱驰我得闲。

人人都知道"赏心应比驱驰好"的道理，可更多的人仍在生活的旋涡中身不由己地苦苦挣扎着。你这位千古伤心人便是这众多不如意之人中的一个……

点评

这是一篇寄给友人张见阳的寄赠之作。词中表达了作者对侍卫护从生涯的厌倦，对安闲自适生活的渴望。

---

①倚柳题笺：指作诗填词等悠闲自适的生活。②侧帽：斜戴着帽子。形容洒脱不羁，风流自赏的装束。③绿影：绿发，指乌黑发亮的头发。④小楼：指自己的家。镇长：经常、常常。⑤缁尘：黑色灰尘，即风尘。

"倚柳题笺，当花侧帽。"起首两句写词人风流自赏。"倚柳题笺"，表面上谓斜倚着垂柳题作诗填词，实际上出自南宋刘过《沁园春》中的"傍柳题诗，穿花劝酒"，这是古代文人清水映兰式的风雅。"当花侧帽"，表面是说在花丛中斜戴着帽子行走，实际上也是有行文出处的。

"侧帽"一词，语出北史独孤信传："因猎日暮，驰马入城，其帽微侧。诘旦而吏人有戴帽者，咸慕信而侧帽焉。"译成现代文就是：北周独孤信，形貌清丽，为当时美男子，所以常有人以他为模仿的对象。某天，他出城打猎，不知不觉中天色已晚，而他要赶在宵禁之前抵家，所以加鞭策马。由于马骑太快，头上的帽子被吹歪了，也来不及扶正。不明就里之人目睹此状，大感惊艳，觉得他潇洒异常。于是第二天起，满街都是模仿独孤信侧帽而行的男人。

容若此处，在"侧帽"一词前添上"当花"二字，其风流倜傥之处，比之北周独孤信，自是有过之而无不及。

"赏心应比驱驰好。"此句一出，当知词人前二句渲染自己风流自赏的意图何在

了。他是"醉翁之意不在酒"：他说自己"倚柳题笺"也好，"当花侧帽"也罢，其实都是为了与鞍马驱驰的索然寡味相对比，是为了强调"驱驰"生涯使他辜负了赏心悦目的美好时光。所以接下两句，词人会说自己无奈地坠入滚滚红尘之中，身不由己，满头黑发早早地被生活所累，染上了白霜。

"错教双鬓受东风，看吹绿影成丝早。""错教"，即不该教，亦即说明选择天涯漂泊的生涯，选择金阶侍立的职务，都是个错误。然而他有选择的权利吗，他能摆脱"天已早、安排就"的一切吗？

纳兰之所以在开篇就渲染自己的风流自赏，其用意就在于拿过去的理想与眼前的现实做对比，结论当然是显而易见的："赏心应比驱驰好"。当年的"倚柳题笺，当花侧帽"，虽然远离英雄的梦想，但它毕竟是自由自在、惬意浪漫的生活。如今虽然受到皇帝的器重，在仕途上一帆风顺，但他每天不但要值班、宣谕，还要扈驾巡征、狩猎，这种寡然无味的工作消耗了他的大量时间和精力。所以，对别人而言原本是一件风光无限的事情，对纳兰而言却成了无尽的苦楚，因此他才会发出"错教双鬓受东风，看吹绿影成丝早"的感慨。

"金殿寒鸦，玉阶春草，就中冷暖和谁道。"在下阕里，他把自己比拟为殿上的寒鸦和殿阶的春草，只能整天枯寂地在一旁兀立，没有人知道他的冷暖，而他也辜负了闺中的少妇，让她只能夜夜空对露头明月。终言之，他觉得侍卫官的生活，百无一是。

在给友人张见阳，也就是本篇《踏莎行》所赠之人的信中，他曾不加遮挡地写出了自己对仕宦生涯的无奈和幽愤："弟比来从事鞍马间，益觉疲顿，发已种种，而执行芟如昔，从前壮志，都已隳尽。"

"人生何事缁尘老"，词作最后一句诘问，力透纸背：这世间，到底有多少风尘琐事让我在无奈中悄悄老去啊？！

"人生何事缁尘老"，一声感叹，重如千钧，苍茫冷落充满了对人生的困惑和现实生活中种种不如意的苦恼……

临江仙 寄严苏友①

　　别后闲情何所寄，初莺早雁相思②。如今憔悴异当时。飘零心事，
残月落花知。

　　生小不知江上路③，分明却到梁溪④。匆匆刚欲话分携⑤。香消梦冷，
窗白一声鸡。

赏析

　　诗云：我寄愁心与明月，随风直到夜郎西。词云：欲凭江水寄离愁，江已东流那肯更西流。如今，暮云过了，秋光老尽，伴明月清风共一醉的知己好友已在千里。

　　你的思念，何物可寄？只能憔悴，心事如落花飘零，无人知。于是，"从别后，忆相逢，几回魂梦与君同"便成了你最大的心愿。哪里知道，清晨一声鸡鸣，便已梦逐烟销水自流。

点评

　　严绳孙在二十多岁时，抛弃举子业，游历于山水之间，与朱彝尊、姜宸英被誉为江南三布衣。清顺治六年（1649），参加由江南名士太仓吴伟业主盟的慎交社，结识了一批东南名流。顺治十一年（1654），与邑中顾贞观、秦松龄等十人结云门社，时称云门十子。康熙十四年（1675）结识纳兰性德，成为莫逆，这一首寄赠之作就是纳兰写给他的，表达了对挚友深切的怀念之情。

　　"别后闲情何所寄"，首句即径直抒怀而来。词之常例是起句叙景而不言情，但在纳兰词中，却往往是景缘情设，语因情工，词因情遣，从不拘限。

　　词中，作者思友之心，愈益难耐，所以开篇七字就将友人去后自己寂寂无聊的心事道出。"初莺早雁相思"，对远方朋友的别思之情，无人能懂，只有那早归的雁莺能懂我的那一片心思。"初莺"，即早莺，早莺其实不早，仅是诗词里的一个

---

①严苏友：即作者友人严绳孙，字苏友，江苏无锡人。详见《浣溪沙·寄严苏友》"评析"。②初莺：指暮春时。早雁：指初秋时。此谓春去秋来。③江上路：江南之路。④梁溪：在今江苏无锡市西，源出惠山，流入太湖。此代指严绳孙的家乡。⑤分携：分手。

意象。不仅不早，早莺啼叫，一般是春色将暮之时。"早雁"，即初秋的大雁，借指秋日。这句在言词人怀友之心无人能解的同时，又叠加了一层相思的含义，即春去秋来，无日不相思念友。

"如今憔悴异当时。飘零心事，残月落花知。"三句写别后的憔悴和寂寞，明白如话。

"异当时"，当时曾与友人聚集在花间草堂，谈诗论文，观摩书画，推心置腹，畅叙友情。然而如今，只有孤身一人，似是在天涯飘零，此种心事，大概只有残月落花知道了。

"残月落花知"，等于不知。因为花已凋零，月已转残，它们只会勾起词人思怀往日相聚时其乐融融的情景。

"生小不知江上路，分明却到梁溪。"过片两句写梦中情景。词人由思念至深至切而生出梦幻。

在梦里，生来不知江南路的他，却来到了苏友的家乡。"分明"一词，是说梦境清清楚楚，简直就像是现实中来到了江南一样，此与"生小不知"的对比映衬，更见出词人这一虚拟之笔的深挚感人。

"匆匆刚欲话分携"，然而但好梦难留，正欲话别后相思时，梦中温馨的情谊却忽而消逝了，令人不胜怅惋。

"香消梦冷，窗白一声鸡。"结处化用唐胡曾《早发潜水驿谒郎中员外》"半床秋月一声鸡，万里行人费马蹄"，将其拳拳的友情，深切的怀念，表达得含婉不尽，启人联想。

临江仙 永平道中①

　　独客单衾谁念我，晓来凉雨飕飕。缄书②欲寄又还休。个侬③憔悴，禁得更添愁。

　　曾记年年三月病，而今病向深秋。卢龙④风景白人头。药炉烟里，支枕⑤听河流。

赏 析

　　行在羁旅的男子，思念更如春草，渐行渐远还生。家中的她，还好吗？

　　一纸憔悴寄相思？又怕她知晓自己瘦损的容颜，为我担忧为我愁。这么多年了。年年伤春，年年病在深秋。

　　他脸上沧桑更浓，不再是那个动辄一声弹指泪如丝的少年公子了。甚至没有皱眉，他只是眼眸忧郁，神色忧伤地靠在那里。在药炉烟里，支枕听河流。

点 评

　　这篇《临江仙》作于永平道中，永平是指清代的永平府，其故境在今河北省东北部陡河以东，长城以南的地区，是出关通辽东的必经之路，由此可知容若作此词时是初登征程后不久。用词体咏边塞风情，宋元以来并不多见。纳兰几度扈驾宸游或奉命出使塞上，写了几十首边塞词，这对词史是一大贡献。其中不无豪迈的气度和壮阔的场面，但绝少开怀乐观，而是大多苍凉悲怆的意绪。严迪昌《清词史》云："几乎是孤臣孽子的情

---

　　①永平：清代永平府，在今山海关一带，纳兰护驾巡游关外，此为必经之地。②缄书：将信札封口。③个侬：那人，此指家中妻子。④卢龙：明清时为永平府治所在地。⑤支枕：将枕头竖起、倚靠。

绪。"此篇客中卧病之作也是如此。"独客单衾谁念我，晓来凉雨飕飕。"起首二句写自己孤眠独卧的寂寞。因为身在永平道中，在山海关一带，所以言"客"；因为远离故园而无妻子好友相伴，所以言"独"。合在一起，"独客"就道出了羁旅孤独的心理感受。"单衾"，与"独客"相契，传达的是一种"罗衾不耐五更寒"的感觉，此是从身体感受而言的。有了心理、身体两方面的铺垫后，"谁念我"，这一深情感慨，就从衷心自然流发出来。"晓来凉雨飕飕"，是写单衾独卧后清晨醒时的情景，也是对"谁念我"的答言和反衬：清晓寒凉，冷雨飕飕，偌大的世界，似乎只有它们挂记着我，衬托我的忧愁。

"缄书欲寄又还休，个浓憔悴，禁得更添愁。"接下来三句写家书作毕，欲寄还休的矛盾心理：写好了书信又犹豫，家中娇妻因为自己外出而担忧、憔悴，如若收到我生病的家书，必愁上添愁，身体娇弱的她，如何经受得住呢？"缄书欲寄又还休"，与李清照《凤凰台上忆吹箫》中的"生怕离怀别苦，多少事、欲说还休"有异曲同工之妙，也道出了词人虽在羁旅，虽在病中，但仍牵挂娇妻，关念切切的多情。

"曾记年年三月病，而今病向深秋"，下阕进一步写乡关客愁的难耐，思念闺阁中人心情的难解。"年年三月病"，不是说词人年年三月都会生一场大病，而是花用韩偓《春尽日》诗："把酒送春惆怅在，年年三月病恹恹。"说自己年年三月都会伤春，都会因春愁忧思成疾；如今远在塞外，不见闺中人，只有以恹恹病躯独向深秋，谙尽孤寂滋味。

"卢龙风景白人头，药炉烟里，支枕听河流。"结尾三句，用眼前景表达无穷无尽的愁怀。深秋季节，卢龙地区风景萧疏，令飘零人物增添伤感之情，而致暗生白发。所以终日只有拖着病躯，身向药炉烟里，于客舍中支起枕头，侧耳听着隐隐的水声，而心思如游丝缕缕，水烟漠漠……

临江仙

长记碧纱窗外语，秋风吹送归鸦。片帆从此寄天涯。一灯新睡觉^①，思梦月初斜。

便是欲归归未得，不如燕子还家。春云春水带轻霞。画船^②人似月，细雨落杨花。

赏析

为什么总是不能忘记那些细碎的往事呢？

碧纱窗外，是你的寂寞、伊人的等待。喃喃细诉的，不是风，而是零乱的心。归鸦总是随着秋风而来，这份欲归的心情，诉向谁边？

漂泊异乡，是春风，也该把故园的柳吹拂成丝了吧？是春雨，也该把故园的花润成鲜丽了吧？然而，守望的，只有一盏昏黄的灯；入梦的，也只是那斜斜的残月。

不是你这一生只爱孤寂、只爱漂泊，而是想归都不能啊。燕子寒来暑往，路途虽远，行程虽苦，总还有到家的一日，而你呢？

又是春天了。画舫游于灯影桨声，穿于红尘扰攘。而你，任风鼓白色长袍，心淡如月光。细雨无声地落下来落下来，杨花湿了，重了，落了，漂泊的你，也有靠岸的一天吗？

点评

这篇仍写厌恶仕宦，天涯思归之情绪。

春天到来了，而分别是在去秋薄暮，长别既久，今又相思顿起，故于起句劈头就"长

---

①新睡觉（jué）：刚刚睡醒。觉：睡醒。②画船：装饰华丽，绘有彩画之游船。

记"别时的情景。"长记碧纱窗外语，秋风吹送归鸦。"秋风袅袅，吹送寒鸦归巢，而我却不得不离家奔赴王事。碧纱窗外，你我依依别话的情景，早已长铭于心，时时念及。

接下来，"片帆从此寄天涯。""片帆"紧承"窗外语""归鸦"而来，写自己从此羁旅天涯，漂泊他乡的孤旅之景，思归的主旨很是明显。"一灯新睡觉，思梦月初斜"是写自己在客舍的凄迷之情：刚刚睡醒，独对一灯荧荧如豆；因为天涯孤旅难耐，所以梦里也在思念故园，思念家中美妻。

下阕接前意脉，再伸欲归不得，连秋去春归的小燕子都不如的恨憾。

"便是欲归归未得，不如燕子还家。"化用顾敻《临江仙》"何事狂夫音信断，不如梁燕犹归"，将燕子和自己做对比，颇有深意。是啊，燕子要飞便飞，来去自如，可以随时飞回旧巢，但自己王事在身，身不由己。比着比着，他不禁希望有朝一日能与心上人徜徉在春云春水之间，欣赏着烟柳画船，沐浴着杨花细雨，享受一番舒心写意的生活。

"春云春水带轻霞"，"春云春水"化用高观国《霜天晓角》"春云粉色，春水和云湿"，巧妙地表现了水天一色，云映水中的景象，而"带轻霞"三字，更为这幅旖旎风光画卷，点带了几许迷离的绚烂烟霞，使其无限迷人。在如此迷魂淫魄的春景掩映下，词人携着如花似月、皓腕凝雪的妻子，步履款款，徜徉在湖边画船，看那细雨飘若晴丝，柳絮飞如雪花，真是惬意无比，浪漫无伦。

"春云春水带轻霞。画船人似月，细雨落杨花。"最后宕出一笔，描绘想象中与伊人春光共度的情景，化虚为实，极其浪漫，这就使小词更富深情远致了。

又是一首表达相思的词。纳兰写词时似乎从不考虑同类题材自己已写过太多，或者在他眼里，此时的相思不能等同于彼时的牵挂，今日的愁绪和昨天的烦扰也是两个模样。纳兰这样想着，便确实写出了主题相同，但意境相异的佳作，一句有一句的悲伤，一首有一首的味道。

临江仙

塞上得家报，云秋海棠①开矣，赋此

六曲阑干三夜雨，倩谁护取娇慵②。可怜寂寞粉墙东。已分裙衩③绿，犹裹泪绡红④。

曾记鬓边斜落下，半床凉月惺忪⑤。旧欢如在梦魂中。自然肠欲断⑥，何必更秋风。

赏析

当秋海棠开花的时候，它并不想绽放什么。它只是寂寞。

曾几何时，你和伊人漫步花下。那时，它是欢乐的，如水的映影，风的轻歌。

如今，伊人已逝，燕去楼空。它只有怯怯的痛，如往事，蹉跎成河。再开时，已是断肠花对断肠人。不雨也潇潇。

点评

这首词作于纳兰出访塞外途中，收到家书，得知自家院中的秋海棠开花的消息，思绪万千，睹物思人，想起曾经与亡妻点点滴滴的生活片段，不由大发感叹。

上阕化虚为实，从想象中落笔。"六曲阑干三夜雨"，化用晏殊《蝶恋花》

---

①秋海棠：多年生草本植物，叶大花小，开红花，故又称"八月春"。②娇慵：指秋海棠花。③裙衩：比喻海棠的枝叶。④绡红：生丝织的薄绢。⑤惺忪：刚睡醒时眼睛模糊不清的样子。⑥肠欲断：双关语，既指人，也指花。秋海棠又名断肠花。

"六曲阑干偎碧树,杨柳风轻,展尽黄金缕",写阑干曲折,秋雨绵绵。"六曲阑干","阑干"是唐宋词中常用意象,常常作为一种必不可少的装饰性场景,见证风景和人物心态的变化。至于"六曲",同"六曲屏山"一样,都是诗词语言袭称。此处,容若是运用"六曲阑干"这一意象构筑出一种浮华绚丽的美境,为写秋海棠的香艳之美作铺垫装饰。

接下来一句,写连绵的秋雨过后,秋海棠开花了。花开若何?"倩谁护取娇慵",娇慵,原是形容女子的柔弱倦怠,这里用以形容秋海棠,显然是以人拟花:秋海棠花是如此的娇艳,请谁来保护娇美又慵懒的她呢?

"可怜寂寞粉墙东。已分裙衩绿,犹裹泪绡红。"三句继续以人拟花,写花之容貌。可爱的她在粉墙的东面寂寞兀立,那好似女子之翠绿裙衩一样的绿叶,托出了粉红色的花蕾,好像是薄纱一样的花瓣上宿雨犹存。"可怜""已分""犹裹",皆是语中含睇,笔带流连,清丽可人。

下阕追忆人之往昔。以花喻人,人比花娇。"曾记鬓边斜落下,半床凉月惺忪",与王彦泓"可记鬓边花落下,半身凉月靠阑干"只有几字之异,实际上也正是由王诗化出,道出了花前月下的美好往事:记得你曾把花插在头上,那时,月儿高悬,洒下半床清辉。一觉醒来,花儿从鬓边轻轻滑落,望着睡眼蒙胧的你,我不由如痴如醉。然而,"旧欢如在梦魂中",那花辰旧欢,似是一场春梦,在醒来后,了无痕迹。

"自然肠欲断,何必更秋风",结尾二句,系用双关,描绘了此时肝肠欲断凄苦之情。有一个美丽的传说:古时一位痴情女子,遭情郎抛弃后,肝肠寸断,伤而落泪,泪入土中,生出一花,人曰:秋海棠,又称"断肠花"。此处,"自然肠欲断"即是缘此传说,谓秋海棠本来就是断肠花,让人哀愁,哪还禁得起萧瑟秋风呢?当然这仅是双关语的表意,内在含义是:每每想起这些刻骨铭心的往事,就好像做一场秋梦,忍不住的肝肠寸断,哪还禁得起那些凄风惨雨呢……花虽年年开,人却一去不回来。这真是断肠人对断肠花,回忆越美就越痛苦……

也许,一阕词读罢,也只记得一句"旧欢如梦"。旧欢已然成一梦,那么新人呢?我们都看到,这位续娶的夫人是极爱纳兰的。她定然非常年轻,还是满脸稚气的,见花开了,赶紧簪一枝在鬓下,然后喜滋滋地给夫君写一封书信报知花信,一副小儿女情态。斯人已逝,海棠依旧,她可知她簪花的样子,与昔年的旧人多么相似?然而,纵使知道这花中有几多故事,她依然希望花开博得枕边人一笑。这样的爱,带着些许委屈,有自得其乐的意味。只要你能让我爱着你,我愿意为你心中藏着"她"的那个小房间,细心拂拭打扫。这一切,在塞上秋风中黯然神伤的纳这一切,在塞上秋风中黯然神伤的纳兰,你可知晓?

临江仙 孤雁

霜冷离鸿①惊失伴，有人同病相怜。拟凭尺素寄愁边，愁多书屡易②，双泪落灯前。

莫对月明思往事，也知消减年年。无端嘹唳③一声传，西风吹只影，刚是早秋天。

赏析

瘦马载你，在这边塞荒地，渐行渐远。秋风萧瑟天气凉，草木摇落露为霜。一只失群的孤雁，用孤独的雁蹼划破了长空，想回到故乡。却不知，在地上，还有一个同样无依无靠的可怜人。

夜深，如愁绪盈满。家书写尽，只是无奈。在这一夜乡心两处同的时刻，月华也绝裾而去，留给你因思念而憔悴的容颜。再清晨，雁声伴你，瑟瑟寒风中，匹马单衣……

点评

孤雁在古典诗文中有着特殊的意义，它或象征天涯孤客，或比喻夫妻失偶，或喻指友朋失伴，等等。故诗人咏孤雁实系咏孤独之凄怀。这首咏"孤雁"之作亦如是，诗人描绘了"刚是早秋天"里的一只孤独的大雁，又将人雁合一，情景合一，因而雁之孤影与人之孤独，交织浑融，抒发了孤寂幽独的情怀。

词作开门见山，写孤雁的失群惊魄。"霜冷离鸿惊失伴，有人同病相怜"，

---

①离鸿：失群的大雁。②屡易：屡次重写。③嘹唳：声音响亮而凄清。这里指孤雁叫声。

一只失群的孤雁在深夜的冷霜中凄凄独飞，那呼唤同伴的辗转哀鸣一声声划过夜空，传进愁情正炽、夜深无眠的词人耳中，让他不能不生出"同病相怜"之感、"愁多"魂销之叹。"有人同病相怜"，好一个"同病相怜"！一下子就把人和雁，一个天上，一个地下的距离拉近了，合二为一。

鸿雁在古诗词里，常用作信使代称，如晏殊的"鸿雁在云鱼在水，惆怅此情难寄"，所以接下来，词人马上由离鸿想到了写信抒怀。"拟凭尺素寄愁边，愁多书屡易，双泪落灯前。"夜深人静，辗转难眠，也想写封家书将心中的苦闷说给她听，无奈愁绪太多，写了又写，改了又改，终不成书，以致最后，不由一声感叹，泪珠滚滚滴落灯前。

过片写家书不成后的独对明月的内心感受。因为在明月皎皎的夜晚，所有过往的回忆都会潺潺流动起来，异常明晰深刻。而每一次情不自禁的思量，都会摧折心肝，损耗青春的容貌，消减健康与寿命。所以词人袭用唐白居易《赠内》诗"漠漠暗苔新雨地，微微凉露欲秋天，莫对月明思往事，损君颜色减君年"告诫自己往事已如缕如烟，切莫胡思乱想，自添愁绪。

然而"树欲静而风不止"，远处又无端传来一声悲怆的雁鸣，牵怀动绪不止。"无端嘹唳一声传"，"无端"一词，用得极好，表面是说"嘹唳一声"的没有来由，实际上是说自己无缘无故，不知来自何方的凄凉愁绪。最后两句"西风吹只影，刚是早秋天"，既是写雁，也是写人——孤雁和我又要在这初秋时节瑟瑟寒风中，形孤影单地上路了——一语双关，留给我们一个极富画面感的联想空间……

蝶恋花

辛苦最怜天上月。一昔如环，昔昔都成玦①。若似月轮终皎洁，不辞冰雪为卿热②。

无那③尘缘容易绝。燕子依然，软踏帘钩说④。唱罢秋坟愁未歇⑤，春丛认取双栖蝶⑥。

赏析

那是海上生出的明月，天涯共此时的惆怅。歌者寂寞的独语，在苍白的夜色中，踽踽独行。没有四月紫色的弹奏，没有夏花温柔的烂漫，只有枯叶，只有夕阳。

试问情深深几许？杨柳再也堆不起沉重的烟尘。寒夜的琵琶，我把你听成了万里愁肠。记不起你的名字。宋朝的柳郎琴声吟唱，所有的宋词，都是红粉知己。你的何在？脉脉人千里，风情两处，烟水万重。我写的离愁，已有千岁，只是鸿雁在云鱼在水，此情谁寄？

爱上一个人，要用一生来忘记。回忆犹如一根银针，冷不防就刺进骨髓。你是我终身的疼痛。

点评

面对"爱情"这两个字，人们常常感叹：好辛苦！这样的感情体验，到了纳兰性德笔下，获得了这样充满诗意的表述："辛苦最怜天上月！"

---

①一昔句：昔，同"夕"，一夜。玦（jué）玉，半环形之玉，借喻不满的月亮。这句是说，一月之中，天上的月亮只有一夜是圆满的，其他的夜晚就都是有亏缺的。②不辞句：意思是不怕严寒而为你送去温暖。卿，"你"的爱称。③无那：无奈，无可奈何。④软踏句：意思是说燕子依然像过去那样，轻轻地踏在帘钩上，呢喃絮语。⑤唱罢句：意思是说哀悼过了亡灵，但是满怀愁情仍不能消解。⑥春丛句：认取，注视着。取，语助词。

不是吗？你看那天上的月亮，"一昔如环，昔昔都成玦"，等得好辛苦，盼得好辛苦！

人间夫妇，往往如此。词人夫妇，更是如此。纳兰性德身为宫中一等侍卫，常要入值宫禁或随驾外出，所以尽管他与妻子卢氏结婚不久，伉俪情笃，但由于他的地位独特，身不由己，因此两人总是离别时多，团圆时少，夫妇二人都饱尝相思的煎熬。

而今，仅仅是婚后三年，卢氏年仅二十一岁芳龄，竟然离纳兰性德而去了，这给词人留下了怎样一个无法弥补的终生痛苦与遗憾！在难以消释的痛苦中，词人让心中的爱妻逐渐化作天上一轮皎洁的明月。

这是一个凄切的梦。词人希望这个梦真的能够实现，希望妻子真的能像一轮明月，用温柔的、皎洁的月光时刻陪伴着自己。他还想：如果高处不胜寒，我一定不辞冰雪霜霰，用自己的身、自己的心，去温暖爱妻的身、爱妻的心。

但是，那终归是一场梦。尘世因缘毕竟已经断绝，令人徒唤奈何。唯有软踏帘钩的堂前燕，依然相亲相爱，呢喃絮语，仿佛在追忆这画堂深处昔日洋溢的那一段甜蜜与温馨。

此情此景，让人不禁想起宋人欧阳修同样的伤心和怅惘："去年元夜时，花市灯如昼。月上柳梢头，人约黄昏后。今年元夜时，月与灯依旧。不见去年人，泪湿春衫袖。"

词人现在的愁绪，真是剪不断，理还乱。凄苦之中，他想到了李贺。"秋坟鬼唱鲍家诗，恨血千年土中碧。"他想用哀悼来减轻内心的思念，却不知这样做，反而增添了幽恨。于是，他只有祈愿化作一只彩蝶，于来年春日，在那烂漫花丛中与爱妻的精灵形影相随、双栖双飞……

蝶恋花

又到绿杨曾折处[①]。不语垂鞭，踏遍清秋路。衰草连天无意绪[②]，雁声远向萧关[③]去。

不恨天涯行役[④]苦。只恨西风，吹梦成今古。明日客程还几许，沾衣况是新寒雨。

赏析

昨夜的行程，顷刻便从春天抵达了清秋。那匹叫作忧伤的汗血马，飞驰过一路的凄凉。山高水长，你们的海誓山盟，在未及告别的古道上，已经去意彷徨。

暗夜下，倚鞍小寐。梦中，一盏青灯下读伊人的红笺，却永远看不清她的相思。而窗外盛开着一树落寞的海棠，冷冷地看你在梦中哭泣。当天光唤醒遥远的前方，你依然是跃马扬鞭的旅人。

没有梦，没有今古，只有无尽的江山在脚下。而前路，只有驿站，你如何停住脚步？

点评

又是一篇凄凉的塞上离愁别恨之作。

"又到绿杨曾折处"，词的起句，用一"又"字，说明他离家已经不止一次了。过去离家，在这里折柳赠别；今番远出，又在这里折柳临歧。旧景重现，倍添惆怅。这一句，"又"与"曾"互相呼应，恰切地表达出词人对不断行役的愁烦情绪。

---

① 绿杨曾折处：曾经折柳赠别的地方。② 无意绪：百无聊赖。③ 萧关：古关名，故址在今宁夏固原市东南。
④ 行役：因服役或公务而跋涉在外。词人于康熙二十一年（1682）八月出使黑龙江梭龙，此词即作于此时。

"不语垂鞭，踏遍清秋路。"词人独自离去了，他默默不语，无力地垂着马鞭，闷闷不乐的神态宛然如现。很清楚，如果容若热衷于名利，当他又一次得亲銮驾时，大概会唱出"春风得意马蹄疾""踏花归去马蹄香"之类的句子。但是，出于对仕途的厌倦，他含愁带恨地离开了京城，陪皇帝出发。而这种无聊无赖的情绪，又竟贯穿在踏遍清秋路的过程中。一路上，词人无精打采，怅然若丧，似乎是魂离躯壳。

"衰草连天无意绪"，承"清秋"而发。凉秋九月，塞外草衰，枯草连天，当是实景。但草的枯荣，是自然现象，这里说连衰草也无聊无味地伸到天边，单调索寞，这实际上是词人自己"无意绪"的反射。"无意绪"三字，是全诗之眼，整首词的描写都是围绕着这三个字展开。

放眼平芜，毫无意趣，抬头仰望，也是兴味索然。"雁声远向萧关去"，长空雁叫，远向萧关，它离开温暖的南方，这和征人步入穷荒一模一样。所以，听到雁声嘎然长鸣，添愁惹恨。

下阕。"不恨天涯行役苦"，说不恨，那不过是反语，因为从全篇的意味来看，恰恰是要表现天涯行役之恨。然而词人觉得，行役之苦毕竟是有限的，如果把它与虚度光阴之苦两相比较，那么行役之苦也不算甚。容若在一首调寄《金缕曲》的词里说过："两鬓萧萧容易白，错把韶华虚度。"他认为经年蹭蹬于山程水驿，等闲间白了少年头，才是最堪痛心疾首之事。为了强调这一点，下面便选出"只恨西风，吹梦成今古"一句。西风，与清秋、衰草、雁声相联系。秋风起了，吹梦无踪，一瞬间便觉年华飞逝，使人有今昔云泥之叹。想到这里，词人感到这征戍的幽恨没完没了。最后两句，"明日客程还几许，沾衣况是新寒雨。"渐行渐远，道路迢递，到明日，离愁别绪又不知要添多少？何况寒雨绵绵，沾衣惹袖，这客途秋恨，比刚刚离京时一定更浓更深了。

整首词，从折柳开始，以寒雨收束，暗用《诗经·小雅·采薇》"杨柳依依，雨雪霏霏"之诗意，真切感人，实是词中上品。

唐多令 雨夜

丝雨织红茵[1]，苔阶压绣纹，是年年、肠断黄昏。到眼芳菲都惹恨，那更说，塞垣[2]春。

萧飒不堪闻，残妆拥夜分[3]，为梨花、深掩重门。梦向金微山下去[4]，才识路，又移军。

赏 析

暮雨又潇潇，点滴无聊，又将梨花瓣轻敲。梨花飘落的时候，肠断黄昏。你叹息一声，轻轻掩上了房门。

想起远方。想起远方他的春天，他的瘦损，你只能对花泣诉。"青青子衿，悠悠我心，但为君故，沉吟至今。"孤寂的夜里，你行也思君，梦也思君。奈何从此银汉

---

①红茵：红色地毯，这里指一地红花。②塞垣：边境地带。③夜分：夜半。④金微山：即今之阿尔泰山。诗词中常用来泛指边塞。

路迢迢，两地煎熬，忍待何时鹊踏桥？

泪眼蒙眬中，无语叹今宵。

点 评

这是一首拟闺怨词。词人全从对方写来，假想雨夜黄昏时候的闺人思我之情景。词从雨中红花写起。"丝雨织红茵"，霏霏的雨是细细的，所以言"丝雨"。丝雨飘飘，朦朦胧胧，落在花瓣上，像是女子用丝线编织着什么似的。这个"织"字，联想巧妙，用笔工致，直是将春雨的迷离之美写活了。"红茵"，本义是红色垫褥，此处形容红花开遍，犹如铺了红色的地毯。这是写花红。"苔阶压绣纹"，"苔阶"，是生有苔藓的石阶。"压绣纹"，是说阶上青苔苍苍，似是织物上的花纹。这是写阶绿。首二句以丝雨、红花、苔藓、石阶为抒情主人公勾勒了一个冷艳凄迷的意境，为下文的女主人公的伤心断肠，寂寞相思伏了暗线。

"是年年、肠断黄昏"，此抒情之句将首二句营造的意境在时间上进行无限延伸。"是年年"，是说红花满地、苔痕上阶的景象、黄昏悲伤的愁情，不是今年才有，而是年年如此，情意一出胸膛，便倍加深厚；语气一吐唇间，便愈益沉痛。

"到眼芳菲都惹恨,那更说,塞垣春。"花草满园,蝶飞燕舞,如斯好景,衬人哀伤心肠,本来就"惹恨",更何况思念的人又远行塞垣,经久未归,年年春天,年年不能相携呢!一边是伤春惹起的幽恨,一边是远人不归牵出的幽怨,一经"那更说"三字的连接、强化,遂生成如潮水般的相思苦情。

下阕夜雨萧萧,再添心中之愁。"萧飒不堪闻,残妆拥夜分。"窗外是萧飒的风雨,不忍听闻;窗内是伤心的闺人,泪罢妆残。百无聊赖,万般无奈中,她只能寂寞地拥夜而坐。而这个时候,她又看见夜雨催落梨花,那片片飘零片片飞的白色梨花,让她不忍目睹,于是便掩上了层层的门,但是她心湖里那一圈圈又是怜,又是怨的痴情,早被引出。

"为梨花、深掩重门",化用戴叔伦《春怨》诗"金鸭香消欲断魂,梨花春雨掩重门",用黄昏时雨打梨花的景象,衬托了一位深怀相思之情的女子的孤寂的心态,同时又再次渲染出一种凄凉的意境、哀怨的心情。

"梦向金微山下去,才识路,又移军。"这三句写她的梦境。"金微",即今之新疆阿尔泰山。唐贞观间以铁勒卜骨部部地置金微都督府,乃以此山得名。此处词人说"金微",非谓他真到了金微山,而是化用唐人张仲素诗典而已。张仲素《秋闺思二首》其一云:"碧窗斜月蔼深晖,愁听寒螀泪湿衣。梦里分明见关塞,不知何路向金微。秋天一夜静无云,断续鸿声到晓闻,欲寄征衣问消息,居延城外又移军。"此处,词人"梦向金微山下去"和"才识路,又移军"两句就是分别从张诗颔联"梦里分明见关塞,不知何路向金微"和尾联"欲寄征衣问消息,居延城外又移军"化出,意思是说在梦里她到了关塞,那关塞正是她魂牵梦萦的地方,因为她的良人就出征到那里。她不由大喜:快,去金微山下找他!可是,刚刚摸清路,他又到了别处,真叫人愁绪万端,寝食难安。如此结句,含思隽永,朦胧要眇,在全文词意上也更推进一层,谓即使相思也是所思无处,这便更增添了伤痛之苦情。

踏莎美人 清明

拾翠归迟①，踏青②期近，香笺小叠邻姬讯③。樱桃花谢已清明，何事绿鬟斜亸、宝钗横④。

浅黛双弯⑤，柔肠几寸，不堪更惹其他恨。晓窗窥梦有流莺，也觉个侬⑥憔悴、可怜生⑦。

赏 析

喜欢一个人，真的好痛好难。

一开始是明亮的，全世界似乎都变粉红色。一切看在眼中都是美好，就算天崩地裂，只要还能看到他的微笑，那也没什么。可是渐渐就变了，向着我们所不能控制的地方滑过去。再也不会快乐了。

他看不到呢……无论做什么，说什么，他都注意不到，读不懂其中的意思。微笑依旧，看在眼里却只剩沉闷的痛。

有时候真的是怎么也想不明白，爱情究竟是由谁来安排。苦苦追求的得不到，得到了的却弃之若敝屣。怎么就会这么不公平……

点 评

"踏莎美人"是顾贞观自度曲。一半《踏莎行》一半《虞美人》，合起来倒也雅致不俗。副题为"清明"。清明正是游春踏青的好时节，古代有游春的习俗，本篇即

---

①拾翠：本意是拾取翠鸟的羽毛作首饰，后指女子游春。②踏青：清明前后的郊游。③香笺小叠：女子的书信。邻姬：邻家女子。讯：通"信"。④绿鬟：乌黑的头发。亸（duǒ）：下垂。⑤浅黛：女子画得很淡的眉毛。⑥个侬：这个人或那个人。⑦生：用在形容词词尾，无义。

以此为题的咏节令之作。

上阕前二句说游春拾翠归来得迟了，而踏青之约日近。"拾翠归迟"，拾翠，本意是拾取翠鸟的羽毛作首饰，语出曹植《洛神赋》："或採明珠，或拾翠羽。"后多指女子游春。比如杜甫《秋兴》诗："佳人拾翠春相问，仙侣同舟晚更移。""踏青期近"，"踏青"即春天出城到郊外游览。古代诗词中常以踏青和拾翠并提，如吴融《闲居有作》："踏青堤上烟多绿，拾翠江边月更明"。这一联泛写春来游春的活动，而将春天少女的心事隐含于"迟""近"二字之中。

"香笺小叠邻姬讯"，结下一句承前说邻女有约踏青。"香笺"，即信笺，大约因其出自邻家少女之手，散发着香气，所以言"香"吧。"邻姬讯"，是说收到了邻家女孩的信。那信上所写为何？"樱桃花谢已清明，何事绿鬓斜蝉、宝钗横。"信上写道：樱桃花已经谢了，都到了清明，你怎么还是一幅慵懒无力的样子呢？"绿鬓斜蝉、宝钗横"，写女主人公疏慵倦怠之貌：绸缎般的长发松松绾起，随意地斜着，一支钗禁不住，就要从流云一般的发间滑出来，可谓生动逼真，清丽轻灵。

下阕则自叙心怀，亦是对邻家少女的答复：不是我不喜欢春天的踏青，而是本来就心绪不佳，愁怀不解，实在不愿再去沾惹新恨了。"浅黛双弯，柔肠几寸"，浅黛，指女子画得很淡的眉毛。双弯，即轻轻地皱着眉头。柔肠，柔曲含情的心肠。几寸，当是几丝愁绪萦怀。这八个字，写这个少女的淡淡心事、淡淡愁，堪称清丽含婉，风韵别致。"不堪更惹其他恨。"风流含蓄之后接以率直坦露，则显得灵巧高妙。

现在，这位少女自吐心怀说不愿再去沾惹新恨了，但是此种幽幽心事又有谁知道呢？故于结处说唯有那清晓窗外的流莺明了。"晓窗窥梦有流莺，也觉个侬憔悴、可怜生。"意即我心事重重地睡去，清晨从梦中醒来，即使是那婉转啼鸣的莺儿也觉得我很憔悴，惹人怜爱。结尾二句，幽思含婉，清丽轻灵，表达出百无聊赖的阑珊意绪。

鬓云松令

枕函香，花径漏①。依约②相逢，絮语黄昏后。时节薄寒人病酒③，铲地④梨花，彻夜东风瘦。

掩银屏，垂翠袖。何处吹箫，脉脉情微逗⑤。肠断月明红豆蔻⑥，月似当时，人似当时否？

赏析

还可以回到从前的吗？梨花一般的女子站在远处，静静地看着他幸福。

他，现在真的好吗？辗转反侧，不能成眠的时候，寂寞的女子总会遥望那弯月牙儿。

不知道他是否拖着疲惫的身体，走在回家的路上，偶尔抬抬头，感受一下温柔的月色。月似当时，人似当时否？

点评

这首词是写月夜怀念所爱之人的痴情。

柔情婉转，语词轻倩，似丽人姿容初展，风神微露。

上阕从痴情入忆的感受写起。"枕函香，花径漏。依约相逢，絮语黄昏后。"起首四句写回忆里的室外情景：在花径泄露春光，枕头都留有余香的美好日子里，他与伊人在黄昏时见面，絮语温馨情意绵绵。

清初满族进取有为的贵族子弟，

①枕函二句：谓花径泄漏春光，致使枕头上尚留余香。②依约：隐约、仿佛。③病酒：谓饮酒过量，沉醉如病。④铲（chǎn）地：无端，平白无故地。⑤逗：引发、触动。此指逗引出情感来。⑥豆蔻：多年生常绿草本植物，有肉豆蔻、红豆蔻、白豆蔻等品种。此喻指所恋之人。

每日晨昏定省弓马骑射，汉文满文蒙文都需温习。一天的功课安排颇紧，唯有黄昏时分才有空闲，这也是为什么容若词中屡屡出现黄昏夕阳的字眼，除了《采桑子》里有"月度银墙"之语，《落花时》又写："夕阳谁唤下楼梯，一握香荑。回头忍笑阶前立，总无语，也依依。"可知容若与伊人相会也多在晚间。

"时节薄寒人病酒，铲地梨花，彻夜东风瘦。"接下写与伊人分别后，如今夜间的景况。在清寒的天气里，词人借酒消愁，沉醉不醒，而东风彻夜无息，无故吹落梨花满地。一夜过尽后再看满树梨花竟似瘦减不少。

"掩银屏，垂翠袖。何处吹箫，脉脉情微逗。"下阕四句写别后词人相思成痴、痴情入幻的迷离之景。前两句写她在闺房里，寂寞地掩着屏风，青绿色的衣袖低低垂下，似是欲说还休。

后两句，词人心魂则由彼处，倏然飞回此处，写这时候他依稀听到了她那脉脉传情的箫声，只是不知人在何处。"何处吹箫"，箫中含情；"脉脉情微逗"，情转温软醉人。

"肠断月明红豆蔻"，接下来一句则再由幻境回到现实。写如今夜色沉凉，月光照在院中的红豆蔻上，那红豆蔻无忧无虑开得正盛，让人触景伤情。"月似当时，人似当时否？"于是又联想到曾与她同处在月下的情景，而如今月色依然，人却分离，她还依稀如旧么？

月亮永恒，恋情却苦短，"肠断月明红豆蔻，月似当时，人似当时否？"人，尤其是至情之人，又怎能经受住如此一问？在这月的孤独落寞中，昔日繁华凋零，容若反问这句清丽而沧桑的"月似当时，人似当时否？"比起小山的"当时明月在，曾照彩云归"，更显情深、意浓，凄凄惨惨戚戚历历可见。

调笑令

明月。明月。曾照个人离别。玉壶红泪①相偎，还似当年夜来②。来夜。来夜。肯把清辉重借。

赏析

你已不再归来。晴朗的夜晚温凉悄然，凄凉的明月清辉下，银河早已入睡。我久已不在你的耳旁，不知你的眼泪是否还会把我记起。

也许在左手与右手的相偎中，有人会亲切地回想起我的过去。枕着你的名字，我无法入眠，天上一轮明月，依然固守着她的寂寞。可在我住过的窗口，不会再有你脉脉的凝视。

点评

词牌名为"调笑令"，始于唐，开始多写宫怨、田园、闺怨之类题材。后来随着边塞、咏史、咏怀等题材的介入，称之"调笑令"稍嫌轻薄，故又有人以严肃的名称名之，曰："转应曲"。容若这首《调笑令》，虽是短制语浅，但能深婉意远，因是精妙之作。

"明月。明月。曾照个人离别。"起首化用冯延巳《三台令》"明月，明月，照得离人愁绝"，写皎洁的明月，曾用洁白的清辉照他与人离别。那与谁离别呢？明月，明月，纳兰是想劝慰吧？海内存知己，自然天涯共此时，何必以身形羁绊？或者也是

---

①玉壶红泪：美人之眼泪。②夜来：魏文帝宫中美人，即薛灵芸。魏文帝为改名夜来。

在祝福，既不得相守，便不如放开心胸祈祷，但愿人长久，千里共婵娟。然而那一片月明中，纳兰好似又眼睁睁地看见那个人由远及近渐渐走向了他，咫尺之距时，又远远地推开了他，狠狠地退出了他的视野。他们心意相交，却终天各一方。永远，相守时难以实现的诺言；遥远，离别时执手相看泪眼，一个转身便耗尽了一生的时间。

"玉壶红泪相偎，还似当年夜来。"玉壶红泪，用薛灵芸事典。当初，魏文帝曹丕迎娶美女薛灵芸，薛姑娘不忍远离父母，伤心欲绝，等到登车启程以后，薛灵芸仍然止不住哭泣，眼泪流在玉唾壶里，染得那晶莹剔透的玉唾壶渐渐变成了红色。待车队到了京城，壶中已经泪凝如血。所以后世便以"红泪"形容女子的伤心，也可以用来泛指悲伤之泪。此处，"玉壶红泪相偎"，是说词人独自伤心流泪吗？若是词人自己泪水涔涔，怎来"相偎"？

且看后一句，"还似当年夜来。"此句一出，豁然开朗。"玉壶红泪相偎"原是当年的情人流着眼泪与自己相依相偎的情景，这一句本来应该放在"还似当年夜来"后面的，却被词人前置了。

此处"夜来"，字面意思是说当年之夜，但其实还是用薛灵芸的典故。《拾遗记》云："灵芸未至京师十里，帝乘雕玉之辇以望车徒之盛，嗟曰：'昔者言朝为行云，暮为行雨，今非云非雨，非朝非暮。'改灵芸之名曰夜来。"

由此可知，"夜来"指的就是薛灵芸。那词人两番用此典故，将明月夜与情人分手和三国时薛灵芸入宫联系在一起，究竟是何意图呢？有情人无奈离别，女子踏入禁宫，从此红墙即银汉，天上人间远相隔。这，是否又是表妹的故事？说不清。唯一能说清的，只是这最后一问：今后的夜晚，明月还会把它的清冷光辉借给我，照亮曾经的欢聚吗？

点绛唇 寄南海梁药亭①

一帽征尘,留君不住从君去。片帆何处,南浦沈香雨②。
回首风流,紫竹村③边住。孤鸿语,三生定许④,可是梁鸿侣⑤?

赏析

好朋友要走了。这一走,梦破南楼,山长水阔知何处?

你知道,从此千帆过尽,或许不会再有他。所以你百计留他。

可是来去苦匆匆,泪沾长襟,但留天涯一时,留不得漂泊一世。留君不住。好朋友走了。带着黄昏的一片晚云,他走了。思君如流水。你燃起一缕沉香,紫竹村里的风流,像一首老歌。

点评

梁药亭为了参加进士考试,长期滞留京师,故与容若相识,结为知己。药亭在《赠成容若侍中》诗中写道:"及尔见君子,和颜悦且康。顾念我草泽,自忘躬貂珰。"足见二人相交之友情非同一般。但药亭仕进不利,故于清康熙二十年(1681)离京返粤,此篇大约作于是年。当药亭离京后,容若填此寄赠,表达了对他的深切的怀念。

"一帽征尘,留君不住从君去。"起首一句写药亭意欲南归,留也留不住的惜别

---

① 南海:指广东省。梁药亭:作者的好友梁佩兰,字芝五,号药亭,广东佛山市南海区人,清初著名诗人,与屈大均、陈恭尹并称为"岭南三大家"。康熙二十七年(1688)进士,官翰林院庶吉士,有《六莹堂前后集》十六卷。《清史列传》卷七十一有《梁佩兰传》可参。② 南浦:南面的水滨,泛指送别之处。沈香:沈香浦,在今广东南海琶琶洲。相传晋广州刺史吴隐之曾在这里投下沉香,故名。③ 紫竹村:未详,可能是北京西郊紫竹院附近的一处村庄。④ 三生:指前生、今生和来生。⑤ 梁鸿:字伯鸾,系汉扶风平陵人,家贫而好学,尚气节,为隐逸之士,与妻子孟光相敬如宾。

眷恋之情。"留君不住从君去",这句虽然势平语简,但是送别之情却有几许翻转,其依本于宋蔡伸《踏莎行》词云:"百计留君,留君不住。留君不住君须去。"将蔡词三句凝成的深情厚谊收缩于简短一句之中,自是蕴含深远。

"片帆何处,南浦沈香雨。"次二句,承"从君去"而发,写药亭踏上归途。南浦,出自江淹《别赋》:"春草碧丝,春水绿波。送君南浦,伤如之何!"本指南面的水边,后泛指水边送别之地,与陆上送别之地"长亭"相对。沈香雨,谓沈香浦之雨。沈香浦在广州市西郊之江滨,相传晋代广州刺史吴隐之曾投沉香于其中,因以得名。药亭此时正在南海(今广州市),故云。这两句是说梁佩兰将要乘船回到多雨的家乡。

"回首风流,紫竹村边住。""回首"二字一出,当知下阕开始转入回忆,词人回顾往日隐居紫竹村边,那潇洒风流的生活实在令人怀恋。风流若何?是谈诗论文,观摩书画?还是推心置腹,畅叙友情?词人未有明说,只以"紫竹村"三字,隐隐点出几许隐逸情怀,淡泊情调,让读者自行联想。

结尾三句,仍出以想象之语,怀念之中更见对友人的款款深情。"孤鸿语",孤鸿在诗词里是离别的意象,叶梦得《虞美人》云:"万里云帆何时到,送孤鸿、目断千山阻。"写两人之间隔着千山万水,舟船难通,只能目送征鸿,黯然魂销。此处容若也是说,药亭南去,一如孤雁南飞,令人伤感,令人寂寞。然而友人确是回到了家乡,独自悄悒,又有何用?所以接下二句便转写对友人的赞许:"三生定许,可是梁鸿侣?"梁鸿,字伯鸾,系汉扶风平陵人,家贫而好学,不求仕进,娶同县孟光为妻,夫妇二人同入霸陵山中,以耕织为业,咏诗书,弹琴以自娱。结尾处,词人别然牵出三生之语,谓如果说人真的有前生,那么药亭的前生定然是梁鸿一样的人物,便于谐趣中见出对药亭的一往情深。

忆王孙

暗怜双缬^①郁金香，欲梦天涯思转长。

几夜东风昨夜霜，减容光，莫为繁花又断肠。

赏析

闺中的女子，怜惜着小院里的郁金香花，偷偷地。花开的心事，是不能说的。

梦是花朵紫色的根须，想探探情郎的天涯，是否比她的思念绵长？

春风中有些薄薄的寒冷，她的玉手有些微微的凉。如花的容颜憔悴时，她听见，忧伤在郁金香花里一瓣一瓣地敲门。

点评

这首词写闺中女子思念远方的情人，以淡语出之，平浅中见深婉，自然入妙。

"暗怜双缬郁金香，欲梦天涯思转长。"起首二句由景及人，睹物而思及远方的心上人。双缬，可作两解。一为"成双的捆在一起的"，以此修饰"郁金香"，反衬人之孑然。二是借代女子的袜子，因古代有一种女袜有丝带与衣着相连，"缬"本指那起牵连作用的丝绳并在此借指整个袜子，而"郁金香"则是袜子上的图案。

此处，若作前解，是写花，想必郁金香在二人的爱情生活中有过一定的关系，所以见花而思念之情变得更加强烈。若作后解，是写闺中女子因思念远人而引起的自怜爱惜。此处关注的重点并非是哪一种解释更符合词人本意，而是这个"暗"字。——此一"暗"字用得很别致，有"私"的含义，似言事涉私情，非他人所知。

"几夜东风昨夜霜，减容光，"此二句一出，当知"暗怜双缬郁金香"一句中，

---

① 双缬（xié）：指郁金香成双成对。缬，捻、缚，此处谓两花相并。一说缬，指袜，郁金香为袜上图案。

主人公"怜"的是成双成对的郁金香花。这里也是言几夜的风霜又使美丽的花消退了容光。

但"减容光"又非独言花，它还可以形容女子的容颜憔悴。元稹《莺莺传》中，莺莺在被张生抛弃的绝望中，曾写道："自从消瘦减容光，万转千回懒下床。不为傍人羞不起，为郎憔悴却羞郎。"此处容若是不是暗用了莺莺诗意，写女主人公因思念玉郎而辗转俒侧？若如此，则"东风""霜"云云，摧残的并非仅是郁金香花了，还有她的花容月貌。

末句，"莫为繁花又断肠"，有人曾解为：说不要为花的凋谢而伤感，实际上却正是在为此而伤感，故作自我安慰之语，就比较含蓄。令人读了觉得含思婉转，哀而不伤，很合乎我国传统诗教"温柔敦厚"的旨意。

此种解读，稍显迂腐。因为"莫为"，正是因思至断肠亦无可奈何的恨恨之辞，古人诗中所道的"莫"都不能简单地从字面去解，如李后主"独自莫凭阑"，并非真是劝人莫要凭阑，或表自己拒绝凭阑的态度，此句本来就是凭阑之语，"流水落花春去也"正是凭阑之见也，害怕独自上高楼，又不得不登临凭阑，此真真内心起伏无定也，而容若此词既然前有对"郁金香"的"暗怜"之语，可见词人空对落花黯然神伤，真与欧阳公"泪眼问花花不语，乱红飞过秋千去"情致一也。

忆王孙

刺桐花底是儿家，已拆秋千未采茶。
睡起重寻好梦赊①。忆交加②，倚著闲窗数落花。

赏 析

刺桐花开了。花瓣儿嫣然飘进了情窦初开的少女的心窗。总是漫天情，总是夜来香。

四月这美丽的季节，有一种淡淡的忧伤。她坐在家门前，微笑朦胧着羞红的脸。梦里花落知多少……

数一片落花，就想起曾经，窗前的月光，把两个人的影子缝成一个的日子。

点 评

这首词是篇抒写童稚回忆的词章，清新自然，明白如话。稚气散漫的词人只轻轻几笔的勾画便使意象鲜明，境界全出。

首句点明主人公身份：年轻女子。"刺桐花底是儿家"，儿家，即是我家，是中国古代女子口语，如张先《更漏子》："柳阴曲，是儿家。门前红杏花。"李从周《清平乐》："叮咛记取儿家：碧云隐映红霞；直下小桥流水，门前一树桃花。"寥寥数语，听来无不给人以温柔旖旎，天真烂漫之感。

接下"已拆秋千未采茶"一句，点明时令。古时，二月以后农事渐忙，故古人常

---

①赊：渺茫、稀少。②交加：谓男女相偎，亲密无间。

于寒食清明后，拆掉秋千。秋千既拆，新茶未采，正是晚春时节。"睡起重寻好梦赊"，写少女春梦。醉眠之中，她做了好梦，但是醒后，美梦却渺茫难寻。"好梦赊"，好梦到底是何梦？

"忆交加，倚著闲窗数落花。"这句"忆交加"点明了好梦为乃是"交加"之梦。交加一词，出于韦庄《春秋》："睡怯交加梦，闲倾潋艳觞。"指男女相偎，亲密无间。睡梦之中，全是与心上人相守相聚的情景，醒来之后，却只有回忆。本想倚靠着闲窗，静数落花，但脑海里却满是关于两人在这窗前依偎看花的回忆。

这首小令与纳兰其他作品的风格截然不同，倒与南宋中期杨万里的诗（如《小池》："泉眼无声惜细流，树阴照水爱晴柔。小荷才露尖尖角，早有蜻蜓立上头。"）有所相似，采用白描的手法，用近乎口语的语言，描写生活细节的小情趣，生动地刻画出了一个情窦初开的渴望与心上人厮守的小儿女形象。

菩萨蛮

过张见阳山居①，赋赠

车尘马迹纷如织，羡君筑处真幽僻。柿叶一林红，萧萧四面风。

功名应看镜②，明月秋河影③。安得此山间，与君高卧闲。

赏析

一箪食，一瓢饮，不改其乐。那是颜回的淡泊。

采菊东篱下，悠然见南山。那是陶潜的宁静。

《圣经》云：你出自尘土，必归于尘土。

人生在世，功名权势，终究如同镜花水月，一场空而已。与其车尘马迹，忙忙碌碌，不如垂钓碧溪，对一张琴，一溪云，一壶酒。且逍遥，信步其中。

点评

纳兰与张见阳交情很深，在《饮水词》中有很多篇是写给张见阳的，这篇就是其中之一。

张见阳擅山水画，人称其"得董源、米芾之沉郁，兼倪瓒之逸淡"，家藏有名画极为丰富，因此他临摹古画能达到形神逼肖的地步。又工书法，学晋唐人体势，并善刻印。这样的人自然而然成为康熙年间的名士，当时的名流如高士奇、曹寅等都与其交往友好。

此篇为过张见阳故居之作，抒发了词人对悠闲自适的隐逸生活的向往。

"车尘马迹纷如织"，首句写己况，自己身在繁华中，门前车尘马迹来来去去。"车尘马迹"，本即熙攘之景，再加上"纷如织"，这就生动淋漓地道出了都市喧嚣热闹至极的情形。

---

① 张见阳山居：在京郊西山。②功名句：谓容颜易老而功名难就。③秋河影：指银河。

那都市繁华不好吗？君不见，"宝马雕车香满路"，何其繁丽，何其蔚然！然而词人觉得不好，觉得厌烦。而正是因为他素来厌倦高门华阀的贵族人家的生活，厌倦侍卫官单调乏味的生活，所以当他过见阳山居之所时，才会发出"羡君筑处真幽僻"的感喟，表达对见阳山居的羡慕之情。

"羡君筑处真幽僻"，"真幽僻"，幽僻在何处？——幽僻在红彤彤的一林柿叶，幽僻在萧萧作响的四面秋风。"柿叶一林红，萧萧四面风"，两句景语，悠然恬淡，萧散疏落，既是友人居所幽静的具体体现，又是词人歆羡的缘由。——上阕以己处之喧阗与友人处之清幽做对比，递出心中艳羡之情。

下阕则抒发了归隐山林的渴望。"功名应看镜，明月秋河影。"二句牵出"功名"二字。功名如何？"看镜""明月""秋河"云云似是在说功名利禄之事无非是镜中之月，河中之影一样，如烟如云，虚无缥缈。而正因为功名虚幻如梦，所以要舍弃它，追求山泽鱼鸟一般闲适的生活？

非也。此处的"功名应看镜"，所用并非"镜花水月"的意象，而是用杜甫《江上》诗"勋业频看镜，行藏独倚楼"的诗意。

全诗如下："江上日多雨，萧萧荆楚秋。高风下木叶，永夜揽貂裘。勋业频看镜，行藏独倚楼。时危思报主，衰谢不能休。"显然这两句诗中，杜甫是嗟叹勋业未成而容颜易老，正如金圣叹在《杜诗解》中指出："频看镜"者，老年心热人，忽忽自忘其白，妙在一"频"字。

所以容若此处所写"功名应看镜，明月秋河影。"两句，实非是将功名利禄视若镜中之月，而是说，与其整日忙忙碌碌，对镜忧老，叹息不止，倒不如放下心来，栖此碧山，与友人高卧，畅叙幽情，惬怀为闲。

此之句意，上承前句之"羡君筑处真幽僻"的"羡"字，说明正是由于自己放不下功名利禄，故此才生出"羡君"的感叹；下启尾句"安得此山间，与君高卧闲"的"安得"二字，表达了"与君高卧闲"的闲适还只是一种期盼，一种理想，不知何时才能实现。小词质朴显露，但情深意切，不失为佳作。

菩萨蛮 回文①

客中愁损②催寒夕，夕寒催损愁中客。门掩月黄昏，昏黄月掩门。

翠衾孤拥醉，醉拥孤衾翠。醒莫更多情，情多更莫醒。

赏析

醒莫更多情，情多更莫醒。问世间，情为何物？

情是才下眉头、又上心头的缠绵，是剪不断、理还乱的悱恻。情是口角处噙香的温柔，还是眉宇间低回的婉转。情是戒不了的瘾，情是治不愈的病。情是幸福时的酸楚，情是寂寥时的痛楚。情是说不清、道不明的心结，情是忘不了、放不下的牵挂。

情为何物？情在不能醒。

点评

这首小词，每两句都是反复回文。"客中愁损催寒夕"，从最后一个字"夕"倒着往前读，就是下一句"夕寒催损愁中客"。整首词倒读，也是极协音律的回文词。由于有这两个特点，因此每一句开头的一字和结尾的一字也要押韵，如"客·夕""门·昏""翠·醉""醒·情"皆是如此。

"回文"之作大多虽为游戏文字所作，不过这首"回文"词却不仅仅是为了文字游戏所作。它有感情、有韵味、有意境，深入地表达了作者"情在不能醒"的无奈情绪。

----

① 回文：诗词中的一种修辞手法。即某些诗词字句，回环往复读之均能成诵。② 愁损：愁煞，极度的忧愁。

先看第一联回文句："客中愁损催寒夕，夕寒催损愁中客。"前一句写词中主人公愁绪孤寂，独身的孤冷似乎把周遭的空气都凝结，寒冬似乎是因为他而提早来临。后一句写呼呼的寒气使得本已孤冷愁怨的主人公似乎更加愁怨冷寂。虽是回文，但前后两句的意思并不重复，下句是作更深一层的演绎。

接下一联："门掩月黄昏，昏黄月掩门。"门内人为不触景伤情，把能引起遐思的良辰美景关在门外；门外，月色撩人，昏黄多情，照着孤独掩着的门，更显落寞。前一句为情，后一句为景，亦情亦景，情景交融。

"翠衾孤拥醉，醉拥孤衾翠。"门里人漫漫长夜独坐，披着翠衾抱着酒壶，"举杯销愁愁更愁"；夜凉如水，醉意弥漫，主人翁拥着翠衾觉得似乎没那么冷，像那个她就在旁边，温柔温暖……这一联，写借酒浇愁，写醉酒拥人，矛盾中见深沉蕴藉。

最后一联："醒莫更多情，情多更莫醒。"为全词精警之笔。夜风吹来，词人仿佛清醒了许多，但感着此情此刻，心里却更加地痛苦。爱之深，痛之切啊！对于自己的"多情"，词人都有点害怕了，以至于告诫自己醒来以后不要再有多情之举。然而因为情多，清醒却愈发痛苦，那还是不要清醒吧，毕竟在醉生梦死中，能忘记冷酷现实里的一切。全词读罢，但觉其中充满幽怨愁绪，寂寒情恨，痛苦万分。如此深厚之内蕴，恐怕绝非普通游戏之作可以道出。

菩萨蛮

飘蓬只逐惊①飙转，行人过尽烟光远。立马认河流，茂陵②风雨秋。

寂寥行殿③锁，梵呗琉璃火④。塞雁与宫鸦⑤，

山深日易斜。

赏析

天寿山的最后一抹
残阳，余晖斜洒在空寂的山林深
处。一阵嗒嗒的清脆马蹄声，敲碎
了那里的悲凉与寂寥。时间穿梭，光阴荏苒，人生
犹如没有根茎的浮萍随波流转，不知道方向，不
知道尽头。熙熙攘攘的红尘中，那些曾经来来往
往的人们也在岁月中渐行渐隐，没有了踪影。
只见远方，一匹银鞍骏马，一位白衣公子，
且行且停，且吟且叹，最终消失在一片苍
茫暮色之中……

点评

此为过昌平十三陵的感怀之作。全词
用白描之法，堆积意象，将今昔之感，兴亡之叹，黍离之悲，用景语
化出，婉曲有致，厚重有力。

起首二句"飘蓬只逐惊飙转，行人过尽烟光远"，便是意象的堆积。"飘蓬只
逐惊飙转"，表面写飘蓬不定，随风乱舞，实则暗示出世界的命运如飘蓬一般不定，
世界是脆弱的、轻浮的，人生亦然，只有命运的"惊飙"是主宰者，其吹向何方，人
即随之何方，完全不由己身。而"惊飙"也无固定的方向，只是"转"，或此或彼，

---

①惊飙：狂风、暴风。②茂陵：一为汉武帝陵墓，在今陕西兴平市东北，一为明宪宗陵墓，在今北京昌平
区北天寿山。此以明宪宗陵墓茂陵代指十三陵。③行殿：即行宫。④梵呗：指僧人作法事时的歌咏颂赞之声。
琉璃火：即琉璃灯。⑤宫鸦：栖息于行宫中的乌鸦。

不能停驻。于是，人生、王朝、世界、命运，这一切皆是茫然无据，词人栖身其中迷失道路，完全不辨方向。

"行人过尽烟光远"，行人过尽，路亦不见尽头，这句描绘出一种场景上的"空旷"，虽然没有提到"我"在何处，但读者明显能感觉到"我"就在这个"空旷"的中央，孤独、无助，不知何去何从。

起首两句，简洁地营造出了迷茫、空旷和孤独的氛围，然后"立马认河流"便顺理成章地具有了字面之外的含义：迷茫的词人需要停下来细细思考，辨别方向。此之"方向"，含义语带双关，既是实指在明陵一带行路的方向，更是在力图辨认人生、世界、命运的方向。辨认出来了吗？不知道，词人没说，话锋却一转，"茂陵风雨秋"，点明时间和地点，作为上阕的收尾。

但是，此之收尾，不只是点明时间和地点而已，同时在用意象的堆积转达着更深的含义。茂陵，是汉武帝的陵墓，是历代诗人经常吟咏的，明陵当中，明宪宗的陵墓也叫茂陵，所以，容若这里用茂陵二字，一是以明宪宗之茂陵代指整个的十三陵，二是让人联想到汉武帝的茂陵。西汉之世以武帝朝为最盛，这个最盛者，这个千古一帝，最终也只不过是一抔黄土。这种对照给词人的刺激，甚为强烈，由此出发而怀古，便生出了许多的情绪与感悟。

下阕更是白描。行殿，即行宫。梵呗，指僧人的唱经声。琉璃火，即琉璃灯，也即玻璃制的油灯。塞雁，大雁远渡，随季节而在江南、塞北之间往返。宫鸦，栖息在宫殿里的乌鸦。除了开头"寂寥"二字，再没有一点抒情之语，但苍凉之感跃然纸上。尤其是末一句"山深日易斜"，是一个精彩的无理之句——此处的日斜是指日落，而太阳的易不易落和山之深不深无半点关联，容若却说：在这里，因为山很深，所以太阳容易落，于悖谬处见真理，发人深省。

采桑子

那能寂寞芳菲节^①，欲话生平。夜已三更，一阕悲歌泪暗零^②。

须知秋叶春华^③促，点鬓星星^④。遇酒须倾，莫问千秋万岁名。

赏析

芳菲节不会寂寞。芳菲时节，怎会不寂寞？

别人的一生，如花间闲步，庭中赏月。你的一生，却系在，浪迹天涯的马尾上。人生几何，譬如朝露，去日苦多。你只能在寒凉如水的夜，唱起一阕千年的悲歌。忧郁如你，落寞如你，凄苦如你。而浮生若梦，为欢几何？

所以，还是饮吧，饮吧。千秋万岁名，不如，这尊前一杯酒。

点评

此篇写春日独处的寂寞，抒发了人生无常，转瞬即逝，不胜今昔的感慨。词以疑问语气开篇，"那能寂寞芳菲节，欲话生平"。芳菲节，春天花木繁盛时节。欧阳修《玉楼春》词云："洛阳正值芳菲节，秾艳清香相间发。"可以想见，芳菲时节，姹紫嫣红、满城春色的胜景。但是此篇中，词人的心情似与佳景甚不相合——"寂寞芳菲节"。是啊，一边是莺啼燕语、百花盛开，一边是茕然独处，形影相吊，两相比衬之下，词人的内心能不感到寂寞惆怅吗？

因此，在这个时候，"欲话生平"自然是再也不能了。"生平"，指词人的一生的经历景况。容若自二十二岁起，便担任康熙侍卫，扈从銮驾南巡北征。侍卫一职十分辛劳，容若"性耐劳苦"，恪尽职守旦夕不懈，但是让容若痛苦的并不是辛劳，而是违背理想和本性。他在八年的光阴中，熟练的弓马只能用于担任警卫和奉陪狩猎，杰出的诗才也只能用于涂写那些言不由衷的应制篇章。他的年华和精力，都被耗费在无休无止的扈驾出巡中，入仕前的一切憧憬和抱负，到头只是一场幻梦。

---

① 芳菲节：指春天。②一阕：一首。零：落。③秋叶春华：代指秋季春天。④星星：喻白色。

如今又是一年一度的芳菲时节，但是词人却因志不得伸、失去自由而终日悲愤哀伤不已。值此如水春夜，他却独自不成寐，挨到三更时分，愁情更浓，于是只有悲歌一曲，想到这乏味的人生则唯有"泪暗零"而已。

"须知秋叶春华促，点鬓星星。"词人风华之年，尽在枯燥的鞍马间度过，然而时光荏苒，秋叶飘零，春花盛开，年复一年地催促着人由少到老，除了徒增白发之外，了无生趣。

"遇酒须倾，莫问千秋万岁名。"既然理想渺茫，人世如风，等不到"人生得意须尽欢，莫使金樽空对月"的时候，那么何妨有酒就干，任诞放达，身后名不如生前一杯酒？结处化李白《行路难》中名句："且乐生前酒一杯，何须身后千载名。"颇得太白逍遥超脱之风。

采桑子 九日

深秋绝塞①谁相忆，木叶②萧萧。乡路迢迢。六曲屏山和梦遥。

佳时倍惜风光别③，不为登高。只觉魂销。南雁归时更寂寥。

赏析

独在异乡为异客，每逢佳节倍思亲。遥知兄弟登高处，遍插茱萸少一人。

明日便是农历九月初九，是一年一度的重阳佳节。古俗此日需登高，饮菊花酒，佩戴茱萸来消灾。你却遥遥地站在那山的高处，远眺来时路，耳畔南雁长鸣。乡愁磨损了眉头，怎么你醒也寂寥，梦也寂寥？

坐也魂消，睡也魂消？那乡路蜿蜒渐渐入了梦。梦又如何？梦中也迢迢，故园仍遥。

点评

九日，即农历九月九日，是为重阳节。古俗此日需登高，饮菊花酒，佩戴茱萸来消灾。容若此时正使至梭龙，自然佳节思亲，倍感形单影只、孤独寂寞，遂填词以寄乡情。

上阕写秋光秋色，落笔壮阔。"深秋绝塞谁相忆"，深秋，点明时令；绝塞，道出地点。秋景每以萧瑟动人心魄，而出使之地又如此僻杳，于是词人自然而然就会发出一句诘问：有谁惦记着我呢？

是啊，到底"谁""相忆"词人呢？作者没

---

① 绝塞：遥远偏僻之地。②木叶：落叶。③别：与众不同。

有回答。他只是继续摹写落叶萧萧的肃杀萧索之景。但是思乡的琴曲已被弹起，兀自在心间缭绕盘旋。

"乡路迢迢，六曲屏山和梦遥。"迢迢，遥远之貌。杜牧《寄扬州韩绰判官》诗云："青山隐隐水迢迢，秋尽江南草未凋。"屏山，因屏风曲折若重山叠嶂，或谓屏风上绘有山水图画等，故称"屏山"。六曲，指十二扇的屏风。此处，"六曲屏山和梦遥"紧接在"乡路迢迢"之后，点出了边塞山势回环，路途漫长难行，遥应了"绝塞"一词，亦将眼前山色和梦联系起来，乡思变得流水一样生动婉转，意境深广。下阕抒写佳节思亲之意。"佳时倍惜风光别，不为登高"两句，似是出自王维的《九月九日忆山东兄弟》："独在异乡为异客，每逢佳节倍思亲。遥知兄弟登高处，遍插茱萸少一人。"词人轻描淡写地将王维诗意化解为词意，写逢此重阳佳节，故园正风光美好，令人倍增离愁别绪。

"只觉魂销，南雁归时更寂寥。"结句又承之以景，借雁南归而烘托、反衬出此刻的寂寥伤情的苦况：春秋代序，雁去雁还，就算风凄雨苦，它们也要定期地、执着地返归旧乡。面对这横空雁字，远离亲朋、身处"绝塞"、独味凄凉的词人，怎能不心神摇曳，思归之情倍增？一方面，由雁的相伴而还，想到自己独自飘零异乡，恰如失群的孤雁；另一方面，词人也从鸿雁的定期还乡，产生人不如雁的悲哀，从而渴望着自己也能像鸿雁一样可以自由地往还，回到亲人朋友的身旁。

容若一向柔情细腻，这阕《采桑子》却写得十分简练壮阔，将边塞秋景和旅人的秋思完美地结合起来。仅用寥寥数十字写透了天涯羁客的悲苦，十分利落。

采桑子

　　海天谁放冰轮①满，惆怅离情。莫说离情，但值凉宵总泪零。
　　只应碧落②重相见，那是③今生。可奈④今生，刚作愁时又忆卿。

赏析

　　遇见，若早知与你只是有缘无分的一场花事，在交会的最初，按捺住激动的灵魂，也许今夜我就不会在思念里沉沦。

　　遇见，你可曾知道，有时候，你我之间只隔了一道墙；有时候，只是隔了一扇门；有时候，只是隔了一丛花，一株柳的隐约相望。可是，偏偏不能再有一丝接近。

　　遇见，你已不在身边。无论今宵，酒醒何处，也不过杨柳岸，晓风残月，满地月光惘然。你我之间，如若花期错落，你开在暮春，而我，盛于夏末。

　　于是，你成了我的水月镜花。从此，紫陌红尘，碧落黄泉。从此，天长地久有时尽，此恨绵绵无绝期。

点评

　　又是一篇悼亡之作。爱妻的早亡使词人无日不伤悲，特别是会逢良辰美景之时，他更是痛苦难耐了。所以此时他正逢高天朗月，其凄怀又起，怅恨悠悠了。

　　"海天谁放冰轮满，惆怅离情。"上阕前二句因离情而责怪月亮：是谁让天宇中的月儿变得那么皎洁明亮，难道他没有看到我的离情惆怅吗？词人恼月照人，

---

① 冰轮：月亮。② 碧落：天空。③ 那是：哪是，岂是。④ 可奈：怎奈。

又增"月圆人不圆"的怅恨，这种借月以表达怀念之情的做法与苏东坡的"不应有恨，何事长向别时圆？"朱淑真的"多谢月相怜，今宵不忍圆。"有异曲同工之妙。

"莫说离情，但值凉宵总泪零"。接下二句，写这种离情已不堪提起，每到凉夜，总要使人伤心落泪。只是反反复复地说离情，而不说明是怎样的离情。

"只应碧落重相见，那是今生。"直至下阕的"碧落重相见"，才知道先前所说之离情，并非一般之生离，而是凄然断肠的死别。白居易《长恨歌》诗里有"上穷碧落下黄泉，两处茫茫皆不见"之语，是说贵妃死后，明皇命方士通天彻地去寻。容若写此语，说明爱人亡故。然而就算碧落重逢，也正如李商隐《马嵬》诗中所说"海外徒闻更九州，他生未卜此生休"。即使能够重见，已不是今生的事了。

至于今生呢，偏偏在忧愁之时总会想你。"刚作愁时又忆卿"。语简情深，哀婉之处动人心魄。愁上浇愁，苦上加苦。容若心思之凄婉低回，由此亦可见一斑。

既然无力逃脱记忆的深渊，他也只能寻求一些希冀，今生最想实现的事情，不过是再见一面，再走一遭，却已是天上人间。纳兰明白，只应碧落，才有重见的可能，可今生，又如何去到那里啊！她依然消失人世，他只能遥望不舍。这希冀他大概是想了一千一万遍，却也没能想清吧！相思相忘却不相见，故人故情啊！纳兰啊，你怎么就这样执着于这无法实现的重聚呢？可奈可奈！因触景而伤了情，因伤了情，又再回忆了已亡人？这个无限循环的怪圈啊，就这样将一个人折磨得容颜憔悴。

采桑子

白衣裳凭朱阑①立，凉月趖西②。点鬓霜微，岁晏③知君归不归？

残更目断传书雁，尺素还稀。一味相思，准拟④相看似旧时。

赏 析

月夜，翩翩的男子一袭白裳，凭栏而立。凉风入袂，他望月的神态是那么优雅，那么忧伤。万水千山之外，南国的故人，此时也在凭栏。

小桥上，月色下，目光随流水，远处，无边也无际。只是不知道，岁末了，故人为何还不归来？

守望的人只有凝眸，凝眸。鸿雁在云鱼在水，惆怅此情难寄。

点 评

这是一首怀念南方友人之作。全篇形象勾勒，景物描写，心理刻画，处处表现其"一味相思"的情结。

上阕起首两句描写词人残夜凭栏的情景。"白衣裳凭朱阑立，凉月趖西。"词人一袭白衣，临朱栏而立，此时寒月清冷，向西落去。

---

①朱阑：红色的栏杆。②趖（suō）：走，移动。趖西：向西落下。③岁晏：岁末。④准拟：料想，希望。

凭栏，是个意象，其在古诗词里多与离别相思，怀念远人等寂寞、哀伤、幽恨情怀相关。趓，较为生僻，原意为缓行，习惯多指日月运行偏西。

"点鬓霜微，岁晏知君归不归？"两句由景物转入自身心理。"点鬓霜微"，鬓霜，形容鬓发斑白如霜。词人在句首句尾分别添加以"点""微"二字，是实写自己略微衰老，不是李白的"白发三千丈"，而是近似于苏轼《江城子·密州出猎》的"鬓微霜"。但是词人所关注的，却不是这"点""微"二字，而是"鬓霜"。因为接下一句就是"岁晏知君归不归。"时候已至岁末年关，南方的故人仍未归来与自己相聚，而此时词人的鬓发都已经斑白了，如此年复一年，短暂的人生能有几多促膝而谈的时光呢？

"残更目断传书雁，尺素还稀。"过片转写书信稀少，从另一个角度衬托怀念友人之情。"残更"，照应上文的"凉月趓西"，指夜色将尽。"传书雁"和"尺素"皆是用典。古人有"雁足传书"和"鱼传尺素"的说法，前者见于《汉书·苏武传》，后者见于古诗《饮马长城窟行》（客从远方来），是诗文中常用的典故。

此处，词人在"传书雁"前添以"目断"二字，尽显久久守望等候之意，比起"断鸿难倩"等语又增加了许多风致，略似于赵长卿的"过尽征鸿来尽燕，故园消息茫然。"

"一味相思，准拟相看似旧时。"结尾二句点出相思之意。"一味"，自是承上凉月、鬓霜、岁晏、传书雁、尺素层层铺垫而来，犹如百川汇海，自然流畅。"准拟"，即希望、期待。词人希冀在不久的将来，南方的友人能够归来团聚，像旧时一样与自己把酒言欢，秉烛夜谈。结处平淡语浅而流美深婉。

纳兰这词，清清婉婉，秋景静美处，读之如确实能见到纳兰身着秋衫伫立窗前，看月色西沉，盼雁回信至，读来痛心，也觉孤楚。天下苦情之人不少，如此日日夜夜，任世事洪流都冲不掉的思念痴心至此，凄婉之中，更欲垂泪。世事如风而过，故时旧人，穿越岁月洪荒，终究已不在眼前。只能凭空回忆——好似你还站在那里，朱栏依旧，人事依旧，再见你，朱颜不改，情谊仍在。

清平乐

麝烟^①深漾，人拥缑笙氅^②。新恨暗随新月长，不辨眉尖心上。
六花^③斜扑疏帘，地衣^④红锦轻沾。记取暖香如梦，耐他一晌寒岩^⑤。

赏 析

麝烟袅袅的时候，伊人已经驾鹤作别，悠然飘逝。花自飘零水自流。

留给你的是伤情，无计可消除，才下眉头，却上心头。留给你的是遗恨，让你梨花带雨，让你无法释怀，让你衣带渐宽。留给你的是，如落英缤纷般的点点伤心雨，碧海青天夜夜流，直流到你心深处。

在那里，零落成泥碾作尘，只有香如故。

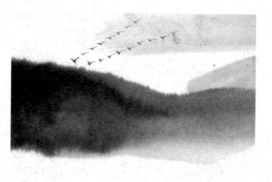

点 评

此篇亦是悼亡之作，似与《忆江南·宿双林禅院有感》词境相类。

首句"麝烟深漾"，写麝香熏香在屋子里袅袅回荡，为全词铺下朦胧凄迷的氛围。"人拥缑笙氅"，"人"当

指作者本人。缑笙氅，即鹤氅，用鸟的羽毛制成的外套，是古代官僚贵族时髦的披戴。如白居易《新制绫袄成感而有咏》云："鹤氅毳疏无实事，棉花冷得虚名。"那此处，词人言"缑笙氅"，是点明自己的贵族身份么？那"缑笙氅"中的"缑""笙"又是

---

① 麝烟：燃烧麝香散发出的烟。②缑（gōu）笙氅（chǎng）：鹤氅，用鸟的羽毛制成的外套。氅，外套。
③六花：雪花有六瓣，故称。④地衣：地毯。⑤寒岩：高处的山崖。

何意？

这就得从"缑笙氅"的由来说起。据汉刘向《列仙传·王子乔》："王子乔者，周灵王太子晋也。好吹笙，作凤凰鸣。游伊洛之间，道士浮丘公接以上嵩高山。三十余年后，求之于山上，见桓良曰：'奉告我家，七月七日待我于缑氏山岭。'至时，果乘白鹤驻山头，望之不得到，举手谢时人，数日而去。"后世因之把外套称之为鹤氅或者缑笙氅。此处，词人用"缑笙氅"，显然并非点明富贵身份，而是借指丧服。

所以接两句便是："新恨暗随新月长，不辨眉尖心上。"新恨，指由爱妻逝世之旧恨所引起的新的伤心事。眉尖心上，范仲淹《御街行》词云："都来此事，眉间心上，无计相回避。"李清照《一剪梅》词也有："此情无计可消除，才下眉头，却上心头。"词人此篇融入前人愁语，化作"不辨眉尖心上"，又接于"新恨暗随新月长"句后，表明其愁情不止，愁怀无限。

"六花斜扑疏帘，地衣红锦轻沾。"过片转写雪花飞舞之景。雪花随风而飘，斜扑在稀疏的窗帘；织有红锦的地毯，轻轻地沾着些许六花。雪花，地衣，斜扑，轻沾，意象和动作都是一派轻盈灵动之貌，词人刚刚还愁情似海，此刻内心却倏然愉悦起来。——岂不是自相矛盾吗？难道是"以乐景写哀景，一倍增其哀乐"？

且看结尾两句："记取暖香如梦，耐他一晌寒岩。"暖香，指春天的花香。这里借喻与妻子共度的温馨时光。一晌，谓很短的时间。寒岩，即高寒的山岩。"记取"句中，词人的思绪陷入美好的回忆当中，因此看见眼前的雪花飞舞，不仅不觉得寒冷，反而还觉得翩翩轻灵。

然而一旦从回忆中抽身而出，种种温情转瞬间便消失不再，词人便觉得"一晌寒岩"都无法忍受。这样，眼前之景与还能记取的梦中情形成极大的落差，遂使悲愁不绝。全词亦情亦景，交织浑融。语言明白如话，而情致绵长。

眼儿媚

林下闺房世罕俦①，偕隐②足风流。今来忍见，鹤孤华表③，人远罗浮④。

中年定不禁哀乐，其奈忆曾游。浣花⑤微雨，采菱斜日，欲去还留。

赏析

今夕何夕，月淡风轻。那一段沁人心脾的曲调，永远在琵琶的弦上凝而不发；那一章绝美的诗句，永远在红笺中让人沉醉；那一番闭月羞花的容貌，永远在红烛下动人心魂……那可是京城第一美人，你的心上人吗？今夕何夕，柔云淡月。

你在静默中温馨回望，唯恐今生与她失之交臂，竟许下"山无陵，天地和，乃敢与君绝"的誓言。雪纷纷，比翼齐飞；意浓浓，风雨同舟。今夕何夕，月逝西窗。

再归来，"大堂内春秋帐冷，庭院外海棠凋零"，想当初海誓山盟，看如今劳燕分飞。

曲未终，弦已断，有凰，无凤。步入中年的你，其情何堪？

点评

词人偶至旧日与心爱女子同游之地，却见物是人非，遂怀想万千。这篇即写此种感慨。

"林下闺房世罕俦"，林下，非言山林之下；

---

① 林下：形容闲雅、超脱。俦：同类。这句意谓其人不同凡类。②偕隐：夫妻一起隐居。③华表：古代宫殿、城垣或陵墓前所立石柱。鹤孤华表：比喻去世。④罗浮：罗浮山，在广东省。⑤浣花：古时蜀地风俗，以每年四月十九日为浣花日。

闺房，弗指女子卧房。林下闺房，是用典。

《世说新语·贤媛》中有一则故事：谢遏和张玄各夸各的妹妹好，皆是天下第一。当时有一尼姑，与二人皆识，有人就问这位尼姑："你觉得到底谁的妹妹更好呢？"尼姑说："谢妹妹神情散朗，有林下之风；张妹妹清心玉映，是闺房之秀。"此处，词人将林下、闺房并举，毕现伊人的风致绝伦、不同凡响。

夸赞完心爱女子后，词人接下来便说道："偕隐足风流。"偕隐，指夫妇相携隐居，这里用的是东汉鲍宣桓少君夫妇同归乡里的典故。（详见《后汉书》）既然心上人是谢妹妹、张妹妹一般的人物，那么若能与此女子结为夫妇，一起隐居，待老终身，岂不是人生快事？

然而那只是美好的愿望，如烟似梦。"今来忍见，鹤孤华表，人远罗浮。"此三句，词人联用事典，抒写伊人已逝的怅然之情。"鹤孤华表"，据《搜神后记》，辽东人丁令威在灵虚山学道成仙，后化鹤归来，落于城门华表柱。有少年想射它，鹤说："有鸟有鸟丁令威，去家千年今始归。城郭如故人民非，何不学仙冢累累。"后以鹤归华表比喻去世。罗浮，即罗浮山。

据唐柳宗元《龙城录》，隋时赵师雄迁罗浮，日暮于林间酒肆旁，见一美人淡妆素服出迎，与语，芳香袭人。因与酒家共饮。雄醉寝，及至酒醒，始知身在梅花树下，美人已去，雄惆怅不已，才知是遇上了梅花神。词人两番用典，写爱人故去，先前种种良愿，诸般美好，皆似醉酒之后的南柯一梦。

过片转写如今中年的哀伤。"中年定不禁哀乐"一句，用谢安事典。

南朝宋刘义庆《世说新语·言语》："谢太傅语王右军曰：'中年伤于哀乐，与亲友别，辄作数日恶。'"翻译成现代汉语即是：人到中年，很容易感伤。每每和亲友告别，就会难受好几日。

词人言"中年定不禁哀乐"，实际上正是"中年伤于哀乐"的另一种表达，添一"定"字，似是强调。紧接一句，"其奈忆曾游"，伤感无奈之下，他不由得回想起当年和伊人一起游玩的情景。

何种情景？"浣花微雨，采菱斜日。"微雨洗涤花树，夕阳之下，水边采菱，诸般情形，皆同往昔。但是物是人非，佳景虽常在，丽人却永逝。所以，词人在旧地徘徊流连，将去却难以离去。这也就是最后一句的"欲去还留"。不忍触及旧痛，故曰"欲去"；不能忘记旧情，故曰"还留"。词人缅怀之情，缱绻缠绵，如江水滔滔，如琴音绕梁。

纳兰这首词，表面上看，更像是首馈赠之词，写给一位隐居的友人，赞扬他对生活的田园之态。字句之中，纳兰表露了对退隐凡尘，隐居林下生活的向往，也无意倾吐了对理想生活的渴望。履贵处丰的公子，却不满于生活轨迹的局限性，出入于俗世丑态，违其志所向。赞美之中同时表达了他所渴望的生活形式，正如这友人的田园情趣，只需小屋一间就可。因而，既有赞美友人豁达之心，又能坦言自身对隐居无限向往，一词双关。

纳兰并无贪心，只求有"种豆南山下，草盛豆苗稀"的净土一方，于他就已足够。

少年游

算来好景只如斯，惟许有情知。寻常风月，等闲谈笑，称意即相宜。十年青鸟①音尘断，往事不胜思。一钩残月照，半帘飞絮，总是恼人时。

赏析

深爱一个人的时候，就会失去自信，便常常要问："你喜欢我什么啊？"

是啊，你喜欢我什么呢？答案其实真的很简单，爱就爱"称意"这两个字啊！

看着你，眼睛觉得舒服；听到你，耳朵觉得舒服；摸到你，手指觉得舒服；闻着你，鼻子觉得舒服……就是称意。称意了，便即相宜了，此风此月不再寻常，此等谈笑亦不再等闲，心花绽放最美丽的光芒！

不需要你有万贯家财，不需要你有显赫家世，不管你做的是什么，不管你拥有的是什么。我要的是你，仅仅是你而已，除了你，其他的一切，在我眼中都是虚幻，都是不存在。

点评

晏殊的《珠玉词》有"长似少年时"之句，此调故名《少年游》。容若此篇，耽于回忆，表达了初恋失败的痛苦。

---

① 青鸟：神话传说中西王母的取食、传信的神鸟。后以之代指信使或传递爱情的信使。

上阕以议论、叙事出之。起首两句写只要"有情"，便无处不是"好景"。"算来好景只如斯，惟许有情知。"人常言道好景如斯，其实景物本身，本无好坏之分。在有情人心中，就算是雨打芭蕉，春花凋残，杜鹃啼血的凄凉，也可以演绎"朝朝暮暮情"的缱绻缠绵。

所以，纵是平常风光月色，平常言谈笑语，只要"称意"，就令人心满意足了，也就是容若的接下三句，"寻常风月，等闲谈笑，称意即相宜。"的确，只要是"称意"——不需要怎样的花容月貌，情人眼里自然有西施；不需要怎样风花雪月的刻意的浪漫，只要双手紧握，眼波流转交织，哪怕是相对无语，有情人自会心有灵犀。容若的这一番爱情感言，直叫人想起现代诗人徐志摩的一段文字："我将在茫茫人海中寻访我唯一之灵魂伴侣。得之，我幸；不得，我命。"

然而下阕却陡然转折，"十年青鸟音尘断，往事不胜思。"青鸟，传说是西王母的信使，后用为信使的代称。李璟《摊破浣溪沙》词云："青鸟不传云外信，丁香空结雨中愁。"容若这句"十年青鸟音尘断"，想必由此化出。与心爱的人分离十年之久，对方杳无音讯，生死未卜，忆及往日情事，怎能不令人不胜深思怀念？

"一钩残月照，半帘飞絮"，接下两句再用此时情景进一步烘托相思之情难耐。一钩残月，伴照离人孤独如许；半帘飞絮，牵惹愁人思绪难平。此时此刻，相思萦怀的容若，还想着那句"称意即相宜"吗？殊不知人再合适、再称意、再相宜，若不属于自己，她的称意，带来的只有无限的伤痛，最后只有"不胜思"的"往事"，那残照的月光，那满帘的飞絮，都变成了恼人的缘由。这样的相遇，只能说是"相见争如不见"了吧？称意、相宜，又有何用？

"总是恼人时。"语方点醒题旨。简淡清新，直中见曲，质而能婉。

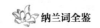

浪淘沙

　　双燕又飞还，好景阑珊①。东风那惜小眉弯②，芳草绿波吹不尽，只隔遥山。

　　花雨③忆前番，粉泪偷弹。倚楼谁与话春闲，数到今朝三月二④，梦见犹难。

赏析

　　画堂之上，双燕呢喃；翠帘之外，芳春阑珊。佳人独倚窗。心中的玉郎，却在何处？

　　暮春的花，落满伊人的眼眸，浅浅淡淡，绿绿红红，惹得她好不心烦。

　　轻轻的风，也是玉郎的温柔；绵绵的雨，也是玉郎的细语。

　　伊人却低垂她美丽的容颜，泪水湿了玉绣锦罗。玉郎不常见，天涯数重山 。

点评

　　此篇仍是作者借"闺怨"的形式抒发自己的离愁。

　　上阕写景，景中寓情。"双燕又飞还"，双燕飞还，指暮春时节。着一"又"字，说明弹指间，已经过去了许多年时，有不胜韶华之感。而一年好景，也已阑珊将尽。

　　接下两句，"东风那惜小眉弯，芳草绿波吹不尽"，东风吹得春来，又将春吹去，哪里会顾惜时光如流水，年华易老，伊人之愁眉紧蹙？芳草绿波，别情无极，东风亦不能把离愁尽数吹去。末句，"只隔遥山"，交代佳人生愁的原因——与情人关山远隔，相见无缘。

　　下阕写人。"花雨忆前番，粉泪偷弹。" 花雨，即落花如雨。"花雨"的意象，绮艳伤感，诗人词人写春日离愁，尤喜用之。后来又由此衍生出"梨花雨""桃花雨""杏花雨"等"花雨"意象。粉泪，即女子之眼泪。以其饰粉，故云。如欧阳修《踏莎行》"寸寸柔肠，盈盈粉泪"。女主人公看见落红如雨，便勾起心事，回忆过去的欢情，唯有暗垂粉泪。

---

①阑珊：将尽、零落、衰歇之意。②眉弯，指眉头紧皱。③花雨：落花纷飘。④三月二：古代以三月三日为"上巳"节，三月二日为上巳前一日。

"倚楼谁与话春闲，数到今朝三月二，梦见犹难。""倚楼谁与"，承上"偷弹"而来，续写无人能解的寂寞心情。"三月二"，古代以三月三日为"上巳"节，三月二日为上巳前一日。上巳节是游春之日，人们到水边洗濯、饮酒、欢聚等，为驱邪避祸，消除不祥。杜甫《丽人行》："三月三日天气新，长安水边多丽人。"

这三句，词人写的是女主人公的内心活动：倚楼远望，谁能与我共诉衷情，以消心中岑寂？一天天地等待期盼，明天就是欢会的上巳节了，可是仍然不见情人的踪影。

结句，"梦见犹难"。该女子终因相思之苦而生责怨，梦见尚难，更何况真个见面！词于结处，表达了深深的叹息。

全词无一"愁"字，却句句是愁，显示出作者遣词造句的匠心。

东风齐着力

电急流光①，天生薄命，有泪如潮。勉为欢谑②，到底总无聊。欲谱频年离恨，言已尽、恨未曾消。凭谁把、一天愁绪，按出琼箫③。

往事水迢迢④。窗前月，几番空照魂销。旧欢新梦，雁齿小红桥⑤。最是烧灯时候，宜春髻、酒暖蒲萄⑥。凄凉煞、五枝青玉⑦，风雨飘飘。

赏析

是谁在吹奏玉箫？那箫声如此凄切，更使人销魂。窗前的明月，又一次照着月下这销魂之人。往事如同江水般连绵涌上心间，梦里、回忆里都是你我往日的欢会，在难忘的元宵佳节，久久地欣赏你那形状美丽的发髻，饮着那暖人的葡萄美酒。如今梦已醒，忆成空，只有凄风冷雨，寂寞孤灯，怎不叫人断肠伤情！

一世相恋，半载离别，重逢恨晚，天人永隔。你的影子清晰如昨，我的心正肝肠寸断……

点评

纳兰在这首词里诉说了自己透彻心扉的伤感与苦情：时光飞逝，人生苦短，又加上天生福薄，想到这些不觉泪如雨下。即使强颜欢笑，最后也是百无聊赖。想要将胸中的愁苦写下，然而所有的语言都已说尽，但心头之恨仍然未消。

词的上片写人生苦短，泪眼蒙眬之凄迷感受。"电急流光，天生薄命，有泪如潮。"短短十二个字，就将内心的愁苦通通宣泄出来，纳兰写苦情的词，最为感人，原因便在于此，他从不将情绪复杂化，越是白描的词，越容易打动人心。

"泪"是此片的关节。后面所写，虽然都是与泪无关，但可以看出，纳兰的这首词里，字字句句，都藏着眼泪。"勉为欢谑，到底总无聊。"在伤心的时候，欢乐也变得无聊了，勉强的笑容，总是难以持久的，放下面具，自己真的无法遏制悲伤。

---

① 电急流光：形容时间过得极快，犹如电闪流霞。② 欢谑：欢乐戏谑。南朝梁刘勰《文心雕龙·谐隐》："怨怒之情不一，欢谑之言无方。"③ 琼箫：玉箫。④ 迢迢：形容遥远。也作"迢递"。⑤ 雁齿：比喻排列整齐之物，常比喻桥的台阶。⑥ 蒲萄：即葡萄酒。⑦ 五枝青玉：指灯。《西京杂记》谓，咸阳宫有青玉五枝灯，高七尺五寸，作蟠螭，以口衔灯，灯燃，鳞甲皆动。

"欲谱频年离恨，言已尽、恨未曾消。"离恨就是这样，就算千言万语一切都已消失，但离愁却不会消失。纳兰写自己的悲戚，默然无语，千愁万怨似乎随着两行泪水咽入胸中，无法言说。

在上片的最后，纳兰写道："凭谁把、一天愁绪，按出琼箫。"一怀愁怨，触绪纷来，胸中的郁闷无法排遣，于是只得吹箫排解。在词的下片开始，纳兰更是将清愁写入骨髓深处，让它们同寂寞一起流淌。

"往事水迢迢。窗前月，几番空照魂销。"提到离愁，便不能不写到往昔，一个过去丰富的人，往往最有忧愁的资格，纳兰就是这样的人，他的"旧欢新梦，雁齿小红桥"，都是他的忧伤来源，这首词在这里声情凄苦，词音细滑，似满心而发出的感慨，读过之后，令人感到悲伤欲绝。

"最是烧灯时候，宜春髻、酒暖蒲萄。凄凉煞、五枝青玉，风雨飘飘。"结尾两句，融情入景，表达了绵绵无尽的哀愁。这首词可以因声传情，声情并茂。纳兰将词演绎得通篇宛转流畅，环环相扣，起伏跌宕，真是一首好词。

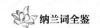

满江红 茅屋新成却赋①

　　问我何心，却构此、三楹茅屋②。可学得、海鸥无事，闲飞闲宿？百感都随流水去，一身还被浮名束。误东风迟日杏花天③，红牙曲④。

　　尘土梦，蕉中鹿⑤。翻覆手⑥，看棋局。且耽闲巘酒⑦，消他薄福。雪后谁遮檐角翠，雨余好种墙阴绿。有些些欲说向寒宵，西窗烛。

赏析

　　世事是这样不如人意，我多想造几间草房，在那里过着自由自在的生活。把酒言欢，看雪赏雨，打猎植柳，不甚快哉！可造化弄人，冲破重重桎梏，飘然隐逸，简直如白日梦，只能让感慨随流水消散，而自己还被功名束缚。

点评

　　陶渊明一句"采菊东篱下，悠然见南山"羡煞多少人，亦有数辈先贤与陶渊明同一行径，不为五斗米折腰，每日过着看"山气日夕佳，飞鸟相与还"的优哉日子。纳兰虽人在仕途，却淡泊功名，欲效陶渊明等先贤的心情则更为明显，他有诗云："吾本落拓人，无为自拘束。倜傥寄天地，樊笼非所欲。"

　　康熙二十三年（1684年），顾贞观南归整三年，为招顾贞观回京，纳兰特地修建了几间茅屋，并写下了这首词以迎接顾贞观。

　　这首词的上片侧重叙志。问我为什么要造这几间草房，可是为了像海鸥那样无忧无虑，自由自在？将心中的感慨都付与流水，抛开这人世浮名的束缚，在那春天赏花歌舞。

　　下片点出为何要摆脱"浮名束"。是因为这人生如梦，变幻无常，令人无可奈何，不如冷眼旁观，与友人把酒言欢，消受清福。一起看雪赏雨，西窗剪烛。

　　与这首词同时完成的还有一首明志诗《寄梁汾并葺茅屋以招之》："三年此离

---

① 却赋：再赋。却，再。② 三楹茅屋：泛指几间茅屋之意。楹，房屋一间为一楹。③ 杏花天：杏花开放时节，指春天。④ 红牙：乐器名，檀木制的拍板，用以调节乐曲的节拍。⑤ 蕉中鹿：形容世间事物真伪难辨、得失无常等。蕉，通"樵"。⑥ 翻覆手：形容人反复无常或惯耍手段。⑦ 巘酒：沉湎于酒，醉酒。

别，作客滞何方？随意一尊酒，殷勤看夕阳。世谁容皎洁，天特任疏狂。聚首羡麋鹿，为君构草堂。"可见他与顾贞观的友情之深厚。

诗词的字里行间，更洋溢着对现实生活的不满。譬如海子的《面朝大海，春暖花开》："从明天起，做一个幸福的人／喂马，劈柴，周游世界／从明天起，关心粮食和蔬菜／我有一所房子，面朝大海，春暖花开。"表面上看，是对世俗生活的回归，"我"要"关心粮食和蔬菜"了；实质上说，还是对现实生活的抛弃，因为所谓"面朝大海"，即是背离现实——"喂马，劈柴，周游世界"这样的日子，看似简单，我们都明白，无论有多少个明天，这种日子也不会实现的。纳兰也是如此。诗人所选择的心目中的全新的生活，恰恰是最普通、最平实的生活，他把进行正常生活当作一种理想化的升华，这说明什么问题呢？说明他现在进行的生活是不正常的、背离他们自身理想的。

纳兰是权臣的长子，康熙帝的近侍，朝廷的重点培养对象，天生贵胄，多少人艳羡。作为被艳羡的对象，纳兰本人，却表现了让人惊讶的冷静，有出离尘世的透彻眼光。纳兰在审视自己当前的人生状况时，用了两个比喻：蕉叶覆鹿，翻手为云、覆手为雨。

"蕉中鹿"即指蕉叶覆鹿。砍柴人去打柴，阴差阳错下打死了一头肥硕的鹿。打柴人特别高兴，但是鹿太大，他带不走。他急中生智，将鹿藏在了芭蕉叶下。等他回来时，却找不到鹿了，他非常讶然，以为只是做了一个白日梦而已。"翻手为云、覆手为雨"典出《史记·郦生陆贾列传》，现在指人手段高明、权势大，其原本的意思，

形容人反复无常。

这两个典故都指向同一个意向：命运的无常。打柴人前一刻还在为天降的好事欣喜若狂，下一刻发现那种喜悦的由来——一头鹿如同它的出现般，凭空消失了。他甚至开始怀疑自己命运中那一小段极度欢愉的时间是黄粱一梦，对实际发生的现实也产生了怀疑。当繁华的命运过后，我们独自啜饮生活的残酿时，谁又能说服自己昔日的繁华真的在自己身上出现过？

人们能相信的，只有现在，只有此刻，超出这个范畴的，我们脆弱的神经无法承受。说服自己相信一个失去的美好，远比说服自己忍受此刻的贫凉要难。

而事实上，有几人的一生能永远保持那种高调的繁华呢？烟花盛放，必然会走向寂灭；三春似锦，一定会走向秋凉。生命的本质是高低起伏的，如同抛物线，这条线的终点，一定是向着远方寂静的地平线。

可是，像纳兰这样在春日的繁花中欢乐畅饮酒浆的人，还是一个人世阅历尚浅的年轻人，竟然能把命运审视得如此通透，真真让人佩服。陶渊明若知纳兰，当引为知音。

水调歌头 题西山秋爽图

　　空山梵呗①静，水月影俱沉。悠然一境人外，都不许尘侵。岁晚忆曾游处，犹记半竿斜照，一抹映疏林。绝顶茅庵里，老衲正孤吟。

　　云中锡②，溪头钓，涧边琴。此生着几两屐，谁识卧游心③？准拟乘风归去，错向槐安④回首，何日得投簪⑤？布袜青鞋③约，但向画图寻。

赏析

　　暮色之中，传来清朗的诵经声。周围水月俱静，悠然空寂，岂可被凡尘俗世所侵？

　　在云深之处，孤峰绝顶，有一个老僧正在独吟。多想像他那样乘风归去，抛却人间功名，可是只能从画中追寻。人生苦短，倏忽而逝，而自己的心愿何时才能实现？

点评

　　在人们的印象中，题画诗似乎可供发挥的空间不大，多为应景之作，但是也不乏佳品，譬如苏东坡的《惠崇春江晚景》，就有"春江水暖鸭先知"的佳句。题画诗中我们最熟悉的当属王维的《画》："远看山有色，近听水无声。春去花还在，人来鸟不惊。"浅淡生动，

---

① 梵呗：僧人作法事时念诵经文的声音。② 锡：即锡杖，谓僧人出行。③ 卧游：指欣赏山水画、游记、图片等代替游览。④ 槐安：槐安国或槐安梦的省称。⑤ 投簪：丢下固冠用的簪子，比喻弃官。晋陆机《应嘉赋》："苟形骸之可忘，岂投簪其必谷。"⑥ 布袜青鞋：多指隐者或平民的装束，借指隐居。

情境、意趣无一不足。

纳兰的这首《水调歌头》也是题画之作：上片侧重景与境的描写。空山梵呗，水月洞天，这世外幽静的山林，不惹一丝世俗的尘埃。还记得那夕阳西下时，疏林上一抹微云的情景。在悬崖绝顶之上的茅草屋中，一位老和尚正在沉吟。下片侧重观画之感受与心情的刻画。行走在云山之中，垂钓于溪头之上，弹琴于涧水边，真是快活无比。隐居山中，四处云游，一生又能穿破几双鞋子，而我赏画神游的心情又有谁能理解？往日误入仕途，贪图富贵，如今悔恨，想要归隐山林，但是这一愿望要到何日才可以实现呢？只希冀从这画中得到安慰。

"只在此山中，云深不知处"的隐士生活为许多古代士人所倾慕。空山不见人，青枝茂密，绿叶扶疏，一个简朴的小茅棚里，老僧正微闭双目虔诚地念诵经卷。他念诵的是什么经文不可而知，只听到梵音声声在静谧的山林中悠远回荡，把寂静的夕阳无限拉长。

诗人对这种生活产生了无限向往，看着这幅画作，禁不住神游开去，觉得官宦日子真是受罪。这种心态类似于今天的城市白领梦想着去乡下承包一块土地，开垦自己的一块菜园，养一群鸡鸭。

纳兰为我们描述的美景，确实美若天外，让我们心生向往。有些东西，包括某些生活的方式，我们一生也不可能真正拥有，但是，这并不妨碍我们去体味、去追求。向往美、向往一种极致的洒脱，到底比追求一些黑暗的、无聊的生活要好。

秋 水 听雨

谁道破愁须仗酒，酒醒后，心翻醉。正香消翠被①，隔帘惊听，那又是、点点丝丝和泪。忆剪烛幽窗小憩②。娇梦垂成③，频唤觉一眶秋水④。

依旧乱蛩声里，短檠⑤明灭，怎教人睡。想几年踪迹，过头风浪⑥，只消受、一段横波⑦花底。向拥髻⑧灯前提起。甚日还来，同领略夜雨空阶滋味。

赏析

谁说消愁一定要喝酒，酒醒之后，心反而醉了。伊人已不在身边，寂寞无聊，却听得窗外淅淅沥沥地下起了秋雨，可知那雨水是伴着泪水流下的呢！记得当初秋夜闻雨，西窗剪烛，你当时刚要睡着却又被频频唤醒，眼神迷离的情景。

现在已经是秋虫哀鸣，灯光明灭，可寂寞却叫人无法入睡。回想这几年的足迹，经历的风风雨雨，只有与你相守的日子最让人安慰。想和灯烛前拥髻的你诉说，又不知什么时候才能再回来，让我们一起领略这秋雨缠绵的无尽秋意！

点评

读纳兰一首《秋水》，禁不住想起林黛玉的一首《秋窗风雨夕》。黛玉病卧潇湘馆，秋夜听雨声淅沥，心下凄凉，遂仿《春江花月夜》之格作词曰："泪烛摇摇爇短檠，牵愁照恨动离情。谁家秋院无风入？何处秋窗无雨声？"字字句句的秋情，字字句句的伤悲。曹雪芹在代书中人作词时拿捏得向来很准，譬如第七十回"林黛玉重建桃花社，史湘云偶填柳絮词"，他让身世飘零的黛玉作词曰："叹今生谁舍谁收？

---

①翠被：翡翠羽制成的背被。②忆剪烛：语出唐李商隐《夜雨寄北》诗："何当共剪西窗烛，却话巴山夜雨时。"谓剔烛芯。后以"剪烛"为促膝夜谈之典。元杨载《题火涉不花同知画像》诗："鹔鹴裘暖鸣鞭疾，翡翠帘深剪烛频。"小憩：短暂休息。③垂成：事情将近成功。④秋水：秋天的水，比喻人（多指女人）清澈明亮的眼睛。⑤短檠：矮灯架，借指小灯。唐韩愈《短灯檠歌》："一朝富贵还自恣，长檠焰高照珠翠；吁嗟世事无不然，墙角君看短檠弃。"⑥风浪：比喻艰险的遭遇。⑦横波：水波闪动，比喻女子眼神闪烁。⑧拥髻：谓捧持发髻，话旧生哀，是为女子心境凄凉的情态。

嫁与东风春不管，凭尔去，忍淹留。"人物哀哀凄凄的形象跃然纸上。到了心思缜密、踌躇满志的宝钗则一改倾颓气色："韶华休笑本无根，好风凭借力，送我上青云！"颇有男儿声韵。

黛玉毕竟是闺阁女儿，有悲，无阅历；有情，无情事。一篇《秋窗风雨夕》下来，华美流畅，感动的，却更多是黛玉自己。因她身处秋境，身系飘零，词句引导出的是内心深处的悲伤，但在多数读者身上，难以引发共鸣。纳兰性德不同，同为少年才俊，纳兰毕竟年长些，阅历多些，在这篇《秋水》中引入自己的感情经历，旁人看了更易懂。

怀念故人的心碎的词句，偏偏用了让人心碎的典故。"忆剪烛幽窗小憩"一句，典出晚唐李商隐《夜雨寄北》："君问归期未有期，巴山夜雨涨秋池。何当共剪西窗烛，却话巴山夜雨时。"这是李商隐身居遥远的巴蜀写给远在长安的妻子的诗句。唐人的旧句子，或华丽或雄浑，难见这种朴实无华又深情的小文字，多么亲切有味。每每夜深读起，齿颊生香，心下平和、幸福中，裹杂着一些缠绵的思念、小小的忧愁。只是这种小伤悲的词句，用到纳兰的词中，便是大悲痛了，有苏东坡《江城子》"千里孤坟，无处话凄凉"的悲哀——只因李商隐的妻还在世，在远方的长安城等待着丈夫归来，还能有"共剪西窗烛"的日子；而纳兰的妻香魂已逝，纵使世人为她写情词万言也唤不回来伊人的一声回应。

梁何逊写"夜雨滴空阶，晓灯离暗室"；蒋捷说"悲欢离合总无情，一任阶前点滴到天明"；纳兰叹息道"甚日还来，同领略夜雨空阶滋味。"斯人去后，诗人的生命里只剩下"乱蛩声里，短檠明灭"，漫长的秋夜，雨滴敲打着空阶无法入眠。年轻的纳兰不知独自熬过了多少个失眠夜，他也曾想过借酒浇愁，得出的结论却是"谁道破愁须仗酒"？这酒醒后，心反而醉得更深，痛得更多。

妻子离世后，纳兰的日子，秋雨绵绵，恨绵绵。纳兰三十一岁英年早逝，对他来讲，也许其中的裨益远大于遗憾。

苏幕遮 咏浴

鬌云松，红玉①莹。早月多情，送过梨花影。半晌斜钗慵②未整。晕入轻潮，刚爱微风醒。

露华③清，人语静。怕被郎窥，移却青鸾镜④。罗袜凌波波不定⑤。小扇单衣，可奈⑥星前冷。

赏析

月色初上，穿过梨花，多情地映照着她蓬松的发髻、红润的肌肤。无奈她娇惰慵懒，迟迟不肯梳妆，脸上泛着红潮，享受着拂面的清风。

直到月色清冷，夜阑人静，才开始梳妆，又怕被爱郎窥见，于是悄移明镜。看她怜步微移，步履轻盈，衣着单薄，怎么能耐得住这夜晚的寒冷呢？

点评

这首词以写女子形貌起，以自己的心情结尾，以形寄情，情景交融，抒写了女子怀人伤春的情愫，同时，也抒写了自己怀己伤春、思念恋人的心情。

起首四句勾勒出一幅女子美丽的图景，"鬌云松，红玉莹。早月多情，送过梨花影。"女子应该是刚刚起床，或者是懒得梳妆，头上的发髻松松地挽起，这样

---

① 红玉：比喻红色而有光泽的东西。② 慵：慵懒。③ 露华：清冷的月光。④ 青鸾镜：即镜子。⑤ 罗袜：丝罗所制之袜。凌波：形容女子脚步轻盈，飘移如履水波。语出曹植《洛神赋》："凌波微步，罗袜生尘。"⑥ 可奈：怎奈，可恨。

不修边幅，反倒是更显得女子多了几分妩媚的神韵，红润的肌肤使得女子看起来更加可人。用"红玉"形容女子肤色，使得女子的样貌更添加几分姿色。

这位女子在傍晚时分走出闺阁，月亮已经挂上树梢，女子的倩影影影绰绰地在门前晃动。这样闲暇的时光，真的是好生惬意。古代女子一向还是比较讲究穿着整洁、打扮齐整的，这首词的这位女子为何迟迟不肯梳妆，难道不怕她的情郎看到后，心里不满意吗？

"半晌斜钗慵未整。晕入轻潮，刚爱微风醒。"纳兰并没有对此做更多的解释和描绘，他只是轻描淡写地对女子慵懒的形态，一而再，再而三地描述。女子衣衫不整，妆容不画，只是迷蒙地站在那里，微风吹过她的裙摆，使得这位女子看来，可爱又惹人怜惜。

上片单纯的描述过后，下片的情节有了转变，女子一直等到夜深人静之后，才动手打扮，这里的描述更增添了几分情趣。女子内心丰富的活动，在纳兰的笔下，显得活泼。"露华清，人语静。怕被郎窥，移却青鸾镜。"

当清冷的月光洒满大地的时候，女子轻轻移动脚步，来到镜子前面，梳妆打扮，但是她为了不被情郎发现，只得轻手轻脚。女子可爱的神态动作在词中被烘托出来，让读者忍俊不禁，这个女子的可爱，岂止一分两分？

"罗袜凌波波不定。"这是纳兰化自曹植《洛神赋》："凌波微步，罗袜生尘"中的这一句，用来形容女子小心翼翼的样子，轻手轻脚，脚步轻盈、就好像漂移如履水波似的。女子的轻盈、内心的担忧全部写出。

而在这首词的最后，"小扇单衣，可奈星前冷。"纳兰有些怜惜地担忧到，她穿得那么少，会不会被冻坏了。

这首词写女子的心情活动，通过层层渲染铺垫，直抒胸臆，情深意挚，将女主人公的可爱形态抒写得淋漓尽致，使人感觉到她的青春年华是如此美好。

淡黄柳 咏柳

三眠^①未歇，乍到秋时节。一树斜阳蝉更咽，曾绾灞陵^②离别。絮已为萍风卷叶，空凄切。

长条莫轻折。苏小恨，倩他说。尽飘零、游冶章台^③客。红板桥^④空，溅裙人^⑤去，依旧晓风残月。

赏析

三眠柳还没有来得及休息，秋天就乍然降临了。寒蝉幽咽，经过灞陵离别。如今飞絮飘落水面成为浮萍，风卷落叶飞舞，空留悲凉凄切。

不要轻易折取柳条作别，苏小小的遗恨还需要它来诉说，那章台游玩之客看它零落殆尽，如今送别的红板桥已经空寂无人，伊人已去，徒留晓风伴残月。

点评

这首词咏秋初之柳，作为咏柳之作，纳兰以写景开始，以抒情终结。通过初秋时节柳条暗黄色的清新场景，写出柳枝带给他的惆怅与安慰。古人一般写到柳条，总是与离别有关，纳兰的这首词也不例外。

通过写柳，抒发了纳兰别有怀抱的人生感悟，词中借景言情，即景发感，营造出了一个温婉感人的情景，离别场面让人仿佛历历在目，与纳兰一同经历送别的伤痛。

---

① 三眠：指柽柳，又名人柳，即三眠柳，此柳的柔弱枝条在风中摇曳，时时伏倒。《三辅故事》："汉苑中有柳状如人形，号曰人柳。一日三眠三起。"故柽柳又称三眠柳。② 灞陵：古地名。故址在今陕西西安市东。汉文帝葬于此，故称。三国魏改名霸城，北周建德二年废。③ 游冶：出游寻乐。章台：秦宫殿名，以宫内有章台而得名，此处指妓楼舞馆。④ 红板桥：红色木板搭建的桥。⑤ 溅裙人：代指情人或某女子。

这首词的基调若即若离，柔美空灵，十分优美。

上片开始，点名时节，"三眠未歇，乍到秋时节。"时令为初秋时分，一个"乍"字刻画出了秋天的突然而至，为写离别之苦展开铺垫。此处虽然没有写道离别，也没有刻画离别，但却从一个"乍"字，就凸显出了离别的伤感。

"一树斜阳蝉更咽，曾绾灞陵离别。"伤感蔓延开来，离别便顺理成章地牵引出来，夕阳西下，在树梢上的太阳，更显得日落西山的迷茫。而后面一句，则是直接描写柳条变得枯黄，柳叶凋零，柳絮早已化作浮萍随风而逝，秋天真的到来了。"絮已为萍风卷叶，空凄切。"纳兰兀自悲切，感伤这季节的无情和人世间无情的变更。

而到了下片，纳兰却表现出一种温情脉脉的情绪来，他轻柔地写道"长条莫轻折。"不要轻易地折断柳条诉说离别，离别虽有遗憾，但只要不告别，内心便依然充满温情。而后一句"苏小恨，倩他说。"则是在写一代名妓苏小小。

苏小小的爱情故事凄婉动人，离别是这个故事的主题，纳兰用苏小小的典故写出自己的惆怅与伤感，他达到了托物抒怀、借景言情的目的。而后的两句，自然也是围绕离别而写："尽飘零、游冶章台客。红板桥空，溅裙人去，依旧晓风残月。"

词写到这里，颇有几分柳永的风范，但纳兰更显得干脆，既然红桥之上，离别已经无法挽回，那么就干脆道别了吧。就让自己与这晓风残月，独自相守，为离去的人祝福。这首词写出了词人悲凉的心境。

苍凉的景色中透露内心的悲凉。在万物凋零的秋天，词人在一片美景中悲哀地感伤，整首词的情致极为凄婉，是首上乘之作。

青玉案 辛酉人日①

东风七日蚕芽②软。青一缕，休教剪。梦隔湘烟征雁远。那堪又是，鬓丝吹绿，小胜③宜春颤。

绣屏浑不遮愁断，忽忽年华空冷暖。玉骨几随花骨换。三春醉里，三秋别后，寂寞钗头燕。

赏析

正月初七是为人日，桑树吐新芽，青青一缕。而离人却远隔千里，犹如南征之雁不在身边。纵然是绿鬓如云，金衣玉胜，也只能顾影自怜。

时光流转，年华易逝，那春愁别恨岂是绣屏就能遮蔽的。如今容颜变换，青春流逝，那离愁别绪年复一年，不曾间断。

点评

"东风七日蚕芽软。青一缕休教剪"。正月初七是人日，这天刚好是桑树吐新芽的日子，春天已经露出了端倪，树木开始泛出绿色。

看到这春日即将来临的景象，纳兰并没有为新一轮的生命轮回感到兴奋，而是隐隐不安地担忧到"梦隔湘烟征雁远"。思念之人不在身边，远在千山万水之外，就好像南飞的大雁一样，遥远得无法看到。甚至，就连思念也抵达不了。

没有与相爱的人在一起，就算是这春日再怎么美好，也失去了本来的意义。在

---

① 人日：旧俗以农历正月初七为人日。② 蚕芽：即桑芽。③ 小胜：即玉胜，又称华胜。古代一种玉制的发饰，为花形首饰。

这个所有人都欢庆的节日里，自己却是形单影孤，独自一人在春日里看着万物复苏，生命回环。想到这里，纳兰的内心不禁又泛起波澜。

"那堪又是，鬓丝吹绿，小胜宜春颤"这一句，写绿色开始四处长出，绿色是生命的颜色，这个春天又要来临了。词人流露出无可奈何的惆怅情怀。"小胜"即玉胜，又称华胜。古代一种玉制的发饰，为花形首饰。纳兰看到春色盎然，但是想到不在身边的恋人，便提不起精神来欣赏这春景。看着恋人的发簪，想念着恋人的容貌，备感孤独。上片境界阔大而情调哀伤，而在下片的时候，则是直接抒写离情。

"绣屏浑不遮愁断，忽忽年华空冷暖。"山川遮不断思念，年华过去，但对于恋人的思念依然永不停歇。纳兰想到远在他方的恋人虽然早已是容颜不再，但一想到她，自己的内心便是暖融融的。

"玉骨几随花骨换。"这是感慨时光太过匆匆，但是"三春醉里，三秋别后，寂寞钗头燕"。在青春的流逝中，岁月一年一年变迁，自己的思念却是从没有停止过。这首伤别离的词，写纳兰与相爱的人不能享受一起的苦恼，最后以寂寞结尾，在这个人日里，纳兰独自品尝寂寞，享受寂寞，却是最终被寂寞所淹没。

纳兰的心苦，只有他自己知道。

青玉案 宿乌龙江①

东风卷地飘榆荚②，才过了，连天雪。料得香闺香正彻。那知此夜，乌龙江畔，独对初三月。

多情不是偏多别，别离只为多情设。蝶梦③百花花梦蝶。几时相见，西窗剪烛④，细把而今说。

赏析

乌龙江一带天气早寒，夏天刚刚过去，冬天便立即到来。想必此时闺中正是花香四溢的时候，哪里知道在乌龙江上的离人正独自黯然神伤！

并不是因为多情而多了离别，而是因为离别偏就是为多情人而设的。与你身处离别，犹如迷离恍惚之梦境。什么时候才能与你相聚，秉烛夜谈，诉说我的衷情呢！

点评

这首词的写作时间和背景，赵秀亭在《纳兰丛话》中有所提道："性德《青玉案·宿乌龙江》上片云：'东风卷地飘榆荚，才过了、连天雪。料得香闺香正彻，那知此夜，乌龙江畔，独对初三月。'此亦清康熙二十一年（1682）春夏扈从东巡之作。乌龙江，即松花江，此指驻跸之大乌剌虞村，地在鸡林（今吉林市）下游八十里。圣祖于三月二十八至四月初三皆驻大乌剌，故'独对初三月'云云全为写实。"

---

① 乌龙江：即黑龙江。② 榆荚：榆树之荚，榆树结的果实。③ 蝶梦：《庄子·齐物论》："昔者庄周梦为胡蝶，栩栩然胡蝶也，自喻适志与！不知周也。俄然觉，则蘧蘧然周也。不知周之梦为胡蝶与，胡蝶之梦为周与？周与胡蝶，则必有分矣。此之谓物化。"后以"蝶梦"喻迷离恍惚的梦境。④ 西窗剪烛：犹言剪烛西窗，指亲友聚谈。语出李商隐诗《夜雨寄北》："何当共剪西窗烛，共话巴山夜雨时。"此指与所思恋的人聚谈。

看来，这是纳兰外出公干，内心悸动，写下行役在外、思念爱妻的深情，以表达内心的温存之词。

这首词的艺术成就很高，其中黄天骥在《纳兰性德和他的词》中对这首词的评价很高："冬天，诗人到了乌龙江畔，远离家乡，思念自己的亲人，渴望着团聚。这词一气呵成，不事雕饰，是作者真朴感情的自然流露。"

"东风卷地飘榆荚"，东风刮过，带着寒冷，将地面飘落的榆荚卷起，飞舞空中。这夏天才刚刚过了，冬天就要来了。对于没有秋天过渡的黑龙江，纳兰显得还是十分不适应，来到这个地方，看到"才过了，连天雪"，不禁感慨时光匆忙，天地之大，一不小心，自己竟然与妻子相隔了这么远。

"料得香闺香正彻。"想到妻子的房间里定然是花团锦簇，家里现在正是春暖花开的日子，可是自己却在这天寒地冻的远方。想到这里，纳兰内心也忍不住要不平衡一下了。离开心爱的妻子，离开热爱的家乡，来到这里，难道真的是天意弄人？

上片的最后一句，纳兰似是在问，也似是在回答"那知此夜，乌龙江畔，独对初三月"。在这黑龙江的夜里，想念着远方的妻子，渴望有朝一日的团聚。那时再回想起自己曾独自一人在远方思念亲人，那时的幸福必定会更加强烈。

为什么人世间总是要有离别呢，既然团聚是亲人们最大的幸福，为什么老天总是要时不时地就让亲人们尝尝留别之苦？纳兰在下片对这个问题进行了思索，他写道："多情不是偏多别，别离只为多情设。"

或许这正是上天对相亲相爱人们的一种考验，要用离别去考验他们之间的真情，看这真情是否经得住离别的考验。想到这里，纳兰似乎宽心了许多。他盼望着回去的那一天，便可以和亲人们在窗前，安然地诉说着今日的愁苦。"蝶梦百花花梦蝶。几时相见，西窗剪烛，细把而今说。"

纳兰的心，在自我的不断安慰中，渐渐柔软，变得透明。这个男子的多情，在此时，显得愈发可爱。

海棠月 瓶梅①

　　重檐②淡月浑如水，浸寒香③一片小窗里。双鱼冻合④，似曾伴、个人无寐。横眸⑤处、索笑⑥而今已矣。

　　与谁更拥灯前鬒，乍横斜、疏影疑飞坠。铜瓶小注，休教近、麝炉烟气。酬伊也、几点夜深清泪。

赏析

　　月光如水洒在屋檐上，瓶中的梅花开了，小窗里沉浸在一片清香当中。天气寒冷，双鱼洗已经结冰，孤单的人儿不能入睡。回想当时的眉目传情，而今都已一去不返。

　　当初与谁一起在灯下花前，看那梅花的疏影？如今，又是铜瓶花开，麝烟缭绕，而你却不在身旁了，唯有以这几滴相思之泪寄托我的深情。

点评

　　词的上片通过写闺中人的相思之苦，来抒发伤逝之情。这首词借瓶梅抒发相思和伤逝之情。纳兰写词，总是充满离愁哀怨，这首词的基调也是如此，但却又有些不同，整首词虽然弥漫着一些孤寂之感，但总的来说，还是比较温暖清淡，犹如淡淡的白月光，从窗口轻柔地洒下，让人心头明亮。

　　"重檐淡月浑如水，浸寒香、一片小窗里。"月光是古往今来，众多词人抒发思念之情的最佳选用之物。纳兰说淡月如水，月光如水一样清澈，也如水一样冰凉。洒下的月光在屋檐下形成一道冰冷的帘子，隔开了窗内与外面的景物。

　　而此时，屋子里的梅花开放了，绽放的花朵散发出幽香，小屋内一片暗香，屋外月光冰凉，屋内清香四溢。乍一看来，这首词的意境十分清淡，并无相思之苦，也无伤逝之情，只是对景物的一种白描，可是继续读下去就能发现，原来淡然未必就是平静，不说并不代表不在乎。

　　"双鱼冻合，似曾伴、个人无寐。"这里的一个需要解释的是"双鱼"，是指

---

①瓶梅：插在瓶中以供观赏的梅花。②重檐：两层屋檐。③寒香：清冽的香气，形容梅花的香气。④双鱼：双鱼洗，镌刻有双鱼形象的洗手器。冻合：犹言冰封。⑤横眸：流动的眼神。⑥索笑：犹逗乐，取笑。

双鱼洗，镌刻有双鱼形象的洗手器，宋张元幹《夜游宫》词："半吐寒梅未坼，双鱼洗，冰澌初结。"这里是说洗手器皿中的水都已经冻成了冰，凝结在了一起，天气的寒冷程度可想而知。这样的天气，钻进被窝，美美地睡上一觉，是再舒服不过的了。可是满心愁绪的纳兰，却是无论如何也睡不着的。

"横眸处、索笑而今已矣。"睡不着的原因自然是内心有所牵挂，那美丽的眼眸，那动人的微笑，而今看来，都是无法忘怀。在深夜里，独自躺在床上，孤枕难眠，想到恋人的容颜，清晰如昨，可是眼下却是天涯海角，无法相见，这怎能不叫人悲伤！

纳兰这首伤逝词，写到上片，悲伤过度。到了下片的时候，纳兰似乎沉思了许久，慢慢提笔写道："与谁更拥灯前髻，乍横斜、疏影疑飞坠。"回忆往昔，当日与谁一起相拥灯前，与谁一起看花飞花落，与谁一起海誓山盟，与谁一起想着如何去天长地久？

往日的美好，却都早已在岁月的流逝中一同不见了，"铜瓶小注，休教近、麝炉烟气。"如今，又是铜瓶花开的时候，可是檀香冉冉升起的烟雾中，再也看不到你笑颜如花的脸庞了。"酬伊也、几点夜深清泪。"我只能在此刻，用泪水祭奠我们共同拥有的过去。

纳兰的这首词以悲情结尾，结束全词，整首词清新自然，虽然是悲切，但却读起来让人没有压抑之感，是首好词。

菊花新 送张见阳令江华①

　　愁绝②行人天易暮，行向鹧鸪声里③住，渺渺洞庭波，木叶下、楚天何处？

　　折残杨柳应无数，趁离亭笛声吹度。有几个征鸿④，相伴也、送君南去。

赏析

　　你就要赴任到遥远的江华，此刻送行为之生愁添恨，而天色也仿佛变得晦暗迷蒙了。故人将去的江华，此时也正是秋色凄凉，令人惆怅。

　　依依难舍，杨柳折断了无数次，本应趁着长亭离宴上的笛声作别，却仍不忍分手离去。天空飞过几只征雁，就让它们陪你远行，与你做伴吧。

点评

　　这首词为送别之作，是纳兰送给他的好友张见阳的一首词，此人是康熙年间名重一时的人物，与纳兰惺惺相惜，结下了深厚情缘。

　　张见阳的一幅《墨兰图》上，曾找曹寅题过词，曹寅的那首《墨兰歌》中不但夸赞了张见阳的画工了得，也

---

① 江华：汉置冯乘县，唐置江华县，改曰云溪，寻复故，唐初置县在五保之地，神龙初迁于寒亭北阳华岩之江南，故名江华，在今湖南江华东南，现为江华瑶族自治县。②愁绝：极度忧愁。③鹧鸪声里：鹧鸪声含有惜别之意，同时指张见阳将去的江华之地，地在西南方，故云。④征鸿：征雁。

深情描述了张见阳与纳兰之间的真挚友谊和笃厚感情。

"折扇郲风花向左，鸾飘凤泊惊婀娜。巡枝数朵叹师承，颠倒离披无不可。潇湘第一岂凡情，别样萧疏墨有声。可怜侧帽楼中客，不在薰炉烟外听。盛年戚戚愁无谓，井华饮处人偏贵。饧桃敢信敌千羊，孤芳果亦空群卉。张公健笔妙一时，散卓屈写幽兰姿。太虚游刃不见纸，万首自跋纳兰词。交渝金石真能久，岁寒何必求三友。祇今摆脱松雪肥，奇雅更肖彝斋叟。"

"太虚游刃不见纸，万首自跋纳兰词。交渝金石真能久，岁寒何必求三友。"这句就可以看出张见阳与纳兰之间的深厚感情。纳兰与张见阳和曹寅都有很深的交情，纳兰英年早逝，让二人十分悲痛。之后张见阳每画一幅画都要在画上题纳兰的词，以纪念纳兰和他的友谊。在纳兰生前，二人就已打下了友谊的根基。

这首词是纳兰为张见阳送行而作的。词的字里行间充满了离别的愁恨，朋友间的友谊不会因为距离和时间的长度而逐渐淡漠，真正的友谊是能够跨越千山万水，抵达人心深处的一种情感。

"愁绝行人天易暮"，人要走，留不住的尽是相思情，仿佛知道纳兰内心的凄苦，连上天都不忍再看，暮色深重，愁煞赶路人。"行向鹧鸪声里住"这句话里有个说道，便是所谓的"鹧鸪声里"，这是指张见阳将去的江华之地，地在西南方，故云。而且鹧鸪本身也含有惜别之意，是许多词人爱用的一个词。

"渺渺洞庭波，木叶下、楚天何处？"清楚了友人要去的地方，但是自己无法相陪，这真是哀愁的一件事情。

上片写到离别之苦，下片别接着写送别之情，依依惜别，不忍分离，可是离别总是要面对的，纳兰只得化悲痛为安慰，对自己说，朋友不过是远去，来日方长，总有见面的一天。

"折残杨柳应无数，趁离亭笛声吹度。"话虽如此，依然是舍不得离开，不知道送过了多少路程，不知道走过了多少亭子，就是舍不得说分手。但是天下无不散的宴席，送君千里，终须一别，自己不能将朋友送到他要去的地方。但是友人这一路上是否安全，他依然担心，正巧头顶上盘旋几只大雁，那就让大雁为自己护送友人，一路南下吧。"有几个征鸿，相伴也、送君南去。"情感的真挚到最后陡然升起，友人之间的情谊无须再多说，彼此心意了然。

纳兰性德行年录

顺治十一年甲午（公元 1654 年）

农历腊月十二日，纳兰成德生于京师，是日为公历 1655 年 1 月 19 日。

成德字容若，满洲正黄旗人。

成德父明珠是年二十岁，任銮仪卫云麾使。

成德母觉罗氏，英亲王阿济格正妃第五女，顺治八年归明珠。

是年三月，清圣祖玄烨生，以旧历计，与成德同龄。同月，陈名夏以倡"留发复衣冠"等罪被处死。

是年，吴伟业、龚鼎孳、吴绮俱在京。

顺治十二年乙未（公元 1655 年） 1 岁

秦松龄成进士，授检讨。

顺治十三年丙申（公元 1656 年） 2 岁

春，吴伟业任国子监祭酒；岁暮，以奉嗣母丧南归。

七月，龚鼎孳谪广东。陈维崧父陈贞慧卒。

顺治十四年丁酉（公元 1657 年） 3 岁

卢兴祖以工部启心郎迁大理寺少卿。（《满洲名臣传》三十六）

冬，顺天、江南等五闱科场案发。

顺治十五年戊戌（公元 1658 年） 4 岁

吴兆骞以科场案逮赴刑部狱。

陈之遴流徙盛京，秦松龄罢归。

曹寅生。

顺治十六年己亥（公元 1659 年） 5 岁

闰三月，吴兆骞出京；秋七月，抵宁古塔戍所。吴伟业作《悲歌赠吴季子》。

叶方蔼、徐元文中进士。

五月，郑成功、张煌言大举北上，克瓜洲、镇江等数十州县，进围江宁，东南震动。七月，败，郑、张走海上。毛晋卒。

顺治十七年庚子（公元 1660 年） 6 岁

春，王士禛抵扬州任推官，是年，王与邹祗谟合辑《倚声初集》。

徐乾学中顺天乡试举人。

宋琬官绍兴，与朱彝尊、屈大均、叶燮等会。

顾贞观在江阴会查继佐。

是年，以给事中杨雍建奏，清廷下令严禁结社订盟。

顺治十八年辛丑（公元 1661 年） 7 岁

正月，清世祖卒。皇太子玄烨即位，是为清圣祖。以内大臣鳌拜等四人为辅政大臣。

二月，罢十三衙门，复设内务府。是年，明珠改任内务府郎中。

二月，吴兆骞妻葛氏抵宁古塔。（吴桭臣《宁古塔记略》）

春，通海案发，魏耕、钱瓒曾等被处死。

五月，卢兴祖擢广东巡抚。

夏，奏销案起，苏南、浙东士绅以欠赋黜革者达万三千余人。秦松龄削籍，叶方蔼以欠一钱被黜，韩菼、翁叔元几被迫自杀。

七月，哭庙案结，金圣叹等十八诸生被杀。

是年秋，顾贞观入京，以诗得龚鼎孳赏识。

冬，明永历帝为吴三桂擒获，残明政权终至灭亡。

康熙元年壬寅（公元 1662 年） 8 岁

春，王士禛、陈维崧等有扬州红桥唱和事，王撰《浣溪沙》三阕。

冬，吴兆骞于宁古塔得顾贞观致书。

宋琬以邓州事下狱。

是年，张煌言编写《奇零草》，黄宗羲撰《明夷待访录》。

郑成功卒于台湾。

康熙二年癸卯（公元1663年） 9岁

吴兴祚就任无锡知县。

徐乾学游闽粤。

曹玺任江宁织造。

丁澎自戍所还。

庄廷钺《明史》案发，牵连致死七十余人。

康熙三年甲辰（公元1664年） 10岁

三月，明珠升内务府总管。（《圣祖实录》）

春，顾贞观奉特旨考选中书，授内秘书院中书舍人。七月初八陛见，赋《满江红》词。

冬，吴兆骞子桭臣生于宁古塔。

朱彝尊游晋，于大同会阎尔梅。（《白耷山人年谱》）

高士奇入京，卖文自给。（《独旦集》自述）

是年五月，钱谦益卒。九月，张煌言殉节。

康熙四年乙巳（公元1665年） 11岁

三月，卢兴祖迁广东总督，寻裁广西总督，命兴祖兼制。

龚鼎孳在刑部任。九月，吴绮出守湖州，龚以诗送之。

十月，山东道御史顾如华上疏言，纂修《明史》，宜广搜稗史，以备考订；及开设史局，尤宜择词臣博雅者，兼广征海内弘通之士，同事纂辑。

吴兴祚在无锡惠山建二泉亭。

王士禛解扬州任。冬，至京。

吴兆骞与张晋彦等结七子诗社。

徐釚、叶舒崇同读书于苏州。

王又旦、吴嘉纪、姜宸英、汪懋麟会于扬州。

康熙五年丙午（公元1666年） 12岁

四月，明珠由侍读学士升内弘文院学士。（《圣祖实录》，《八旗通志》三百十一回）按，明珠由内务府迁内院及任侍读学士之时日不详。

顾贞观举顺天乡试第二，寻擢内国史院典籍。

陈之遴死于沈阳。

康熙六年丁未（公元1667年） 13岁

成德自是年起，得董讷教授，学业大进。（《通志堂集》十九附董讷诔词）按，董讷，平原人，康熙六年进士，官编修。康熙四十年卒，年六十三。有《柳村诗集》。

七月，圣祖亲政。

九月，纂修《世祖章皇帝实录》，以明珠等为副总裁。

九月，顾贞观扈从东巡，作七言绝句六十首。归，又为赋《六州歌头》一阕。

十一月，卢兴祖以不能屏息盗贼，革职。同月卒。

是年，陈维崧客燕。（《亦山草堂遗稿》二）

朱彝尊编成《静志居琴趣》。

顾有孝等编定钱谦益、龚鼎孳、吴伟业之诗为《江左三大家诗抄》，施闰章、吴绮、余怀、叶方蔼、吴兆宽等参阅。

康熙七年戊申（公元1668年） 14岁

九月，明珠升刑部尚书。冬，明珠及工部尚书马尔赛往阅淮扬河工，至兴化白驹场。

是年，南怀仁与吴明烜有历法之争，为汤若望、杨光先争论之延续。从杰书议，命明珠等二十余人同往测验。

三月，吴绮、吴伟业、徐乾学等十人集湖州，有爱山台修禊事。宋琬为吴绮序《艺香词》。

七月，京师大水，漂没人畜甚众；卢沟桥圮，行人断绝数十日。陈维崧在京，为作《大水行》（《湖海楼诗抄》）。

九月，吴兴祚、姜宸英、严绳孙、顾湄、秦松龄等集秦氏寄畅园。

张纯修之父张滋德卒。顾贞观丁外艰归。

康熙八年己酉（公元1669年） 15岁

三月，钦天监监正杨光先革职，比利时人南怀仁为钦天监监副。

五月，辅政大臣鳌拜褫职，禁锢终身。

六月，诏止旗人圈占民地。

六月，明珠及兵部侍郎蔡毓荣等奉诏往福建招抚郑经。（《台湾外纪》）

七月，明珠解刑部任。九月，改任都察院左都御史。

冬，徐乾学赴会试入京。

是年，陈维崧离京，游少室山。

吴绮以风雅好事罢湖州知府之任。

高士奇入太学。

蒋超督顺天学，翁叔元冒永平籍投考，为超所录。

王士禛于吴门刻《渔洋集》。

朱彝尊始号竹垞。

董以宁卒。

康熙九年庚戌（公元1670年） 16岁

内院复为内阁，复翰林院官属，始举经筵日讲。

三月，徐乾学、蔡启僔中进士，徐授内弘文院编修，蔡为内秘书院修撰。同榜进士尚有孙在丰、叶燮等人。

是年，张纯修承荫入监读书。

朱彝尊、陆元辅等在京，于孙承泽处观《九歌图》。

吴兆骞失馆职，窘甚，幸得龚鼎孳、宋德宜、徐元文等有所寄赠，仅得免死。

邹祗谟卒。

康熙十年辛亥（公元1671年） 17岁

成德补诸生，贡太学。时徐元文为祭酒，深器重之。结识张纯修，如异姓昆弟。

成德在太学，每徘徊石鼓间；其《石鼓记》之作，或后于此年，亦在数年之内。

二月，左都御史明珠、国子监祭酒徐元文充经筵讲官。

八月，明珠疏请停止盐差御史巡历地方，从之。

八月，设起居注官，命日讲官兼摄。

十月，圣祖东巡至盛京，谕宁古塔将军巴海："罗刹虽云投诚，尤当加意防御，操练兵马，整备器械，毋堕狡计。"

十一月，调左都御史明珠为兵部尚书。

是年春，顾贞观服阕赴补，为忌者排斥，因告病南归。有《风流子》词记其事，词序称"自此不复梦入春明矣。"是年秋，曹尔堪、龚鼎孳、周在浚、纪映钟、徐倬、梁清标等集京师孙承泽别墅秋水轩，赋"剪"字韵《金缕曲》，是为秋水轩倡和词。南北词家随而和者不可胜数，为词坛一时盛事。

是年，陈维崧还江南，辑刊《今词苑》三卷。

朱彝尊南还。

吴伟业卒。

是年，吴三桂等三藩自为政令，形成割据势力。清廷每岁负担三藩军饷两千余万，矛盾日益尖锐。

康熙十一年壬子（公元1672年） 18岁

八月，成德应顺天乡试，中举人。正、副考官为蔡启樽、徐乾学。其同榜有韩倬、翁叔元、王鸿绪（榜名度心）、徐倬、曹寅等。

是年五月，姜宸英以父丧南归。

六月，王士祯典四川乡试离京。

秋，严绳孙入京。

冬，马云翎入京。朱彝尊入京，客居潞河漕总龚佳育幕，同年编成《江湖载酒集》。按，朱氏词集再刻时有增补。

康熙十二年癸丑（公元1673年） 19岁

正月，阅八旗兵于南苑晾鹰台，明珠先期布条教，俾众演习，及期，军容整肃。圣祖谕："今日陈列甚善，可著为令。"（《圣祖实录》四十一）

二月，成德会试中式。会试主考官杜立德、龚鼎孳、姚文然、熊赐履。

三月，成德忽得寒疾，未与廷试。韩菼、王鸿绪等于此年中进士。马云翎、翁叔元落榜。

五月起，成德每逢三六九日，至徐乾学邸讲论书史，日暮始归。旋致书徐氏云"承示宋元诸家经解，俱时师所未见，某当晓夜穷研，以副明训。"

五月，得徐乾学、明珠支持，始着手校刻《通志堂经解》。是月，成德撰《经解总序》初稿。按：《经解总序》署时"康熙十二年夏五月"，但《序》云："余向属友人秦对岩、朱竹垞购诸藏书之家，间有所得。"而康熙十二年夏成德尚未识秦松龄，与朱亦未曾谋面，因知《总序》是年只是初稿。《经解》徐乾学序署时于康熙十九年，成德改定《总序》也当不早于十九年。另，《徐序》称辑刻经解自癸丑始，"逾二年讫工"，亦不可信，实至成德故世时尚未全竣。朱彝尊为成德《合订大易集义粹言》作序云"乍发雕而容若溘焉逝矣"，即可证。《经解总序》又云："座主徐先生乃尽出其藏本示余小子，余且喜且愕，求之先生，钞得一百四十种，请捐资经始，与同志雕版行世。"实际一百四十种之数并非康熙十二年所定，在刻经解过程中，选目曾有更改、增补。

七月，吴三桂、耿精忠疏请撤藩，著议政王大臣等会同户、兵二部议奏，诸王大臣俱言不可撤，惟户部尚书米思翰、兵部尚书明珠、刑部尚书莫洛以为撤亦反，不撤亦反，不如从其所请，为先发制人之计。帝从之，遂下徙藩之诏。是年，明珠兼佐领。

秋，给事中杨雍建劾去年顺天乡试取副榜不及汉军，九月，蔡启樽、徐乾学坐是降级，归江南。成德以诗词送之。

冬，成德为翁叔元治行，使得归江南。翁氏常熟人，以奏销案破家出逃十余年，幸得成德拯助，方获归里。

十一月二十一日，平西王吴三桂反。

是年，成德始撰辑《渌水亭杂识》。

是年春，结识严绳孙。《通志堂集》十九附绳孙《哀词》："始，余以文字交于容若，时容若方举礼部，为应时之文。"

是年夏，结识姜宸英。姜氏《纳兰君墓表》："君年十八九，举礼部，当康熙之癸丑岁。未几也，余与相见于其座主东海阁学公邸。而是时，君自分齿少，不愿仕，退而学经读史，旁治诗歌古文词。"按，徐乾学九月回南，成德见姜当在初夏。秋，姜氏随徐乾学南还。

是岁，投书朱彝尊。《通志堂集》十九附朱氏《祭文》："曩岁癸丑，我客潞河，君年最少，登进士科。伐木求友，心期切磋。投我素书，懿好实多。"

与马云翎相识，或在是年。按，云翎此年赴京应礼部试，不第。

是年九月，龚鼎孳卒于京。（董迁《龚芝麓年谱》）

本年内成德其他作品：

文：《与韩元少书》。

诗：《幸举礼闱以病未与廷试》，《通志堂集》，《秋日送徐健庵座主归江南》，《即日又赋》。

康熙十三年甲寅（公元1674年） 20岁

春，吴三桂等势炽，湖湘、四川等地沦于战火。

南怀仁任钦天监监正，所用仪象均依西法新造，传统漏刻计时改为自鸣钟。前此数年内，明珠数次奉命往钦天监验勘，成德或曾随观，因作《自鸣钟赋》。是后，钟表渐入贵家，圣祖出巡亦以毡车载自鸣钟计时。

五月，皇子保成生，即后之胤礽。

是年，成德娶夫人卢氏。卢氏为两广总督卢兴祖女。又纳庶妻颜氏，颜氏家世不详，其归成德或略早于卢氏。（叶舒崇《卢氏墓志铭》、赵殿最《富格神道碑文》）

仲弟揆叙生。

正月，朱彝尊访成德于第。

徐钺刻《菊庄词》。

徐乾学、姜宸英、汪懋麟同游扬州，禹之鼎为绘《三子联句图》。（胡艺《禹之鼎年谱》）

本年内成德其他作品：

诗：《挽刘富川》。

词：《浣溪沙》（谁道飘零）。

康熙十四年乙卯（公元 1675 年） 21 岁

十月，明珠转吏部尚书。

十二月十三，皇子保成立为皇太子。成德避太子嫌名，改名性德。

是年，成德长子富格生，为颜氏夫人出。

成德与张纯修交益密，每有郊猎。《风流子》（秋郊即事）或作于是年。

成德与严绳孙过从甚密，绳孙移居成德邸中，叠有唱和。《眼儿媚》（咏红姑娘）或作于此年。

是年，秦松龄从军湘楚，以严绳孙介绍，成德致书问候。《通志堂集》十九附严、秦合撰祭文："嗟余两人，先后缔交。绳孙客燕，辱兄相招，下榻高斋，情同漆胶。迄今十年，不望久要。松龄客楚，惠问良厚，谓严君言：子才可取。虽未识面，与子为友。"

是年十一月，复设詹事府官，高士奇补录事，叶方蔼为左庶子、翰林院侍读。

徐乾学还京，复原官。吴兴祚擢福建按察使。

九月，朱彝尊丁外艰，奔丧回里。

冬，马云翎复入京。

康熙十五年丙辰（公元 1676 年） 22 岁

三月，性德中二甲第七名进士，翁叔元、叶舒崇、高珩等同年及第。主试官为吴正治、李霨、宋德宜、田六善。马云翎再次落第。

年初，皇太子保成更名胤礽。《进士题名录》性德榜名已作"成德"，知"成"字不必再避。嗣后容若手书、印章及友朋书文俱称成德，不再称性德。

性德中进士，久无委任。时盛传将与馆选，然迄无确信。

马云翎归江南，性德送之以诗。

春夏间，顾贞观入京，经徐、严等相介，识性德，遂互以知己目之。性德为题其"侧帽投壶图"《金缕曲》词，一时传写京师。

是年，性德以诗词才藻大获称誉，似与王士禛有关。春，士禛入京，初识马云翎，（康熙十一年云翎至京，王士禛方在四川）盛称云翎诗（《香祖笔记》），致云翎名噪京师，文士争相延接。今存士禛文集，绝不一及性德名，是因士禛后与明珠有隙，而不愿见礼于性德。方此年，士禛实曾以性德、云翎一并称赏。陆肯堂撰性德挽诗（《通志堂集》二十附）云："例从文选起，语自衍波传"，即为明证。性德集中有《为王阮亭题戴务旃画》诗，亦作于此年，为性、王曾有交往之痕迹。

初夏，严绳孙回南，性德作《送荪友》诗、《水龙吟》（再送荪友）词以赠之。时南方战事方炽，性德有立功疆场之愿，故诗中有所言及。

秋，吴县穹隆山道士施道源入京设醮，旋还山。性德作《送施尊师归穹隆》《再送施尊师归穹隆》赠之。

是年，徐乾学迁右赞善。十一月，徐母顾氏卒，徐乾学兄弟奔丧南归。

冬，顾贞观作《金缕曲》（寄吴汉槎）二章，性德见之，遂以"绝塞生还吴季子"为己任。

是年，郑谷口在京行医，朱彝尊赠以诗。性德识郑谷口当在此年。秋，谷口南还。

《侧帽词》或刻于此年。始与顾贞观合编《今词初集》。

是年，朱彝尊复客潞河。

是年，谢彬为徐釚绘《枫江渔父图》。

秦松龄在楚，定《然竹集》。董元恺编定《苍梧词》十二卷。

是年，东南战局渐明朗，三藩已呈败势。

此年内性德其他作品：

文：《拟设东宫官属谢表》。

诗：《记征人语》十三首，《长安行赠叶纫庵庶子》（按：叶方蔼任庶子在康熙十四至十七年，姑置此年），《送马云翎归江南》，《又赠马云翎》，《暮春别严四荪友》。

词：《金缕曲》（赠梁汾），《金缕曲》（简梁汾），《眼儿媚》（手写香台），《南乡子》（烟暖雨初收），《菩萨蛮》（新寒中酒），《念奴娇》（绿杨飞絮），《金人捧露盘》（净业寺），《天仙子》（梦里蘼芜），《浪淘沙》（红影湿幽窗），《生查子》（鞭影落春堤），《生查子》（东风不解愁），《瑞鹤仙》（丙辰生日）。另，《河传》、《苏幕遮》（枕函香）、《疏影》（芭蕉）、《忆王孙》（西风一夜）、《雨霖铃》（种柳）等五阕作期当不晚于此年。

康熙十六年丁巳（公元1677年） 23岁

四月，圣祖制《大德景福颂》，书锦屏，进太皇太后。性德撰《拟御制大德景福颂贺表》。疑此文为代明珠拟。

四月末，卢氏生一子海亮。约月余，卢氏以产后患病，于五月三十日卒。叶舒崇《卢氏墓志铭》："产同瑜珥，兆类罴熊，乃膺沉痼，弥月告凶。"性德哀甚，"悼亡之吟不少，知己之恨尤深。"卢氏灵柩暂厝双林禅院。

七月甲辰（二十九），以吏部尚书明珠、户部尚书勒德洪为内阁大学士，且谕诸臣："人臣服官，惟当靖共匪懈，一意奉公，如或分立门户，私植党与，始而蠹国害政，终必祸及身家。历观前代，莫不皆然。在接纳植党者，行迹诡秘，人亦难于指摘，然背公营私，人必知之，凡论人论事间，必以异同为是非，爱憎为毁誉，公论难容，国法莫逃。百尔臣工，理宜痛戒。"（《圣祖实录》六十八）按，明珠、勒德洪俱为

武英殿大学士。

八月初一，圣祖赐大学士明珠《文献通考》等书，并谕曰："卿才能素著，久任股肱，特简丝纶重地，赞理机务。因卿夙稽典史，晓古今责难陈善之理，《文献通考》等书，皆致君泽民至道所录，特以赐卿。退食之暇，可时观阅，以副朕虚怀求治之意。"（《圣祖文集》六）

八月，明珠充《太宗文皇帝实录》总裁官。

性德撰《合订大易集义粹言》成。朱彝尊《合订大易集易粹言序》云："吾友纳兰侍卫容若，以韶年登甲科，未与馆选，有感消息盈亏之理，读《易》渌水亭中，聚《易》义百家插架，于温陵曾氏《粹言》、隆山陈氏《集传精义》，十八家之说有取焉，合而订之，成八十卷，择焉精，语焉详，庶几哉有大醇而无小疵也乎。"

秋冬间，性德始任乾清门三等侍卫。按：姜宸英《纳兰君墓表》云："今上重器君，不欲出之外廷。置名二甲，久之，授三等侍卫。"韩菼《纳兰君神道碑文》亦云："以二甲久次，选授三等侍卫。"皆示性德中进士后，有较长一段时间未定其职司。

徐乾学《纳兰性德墓志铭》、翁叔元《纳兰君哀词》均言性德丙辰登第后，闭门扫轨，益肆力于诗歌古文辞，亦可见尝有较久"待业"生活。正为有较长赋闲时日，方可成八十卷之《合订大易集义粹言》。初及第，有从戎意，不得；又期入观选，仍不得。天意难测，中颇怏怏。最后任侍卫，实非其愿。徐乾学《纳兰性德墓志铭》又云："未几，太傅入秉钧，容若选授三等侍卫，出入扈从，服劳惟谨。"则始任侍卫，在明珠擢大学士之后。《渌水亭杂识》编定。

腊月，性德作书致严绳孙。

是年春初，顾贞观携《今词初集》稿南返，至开封，逢毛际可。毛为《今词初集》作序，并次容若韵作《金缕曲（题梁汾佩剑投壶图）》，是词亦收入《今词初集》。

三月，蔡启僔为日讲起居注官，旋以足疾辞官。

三月，吴兆骞于宁古塔收到顾贞观寄《金缕曲》词二首。

四月，梁汾在江南，复作书寄吴汉槎，并以其《弹指词》附书以寄。（吴兆骞《戊午二月十一日寄顾舍

人书》)按：徐钰《词苑丛谈》、
阮葵生《茶余客话》载：吴兆骞在
宁古塔，行箧有《菊庄词》、《侧
帽词》、《弹指词》二册，会朝鲜
使臣至，以金购去，三人之词遂流
誉外邦。然汉槎致梁汾书仅言及《弹
指》，未云《侧帽》，盖缘《弹指》、
《侧帽》为合刻一册。《词苑丛谈》
称三家为"二册"，即由此。

　　秋，顾贞观复至京，与性德增
选《今词初集》。

　　冬，鲁超为《今词初集》作序。

　　十一月，以大学士择荐，令张英、
高士奇为内廷供奉，高士奇加内阁
中书衔。

　　是年，徐乾学在南，请陈维崧
校订吴兆骞《秋笳集》。

　　龚佳育擢江宁布政使。朱彝尊
随龚南返江宁，刻成《竹垞文类》二十六卷。

　　陈维崧、朱彝尊等聚会于南京瞻园。

　　此年内性德其他作品：

　　词：《点绛唇》（一种蛾眉），《浣溪沙》（伏雨朝寒），《金缕曲》（再赠梁
汾），《南歌子》（翠袖凝寒），《南歌子》（暖护樱桃），《眼儿媚》（手写香台），
《菩萨蛮》（晶帘一片），《清平乐》（凄凄切切），《清平乐》（麝烟深漾），《临
江仙》（寄严荪友），《鹧鸪天》（十月初四），《沁园春》（丁巳重阳），《大酺》
（寄梁汾），《唐多令》（金液镇心），《浣溪沙》（寄严荪友），《忆江南》（双
林禅院），《青衫湿遍》，《鹧鸪天》（握手西风）。

康熙十七年戊午（公元 1678 年）　24 岁

　　是年圣祖出行情况：

　　闰三月初三至十七，畿南霸州、赵北口一带。

　　五月十五至十九，碧云寺、石景山、南苑。

九月初十至二十六，遵化。

十月初三至十一月二十四，遵化、沿边。在滦河阅三屯营兵。

岁初正月十七，顾贞观回南，所携有性德付编之《饮水词》。三月，在吴趋客舍会吴绮，绮为《饮水词》作序。是年，顾刻《饮水词》成。

正月，下征博学鸿儒诏。夏秋间，应征文士多至京。十一月起，供应征文士食宿。施闰章、曹禾、汪琬、陈维崧、尤侗、朱彝尊、秦松龄、汤斌、徐钪、彭孙遹、陆元辅、徐嘉炎、毛际可、黄虞稷（后以丁忧归）、严绳孙、周清原、吴雯、毛奇龄、阎若璩、潘耒、李因笃、叶舒崇等至京。

春，陈维崧过昆山，在徐乾学家小住。时释大汕亦作客徐舍，为其年绘《迦陵填词图》。夏秋间，其年至京，一度居性德宅中，继顾贞观编《今词初集》，年内定稿。（陈维崧《寄吴汉槎书》）

夏，朱彝尊入京，《词综》编成付梓；又编《藩锦集》成。

五月，吴兴祚升福建巡抚。

七月，吴三桂称帝。八月，三桂死。清军全线转入反攻。

七月，葬卢氏于皂荚村，叶舒崇为作墓志铭。按叶舒崇为叶燮之子。性德自号楞伽山人，在此年或稍后。性德以楞伽名，与卢氏卒及任侍卫之无奈情绪有关；除取楞伽经义外，亦似由李贺、白居易诗生发。李贺《赠陈商》诗："长安有男儿，二十心已朽。楞伽堆案前，楚辞系肘后。"白居易《见元九悼亡诗因此为寄》："夜泪暗销明月帐，春肠遥断牡丹庭。人间此病治无药，唯有楞伽四卷经。"

性德始筑茅屋。

秋，马云翎卒于江南。

冬，叶方蔼升翰林院掌院学士、礼部侍郎。

岁暮，姜宸英入京，性德使居千佛寺。韩菼、叶方蔼谋荐姜应鸿博试，不及。

是年，徐钪《词苑丛谈》编定。

蒋景祁在京，编次《梧月词》。

徐乾学刻《秋笳集》于年内。

此年内所作词：《如梦令》三首，《齐天乐》（洗妆台怀旧），《浣溪沙》（抛却无端），《浣溪沙》（大觉寺），《画堂春》，《蝶恋花》（辛苦最怜），《荷叶杯》（帘卷落花），《荷叶杯》（知己一人），《寻芳草》（萧寺记梦），《菩萨蛮》（为陈其年题照），《菩萨蛮》（宿滦河），《虞美人》（凭君料理），《虞美人》（春情只到），《鹊桥仙》（七夕），《望江南》（宿双林禅院），《菩萨蛮》（过张见阳山居赋赠），《青衫湿》（悼亡），《渔父》。另，《忆桃源慢》、《临江仙》（长记碧窗）二阕作期当不晚于此年。

康熙十八年己未（公元1679年） 25岁

是年圣祖出行情况：

二月十二至十五，南苑。

三月初二至十四，保定、十里铺。

五月初九，西山潭柘寺。

十二月初六至十七，南苑。

二月，遣大学士明珠祭孔子。

三月初一，试内外诸臣荐举博学鸿儒一百四十三人于体仁阁。三月二十九，谕吏部，取中彭孙遹、秦松龄、陈维崧、朱彝尊、汤斌等二十人为一等，施闰章、潘耒、徐钪、尤侗、毛奇龄、曹禾、严绳孙等三十人为二等。严绳孙本不期中，仅赋"省耕诗"一首即退场。圣祖知绳孙名，以为"史局中不可无此人"，取为二等榜末。五月，秦、朱、陈、严等俱授检讨，著纂修《明史》。

叶舒崇临试病逝；陆元辅考试未中。

暮春，性德与朱、陈、严、姜、秦等人游张见阳山庄，作联句词《浣溪沙》。

夏，邀诸友渌水亭观荷。茅屋筑成，又称花间草堂。

秋，张见阳南行，赴湖南江华县令。

姜宸英丁内艰归。

八月二十八，京师地震，毁伤甚重。魏象枢藉地震劾明珠。

是年，顾贞观在南，刊成《今词初集》，收性德词十七首。同年，卓回刊《古今词汇》选性德词十二首，多与《今词初集》重。

是年冬，顾贞观在福州，作客吴兴祚幕。曹寅编定《荔轩草》，顾景星为作序。

性德本年内作品：

文：《渌水亭宴集诗序》

诗：《早春雪后同姜西溟作》，《送张见阳令江华》。

词：《点绛唇》（别样幽芬），《点绛唇》（小院新凉），《忆江南》（新来好），《蝶恋花》（散花楼送客），《河渎神》（风紧雁行高），《金缕曲》（姜西溟言别），《金缕曲》（慰西溟），《琵琶仙》（中秋），《菊花新》（送见阳），《虞美人》（绿荫帘外），《潇湘雨》（送西溟归慈溪），《鹧鸪天》（小构园林），《踏莎行》（倚柳题笺），《满江红》（茅屋新成），《浪淘沙》（闷自剔残灯），《凤凰台上忆吹箫》（除夕得梁汾闽中信）。

康熙十九年庚申（公元1680年） 26岁

此年内，圣祖行踪仅及西山、巩华、南苑，未远行。

约在是年，性德由司传宣改经营内厩马匹，圣祖出巡用马，皆由拣择。又常至昌平、延庆、怀柔、古北口等地督牧。姜宸英《纳兰君墓表》："尝司天闲牧政，马大蕃息。侍上西苑，上仓促有所指挥，君奋身为僚友先。上叹曰：此富贵家儿，乃能尔耶！"

继娶官氏，在此年或稍后。官氏，即瓜尔佳氏，图赖之孙，朴尔普之女。

二月，以徐元文荐，征姜宸英入史馆，姜氏因丁忧未赴职。

四月，高士奇特授翰林；五月，又加詹事府詹事衔。五月，董讷、王鸿绪任侍读学士。

秋，顾贞观返京。

冬，徐乾学兄弟服阕还京，乾学复原职，徐元文升都察院左都御史。

徐乾学撰《通志堂经解序》，性德《经解总序》或同时改定。

是年，禹之鼎始入京，任鸿胪寺序班。

性德本年内作品：

诗：《寄梁汾并葺茅屋以招之》，《茅斋》。

词：《金菊对芙蓉》（上元），《浣溪沙》（庚申除夜），《金缕曲》（亡妇忌日），《秋千索》（渌水亭春望），《一丛花》（咏并蒂莲），《水调歌头》（题岳阳楼图）。

康熙二十年辛酉（公元1681年）27岁

是年圣祖出行情况：

二月十八至三月十二，遵化。

三月二十至五月初三，遵化、沿边。

八月二十五至九月十七，近南，南苑、雄县、任丘、霸州。

十一月十四至十二月初三，遵化。

二月，增汤斌、秦松龄、徐乾学、曹禾、王顼龄、朱彝尊、严绳孙、潘耒八人为起居注官。

三月下旬，明珠等扈从至遵化温泉，圣祖召群臣观温泉，群臣各赋诗。于时明珠亦上《汤泉应制》五言二十二韵。（《熙朝雅颂集》）四月初，明珠因病先行回京。四月二十二日，圣祖自喜峰口外致书问候，且谕明珠留心京畿大旱事。（《圣祖文集》卷十一）

六月，秦松龄为江西乡试正考官。七月，严绳孙为山西乡试正考官，朱彝尊为江南乡试副考官。

七月，圣祖驻瀛台，赐群臣太液池鱼、藕等物。

七月，顾贞观丁内艰南还，临行致书吴兆骞，约杪冬或早春晤于京师。七月，吴兆骞得赐还诏书。八月，为其子吴桭臣纳叶氏妇。九月二十日，自宁古塔起行。十月，抵京师。是冬，吴兆骞合家居徐乾学馆中。

十月二十八日，清军入云南省城，吴世璠自杀，云南平。

十一月，叶方蔼转刑部侍郎。

十二月初，姜宸英入京，投宿慈仁寺。

十二月，吴兴祚擢两广总督。

岁暮，顾贞观入京。

是年，梁佩兰离京南还。按，梁氏何时入京未悉。

是年，禹之鼎入值畅春园。

本年内性德作品：

文：《万年一统颂》。

诗：《汤泉应制》四首，《赐观汤泉十韵》，《喜吴汉槎归自关外次座主徐先生韵》，《咏柳偕梁汾赋》，《柬西溟》，《送梁汾》。另，《秋夜》、《寄朱锡鬯》、《桑榆墅同梁汾夜望》、《雄县观鱼》等或亦作于此年。

词：《青玉案》（人日），《念奴娇》（宿汉儿村），《点绛唇》（寄南海梁药亭），《剪湘云》，《木兰花慢》（立秋夜雨）。

康熙二十一年壬戌（公元 1682 年） 28 岁

是年圣祖出行情况：

二月十五至五月初四，奉天、吉林。

八月初三至十一，玉泉。

十月十九至十一月初九，遵化。按，性德时方出使唆龙，未随扈。正月初，朱彝尊还京。

正月十四日，圣祖于乾清宫宴群臣，罢，夜已二鼓。十五日晨，在太和殿赋柏梁体诗，圣祖制首句，明珠等以次赋九十三韵。

正月十五上元夜，性德与朱彝尊、陈维崧、严绳孙、顾贞观、姜宸英、吴兆骞、曹寅等共集花间草堂，饮宴赋诗。（姜宸英《题蒋君长短句》）堂上列纱灯绘古迹，各指图作诗词。性德赋《水龙吟》（题文姬图）词，《赋得柳毅传书图次陈其年韵》诗。曹寅作《貂裘换酒》词。是夜恰逢月食，性德有诗词数首咏之。

元宵节后旬日间，顾贞观离京南还。

年初，以明珠疏救，陈梦雷得减死，戍尚阳堡。

年初，吴兆骞入性德宅，为教授其弟揆叙。汉槎与顾有孝等共编《名家绝句抄》，性德为作序。

四月十三，东巡返程经叶赫故地，圣祖赋诗，高士奇赋《南楼令》一阕。是日，圣祖驻跸叶赫河屯。

五月，陈维崧以头痛卒。叶方蔼卒。

六月初三，赐群臣后苑赏花钓鱼。

严绳孙作《西苑侍直》诗二十首，性德和之，题为《西苑杂咏和荪友韵》。按此二十绝句非成于一日，当作于夏秋间。其第十五首有"几日乌龙江上去"句，作于得知将赴唆龙信之后。另，第十一首云："马曹此日承恩数，也逐清班许钓鱼"。似言已解"马曹"之职司，复入内廷。疑性德晋升二等侍卫，即在赴唆龙前后。

七月，明珠等为纂修《明史》监修总裁官。

禹之鼎为徐乾学、王士祯、陈廷敬、王又旦、王懋麟绘《城南雅集图》（又名《五客话旧图》）。

八月，汪楫离京出使琉球，禹之鼎随行。

秋，吴兆骞南归省亲。顾贞观作客茗上。

八月十五日，遣副都统郎坦、公彭春等率兵往打虎儿、索伦。将行，圣祖口谕郎坦等："罗刹犯我黑龙江一带，侵扰虞人，戕害居民，昔发兵进讨，未获剪除，历年已久。近闻蔓延益甚，过牛满、恒滚诸处，至赫哲、飞牙喀虞人住所，杀掠不已。尔等此行，除自京遣往参领、侍卫、护军外，合毕力克图等五台吉率科尔沁兵五百名，宁古塔副都统萨布素等率乌喇、宁古塔兵八十名，谕以捕鹿之故，一面详视陆路近远，沿黑龙江行围。经薄雅克萨城下，勘其居址形势。度罗刹断不敢出战，若以食物来馈，其受而量答之。万一出战，姑勿交锋，但率众引还，朕别有区画。尔等还时，须详视自黑龙江至额苏里舟行水路；及已至额苏里，其路直通宁古塔者，更择随行之参领、侍卫，同萨布素往视之。"按，打虎儿、索伦，即达呼儿、唆龙。是行，即《通志堂集》所谓"觇唆龙"，意为侦察。性德及其友人画家经纶（字岩叔）亦随往唆龙。郎坦等于八月二十五陛辞，起行当在八月内。性德出发似较晚。性德有《沈尔璂进士归吴兴，诗以送之》一诗，沈尔璂中进士即是年，然此年因东巡而改殿试至八月二十日，九月初四发榜。性德诗有"成名方得意，几日问归舟"语，则其动身在九月初四之后。

十月十五日，经纶自唆龙与性德别，先行返京。性德有《蝶恋花（十月望日与经岩叔别）》词送之。前此数日，曾有《唆龙与经岩叔夜话》诗。

十月，明珠为《太祖实录》、《三朝圣训》、《平定三逆神武方略》总裁官。

十一月，明珠加赠太子太傅。

十二月二十七，副都统郎坦等自打虎儿、索伦还，以罗刹情形具奏。（《圣祖实录》一百六）据此，性德还京已在腊月下旬。

是年，高士奇整理随从东巡日记，成《扈从东巡日录》二卷。

本年内性德其他作品：

诗：《柳条边》，《松花江》（五律），《盛京》，《山海关》，《兴京陪祭福陵》，《松花江》（七绝），《塞外示同行者》，《上元月蚀》，《早春雪后同姜西溟作》，《上元即事》，《塞垣却寄》，《宿龙泉山寺》。

词：《采桑子》（严宵拥絮），《采桑子》（九日），《采桑子》（塞上咏雪花），《一络索》（雪），《浣溪沙》（身向云山），《浣溪沙》（万里阴山），《浣溪沙》（小乌喇），《浣溪沙》（姜女祠），《蝶恋花》（又到绿杨），《蝶恋花》（尽日惊风），

《南歌子》（古戍饥乌），《一络索》（过尽遥山），《一络索》（野火拂云），《一斛珠》（元夜月蚀），《长相思》（山一程），《太常引》（自题小像），《菩萨蛮》（问君何事），《菩萨蛮》（荒鸡再咽），《清平乐》（上元月蚀），《临江仙》（卢龙大树），《临江仙》（永平道中），《南乡子》（何处淬吴钩），《沁园春》（试望阴山），《忆秦娥》（龙潭口），《满庭芳》（堠雪翻鸦），《青玉案》（宿乌龙江），《浪淘沙》（望海），《唐多令》（塞外重九），《如梦令》（万帐穹庐）。

康熙二十二年癸亥（公元1683年）　29岁

此年内圣祖出行情况：

正月二十七至三十，南苑。

二月二十至三月初六，五台山。

四月二十一至五月初一，玉泉山、潭柘寺。

六月十二至七月二十五，古北口、近边。

九月十一至十月初九，五台山。太皇太后同行。

十一月二十一至十二月初七，遵化、近边。

二月，蒋景祁自京南还，初编《瑶华集》。

三月，官氏父朴尔普以一等公为蒙古都统。

春，朱彝尊入直南书房，赐居黄瓦门左。

四月，陈廷敬、张玉书为礼部侍郎。翁叔元以右春坊赞善充日讲起居注官。梁佩兰客吴门。

七月，施琅平台湾。

夏秋间，吴兆骞返京，仍为揆叙塾师，并与性德研习《昭明文选》。

十月，升江西按察使章钦文为江宁布政使。

十二月，高士奇充日讲官。王鸿绪迁内阁学士、礼部侍郎。左都御史徐元文以荐举非人免。

冬，圣祖作《松赋》。

是年，秦松龄、严绳孙迁中允，并

为《平定三逆方略》纂修官。

顾贞观在南，得东林诸人与顾宪成书札，辑为一帙，题《东林翰墨》，请黄宗羲等作跋。

是年，施润章卒。朱鹤龄卒。蔡启僔卒。

本年内性德作品：

诗：《驾幸五台恭纪》

（作于九月出巡时，诗有"亲侍两宫来"句），《咏笼鹦》。

词：《齐天乐》（塞外七夕），《菩萨蛮》（寄顾梁汾茗中），《虞美人》（银床淅沥），《月上海棠》（中元塞外），《满江红》（代北燕南）。

康熙二十三年甲子（公元1684年） 30岁

本年内圣祖出行情况：

正月十五至十七，南苑。

二月十七至三月初二，近南霸州、赵北口。

四月初六至十一，玉泉山。

五月十九至八月十五，古北口、近边。

九月二十八至十一月二十九，南巡。经泰山、扬州、苏州、无锡、镇江、江宁、曲阜等地，并阅淮扬河工。

十二月二十五至二十八，遵化。

正月，朱彝尊以辑《瀛洲道古录》，私钞宫内各地进书，被逐出内廷，移居宣武门南。彝尊既罢，始董理出仕以来诗，由姜宸英删定之，即后之《腾笑集》。是年，潘耒亦缘"浮躁"降调。

二月，调江宁巡抚慕天颜为湖广巡抚。

春，禹之鼎自琉球还。八月，在昆山为徐元文庭蕉作图；在江宁为曹寅作楝亭图（曹寅父曹玺卒于是年六月）。禹之鼎是年未入京，故不可能为性德作"三十小像"。

六月，明珠兼《大清会典》总裁官。

八月，秦松龄为顺天乡试正考官。

九月，余国柱任户部尚书。余与明珠结党，势甚张，引起物议喧喧，渐被圣祖注意。徐乾学等承圣祖意旨，渐由亲明转为倒明。

九月，顾贞观携沈宛赴京。

十月，严绳孙为顺天武乡试副考官。

十月，南巡至扬州，时张玉书适奔丧至扬，性德问慰之，揖别于江干。

十月，吴兆骞病卒于京师。

十一月初，南巡至江宁，性德会曹寅。在江宁，得汉槎凶问。南巡中，性德得明人《竹垆新咏卷》，为惠山听松故物。回京，以此卷归梁汾，作《题竹垆新咏卷》诗，并为梁汾书"新咏堂"三字。

冬，秦松龄因顺天乡试事下狱，徐乾学力救之，得放归。十二月，徐乾学由侍讲学士升詹事府詹事。韩菼以侍读兼日讲起居注官。十二月十二日，姜宸英为性德作《三十初度》诗。

岁暮，性德纳沈宛为妾。

是年，性德作书梁佩兰，邀梁至京共编词选。

是年夏，查慎行至京。

本年内性德其他作品：

文：《金山赋》，《与梁药亭书》，《与顾梁汾书》（见《通志堂集》十三），《灵岩山赋》，《祭吴汉槎文》。

诗：《扈跸霸州》，《题赵松雪鹊华秋色图》，《圣驾临江恭赋》，《虎阜》，《江行》，《平原过汉樊侯墓》，《扈从东岳礼成恭纪》，《金陵》，《病中过锡山》，《泰山》，《曲阜》，《秣陵怀古》，《平山堂》，《江南杂诗》。

词：《梦江南》十首，《采桑子》（那能寂寞），《采桑子》（谢家庭院），《浣溪沙》（欲问江梅），《浣溪沙》（十里湖光），《浣溪沙》（脂粉塘空），《浣溪沙》（十八年来），《浣溪沙》（红桥怀古和王阮亭韵），《金缕曲》（寄梁汾），《眼儿媚》（林下闺房），《菩萨蛮》（白日惊飙），《虞美人》（彩云易向），《雨中花》，《临江仙》（塞上得家报），《金缕曲》（未得长无谓）。

康熙二十四年乙丑（公元 1685 年） 31 岁

本年一至六月内圣祖出行情况：

正月十五至十七，南苑。元夕于南海子大放烟火，朝臣有诗。

正月二十九至二月初五，玉泉山。

二月十五至三十，近南霸州、雄县。

四月初十至十五，玉泉山。

六月初一至初九，古北口、近边。

二月，徐乾学充《会典》副总裁官。王鸿绪、董讷为户部侍郎。

三月，徐乾学、韩菼升内阁学士，兼礼部侍郎。

三月，谕大学士等："凡为大学士者，以进贤退不肖为职，不可稍存私意。必休休有容，知无不言，言无不尽，方可称为大臣。其他朕亦不须尽言。"按，此谕有儆戒明珠意。

三月十八日圣祖诞辰，书贾至《早朝》诗赠性德。四月下旬，又令性德赋《乾清门应制》诗，译《松赋》为满文，称旨。时皆知圣祖将大用性德，性德升一等侍卫或即在此时。

春，梁佩兰抵京。

四月，严绳孙请假南归（实为弃官），与性德别。性德作书寄秦松龄，倩绳孙为邮。五月初，曹寅至京，性德作《满江红》词为题其《楝亭图》。

五月，明珠充《政治典训》总裁官，王鸿绪、董讷为副总裁官。

五月二十二日，梁佩兰、顾贞观、姜宸英、吴雯集性德庭，饮酒，各赋《夜合花》诗。次日，性德得疾。

五月三十日，性德因七日不汗病故。时圣祖方出塞，特准明珠不必随行。及罗刹捷报至，又命宫使就几筵哭告之，以性德有奉使唆龙之功。

六月初四，圣祖出古北口。途次，理藩院奏："都统、公彭春等五月二十二日抵雅克萨城，二十五日黎明，并进急攻，城中大惊。罗刹城守头目额里克舍等势迫，诣军前稽颡乞降。恢复雅克萨城。"

性德本年作品：

诗：《题赵松雪水村图》（据朱彝尊题该图跋文），《暮春见红梅作简梁汾》（据张见阳刻本《饮水诗词集》注），《别荪友口占》，《夜合花》。

词：《满江红》（为曹子清题其先人所构楝亭图），《菩萨蛮》（乌丝画作），《菩萨蛮》（惜春春去）。

秋，沈宛生遗腹子富森。

康熙二十五年（公元 1686 年）

性德葬京郊皂荚村。

徐乾学撰《墓志铭》、《神道碑文》，韩菼撰《神道碑铭》，顾贞观撰《行状》，姜宸英撰《墓表》。

董讷撰《诔词》。

张玉书等六人撰《哀词》。

严绳孙等十八人撰《祭文》。

徐元文等二十七人撰《挽诗》。

蔡升元等五人撰《挽词》。

康熙二十六年（公元 1687 年）

严绳孙旅端州，见容若小像，题诗二首。按，小像为禹之鼎所绘。

康熙二十七年（公元 1688 年）

明珠罢相，旋任内大臣。

康熙二十九年（公元 1690 年）

顾贞观入京展性德墓。（《楚颂亭诗》卷二）

康熙三十年（公元 1691 年）

徐乾学刻《通志堂集》，收性德作品十八卷，附录二卷。词四卷，居卷六至卷九，收词三百首。同年，张纯修刻《饮水诗词集》三卷，收词三百零三首。

徐、张二本词由顾贞观阅定。

康熙三十九年（公元 1700 年）

性德长子富格卒，年二十六岁。次子富尔敦中进士。

康熙四十七年（公元 1708 年）

明珠卒。

乾隆二十六年（公元 1760 年）

性德第三子富森与太皇太后七十寿宴。时富森七十六岁。

道光十二年（公元 1833）

汪元治刊结铁网斋本《纳兰词》，五卷，三百二十六首。

光绪六年（公元 1880 年）

许增刊娱园本《纳兰词》，五卷，三百四十二首。

民国二十五年（公元 1936）

陈乃乾刊《清名家词》，收性德词名《通志堂词》，三百四十七首。开明书店版。

民国二十六年（公元 1937 年）

李勖撰《饮水词笺》，是为性德词第一个注本。正中书局版。

1979 年

上海古籍出版社影印出版《通志堂集》。

1984 年

冯统校《饮水词》出版，是为性德词第一个校本。广东人民出版社。此本又称"天风阁本"。

1995 年

张草纫撰《纳兰词笺注》出版，是为校注合一本。其注文较李勖本有增益，沿用李注者均补出篇名。所凭借之入校本较少，不及天风阁本。上海古籍出版社。

1996 年

张秉戍撰《纳兰词笺注》出版。北京出版社。

2000 年

赵秀亭、冯统一撰《饮水词笺校》出版，校注合一本，辽宁教育出版社。收词三百四十七首。校文较天风阁本有订补。以通志堂本为底本，对底本之夺误参考它本有所订正。附录有姜宸英《纳兰君墓表》、《纳兰性德行年录》及《纳兰性德手简》三十七件。

纳兰性德传记资料

《清史稿·文苑一》

性德，纳喇氏，初名成德，以避皇太子允礽嫌名改，字容若，满洲正黄旗人，明珠子也。性德事亲孝，侍疾衣不解带，颜色黧黑，疾愈乃复。数岁即习骑射，稍长工文翰。康熙十四年

成进士，年十六。圣祖以其世家子，授三等侍卫，再迁至一等。令赋《乾清门》应制诗，译御制《松赋》，皆称旨。俄疾作，上将出塞避暑，遣中官将御医视疾，命以疾增减告。遽卒，年止三十一。尝奉使塞外有宣抚，卒后，受抚诸部款塞。上自行在遣中官祭告，其眷睐如是。

性德乡试出徐乾学门。与从研讨学术，尝裒刻宋、元人说经诸书，徐为之序，以自撰《礼记陈氏集说补正》附焉，合为《通志堂经解》。性德善诗，尤长倚声。遍涉南唐、北宋诸家，穷极要眇。所著《饮水》、《侧帽》二集，清新秀隽，自然超逸。尝读赵松雪自写照诗有感，即绘小像，仿其衣冠。坐客期许过当，弗应也。乾学谓之曰："尔何似王逸少！"则大喜。好宾礼士大夫，与严绳孙、顾贞观、陈维崧、姜宸英诸人游。贞观友吴江吴兆骞坐科场狱戍宁古塔，赋《金缕曲》二篇寄焉。性德读之叹曰："山阳《思旧》，都尉《河梁》，并此而三矣！"贞观因力请为兆骞谋，得释还，士尤称之。

……清世工词者，往往以诗文兼擅，独性德为专长，仁和谭献尝谓为词人之词。

性德后，又得项鸿祚、蒋春霖三家鼎立。

《清史列传》卷七十一

性德，原名成德，字容若，纳兰氏，满洲正黄旗人。康熙十五年进士，授乾清门侍卫。少从姜宸英游，喜为古文辞。乡试出徐乾学之门，遂授业焉。善诗，其诗飘忽要眇，绝句近韩偓。尤工于词，所作《饮水》、《侧帽》词，当时传写，遍于村校邮壁。生平淡于荣利，书史外无他好。爱才喜客，所与游皆一时名士。晚更笃意经史，嘱友人秦松龄、朱彝尊购求宋元诸家经解。后启于乾学，得钞本一百四十种，晓夜穷研，学益进。尝延友人陆元辅合订删补《大易集议萃言》八十卷、《陈氏礼记集说补正》三十八卷。又刻《通志堂九经解》一千八百余卷，皆有功后学。精鉴藏。书学褚河南，见称于时。尝奉使觇唆龙诸羌。二十四年卒，年三十一。殁后旬日，适诸羌输款，上时避暑关外，遣中使拊其几筵哭而告之，以其尝有劳于是役也。著有《通志堂诗集》五卷、词四卷、文五卷、《渌水亭杂识》四卷，又有《全唐诗选》、《词韵正略》。

徐乾学《通议大夫一等侍卫进士纳兰君墓志铭》（康熙刻本《通志堂集·附录》）

呜呼！始容若之丧，而余哭之恸也。今其弃余也数月矣。余每一念至，未尝不悲来填膺也。呜呼！岂直师友情乎哉。余阅世将老矣，从我游者亦众矣，如容若之天姿之纯粹、识见之高明、学问之淹通、才力之强敏，殆未有过之者也。天不假之年，余固抱丧予之痛。而闻其丧者，识与不识，皆哀而出涕也，又何以得此于人哉？太傅公失其爱子，至今每退朝，望子舍必哭，哭已，皇皇焉如冀其复者，亦岂寻常父子之情也。至尊每为太傅劝节哀，太傅愈益悲不自胜。余闲过相慰，则执余手而泣曰：惟君知我子，惠邀君言，以掩诸幽，使我子虽死犹生也。余奚忍以不文为辞。顾余之知容若，自壬子秋榜后始，迄今十三四年耳。后容若入侍中，禁廷

严密，其言论梗概，有非外臣所得而知者，太傅属痛悼，未能弹述。则是余之所得而言者，其于容若之生平，又不过十之二三而已。呜呼！是重可悲也。

容若，姓纳兰氏，初名成德，后避东宫嫌名，改曰性德。年十七补诸生，贡入太学，余弟立斋为祭酒，深器重之，谓余曰：司马公贤子非常人也。明年，余忝主司，宴于京兆府，偕诸举人青袍拜堂下，举止闲雅。越三日，谒余邸舍，谈经史源委及文体正变，老师宿儒有所不及。明年，会试中式，将廷对，患寒疾。太傅曰：吾子年少，其少俟之。于是益肆力经济之学，熟读通鉴及古人文辞。三年而学大成。岁丙辰，应殿试，条对凯切，书法遒逸，读卷执事各官咸叹异焉。名在二甲，赐进士出身。闭门扫轨，萧然若寒素。客或诣者，辄避匿。拥书数千卷，弹琴咏诗自娱悦而已。未几，太傅入秉钧。容若选受三等侍卫，出入扈从，服劳惟谨。上眷注异于他侍卫。久之，晋二等，寻晋一等。上之幸海子、沙河，及西山、汤泉，及畿辅、五台、口外、盛京、乌刺，及登东岳，幸阙里，省江南，未尝不从。先后赐金牌、彩缎、上尊、御馔、袍帽、鞍马、弧矢、字帖、佩刀、香扇之属甚夥。是岁，万寿节，上亲书唐贾至《早朝》七言律赐之。月余，令赋《乾清门》应制诗，译御制《松赋》，皆称旨。于是外庭金言上知其有文武才，非久且迁擢矣。呜呼！孰意其七日不汗死也。容若既得疾，上使中官侍卫及御医，日数辈络绎至第诊治。于是，上将出关避暑，命以疾增减报，日再三、疾亟，亲处方药赐之，未及进而殁。上为之震悼，中使赐奠，恤典有加焉。容若尝奉使觇唆龙诸羌，其殁后旬日，适诸羌输款，上于行在遣宫使拊其几筵哭而告之，以其尝有劳于是役也。于此亦足以知上所以属任之者非一日矣。

呜呼！容若之当官任职，其事可得而纪者止于是矣。余滋以其孝友忠顺之性，殷勤固结，书所不能尽之言，言所不能传之意，虽若可仿佛其一二，而终莫能而悉也，为可惜也。容若性至孝，太傅尝偶恙，日侍左右，衣不解带，颜色黝黑，及愈乃复初。太傅及夫人加餐，辄色喜，以告所亲。友爱幼弟，弟或出，必遣亲近兼仆护之，反必往视，以为常。其在上前，进反曲折有常度，性耐劳苦，严寒执热，直庐顿次，不敢乞休沐自逸。类非绮襦纨绔者所能堪也。

自幼聪敏，读书一再过即不忘。善为诗，在童子已出句惊人，久之益工。得开元、大历间丰格。尤喜为词，自唐五代以来诸名家词皆有选本。以洪武韵改并联属，名《词韵正略》。所著《侧帽》集，后更名《饮水》集者，皆词也。好观北宋之作，不喜南渡诸家。

而清新秀隽，自然超逸。海内名为词者皆归之。他论著尚多，其书法摹褚河南，临本《禊帖》，间出于《黄庭内景经》。当入对殿廷，数千言立就。点面落纸，无一笔非古人者。荐绅以不得上第入词馆为容若叹息。及被恩命，引而置之珥貂之行，而后知上之所以造就之者，别有在也。容若数岁即善骑射，自在环卫，益便习，发无不中。其扈跸时，雕弓书卷，错杂左右。日则校猎，夜必读书，书声与他人鼾声相和。间以意制器，多巧倕所不能。于书画评鉴最精。其料事屡中，不肯轻为人谋，谋必竭其肺腑。尝读赵松雪自写照诗有感，即绘小像，仿其衣冠，坐客或期许过当，弗应也。余谓之曰："尔何酷类王逸少！"容若心独喜。所论古时人物，尝言王茂弘阑阇阑阇，心术难间，娄师德唾面自干，大无廉耻。其识见多此类。间尝与之言往圣昔贤修身立行，及于民物之大端，前代兴亡理乱所在，未尝不慨然以思。

读书至古今家国之故，忧危明盛，持盈守谦，格人先正之遗戒，有动于中，未尝不形于色也。呜呼！岂非大雅之所谓亦世克生者耶，而竟止于斯也，夫岂徒吾党之不幸哉。君之先世，有叶赫之地，自明初内附中国。讳星恳达尔汉，君始祖也。六传至讳养汲驽，君高祖考也。有子三人，第三子讳金台什，君曾祖考也。女弟为太祖高皇帝后，生太宗文皇帝。太祖高皇帝举大事，而叶赫为明外捍，数遣使谕，不听，因加兵克叶赫，金台什死焉。卒以旧恩，存其世祀。其次子即今太傅公之考，讳倪迓韩，君祖考也。君太傅之长子，母觉罗氏，一品夫人。渊源令绪，本崇积厚，发闻滋大，若不可围。配卢氏，两广总督、兵部尚书、都察院副都御史兴祖之女，赠淑人，先君卒。继室官氏，某官某之女，封淑人。男子子二人，福哥。女子子一人，皆幼。君生于顺治十一年十二月，卒于康熙二十四年五月己丑，年三十有一。君所交游，皆一时俊异，于世所称落落难合者。若无锡严绳孙、顾贞观、秦松龄、宜兴陈维崧、慈溪姜宸英尤所契厚。吴江吴兆骞久徙绝塞，君闻其才名，赎而还之。坎坷失职之士走京师，生馆死葬，于赀财无所计惜。以故，君之丧，哭之者皆出涕。为哀挽之词者数十百人，有生平未识面者。其于余绸缪笃挚，数年之中，殆日以余之休戚为休戚也。故余之痛尤深，既为诗以哭之，应太傅之命，而又为之铭。其葬盖未有日也。铭曰：

天实生才，蕴崇胚胎。将象贤而奕世也。而靳与之年，谓之何哉。使功绪不显于旂常，德泽不究于黎庶，岂其有物焉为之灾。惟其所树立，亦足以不死矣，而亦又奚哀。

徐乾学《通议大夫一等侍卫进士纳兰君神道碑文》（康熙刻本《通志堂集·附录》）

侍卫纳兰君容若之既葬，太傅公复泣而谓余曰：吾子之丧，君既铭而掩诸幽矣，余犹惧吾子之名传之弗远也，揭而表诸道，庶其不磨，然非君无与属者。余固辞不可。在昔蔡中郎为人作志铭，复为之庙碑者不一而足；韩退之于王常侍弘中厚也，既志其墓，又为隧道之碑，情至无已也。况余于容若师弟谊尤笃，是于法为得碑，于古为无戾，乃更撰次其辞以复于太傅。惟纳兰氏旧著姓为金三十一姓之一，望载图史，代产英隽。君始祖讳星垦达尔汉，据有叶赫之地二百余年，中国所谓北关者也。数传至高祖考讳养汲弩、曾祖考讳金台什。女弟作嫔太祖高皇帝，实生太宗文皇帝。而叶赫世附中国，当国家之兴，东事方殷，甘与俱烬。太宗悯焉，乃厚植我宗，俾续其世祀，以及其次子讳倪伢韩者则太傅之父，而君之祖考也。太傅娶觉罗氏一品夫人，生君于京师。钟灵储祉，既丰且固。君自髫龀，性异恒儿，背讽经史，常若夙习。十七补诸生，贡太学有声，十八登贤书，十九举礼部试。

越三年，廷对，敷事析理，谙熟出老宿儒上。结字端劲，合古法，诸公嗟叹。天子用嘉，成二甲进士。未几授以三等侍卫之职，盖欲置诸左右，成就其器而用之。而上所巡幸南北数千里外，登岱幸鲁，君常佩刀鞬随从，虔恭祗栗。每导行在上前骑前却视恒不失尺寸，遇事劳苦必以身先，不避艰险退缩。上心怜之，其前后赉予重叠视

他侍卫特过渥已，进一等侍卫。值万寿节，上亲御笔书唐贾至《早朝》诗赐之。后月余，令赋诗献，又令译御制《松赋》，皆称善久之。然君自以蒙恩侍从无所展效，辄欲得一官自试。会上亦有意将大用之，人皆为君喜。忽以去年五月晦得寒疾卒，

卒之日，人皆哀君，而又以才不竟用死为君深惜云。君自少无子弟过，天性孝友，黎明起趋太傅夫人所问安否，朝退复然。友爱二幼弟，与之嬉游，同其嗜好，恰恰庭闱间，日以至夜，暇则扫地读书。执友四五人，考订经史，谈说古今，吟咏继作，精工乐府，时谓远轶秦柳，所刻《饮水》、《侧帽》词传写遍于村校邮壁，海内文士竞所摹仿。

然君不以为意，客来上谒，非其愿交屏不肯一觌面，尤不喜接软热人，所相知心，款款吐心腑，倒困囊与为酬酢不厌，或问以世事，则不答，间杂以他语，人谓其慎密，不知其襟怀雅旷固如是也。当君始得疾，上命医数辈来，及卒，上在行宫，闻之震悼。后唆龙诸羌降，命宫使就几筵哭告之，以君前年奉使功故。君有文武才，每从猎射，鸟兽必命中，卒有成功于西方亦不为无所表见。殁时年仅三十有一。余既序而又系之以辞曰：

绵绵祚氏，著于上京。巍巍封国，叶赫是营。惟叶赫之祀，施于孙子。既绝复完，天子之恩。笃生相国，补衮是职。蓄久而丰，发为文章。宜其黼黻，为帝衣裳。帝谓汝才，爱置左右。出入陪从，刀鞬笔囊。匪朝伊夕，自天子所。亦文亦武，惟天子是使。生于膏腴，不有厥家。被服儒士，古也吾徒。何才之盛而德之静。我勒其封，谁曰不永。

姜宸英《通议大夫一等侍卫进士纳兰君墓表》（光绪勿自欺斋刊《姜先生全集》卷十八）

君姓纳腊氏。其先据有叶赫之地，所谓北关者也。父今大学士、宫傅公；母一品夫人，觉罗氏。君初名成德，字容若，后避东宫嫌名，改名性德。以今年乙丑五月晦卒。卒而朝之士大夫及四方知名士之游于京师者，皆为君叹息泣下。其哀君者，无问识不识，而与君不相闻者，常十之六七。

然皆以当今失君为可惜，则君之贤以才可知矣。君年十八九联举礼部，当康熙之癸丑岁。未几也，予与相见于其座主东海阁学士邸，而是时君自分齿少，不愿仕，退

而学经读史，旁治诗歌古文词。又三年，对策则大工。时皆谓当得上第，而今上重器君，不欲出之外廷，置名二甲，久之，授三等侍卫，再迁至一等。自上所巡幸西苑、南海子、沙河及登医巫闾山，东出阁至乌喇，南巡上泰岱，过祀阙里，渡江以临吴会，君鲜不左櫜鞬右櫜笔以从。遇上射猎，兽起于前，以属君，发辄命中，惊其老宿将。所得白金绮绣、中衣袍帽、法帖佩刀、名马香扇之赐，前后委属。间令赋诗，奉诏即奏稿，上每称善。

二十一年八月，使觇唆龙羌。其地去京师重五六十驿，间行或累日无水草，持干粮食之。取道松花江，人马行冰上竟日，危得渡。仅抵其界，卒得其要领还报，上大喜。君虽跋涉艰险，归时从奚囊倾方寸札出之，叠数十纸，细行书，皆填词若诗，略记其风土方物。虽形色枯槁不自知，反遍示客，资笑乐。性雅好读书。日黎明间省毕，即骑马出，入直周庐，率至暮，虽大寒暑，还坐一榻上翻书观之，神止闲定，若无事者。诗萧闲冲淡，得唐人之旨，然喜为长短句特甚。

尝言："诗家自汉魏以来，作者代起，姓氏多澌灭。填词滥觞于唐人，极盛于宋，其名家者不能以十数，吾为之易工，工而传之易久。而自南渡以后弗论也。"其于词，小令取唐五代，宗晏氏父子；长调则推周、秦及稼轩诸家。以为其章法转换、顿挫离合之妙，正与文家散行体何异，而世故薄之，何耶？故即第左茸茅为庐，常居之，自题曰"花间草堂"。视其凝思惨淡，终合天巧，真若有自得之趣者。今年五月辛巳，君将从驾出关，连促予入城。

中夜酒酣，谓予曰："吾行从子究竟班马事矣，子谓我何如？"予笑曰："顷闻君论词之法，将无优为之耶？"是时，窃视君意锐甚。明日予出城，君固留，愿至晚。予不可。送予及门，曰："君此行以八月归，当偕数子为文字之游。如某某者，不可

以无与，君宜为我遍致之。"

先是万寿节，上亲书唐贾至《早朝》诗赐君；月余，令赋《乾清门应制》诗及译御制《松赋》，皆称旨。于是复挈予手曰："吾倘蒙恩得量移一官，可并力斯事，与公等角一日之长矣。"意郑重若不忍别者。

然不幸以明日得疾，七日，遂不起。年止三十一。以君之才与志，使假之天年，古人不难到。其终于此，命也。居闲素缜密，与人交，遇意所不欲，百方请之不可得谒。及其所乐就，虽以予之狂，终日叫号慢侮于其侧，而不予怪。

盖知予之失志不偶，而嫉时愤俗特甚也。然时亦以此视予，予辄愧之。君视门阀贵盛，屏远权速，所言经史外绝不及时政。所接一二寒生罢吏而外，少见士大夫。事两亲，退食必在左右。遇公事必虔，不避劳苦。尝司天闲牧政，马大蕃息。侍上西苑，上仓卒有所指挥，君奋身为僚友先。上叹曰："此富贵家儿，乃能尔耶！"其感激主恩深厚，思所图报，日不去口。然视文章之士，较长絜短，放浪山水，跌宕诗酒，而无所羁束，常恨不得身与其间，一似以贫贱为可乐者。

于世事如不经意，时时独处深念，则又怒然抱无穷之思。人问之，不答。以此竟死，其施不得见，其志未就也。而吾辈所区区欲为君不朽之传者，亦止于此而已。悲夫！君始病，朝廷遣医络绎，命刻时以状报。及死数日，唆龙外羌款书至。上时出关，即遣宫使就几筵哭而告之，以前奉使功也。赙恤之典，皆溢常格。

呜呼！君臣之际，生死之间，其可感也已。君所辑有《词韵正略》、《全唐诗选》，著诗若干卷；有集名《侧帽》、《饮水》者，皆词也。书行楷遒丽，得晋人法。娶卢氏，继官氏。其中外世系，详载阁学所撰墓志铭及顾舍人辈华峰所次行述。副室以某氏。生子二人，女子一人。子长曰福哥，次某。

纳兰性德书简

致张纯修二十九简

第一简

前求镌图书，内有欲镌"藕渔"二字者。若已经镌就则已，尚未动笔，望改篆"草堂"二字。至嘱至嘱！茅屋尚未营成，俟葳（葺）补已就，当竭诚邀驾作一日剧谈耳。但恨无佳茗共啜也。平子望致意。不宣。成德顿首。初四日。

"卿自见其朱门，贫道如游蓬户。"容兄因仆作此语，构此见招，有诗刻《饮水集》中。适睹此札，为之三叹！贞观。

第二简

前来章甚佳，足称名手。然自愚观之，刀锋尚隐，未觉苍劲耳。但镌法自有家数，不可执一而论，造其极可也。日者竭力构求旧冻，以供平子之镌，尚未如愿。今将所有寿山几方，敢求渠篆之。石甚粗粝，且未磨就，并唏细致之为感。叠承雅惠，谢何可言！特此，不备，十七日成德顿首。石共十方，其欲刻字样，具书于上。又拜。

第三简

德白：比来未悟，甚念。平子兄幸嘱其一二日内拨冗过我为祷。此启，不尽。初四日，德顿首。并欲携刀笔来，有数石可镌也。如何？

第四简

正因数日不见，怀想甚切，不道驾在津门也。海上风烟，想大可观，有新作，归来既望示我。来笺甚佳，乞惠我少许。尊使还，草此奉复。不尽不尽。十月五日。成德顿首。

第五简

前拖济公一事，乞命使促之。夜来微雨西风，亦春来头一次光景。今朝霁色，亦复可爱。恨无好句以酬之，奈何，奈何！平子竟不来，是何意思？成德顿首。

第六简

前正以风甚不得相过为憾，值此好风日，明早准拟同诸兄并骑而来。奈又属入直之期，万不得脱身。中心向往，不可言喻。另日奉屈过小圃，快晤终日，以续此缘，何如？见阳道兄。成德顿首。

第七简

连日未晤，念甚。黄子久手卷借来一看，诸不一。期小弟成德顿首。

第八简

日晷望即付来手，诸容另布，不一。期弟成德顿首。见阳道长兄。

第九简

日晷不佳，望以前所见者赐下，否则俱不必耳，恃在道义相照，故如是贪鄙也。平子已托六公，如何竟有舛谬？俟再订之。诸不悉。成德顿首。

第十简

一二日间，可能过我？张子由画三弟像，望转索付来手。诸子及悉，特此。成德顿首。七月四日。

第十一简

素公小照奉到，幸简入之。诸容再布，不尽。成德顿首。七月十一日。

第十二简

天津之行，可能果否？斗科望速抄出见示。聚红杯乞付来手。三令弟小照亦望检发，至感至感！特此，不一。成德顿首。

第十三简

令弟小照可谓逼肖，然妆点未免少俗耳。吾哥似少不象，而秋水红叶，可无遗憾也。一两日可能过我？特此，不尽。成德顿首。

第十四简

姚咾师已来都门矣，吾哥何不于日斜过我。不尽。成德顿首。三月既日。

第十五简

两日体中大安否？弟于昨日忽患头痛，喉肿。今日略差，尚未痊愈也。道兄体中大，或与一二日内过荒斋壹摊，何如，何如？特此，不壹。成德顿首，更有壹要语，为咾师事，欲商酌。又拜。

第十六简

花马病尚未愈，恐食言，昨故令带去。明早家大人扈驾往西山，他马不能应命，或竟骑去亦可。文书已悉，不易。成德顿首。

第十七简

来物甚佳，渠索价几何？欲倾囊易也。弟另觅鳅角，尚欲转烦茂公等再为之，未审如何？先此覆，不尽，不尽。初四日。成德顿首。

第十八简

箭决二，谨遣力驰上。其物甚鄙，祈并存之为感！所言书幸于明朝即令纪纲往取。晤期俟再订。不尽。弟成德顿首。见阳道兄足下。

第十九简

箭决原付小力奉上，因早间偶失检察，竟致空手往还，可笑甚矣。今特命役驰到，幸并存之。书祈于明后日即取至，则感高爱于无量也。晤期再报。不一。成德顿首。见阳道兄足下。

第二十简

倪迂《溪山亭子》乃借耿都尉者，顷已送还，

俟翌日再借奉鉴耳。四画若得司农慨然发览，当邀驾过其赏也。率覆，不一。弟德顿首。

第二十一简

周、伊二人昨竟不来，不知何意？先生幸促之。诸容面悉，不尽。七月七日。成德顿首。见阳足下。

第二十二简

久未晤面，怀念甚切也，想已返津门矣。奚汇升可令其于一二日间过弟处，感甚，感甚！海色烟波，宁无新作？并教莪。十月十八日。成德顿首。

第二十三简

庭联书上，甚愧不堪。昨竟大饱而归，又承吾哥不以贵游相待，而以朋友待之，真不啻即饱以德也。谢谢！此真知莪者也。当图一知己之报于吾哥之前，然不得以寻常酬答目之。一人知己，可以无恨，余与张子，有同心矣。此启，不壹。成德顿首。十二月岁除前二日。因无大图章，竟不曾用。

第二十四简

明晨欲过尊斋，同往慈仁送下，未审尊意如何？特此，不易。成德顿首。

第二十五简

倚斜一径入，门向夕阳边。何必堪娱赏，凋零自可怜。松寒疑有雪，僧咾不知年。只合千峰上，长吟看月圆。《戒坛》。

第二十六简

亡妇柩决于十二日行矣，生死殊途，一别如雨。此后但以浊酒浇坟土，洒酸泪，以当一面耳。嗟夫，悲矣！澹庵画册附去。宋人小说明晨送来。成德顿首。

第二十七简

此日未奉教诲，何仁思慕。前所云表贴张庆美，幸致其过荒斋。奚汇升以遣其过莪。秋色满阶，忽有讯雷，斯亦奇也，不知司天者亦有占验否？此上。不尽，不尽。九月十三日，成德顿首。《从友人乞秋葵种》一绝呈教：空庭脉脉夕阳斜，浊酒盈樽对晚鸦。添取一般秋意味，墙阴小种断肠花。

第二十八简

成德曰：渌水一樽，黯然言别，渐行渐远，执手何期？心逐去帆，与江流俱转，谅知己同此眷切也。衡阳无雁，音问久疏。忽捧长笺，正如身过临淄，与我古人琴酒相对。乡心旅况，备极凄其，人生有情，能不惆怅。念古来名士多以百里起家者，愿足下勿薄一官，他日循吏传中，籍君姓名，增我光宠。种种自当留意，乃劳谆嘱耶？鄙性爱闲，近苦鹿鹿，东华软红尘，只应埋没慧男子锦心绣肠，仆本疏慵，那能堪比。家大人一下，仗庇安和，承念并谢。沅湘以南，古称清绝，美人香草，犹有存焉者乎？长短句固骚之苗裔也，暇日当制小词奉寄，烦乎三闾弟子，为成生笃壹瓣香，甚幸。陲便率勒，不尽依驰。成德顿首。

第二十九简

四月二十一日成德白：朝来坐渌水亭，风花乱飞，烟柳如织，则正年时把酒分襟之处也。人生几何，堪此离别？湖南草绿，凄咽同之矣。改岁以还，想风土渐宜，起居安适。惟是地方兵灭之后，与除利弊，劳费贤令壹番精神。古人有践历华要，犹恨不为亲民之官，得展期志愿者。勿谓枳棘非鸾凤所栖也。最尔荒残，料无脂腻可点清白。但一从世俗起见，则进去既急，逢迎必工，百炼钢自化为绕指柔。我辈相期，定不在是。兄之自爱，深于弟之爱兄，更无足为兄虑者。至长安中，烟海浩浩，九冲书昏，元规尘污，非便面可却。以弟视之，正复支公所云"卿自见其朱门，贫道如游蓬户"耳。诗酒琴人，例多薄命，非为旷达，妄拟高流。顷蒙远存，聊悉鄙念。来扇并粗笃写寄，笔墨无率，不足置怀袖间。穆如之清，藉此奉扬。楚云燕树，宛然披拂，或暂忘其侧身沾臆也。努力珍重！书不仅言。成德顿首。

致顾贞观一简

前附一缄于章蘩处，计应彻览。弟比日与汉嗟共读《萧选》，颇娱岑寂，只以不对野王为招怅耳。黄处捐纳事，望立促以竣，不可以泄泄委之也。顷问峰泖之间颇饶佳丽，吾哥能泛舟壹往乎？前字所言

半塘、魏叟两处如何，倘有便陲，即以一缄相及。秒夏新秋，准期握手。又闻秦川沈姓有女颇佳，亦望吾哥略为留意。愿言缕缕，嗣之再陲。不尽。鹅梨顿首。

致严绳孙五简

第一简

成德白。前有壹字，托郑谷口寄去，想先后可达台览，种种非片言可尽。未审起居如何？家严病已渐差，辱吾哥垂虑，敢并附闻。弟今于闲中留心《咾子》，颇得一二人开悟，未敢云有得也。马云翎不及另字，幸道思念之意。别后光阴，不觉已四越月，重来之约，应成空谈。明年四月十七，算吾咏"正是去年今日别君时"也。吴伯咾不专启，幸道意。赵声伯若进偈时，并往周旋之。不尽。八月六日，成德顿首。

第二简

中秋后曾于大恩僧舍以壹函相寄，想已入览矣。弟秋深始归，日值驸苑，每街鼓动后，才得就邸。曩者文酒为欢之事，今只堪梦想耳。兹于二十八日又扈东封之驾，锦帆南下，尚未知道天涯何处，如何言归期邪！汉兄病甚焉，未知尚得壹见否？言之涕下。弟比来从事鞍马间，益觉疲顿，发已种种，而执没如昔，从前壮志，都已堕尽。昔人言，身后名不如生前壹杯酒，此言大是。弟是以甚慕魏公子之饮醇酒、近妇人也。行前得吾哥手书，知游况不佳，甚为悬念，然人之常情，毋足深讶。东巡返驾，计吾哥已到都亭，当为弹指画谋生之计。古人谓怒官不过多得金耳，吾哥但得为饱暖闲人，又何必付前宦情邪？吾哥所识天海风涛之人，未审可以晤对否？弟胸中块垒，非酒可浇，庶几得慧心人以晤言消之而已。

沦落之余，方欲葬身柔乡，不知得如鄙人之愿否耳。乘辇南往，恐难北上，如尚未发棹，须由中州从路。以岁前为期，便当别置帷房，以禄茗相待也。此札到日，速以答书见寄，必附章藩乃能速达。九月二十七日午刻，饮水弟顿首白。

第三简

成德顿首。前有壹函托汤商人寄去，想入览矣。近况已略悉前柬，兹不复具。惟乞吾哥于八月间到都，以慰我愁思也。华山僧鉴乞转达鄙意，求其北来为感。留仙事今已大妥，不必为念，特此附闻。余情缕缕，不宜。七月二十一日，成德白。

第四简

十二月十五日成德白：荪友长兄足下，慕大哥去，曾附壹信，想已入览矣。闻已自浙中来，家囊橐不知如何？息影之计可能遂否？前有新词四十余阕附去，未审得细加删定否？华封在都，相得甚欢，壹旦忽欲南去，令人几日心闷。数年之间，何多离别！订在明年八月间来都，若吾哥明春北来则已，否则秋间即促其发轫，以吾哥之大慧也。前吾哥在浙时，江烟湖鸟，景物自佳，但恐如白香山所云"诚知咾去风情少，见此争无一句诗"耳。江南风景如何？伯咾身后事已嘱料理，想不有误。新令韩君，觅人转致。邸仙尚留滞京中，颇见不妥。留仙亦一淹蹇人也。有新诗即寄栽。贰郎读书如何，并示为慰。家大人皆无恙。几年以来，吾哥意中人想俱已衰丑零落，亦大凄凉也。呵呵。阔怀如缕，捉管顿不能言，奈何，奈何。诸惟鉴，不尽。成德顿首。

第五简

分袂三日，顿如十载。每思清夜酒阑，残星凉月，相对言志，不禁泣下。前者因行李匆遽，为得把臂壹送，深为歉仄。驰恋之心，尽彼此同之也。至叮嘱之言，以吾兄高明人，故不敢琐琐。然此种愁肠，正不知有几千结也。稍俟绿肥红瘦，即幸北来，万勿以寻旧约，作当日轻薄态，留滞时日，以负弟望也。至恳。慕鹤咾处嘱其照拂，留咾相会时唏致意。诸草草不壹。成德顿首。左至。正月二十日。

致阙名一简

成德白：不见忽已二十余日，重城间隔，趋侍每难。日夕读《左氏》、《离骚》，余但焚香静坐。新法如麻，总付不闻，排遣之法，推此为上。来言尽悉，俟面布。再宣。初三日，成德顿首。谨状。伏惟鉴察。

致颜光敏一简

成德谨禀太夫子台下：前接手谕，因悉起居佳胜，翘首南天，益增怅望。悠悠梦想，愿飞无翼，种种并志之矣。使旋，布侯不宣。成德顿首。